危机倒计时（下）

[日] 船桥 洋一　著

原眉（成都理工大学）等　译

海洋出版社

2018 年 北京

简写对应表

NRC	美国核能管理委员会
PACOM	太平洋司令部
JNES	核能安全基础机构
NR	海军反应堆机构
NEO	非战斗人员撤离行动
JSF	统合支援部队
JCO	核燃料处理公司
CBIRF	生化事故反应部队
JTF	联合特遣部队
EOC	灾害应对中心
JAEA	日本核动力研究开发机构
ERC	紧急应对中心（安保院）
ICRP	国际放射线防护委员会

图字：01–2014–1436 号

『カウントダウン・メルトダウン（下）』
COUNTDOWN MELTDOWN Vol.2 by
FUNABASHI Yoichi
Copyright © 2012 by FUNABASHI Yoichi
All rights reserved.
Original Japanese edition published by
Bungeishunju Ltd., Japan
Chinese (in simplified character only)
translation rights in PRC reserved by China
Ocean Press, under the license granted by
FUNABASHI Yoichi, Japan arranged with
Bungeishunju Ltd., Japan through Bardon-
Chinese Media Agency, Taiwan.

图书在版编目（CIP）数据

危机倒计时 . 下 /（日）船桥洋一著；原
眉等译 . -- 北京：海洋出版社，2018.2
ISBN 978-7-5210-0036-8
Ⅰ . ①危… Ⅱ . ①船… ②原… Ⅲ . ①紧
急避难 – 研究 Ⅳ . ① X4
中国版本图书馆 CIP 数据核字（2018）
第 019390 号

总 策 划：奚 望
责任编辑：李宝华
封面设计：申 彪
责任印制：赵麟苏

出版发行 海洋出版社

网 址：www.oceanpress.com.cn
地 址：北京市海淀区大慧寺路 8 号
邮 编：100081
总 编 室：010-6211-4335
编 辑 部：010-6210-0035
发 行 部：010-6213-2549
邮 购 部：010-6803-8093
印 刷：北京朝阳印刷厂有限责任公司

版 次：2018 年 2 月第 1 版
2018 年 2 月第 1 次印刷
开 本：787 毫米 × 1092 毫米 1/32
印 张：15
字 数：276 千字
定 价：49.00 元

（如有印装质量问题，我社负责调换）

目录

第 12 章

同盟作战

"我们担心东日本将面临灭顶之灾。"设想到辐射云将抵达东京，对日本究竟还能否控制事态深感不安的美国政府召见了日本驻美大使藤崎。

华盛顿／美国白宫

美国东部时间 11 日凌晨 1 点 45 分（日本时间 11 日下午 2 点 45 分），白宫国家安全委员会（NSC）的亚洲事务高级主任杰弗里·贝德被从白宫战略分析室打来的电话吵醒了。电话里说："日本东北部发生了 8 至 9 级的大地震，已经发布了海啸警报。"贝德不得不一边揉着惺忪的睡眼一边赶紧换衣服，因为他必须准备和危机管理小组的电话会议。

2009 年朝鲜进行核试验时，贝德也这样被来自战略分析室的电话吵醒过，但他完全没料到会因为发生在日本的事件或者事故而在半夜接到这样的通知。因为当晚有 5 个人在值夜班。

作为中国问题专家，贝德在布什当政时作为美方贸易代表参与了中国的入世谈判。此后在美国的智囊团——布鲁金斯研究所从事美国对中国·东亚的战略研究。

拉塞尔是美国政府中最牛的知日派外交官，在先后担任过大阪神户的总领事和国务院与东亚·太平洋局的日本部部长后进入了白宫。此外他还有过在 20 世纪 80 年代担任驻日大使曼斯菲尔德（Mansfield）助理的工作经验。

美国陆军出身的里德曾供职于美国联邦紧急事务管理局（EEMA），并先后担任过紧急事务管理主任和总统助理，参与过流行于 2009 年的 H1N1（新型传染病）、2010年的海地大地震和英国 BP 石油泄漏等事件的处理。他的职责是在危机时刻确保政府功能的"继续和恢复"。

里德住在距白宫 8 分钟车程的地方。凌晨 2 点 30 分，他进了办公室。

3 点 30 分，贝德、拉塞尔、里德和总统助理约翰·布伦南（John Brennan）（国土安全局主任）等人就东日本大地震进行了第一次电话会议。所有的通话都进行了严格的保密。

针对福岛第一核电站事故的应对事宜，成立了核心成员加上总统助理约翰·霍尔顿（John P. Holdren）（科学技术主任）的白宫危机应对小组，决定整个 3 月里每天都要开会。

斯坦伯格最初所做的，就是和国务院助理国务卿库尔特·坎贝尔（Kurt M.Campbell）（东亚太平洋事务主任）取得联系。当时坎贝尔正在访问蒙古共和国。两人一致同意："美国必须第一个与日本携手应对危机，也必须彰显出这一点。同盟国就应该这样做。"虽然坎贝尔刚刚才抵达蒙古共和国，但还是立即赶回了华盛顿。

当年美国发生三里岛（TMI）核事故时，斯坦伯格曾在吉米·卡特政府里工作过。他感受到了发生核泄漏时危机管理的困难程度，并了解到面对重大风险时进行应急管理的重要性。"九·一一"事件以后，危机管理被提升到了政权运营的重要层面上来。但由于对飓风"卡特里娜"的应对不力，布什政府陷入了来自国民的严厉批评。正因为如此，上任伊始，奥巴马政府就把"危机管理和恢复力"视作政策应对中的重点课题。

凌晨3点，美国信息首席副秘书长约瑟夫·多诺万（Joseph R. Donovan Jr.）通过来自国务院控制中心的电话得知了日本发生大地震的消息。他马上给东京的美国驻日大使馆首席公使詹姆斯·朱姆沃尔特的手机打电话。当时，朱姆沃尔特正和大使馆政治部安保政策担当的助理木村绫子一同在大使馆的停车场上。

据说当时朱姆沃尔特刚刚发出让大使馆全体人员离开大使馆回宿舍的指示。多诺万从朱姆沃尔特的手机里听到了什么叫喊声："那是什么？我好像听到了点什么。""是游行队伍的口号。他们正在喊：反对凯宾·梅尔在冲绳的发言。"

社民党，福岛瑞惠参议院议员（比例区）和冲绳县的团体向大使馆申请说，想将针对梅尔发言的抗议书亲手递交给美国驻日大使约翰·鲁斯（John Russ），但最终没被允许。

已经发生了地震，但大使馆门前的游行者们却还在高喊着口号。这场风波，是共同通信社于 3 月 6 日登载的前国务院日本部长凯宾·梅尔的发言引起的。去年年末，梅尔在国务院对美国大学生所作的演讲中，曾说过"冲绳人以善于敷衍而著称，而且又懒惰"之类的话。

虽然梅尔否认了上述言论，但随即引发的政治问题迫使他不得不辞去国务院日本部长的职务。尽管梅尔去意已决，但国务院仍决定让他担任以多诺万为首的东日本大震灾特别部队（人道救援和福岛部队）的福岛班组（特别任务组）调整官。于是梅尔决定推迟退职。他说："现在是全员去甲板上集合的时候，而不是为个人感情和私利说三道四的场合。我要为我所热爱的日本最后再效一次力。"就这样，心情陡转的他接受了来自国务院的这项任命。随后，国防部也建立起了紧急应对体制。

国防部副助理部长薛迈龙（Michael Schiffer）当时正在成田国际机场，他刚结束了对冲绳的访问正在返回华盛顿的途中。地震让他在机场等待了数小时后，UA 型飞机终于在那天夜里起飞了。11 日深夜回到家中后，他匆匆洗了个澡就直奔国防部办公室。国防部决定以太平洋司令部（PACOM）为中心对日本进行支援。问题是人道援助的相关预算已经所剩无几，不得不挪用对阿富汗和巴基斯坦的人道主义援助预算。

这就是国防部长的工作。国防部长办公厅（OSD），统一参谋总部、海军、海军反应堆机构（NR）和太平洋部队，再加上驻日美军成立了一支由薛迈龙统管的特别部队。

上午9点，总统助理里德就东日本大震灾的情况向奥巴马总统作了汇报，奥巴马指示说："尽最大努力支援日本。"此后，总统助理丹尼斯·马可多纳在白宫的战略分析室召开了关于东日本大地震的第一次副长官级别会议。此时日本政府已经发布了"核电站紧急事态宣言"，并宣布这次是地震、海啸和福岛核电站事故并发的复合型灾害。会议对已掌握和未掌握的情况以及美国政府所应采取的对策进行了讨论。之后的整个三月里，就福岛第一核电站事故的应对问题多次召开了副长官级别会议，有时甚至一天会开两到三次会。

11日下午9点30分，以国务院的多诺和驻日美国大使馆的朱姆沃尔特为主，召开了各省厅专家级别的第一次电视会议。国防总部，美国核能管理委员会（NRC），美国疾病预防管理中心（CDC），美国国际开发厅（USAID）等的专家都出席了会议。国防总部说就算要出动人道救援部队，也得在预算将被用完的72个小时前想办法先做点什么。

12日下午6点（日本时间13日上午7点），多诺万接到斯坦伯格打来的电话说："福岛核电站事故正在进入危险状态"，已经不是"人道救助"了，有必要变成"福岛危机应对"。

日本时间的 13 日下午 3 点 22 分（美国东部时间同日凌晨 2 点 22 分），美国国际开发厅救助队的 144 人抵达美军三泽基地（救助队于次日也就是 14 日下午 7 点抵达大船渡），美国核能管理委员会决定派往日本的两名沸腾水型反应堆专家也一同前往。美国核能管理委员会已经设置了 24 小时操作中心，之后作为首发人员一次性派遣了近 100 人的美国核能管理委员会专家组。另外，国防总部也特别向日本派出了美军。

国防部长罗伯特·盖茨决定将最初的 72 小时作战全部委托给 PACOM。美军的行动是果断而迅速的。新加坡的第七舰队指挥舰"蓝岭"号向全部船员发出了返回军舰的命令并于 11 日傍晚驶往日本。此时美军"乔治·华盛顿"号航空母舰因在横须贺基地定期休整不能立即投入使用，因此，为美韩联合军演正驶往西太平洋的"罗纳德·里根"号航空母舰被紧急派往了三陆冲。

日本时间 11 日下午 7 点（美国东部时间上午 6 点），美国政府联系日本政府说："我们将派'罗纳德·里根'号前往日本。"13 日早晨，"罗纳德·里根"号抵达三陆冲。3 名日本海上自卫队的联络军官登上了"罗纳德·里根"号，同样，3 名美国海军的联络军官也登上了"日向"号护卫舰。就此，"罗纳德·里根"号成了日本自卫军和海上保安厅直升机的燃油补给和空中作战平台。这些合作方式都是前所未有的。

为了支援自卫队在东日本开展的人道援助和灾害救援活动，美国海军共动员了22艘军舰、132架飞机、1.5万人次以上的士兵，实施了超过160次飞行侦察和3200平方千米的海上搜救活动。美、日两国政府在设立了共同作战指挥所（美、日联合使用的调整场所）后，随即展开了真正的协同作战，即"同盟作战"。美国把太平洋舰队司令官帕特里克·沃尔什（Patrick Walsh）派到日本，紧急设置了驻日美军司令官级别以上拥有"四星徽章"（海军大将）的司令官职务。沃尔什在驻日美军司令部（东京·横田基地）指挥这场同盟作战。美方与日方共享了在美国的会议室里各个相关省厅之间进行讨论的原始电视会议资料。

　　美国舰队所面对的，是一个看不见的敌人——核辐射。

　　最先拉响核辐射警报的，是"罗纳德·里根"号。

　　"首先需要告知的是，'罗纳德·里根'号上已检测到了核辐射。""一架直升飞机曾降落在日本的军舰上。因为这艘舰船已经被污染，船员也被污染了。""罗纳德·里根"号距离福岛第一核电站有100英里（约160千米），日本的旗舰船同样有50英里（约80千米），两艘船分别停在不同的地方。唐纳德说："昨天夜里，我们发布了要避开辐射云经过区域的指示，要求退避到50英里（约80千米）开外、距辐射云辐射路径约100英里（约160千米）开外。"航空母舰甲板上的辐射量高到了平时的

2～2.5 倍，空气中的辐射量则是平常的 30 倍。"但这些核辐射是来自排气口，而不是受损破裂的储存器"，唐纳德又补充说。

美国开始对核辐射实施监控。来自关岛基地的最精锐的全球鹰无人侦察机飞行在福岛上空。全球鹰侦察机的飞行高度大约在 1.8 万千米，具有能够侦察前方 560 公里目标的能力，即使在夜间和恶劣天气下也能捕捉到目标。地面的指挥部几乎可以同时看到拍摄画面。另外，美国还出动了能够观测放射性物质的大气收集器 WC135CONSTANT PHOENIX，它可以独自收集并分析信息。他们还动用了驻留在内布拉斯加州的大气收集机（截至 5 月 11 日的两个月内，美军共为日本免费提供了超过 4400 张照片）。

白宫开始对此有所警觉是在 12 日下午（美国东部时间的同日拂晓）1 号机发生爆炸后。他们决定由布伦南将此事汇报给总统。科学事务的负责人带来了汇报用的原子反应堆的图，但里德认为这个未免太过详细，便让工作人员将图画成了类似于漫画的东西。布伦南看了两个图后说："嗯，这样的话我就能理解了，总统想必应该也能看懂吧。"说完便拿着漫画图向总统的办公室走去。但不管是布伦南还是里德，都还没反应过来到底福岛事故的规模大到何等程度。

就此里德曾问过科技负责人霍尔顿的部下："这个事

故的级别是类似于三里岛的还是切尔诺贝利的?"对方的眼神中流露出"真是个对科学一无所知的可怜人啊!"的神情。"不能这样简单地类比,福岛不同于它们中的任何一个。"里根接话说。话虽如此,在具体应对时必须了解"程度"和"尺度",如果不了解就必须要做"最坏预案",这就是应急管理的准则。虽然还没到类似于丘吉尔"这是开始的结束,还是结束的开始"这句名言那样的阶段,但里德他们已经决定做"最坏预案"了。

虽说1号机爆炸了,但当时都认为"至少储存器还是完好的"。因此贝德他们觉得总会有办法的。

东京 / 美国驻日大使鲁斯

11日下午7点3分发出"核能紧急事态宣言"后,位于东京赤坂的美国大使馆馆员突然收到来自日本外交部北美局的科员的请求,要求向福岛第一核爆事故提供支援:"希望你们能紧急派送喷水车和发电车",这样的请求有时甚至伴着哀求的语调。"能请你们帮帮我们吗?"来自首相官邸的催促也像箭一般飞了过来。

北美局的日美地位协定室,是外交部中负责此事的部门,具体是由室长鲶博行在官邸和驻日美军之间斡旋。尽管这些申请原本是应该通过"MILL·MILL(军·军)"来进行的,但眼下这种气氛下,也不能说句"请你们去向统幕（幕僚监管部）提出申请"就一口回绝掉。驻日美军立即从横田和根岸调派了一辆消防车给东电，并由在基地工作的日本人开到 J-VILLAGE 去交给了东电。但东电却以"说明书全是英文"为由完全没有使用。

这天夜里，美驻日大使馆的约翰·鲁斯从使馆给外交部长松本刚明打来了电话。当夜原定要在官邸召开为纪念日美安保协定签订 50 周年的招待会，饮料食物都已准备就绪。

鲁斯开口就问："核反应堆安全吗？"

"已经被控制住了，据说是安全的。"

"真的吗？民间的研究者们说堆芯正在开始熔解。这是怎么回事？"

"不，对这个说法我们政府并不认可。"

对此鲁斯半信半疑。

就在前天，鲁斯和坎贝尔一起飞往蒙古之前顺道去日本拜会了松本，这也是他跟松本的初次见面。"我的大门永远对你敞开着，欢迎你随时来敲门。"当时松本对鲁斯说。

松本是前外交部部长前原诚司因在日韩国人捐款问题引咎辞职后才就任这个职位的，而且刚好在大地震前的两天才上任。松本向美方提出需要发电车和备用柴油，"如果能得到驻日美军的协助将不胜感激"。他曾就是否需要向美国申请援助一事征询过菅直人首相的意见，结果首相说"必须求助"，所以他才向鲁斯求援的。鲁斯表示得从美国本土派遣援助队伍过来，但答应提供援助。

深夜，外交部次官佐佐江贤一郎接到了美国副国务卿詹姆斯·斯坦因伯格和能源部副部长丹尼尔·布雷曼的电话。美国方面是统一的电话模式。电话会议中，核动力安保院审议官西山英彦和外交部职员也一同出席了。西山回答了技术性的问题。凌晨0点15分，奥巴马总统和菅直人首相举行了电话会谈。美方强调说"将把此次事故视作国家级的紧急事态而不遗余力地提供支援"。

自从2009年8月就任以来，先后协助处理过普天间基地问题和钓鱼岛等问题的鲁斯在美日间的外交和安保问题上也学到了很多经验，但这次却不同。比较熟悉的外交部和国防部的高官们这次没法马上出手相助，而他平时跟经产省和安保部又没有太多来往。与日本政要很难取得联系，就算联系上了也无法得到确切的信息。美国核能管理委员会的职员等核能专家正从华盛顿赶赴日本，让他们和谁接触才能获得确切的消息呢？必须要跟专家而不是与政府的当局者直接对话。由于事故的专业性，所以不管是官方的也好还是民间的也罢，在哪里、又有怎样的专家呢？到底是什么样的专家在给首相提建议？这些问题一时都毫无头绪。

鲁斯觉得在此之前有必要先搭建一个可以交换信息的平台。考虑到信息集中在J-VILLAGE，驻日美国大使馆准备把从美国派来的核能专家直接派去那儿。但却根本找不到翻译，就算找到了，听说要去 J-VILLAGE 也马上退缩了。

这时，传来了这届政府是由首相官邸在主导，特别是首相以下的政务官员们正在直接应对事故的消息。必须先把和首相官邸之间的信息通道加固好。对于美国列出来的援助清单日本究竟打算如何应对，从日本的行动计划上美国驻日大使馆根本不得而知。

12 日早上，核能安全基础机构（JNES）的理事长曾我部捷洋给美国核能管理委员会委员长格雷戈里·贾茨科 (Gregory Jaczko) 发来了一封电子邮件，在对其提出援助之事表示衷心感谢的同时也回绝了他们的申请。这让美国人糊涂了："日本对美国政府的对日支援是真的感谢吗？"同日，在美国政府的电话会议上，美国核能管理委员会的职员说："我们直接与日本的管理部门取得联系并提出了支援的要求，但对方说没有必要回绝了。"日本首相菅直人在官邸内的会议上说："日本能做的事情，要在求助于美国前自己先去做。"据传这就是他们对美方援助态度"消极"的原因。

那为什么日本会对来自美国的支援持消极态度呢？美国政府内部对日方反应的焦虑情绪开始显现了出来。"这不正是以菅直人为首的民主党的对美立场所带来的后果吗？之前的鸠山政府也一样啊！民主党走的基本上就是排美路线""菅直人似乎担心如果美军的援助太打眼的话，会被人指责说民主党政权不作为""不！应该是日本人的自尊心和羞耻心在作怪，大概是想让世人看看日本人到底能做些什么吧""不，日本根本没有那样的能力！难道至今你还相信日本是经济和技术大国的神话吗？""他们太小看美国了吧！那些经济官僚根本就不知道美国在军事方面的资产和力量的雄厚""本来嘛，为什么内阁长官老出现在电视里？这样做的政府能搞好危机管理吗？"

也有替日本辩护的。"日本政府也还没能掌握到情况，应该不是在刻意隐瞒什么吧""现在他们正全力进行事故应对，我们还是应该避免强加于人的援助，同时要注意别让人以为我们一心只想去收集信息。"也有人说："也不能只怪日本吧？卡特里娜飓风的时候，美国不也拒绝了日本的援助申请吗？！"一位国务院的专家还记得卡特里娜飓风时，来自日本人民的满满的善意。一位年迈的日本绅士突然造访了美国驻日大使馆，将一百万美元的支票当场签字后交给了使馆工作人员。他说："请拿去救助受灾者吧！我年轻时在美国留过学，多亏了美国才有了我现在所有的一切。"说完就走了。还有很多人申请前往新奥尔良参加援助，但都被美国政府拒绝了。因为危机管理的基本原则就是当发生灾害的时候，应该由最熟悉该地区的人集中起来商讨对策。日本现在也遇到同样的状况，日本也很清楚要靠自己的力量来集中商讨。日本的官员在国务院的会议上是这样为日本辩护的。

13 日上午，日本政府在首相官邸召开了核辐射灾害对策本部会议。会议即将开始时，美国大使馆官员给国防部官员打来电话说："能源部副部长布雷曼说和日方的任何人都无法对上话。希望帮他联系上恰当的可以与之对话的人。"听说此事后，防卫大臣北泽俊美在阁僚会上说："虽然这不是我职责范围内的事，但美国能源部副部长说想跟日方适当的人对话，似乎他现在没法跟我们对上话。大家最好还是想想办法。"与会人员对北泽的这番忠告却全无反应。甚至还有人泼冷水说："美国只想要与福岛有关的信息，其他什么也不会为我们做的。"

会议结束后，剩下的北泽，外相松本和经济产业大臣海江田万里三人商量了这个问题。有人说"让班目（核能安全委员会委员长班目春树）去和他对话不是挺好的吗？"不久美国大使馆回应说："已经通过电话了。"布雷曼是和核安委委员长近藤骏介对的话。因为华盛顿方面急切地催促说"告诉我们近藤骏介的联系方式"，鲁斯便指示大使馆工作人员赶紧联系近藤，可却没有找到他的联络方式。最后还是通过谷歌搜到核能委员会的电话号码后才联系上了。

这天早上松本正忙于为别的事而奔走。就接受国外救援队伍之事，因为总务部、警察署和消防部都一致采取慎重的姿态，松本正试图说服他们。还是官方长官枝野幸男说了句："总之，先接受下来吧"，他们才同意接受的。

通过将多名年轻事务官配备给国外救援队的方式，外务省拿出了真正接受国外救援队的姿态。就在此时，最让鲁斯受打击的是 12 日和核能安全保安院审议官根井寿规之间的通话。根井是第一个与鲁斯对话的保安院干部。他慌张地说："1 号机开始堆芯熔解了。""堆芯熔解？！你是说堆芯熔解吗？"但彻底击溃鲁斯心理防线的，却是接下来的根井的话。"抱歉！现在非常忙，正准备撤离。""撤离？谁？往哪儿撤？撤离的依据是什么？"鲁斯正想仔细询问根井时，根井说了句"抱歉我很忙"后就挂断了电话（可根井却对笔者说他并不记得与鲁斯有过这次对话）。

13 日上午 11 点 30 分，鲁斯给枝野去了个电话。

"我们很关心生活在日本的美国人，请告诉我准确的信息。"

"自卫队和美军之间的合作进展顺利，我们也在竭力确保核电站的安全。"

"日本政府向半径 20 千米范围内的居民发出了避难指示，但 20 千米外的地方安全吗？"

"安全。"

从枝野的回答中察觉到他在打官腔的鲁斯随后又跟北泽通了个电话。跟枝野不同，北泽对形势的认识明显要深入得多。14 日凌晨 2 点，鲁斯在大使馆第一次会见了作为美国政府援日队成员之一的美国核能管理委员会的职员。有必要让他们立即跟日本的专家接触并得到准确的信息，以便提供准确的建议。形势正日益严峻。在不断变化的状况中，日本政府各省厅的信息也是错综复杂，很难知道到底最准确的信息都汇集到哪儿去了。"为什么北泽的信息要比其他人的透彻呢？""究竟日本政府的哪个部门在对这些信息进行彻查、评价和分析呢？"真令人费解。相比防卫省甚至自卫队，也许当时北泽的危机意识是最深的。此时自卫队和美军关于核事故的共同认识也都还不够深。这时，驻日美军司令官巴顿·菲尔德在打给总幕僚长官折木良一的电话中问道："外交部向驻日美军申请紧急调配消防车，但请先告诉我反应堆现在到底是个什么状况。"对此，总幕僚监管部无法给出像样的答案。菲尔顿说："从美国海军的直升机上测出了核辐射，对此我们深表担忧。我已下令让美国舰船不要太靠近事故点，并且也要远离那些距离事故点太近的船。"菲尔德说的是"罗纳德·里根"号被核辐射污染的事。因为没想到情况已变得如此严重，折木也大吃一惊。

东京 /"事关国家主权问题"

14 日上午，3 号机的反应堆厂房发生了爆炸。事态正在恶化的消息被不断汇总到鲁斯这里，同时他也不断收到来自华盛顿斯坦因伯格的关于核电站事故的询问，鲁斯不得不作出回答。鲁斯也再三要求日本提供信息，他要的不是第二手或者第三手的，而是"最直接最正确的信息"。已经到了间不容发的地步了。"不管怎样，必须直接跟政府首脑对话才行。""把枝野官房长官叫来！"虽然那天夜里鲁斯好几次这样命令下属，但还是没找到枝野。

"官房长官说没时间召开记者招待会。"

"记者招待会？那有什么要紧的？让他赶紧回我电话！"

等到枝野打来电话，已是 14 日晚上 11 点了。

"能不能马上把福岛第一核电站的放射性物质扩散状况的数据发给我？"

"现在我手头没有。"

"希望贵方能马上去把资料拿过来。"

"地下危机管理中心有。"

"那能不能马上去那儿拿过来？"

此时正挤在枝野房间里的他的下属和外交部的干事们闻听此言都皱起了眉头。"不管怎么说，跟官房长官说话不能用这种口气吧？"当时在场的人都觉得鲁斯非常不安，不，应该说完全就是乱了阵脚。

尽管如此，鲁斯和枝野之间最紧张的一瞬还是鲁斯说的下面这句话："希望你们能允许我们将专家派驻到官邸的决策层身边来，如果能让他们常驻的话我们将不胜感激。"当听翻译说美国希望让 NRC 的专家常驻首相官邸的决策层周围时，枝野顿时脸色大变。他断然回绝道："这绝对不行！"鲁斯也激动起来，说："我们美国明明是在全力以赴地援助日本，你们却……"

但直到最后，枝野都没有改变他的态度。和鲁斯通完话后，枝野对下属说："所谓官邸的决策层周围就是指他们要去总理执务室啊！不能把他们放在5楼。这简直是在开玩笑！"并说这是关乎国家主权的问题。

"也是啊！如果换个立场，日本请求美国政府让日方专家常驻白宫的话，美国政府又会怎么说呢？"甚至连平时遇事总倾向于优先考虑美国的外务省的人也流露出了这种想法。鲁斯也感受到了来自华盛顿的希望得到更可靠消息的压力。他让下属去调查"从哪儿可以得到最可靠的信息？是现场还是 J-VILLAGE？又或者是从东电？"时，得到的回答却是"现在完全是官邸在主导事故应对工作，最好的信息都汇总到了官邸"。据此他才提出了试图让美方人员常驻官邸的方案来。

在经过和枝野的这番紧张交涉后，鲁斯又给自己的老相识、政府副秘书长河相周夫打了个电话。

"为什么辐射量又上升了？"

"大使，这种事我们不是专家，不知道是什么原因。"

虽然这样说完后就挂了电话，但河相心里却不安地想"美方认为日方是在隐瞒事实才这样说的"。他给政府副秘书长福山哲郎打电话说："不管怎样，你们还是和鲁斯谈一谈吧。"于是16日上午，福山给鲁斯打了个电话。鲁斯怒火冲天地问道："我们非常担心并一直在帮助日本，到底你们是怎么回事啊？"福山辩解道："我们问过了你们美国核能管理委员会的工程师，他们也未予置评啊。明明我们并没有隐瞒，却被认为是在隐瞒，这实在太令人遗憾了。"对此鲁斯没有做出回应，而是重又提出了向枝野提过的那个方案：

"希望能将专家派驻到首相官邸的决策层身边去。"

"你们所说的官邸决策层身边是指总理办公室吗？如果是的话那肯定是不行的。但是，如果把他们放到决策层身边的话倒是有可能的，可以安排他们去官邸联络室。"所谓的"联络室"，就是为了共享经济产业省、核能安全保安院和东电等的信息而在官邸地下一层的危机管理中心旁紧急设置的一个房间。

15日上午，菅直人、枝野和福山商讨了向官邸派驻美国专家的事，决定同意这些专家在官邸联络室常驻。福山将这个结果告诉鲁斯的两三天后，鲁斯在使馆里会见了枝野。虽然鲁斯和枝野都没承认"是我不对"，但都在向对方传达"之前说得有些过分了"之意试图努力修补关系。鲁斯和枝野的电话会谈加深了美国国务院对日本政府应对能力的质疑，同时也让他们怀疑日本政府对于美国应对核事故的能力并不认可。

16日下午，参加完G8外交会晤后的松本从巴黎回了国，当天下午 7 点 50 分，他给鲁斯去了个电话。之前他知道鲁斯给自己来过电话，但回国后却一直没时间打给他。鲁斯对终于打来电话的松本说："如果今天再不注水的话，我们将不得不认为日本在应对这次核事故上失败了。"听起来这分明就是在发出最后通牒。松本正欲解释，却听到鲁斯说了句"对不起我还有事，就这样了！"就径直挂掉了电话。大臣室里除了坐在松本旁边的佐佐江外，还有凑在一起的另外几名工作人员。松本觉得心里很不爽。大家也都觉得"明明是我们主动打去的电话，这家伙实在太没礼貌了"。

华盛顿／可能会丢掉整个东日本

3 号机房发生爆炸后，坎贝尔在电话中向国务院副国务卿斯坦因伯格作了汇报。"福岛正面临悲惨的局面，东日本可能会走向毁灭。"尽管斯坦因伯格知道坎贝尔向来就有戏剧性地夸大事实的说话习惯，但从坎贝尔的声调上来看，可以察觉出此次的事态的确非同寻常。"这可能是有史以来最悲惨的结局。尽管如此，日本政府却还没有拿出任何像样的应对措施，也没能控制住反应堆。"

从 20 世纪 70 年代卡特执政以来，斯坦因伯格就一直是民主党政权中的外交和安保政策专家。如此身经百战的他，却觉得这个电话是"目前为止所接到过的最恐怖的电话"。"不能把事情全部交给日本，美国必须得挺身而出发挥更加直接的作用才行。"两人就此观点达成了一致。

坎贝尔的警告是以美国海军反应堆机构的堆芯解析数据为基础发出的。根据这个解析数据模拟出的结果显示：福岛第一核电站1号机的储存罐极有可能发生爆炸。如果那样的话不光2号机和3号机将无从下手，甚至连5号机和6号机也会损毁。不过，此时美国核能管理委员会正在进行跟海军反应堆机构所做的略有不同的反应堆炉芯解析，美国东部时间14日举行的美国政府内部的电话会议上，美国核能管理委员会的职员们就此交换了意见。

"今天清晨5点必须为1、2、3号机的冷却提供技术支持，否则我们将失去18个小时的冷却时间"。

"虽然堆芯有可能因为溶解而脱落，但我们的结论是关闭反应堆的努力并没有白费。"

贾茨科插话说："这样的话，就不会再大规模释放核物质了吧。"

可比起反应堆来更触碰着美国核能管理委员会的敏感神经的，却是乏燃料池干烧的可能性。

因为从派往东京的美国核能管理委员会的工程师那里已经传来了"乏燃料池可能正在沸腾"的消息。

15日早上2号机储存罐出现的损伤和4号机厂房发生的爆炸和火灾，已经让美方产生了前所未有的危机感。美方人员回顾当时的情形时说："当年切尔诺贝利发生核泄漏时，火灾所致的大气污染也很严重。自那以后，我们就做了最坏的打算。得不到任何消息的时候，最先做的事就是做好最坏的准备。"

根据无人侦察机和全球鹰从高空拍回的视频资料、测定到的燃料池温度，以及空中监测到的辐射量等的结果，美方判断说燃料池很可能已经烧干了。斯坦因伯格和坎贝尔商量说："如果莽撞行事的话，可能会导致数千人死于辐射污染这一悲惨结局。这可不是说句'这是日本的事'就敷衍得过去的事。"坎贝尔害怕地说："那样的话日本不就失去东日本了吗？东日本面临着将变成核污染废墟地的危险。"

坎贝尔把"核污染废墟地"形容为"nulear wasteland"。他的这种担心，被以电报的形式通过驻日美国大使馆发给了外务省本部。

佐佐江直接致电日本驻美大使藤崎一郎说："这是我们日本的头等大事。可能真的到了必须请美国出手相助的时候了""请把华盛顿的担心原原本本地传达回来。"藤崎也老老实实地照此执行了。外务省的某高官后来苦笑着回忆说："藤崎的电报完全就是在照搬美国高官的话。"

16 日，防卫省的直升机在 4 号机上空观察到里面似乎有水。这一消息被通报给驻日美国大使馆后，本来得到的来自华盛顿的答复是让转告给本省，结果从藤崎大使处发来的电报却说"美方说 4 号机的燃料池里没有水，燃料棒是空的"。本该是由我们来向美国国务院传递消息的，结果却变成了只把对方的消息原封不动地照搬回来而已。

在这点上，当时藤崎做得非常彻底。为了让务省大臣，还有首相、官房长官和防卫大臣等都注意到这些消息，藤崎精准地不断发送着这样的外交电报。

美国东部时间 16 日拂晓（日本时间当日下午），奥巴马通过电话召集近 60 名政府负责人召开了大规模的对策会议。就美国政府而言，以这种方式来对应该如何应对福岛核电站危机进行讨论完全是一种空前的尝试。美国政府就此决定要向日本传递严厉的信息。事到如今，美国政府仍然怀疑：日本政府是否隐瞒了些什么？日本政府是否已经知道事态正在变得愈加严重？他们是否因为害怕引起国民恐慌而在模糊事实？于美国东部时间 16 日拂晓播出的天皇陛下长达 5 分半钟的视频信息也加深了这种疑虑。

"对于现在还难以对核电站的状况做出预判这点我深表理解，但仍深切希望通过相关人士的努力，能够避免事态的进一步恶化"。天皇通过广播亲自向全体国民发表讲话的所谓"玉音放送"，前两次分别是在 1945 年的战败日（8 月 15 日）和次年（1946 年 5 月 24 日）面临粮食危机向国民发出呼吁时。天皇的此番"致辞"，是不是在试图传达无论哪位政界人士都说不出口的日本行将破灭的危机呢？美国国务院的日本专家们都试图探寻出"天皇致辞"背后所隐藏的真正含义。

16 日上午 9 点（日本时间下午 10 点），美国政府将日本驻美大使藤崎一郎叫到了位于国务院 6 楼的国务院助理国务卿卡特·坎贝尔的办公室。藤崎刚刚从在巴黎举行的与美国国务卿克林顿和外相松本的会谈上回来。除了藤崎外，包括驻美军官纳富中等在内的 4 人从 C 大街的入口进了国务院，前来一楼迎接他们的两位职员脸上却全无平日的笑容。在前往 6 楼的电梯里藤崎嘟囔道："今天的气氛跟平时不太一样啊。"到了东亚·太平洋局后，他们却不得不在接待室等了 10 分钟左右。藤崎掏出手机打给了东京的外务省总部："这边的气氛有点儿奇怪，请告诉我你们手里掌握的情况。"被带着穿过房间后，他们见到的坎贝尔神情疲惫，脸上没有一丝微笑，其他工作人员的眼里也布满血丝。

坎贝尔说："藤崎大使，请恕我直言。你们日本没有做自己该做的事。虽然美国打算提供援助，但你们日本政府却没有团结起来。你们的政府必须努力团结起来才行。"

"如果东电无法处理核电站事故，那就只有由日本政府来处理了。"

"看上去不管是自卫队还是警察似乎都在逃避。越是这种时候，英勇的牺牲才更是必要的。"坎贝尔是用"heroic sacrifice"这个词来表达的"英勇的牺牲"。美国政府得到消息说东电似乎已经打算放弃第一核电站了。这天清晨，刚刚收到消息说自卫队已经放弃了用直升机对 3 号机实施喷水的计划并已折返了回去。藤崎他们中的某人想：大概坎贝尔现在所说的就事关此事。

大概15分钟后，有个电话打进来找坎贝尔。他去隔壁房间接电话后却好一阵都没回来。出来后他对藤崎说："电话是白宫打来的。白宫现在确实也在讨论这个问题，但还没有出来新的指示。'罗纳德·里根'号航空母舰不能进入距离福岛50千米以内的范围……这种状况继续持续下去的话，就不得不开始讨论美国政府派驻日本人员的自主撤离计划了，但还没有决定什么时候开始启动这个计划。尽管我并不希望启动它，但有可能还是会启动。先跟你说一声。"

之后，坎贝尔又补充说："不仅政府人员会自主撤离，可能还将被迫召回驻日美军。为了阻止这一切的发生，希望你们日本政府团结起来努力做好事故应对。"

那一天里坎贝尔就在国务院照会了藤崎4次。第2次时，藤崎表达了日方的担心，即：如果美国政府撤回外派人员和驻日美军的话，将会给周边邻国发出日、美关系正步入困境的错误信号。坎贝尔表情严肃地回答道："藤崎大使，这不是政治，现在不是谈论政治的时候。请你们认真考虑。"随后，他又叮嘱道："只能靠你们日本的军队去拼命了。"这时，坎贝尔已经拿到了美国海军、能源部和美国核能管理委员会之前各自独立进行的名为"最坏预案"的一项模拟结果。海军的模拟结果显示，辐射云有被随风吹到东京的可能性。这份资料是在奥巴马总统也出席了的内阁级别会议上提交的。

美国东部时间 16 日上午，NRC 的委员长格雷戈里·贾茨科在和美议会下院的能源委员会与经济环境委员会的紧急联合听证会上明确了一点："据我们收到的报告称：4 号机的燃料池几乎或者已经完全没有水了。"他们对此表示深感担忧。同日，美国核能管理委员会发表声明说："如果按照美国也发生同样情况的指导方针的话，对于距福岛核电站 50 英里（约 80 千米）圈内的美国公民而言，撤离才是正确的决定。"

华盛顿 / 藤崎电报

美国政府内部越来越不信任菅直人政府的应对措施。因为东电没有告诉首相官邸实情，菅直人只是在不知实情的情况下盲目地忙碌着。

"是时候给菅直人一些刺激了"，这也可以说是针对日本政府的"刺激疗法"吧。就这样，美国国务院向日方波浪式地传递着"强硬信息"。16 日午后（日本时间的 17 日拂晓），在斯坦因伯格和枝野的电话会议上，美方也传达了同样的信息。这次电话会议被提前到了之后将举行的奥巴马和菅直人的电话会议前进行。斯坦因伯格要求日方提供最及时的信息，枝野回答说："正在尽最大努力紧急安排专家会谈。"在此基础上，双方做好了开展两国首脑会谈的准备工作。

刚于 1 月份才代替仙谷由人接任官方长官的枝野疏于对外关系的调整。斯坦因伯格对日本政府的应对颇不以为然。"准备工作一样都没做好，他们根本没有危机管理意识"，这让他对日本政府的不信任感愈加强烈。斯坦因伯格素以口无遮拦而著称。在国务院召开的讨论会上他主张"传递给日本的信息应该表述得更明确才行"。

"难以理解，日本政府为什么要将核事故的应对交给东电呢？日本政府中到底谁是负责人？这种非常时期，需要一个霸气的人才行。请告诉我们：这个人是谁呢？希望日本政府能将应对此次事故作为自己的责任承担下来。"包括藤崎发来的大量电报在内，美国向日本发送了大量的各种信息，其中核心的一点就是"很难理解日本政府为什么将核事故的应对交给东电来承担"。

美国对东电的不信任感达到了极限。当初收到消息说为了保护反应堆东电还在犹豫是否注入海水时，他们就更加担忧将事故应对交给东电处理的后果了。国防总部和众议院也开始向日本发送同样的信息。为此，日本驻美大使藤崎一郎访问了美国参谋长联席会议（JCS）主席迈克尔·马伦（Michael Mullen）。马伦是海军上将。藤崎的会晤申请，是以要与统领海军反应堆机构的上将科克兰·唐纳德（Admiral Kirkland H. Donald）和太平洋司令官罗伯特·威拉德（Robert Willard）这种在海军中有威信的高层沟通为由提出的，但本来就很冷淡的马伦那天的态度就更冷淡了。他单刀直入地直奔主题道：

"在如此重大的危机时刻，你们日本政府为什么要将事故应对交给东电呢？"

"企业能力有限，警察和消防的能力也有限。军队不就是为此才存在的吗？日本政府为什么不动用自卫队？对此我们实在难以理解。"

"如果这种情况持续下去的话，我们不得不考虑将驻日美军撤回国来。"马伦上述表述中传达的信息其实非常明确。请你们自省：日本这样的国家是否值得被称为同盟国？对此藤崎只能低头接受。

马伦详细指出了日方在事故应对中的问题点：①美、日之间的信息共享不充分；②没有看到日本政府调动所有的国家资源来应对这场危机；③没有长期地战略性地进行事故应对。最致命的一击是在 16 日下午 6 点（日本时间的 17 日上午 7 点）马伦打给总幕僚长折木的那个电话。关于这个电话，第 10 章（自卫队"最后的堡垒"）中将会介绍。

危急关头，坎贝尔无数次地把藤崎从国务院叫出来。藤崎把各省厅选派来的大约 20 名职员集中到华盛顿的日本驻美大使馆并成立了一个特别小组。让他们反复进行的工作内容是：汇总来自各省厅的信息并直接上报；掌握全局后去见坎贝尔。回来后，再将内容报告并反馈给特别小组的全体成员。在此基础上，藤崎再将和以坎贝尔为首的美国政府要员的会谈内容原文以电报的形式发送给日本外务省。

对于马伦的一系列发言，官邸中枢、防卫省和自卫队都很不满。

"至少，最后我们自卫队来应对的意识还是有的，何至于被马伦说得如此不堪呢？！"

"再说，马伦的关于核事故状况以及日本政府的应对方式的信息也太滞后了吧？明知道4号机燃料池里有水却没收到这个信息，不正说明美方的信息上报方式也有问题吗？"

其实这些问题的产生也有时差的原因。

大家的抱怨也越来越多：滞后一天的旧消息又被原封不动地发了回来，消息传过去后对方又发回同样的电报。美国政府是怎么回事？原封不动把那些陈旧信息发过来的大使又是干什么的？不对！是因为外务省没有把消息传出去才会这样的吧？

在折木看来，是因为白宫、五角大楼、太平洋军队和横田这几方在对这些问题的关心度上有相当大的差异才造成如此局面的。"好不容易携手为盟正在推进同盟作战的时候，为什么要发来这样的电报？"大家对发这种电报来的藤崎的这种做法本身表达了不满。

美军首脑开始认为自卫队在福岛第一核电站事故的应对问题上似乎在逃避什么，而日本驻美大使则将这番话原封不动地用电报发了回来。这种做法似乎另有隐情。难道外交部想借用美国政府这个外力来给自卫队施压让其出动？……在向北泽通报此事时，他的助手加了一句："大臣，收到了些令人不快的消息……"

东京 / 外交部的密使

来自华盛顿的电报显示，外交部所处的立场，使他们比其他任何地方都更早知道福岛第一核电站的严峻形势。此外，外交部的北美局美日地位协定室和美方也经常就美国舰船的反应堆安全一事在交换信息。同时，他们和作为靠港基地的地方自治团体也经常保持着联系。11 日，美日地位协定室室长鲶博行向驻日美军提出的第一个申请，是要求"报告核动力舰的安全"。当时停靠于日本横须贺基地的，共有包括乔治·华盛顿航空母舰和其他两艘舰船在内的三艘核能驱动船舰。负责这些核反应堆的安全管制的，是美国海军反应堆机构。航母上的反应堆，是能够承受导弹打击的非常坚固的设计。正因为这样，不管是安全管制还是福岛核电站事故发生后的美军反应堆机构的应对和评价，都非常严格，海军其他的部署也都遵从这个机构的评价，美日地位协定室也收到了这些非常严格的评价。

外交事务副官佐佐江贤一郎已经在开始做"最坏预

案"了。

"可以预想到死亡之尘飘落到东京来的情况。如果那样的话，可能将会出现我们困守于外务省的情况。"

"应对福岛核电站事故没有调动自卫队。当反应堆堆芯熔毁、辐射云覆盖东京上空时，美国大概会弃日本于不顾吧？那样的话，日美联盟也必将终结。"

"日本就要完蛋了吗？"

这么想着，佐佐江的心里沉重似铅，整个人都被笼罩在一种阴郁的气氛中。

佐佐江问外务省秘书长木寺昌人是否已经储备了应急用的水和粮食，并让他做好准备。佐佐江认为应该出动自卫队来应对核事故，并担心"如果再不出动，美国将不再与我们合作"。佐佐江叫来了外务省反核扩散科学部长宫川真喜雄。福岛第一核电站事故发生后，宫川在外务省担任事故负责人。他和松本一起去巴黎出席了 14 日召开的 G8 外交部长会议后，16 日下午刚刚回国。从原来交通运输部的技术官员调任为外交官的宫川是在英国牛津大学获得的博士学位，对核动力技术很熟悉。此前宫川听自卫队的干部说过："'制服'① 没有从日本政府内部得到什么可靠的信息。虽然政府让他们去喷水、注水，但实际上他们并不知道反应堆里发生了些什么。"佐佐江担任北美局第二科的经

---

① 这里指自卫队——译者注

济科长时，宫川曾在其手下工作过。

"难道现在不正是自卫队彰显神威的时候吗？如果自卫队不更积极地去处理核事故的话，将大大影响到未来十几二十年的日美关系。"

"我也这么以为。怎么样？恐怕应该把这种担心直接传达给自卫队的高层才行吧？"

"是啊！我在自卫队高层里有好朋友，让我来试试看。但北美局不是已经在做了嘛……"

"北美局的事情就不要担心了。你行吗？"

"先试试看吧！"

当天夜里，宫川秘密前往位于市谷的自卫队总幕僚监部会见了幕僚副长官河野克俊，没想到从防卫省到总幕僚监部来居然还得扮演得像密使一样。"这两个部门分明都隶属于日本政府……真是个不可思议的国家！"

河野本来就是海上自卫队出来的。两人之间有着20多年的交情，是一种超出所在部门的立场和界限的能够安心对话的关系。在详细传达了华盛顿针对日本政府的事故应对方式所发出的危险信号后，宫川说："不出动自卫队的话就相当于什么都没有动，这点根本不用美国来说。该是你们挺身而出的时刻了。人命关天，不能轻率建言——对这点我非常清楚。可从某种意义上而言，现在对自卫队来说难道不正是机会吗？"

"掌握实权的集团在处理、或者说试图处理事情，所

33

以看不出哪里需要我们自卫队出动。而看不到自卫队的行动的话，全世界就会认为出动自卫队对这个国家是没有意义的"。

"只有动用眼睛看得到的资源，并且采取眼睛看得到的行动，这样才能在危急时刻使国民安心，并且不也才能成为让美国放心的根源吗？"

河野点了点头。他也完全能感受到这些，并且脑子里又想起了马伦的那番痛斥。"我这就向幕僚长报告去！"说完这句话，河野紧紧握住了宫川的手。

第 13 章

海军 VS 国务院

围绕事故的应对方式，美国内部也存在着严重的分歧。相对于坚持要保证零风险的海军，国务院则主张要考虑美日同盟的长期发展。"最坏预案"这一任务被委派给了总统的科学技术助理。

查尔斯·卡斯特 (Charles Custer)

在日本指挥 NRC 支援行动的，是现场支援部长卡斯特。13 日美国核能管理委员会委员长格雷戈里·贾茨科命令卡斯特飞往日本。卡斯特从所居住的亚特兰大州乘民航飞机，却没有去日本的直达航班，于是他在得克萨斯州的达拉斯机场转机。因为就快错过起飞时间了，慌乱中他忘了去办公室拿 K1（碘安定剂）就冲出了家门。其实装满了辐射计的应急工具箱里就有碘安定剂。后来当他想起这个觉得"糟了"时为时已晚。

他在达拉斯等待转机时接到了贾茨科打来的电话。

"打电话来是想在你登机前告诉你一声你这次去日本的使命是多么重要……大使目前处境艰难，我答应给他派一个得力的人过去，这个人就是你！相信你去后一定能好地完成任务。"

"谢谢……有美国核能管理委员会的同事们做我的后盾，我就有信心。"

"要好好协助大使……如果有什么就直接给我电话。

万事小心！"

像棒球教练让替补队员登场似的，贾茨科就这么把卡斯特送了出去。15 日下午，只随身携带了一个行李箱的卡斯特降落到了成田机场。

卡斯特是从美国核能管理委员会的核能安保规制中一路被磨炼出来的。17 岁成为空军下士后，他就在南达科达州的空军基地担任核武器的管理，之后在阿拉巴马州的核电站担任运输员并接受了职业训练。三里岛发生核泄漏事故时他刚当上操作员。有人说因为这次事故，以后大概再也不会修建核电站了。当时卡斯特曾想：这样一来我这一生也将暗淡无光了，也算是自己职业选择的失败吧。

这期间他从夜大毕业并取得了行政学的硕士学位，之后作为核能安全管理担当助手供职于上院内部总务的哈里·里德（民主党），并在那里锻炼出了政治嗅觉。

连宾馆的入住手续都没来得及办理，卡斯特就直接赶去了大使馆。此时正逢日本就福岛核事故在跟华盛顿进行视频会议。近 60 位美国政府的相关人士正在讨论在日本、美国公民的避难措施。驻日美国大使鲁斯也参加了讨论，卡斯特也出席了。

气氛一下子变得紧张起来。

在海军核动力监管机构担任海军反应堆机构主任的科克兰·唐纳德海军大将主张说："应该以半径 200 英里（约 320 千米）为避难范围。居住在东京的 9 万美国公民全都有避难的必要。"卡斯特惊讶地认为：这些家伙只是在谈论某种潜在的可能性，但它们并不一定就会发生。这就是所谓的"爆米花剧本"。

海军反应堆机构、美国核能管理委员会、能源部和白宫科学技术辅助机关都以各自的立场为前提、利用各种模型预测着事故的发展趋势。唐纳德的发言是以海军核动力机关独自做的预测为基础的，既不能代表全体海军，也不代表国防部的官方见解。13日美国核能管理委员会的两名工程师詹姆斯·特拉普和托马斯·阿尔西兹到了日本。当天夜里，他们与核能安全·保安院的中层们在外交部开了个会，会议持续到了午夜以后，但对话却并不顺利，双方情绪都很焦躁。14日晚，由内阁副秘书长福山哲郎为主，日方在官舍向他们说明了核事故的状况。福山还叫来了核安委的委员长班目春树和保安院的审议官根井寿规。

虽然并没出席这些会议，但卡斯特感到美国核能管理委员会工作人员的反应稍稍过度。他认为他们似乎正在依据没有经过筛选的不确凿的信息向鲁斯大使灌输着他们的预期计划。

卡斯特说："不要直接报数据上来，必须是经过认真分析和整理的数据才行。"这就好比得用烤箱将糕点烤熟后再判断它是否好吃，而不是在糕点烤熟前去胡乱推测一样。

但事态正在急剧恶化，这点是不容置疑的。反应堆的堆芯正在熔毁，同时 4 号机乏燃料池的温度也正在升高。从全球鹰的模拟显示和温度计所测到的结果中，都能读出这些征兆。鲁斯对刚到的卡斯特说："事故发生后，我每晚只能睡 20 分钟。"卡斯特回答说："大使，今晚你可以睡 30 分钟了。"大量的信息被送到了卡斯特面前，他必须立刻对它们进行分析整理。在阅读那些成捆信息的同时也就没能入住酒店，睡觉也只能在大使馆的沙发上凑合打个 30 来分钟的盹儿。之后的两天，卡斯特连衣服都没换过，一直在工作。卡斯特每周跟鲁斯见一次面，其他时候如果想见面，也随时都可以见，跟鲁斯的碰面是雷打不动的。困难的是见日方一面。美国核能管理委员会职员向卡斯特报告说东电、经产省和核动力安保院都对美国核能管理委员会态度冷淡。跟官邸的危机管理中心接触后，也无法从那里得到消息。问东电和安保院的人他们也都忙得无暇顾及……卡斯特也曾揣测过，大概是因为美国核能管理委员会的贾茨科委员长是反核电运动人士出身，所以安保院的人们才都不喜欢他的吧。

在担任民主党派的上院议员哈利·里德的助手时，贾茨科曾组织过反对在内华达州修建乏燃料处理场的运动。正是以此为背景，里德才当选了上院议员。传说 2008 年总统选举的时候，里德以让贾茨科成为美国核能管理委员会的领导者为条件支持了奥巴马。不论这个消息真假与否，贾茨科的确是在奥巴马政权诞生的同时就任美国核能管理委员会委员长一职的。美国核能管理委员会本部对核能安全·安保院的不信任在加深，对日本的负面评价也多了起来。

在和美国核能管理委员会总部（马里兰州罗克维尔市）的电话会议上，卡斯特忠告道："现在东北沿岸地区有几千具溺亡者的尸体浮了上来，日本正在艰难地进行善后处理。这种时候不能只让日本去做那个做这个，我们必须忍耐一下，他们正在接受非常严峻的挑战。"

危急时刻最重要的资源就是时间，所以日方以没有时间为由不参加会谈在某种意义上也很自然。别忘了美国毕竟只是个建言者。"现在在这里要做的事，其实是为了一起行动而进行的对话。"——这，其实才是卡斯特想表达的意思。

最让卡斯特感到奇怪的是日方，尤其是安保院对美国核能管理委员会的冷淡态度。他们把我们看作是"小鬼"，感觉我们好像在到处嗅闻着什么……也许是因为此前美国核能管理委员会和安保院之间基本没有什么交流和联络吧？即便如此为什么态度如此冷漠呢？难道是他们的自尊心和拘谨造成的吗？

通过介绍，美国核能管理委员会也接触了警察厅的外事部门，并和他们按照每周一次的频率进行定期会面。但是外事警察不是反应堆的专家团，只能间接得到来自那边的消息。卡斯特抵达日本之日，也正是政府和东电的对策

统合总部在东电总部成立之时。无论如何也要和东电领导
对上话才行。

办理完酒店的入住手续并换了身衣服后，卡斯特去东
电见了胜俣恒久会长。身穿西服的胜俣会长专门到电梯口
来迎接了卡斯特。被带着穿过房间并互相打过招呼后刚一
落座，胜俣就盯着卡斯特的眼睛说了句："Help me(帮帮
我)！"就这么一句英语，却打动了卡斯特的心。卡斯特
感到有着"仿佛自己祖父一般眼神"的胜俣是值得信任
的。不，更准确地说应该是自己决定要相信他。

卡斯特说："无论如何也要救助东电，希望能将美国
核能管理委员会的所有专家发动起来。"贾茨科惊慌地说：
"喂，再等等！冷静点……先深呼吸 30 秒。"说话间，卡
斯特反应过来。他心想：等等！委员长好像觉得是我要让
美国核能管理委员会的员工们全部来东京的，自己可能反
应过度了。但是，当时的他却只能那么说。

随后，随着卡斯特接触了一些东电的中层管理者，当
初他说"不管怎样都必须救助东电"的热情也开始消退
了。他们无视卡斯特的存在，也不愿意配合他。他更无
法理解在喷水作业处于绝对重要的时刻为什么他们却要
先去恢复通电（假设家里发生了火灾，同时还停了电。
这时难道要跳进火里去先恢复供电吗？肯定不会这么做
吧？！绝对是应该先打开水管啊。为什么连这个道理都不
懂呢？！）。他想起了飞往日本前，一位他认识的美国电力

企业领导给他的一句忠告："和东电对话完全就是在浪费时间。"卡斯特在想胜俣的那句"Help me"背后是不是还隐藏着别的意思。果真如此的话，胜俣没有说"Help us"而是说的"Help me"……为什么呢？像东电这样的组织不可能轻易改变。就算是遇到了危机急切地想要改变也是很难的。他必须领导的，就是这样一个东电。胜俣希望他知道这一点。胜俣想告诉他的，大概就是这个意思吧。

苹果和橘子

15 日下午到达成田后，查尔斯·卡斯特马上赶去了驻日美国大使馆。前文中也曾提及，当时使馆正在和华盛顿举行关于福岛核事故的视频会议，会上讨论了在日本、美国公民的安保问题。有些人对美国海军反应堆机构长官海军上将科克兰·唐纳德关于以"半径 200 英里（约 320 千米）"为避难范围的陈述表示反对。国务院支援日本团队的前日本部长凯宾·梅尔对此也持反对意见。"现在发布退避命令为时尚早，这会导致严重的政治性问题。能源部和美国核能管理委员会的辐射扩散电子模型将在几个小时后对结果进行评判，据此我们才知道究竟东京是否危险，所有的避难命令都应该根据这个判断来做出。现在如果发出命令，将会严重动摇美日同盟关系"。卡斯特也发言说："到今天为止的 3 天内，都还没有向反应堆注水。所以，确实可以想见形势将会更加严峻。所幸的是，情况还没有严重到那种程度。"在那次的电话会议上，从东京发布避难命令的事就此搁置了。

事故发生后，美国核能管理委员会呼吁在日本、美国公民遵从日本政府的避难通知采取行动。15 日上午，日本政府只发布了 30 千米范围内的室内避难指示，核能管理委员会在美国东部时间的同日发表了"在同样状况下美国会做类似的建议和考虑"的赞同意见。但在 15 日清晨 2 号机的压力控制室遭到损坏和 4 号机的建筑发生爆炸后，核能管理委员会改变了态度。

16 日的核能管理委员会内部会议上曾有过这样的议论：

核能管理委员会职员说："如果乏燃料池发生火灾，就应该要求半径 50 英里（约 80 千米）范围内的人撤离。"

卡斯特说："如果燃料熔解的话，混凝土每小时会被溶解掉 2~3 英寸（5~8 厘米）。如果外部电源无法使用的话，存储容器必将失去其密闭功能。"

贾茨科说："如果这起事故发生在美国的话，我们也会通知大家去 50 英里（约 80 千米）范围外的地方避难吧。"

核能管理委员会职员说："请委员长在下院的委员会上证言并发布新闻公告。不能再跟日本的避难通知保持一致，得向距离第一核电站 50 英里（约 80 千米）范围内的美国公民发出避难通告。"之前核能管理委员会用自己的模型做了个模拟测试。预想到"在最严重的 3 个反应堆和 6 个燃料池可能将会无法控制"的"最坏预案"的情况下的辐射值，在内部就将 240～320 千米的区域设为危险区进行了讨论，也就是说避难范围有可能扩大到首都圈。贾茨科在议会上的证言正是以这个"最坏预案"为基础提出来的。

相比核能管理委员会，海军则讨论出了更具危机意识的"最坏预案"。以太平洋军司令官罗伯特·威拉德为首，海军高层们的决策依据是海军反应堆机构的权威们进行的模拟演示。海军反应堆机构主张零风险论，正如后来美国政府某位高级官员所说的那样："核事故一旦发生，谁都会要求零风险，或者必须拿出要求零风险的姿态来。"这点在美国海军身上表现得尤为明显。海军反应堆机构对判断"乔治·华盛顿"号和"罗纳德·里根"号的情况拥有绝对发言权。

海军拥有核潜艇和核动力航空母舰。负责这些包括核能发电在内的发电系统部署的部门叫作海军推进机构，但监管核能部门安全的还是海军反应堆机构。海军反应堆机构是按潜艇反应堆芯的标准来制定安全规则的。在潜艇内部，即便是极少量的核污染也意味着毁灭。陆地上的核电站是有"避难"计划的，但在海里却没有，所以他们把"零泄漏"视作金科玉律，这就是他们在这方面有洁癖和呈神经质的原因所在。

海军反应堆机构的长官由海军长官提名、经总统任命并需得到议会的认可。这个职位的任期是 8 年，和最高法院法官和 FBI 长官一样，其独立性受到保护，即使政权更迭也不能改变对他们的政治任命。

长官有义务同时向海军长官和能源长官两人报告，也就是说他有两个上级。这就再次显现出海军反应堆机构长官的高度独立性，长官也可以在某些时候让他们互相竞争。连总参谋本部和国防部长都不能随意插手这里的人事和预算。海军反应堆机构由被视作是美国核潜艇舰队创办人的海曼·乔治里科弗（Hyman George Rickover）创设。曾于 1954 年推出世界首艘核潜艇"鹦鹉螺"号的里科弗，将他 63 年的海军生涯都奉献给了核能开发。因为美国议会以"无人可以取代"为由一直没让他退休。

查尔斯·卡斯特抵达日本前，美国海军横须贺基地的海军反应堆机构负责人向鲁斯申请说希望能给他们一个可以进行简要说明的机会。唐纳德曾经主张美国公民到福岛第一核电站 200 英里（约 320 千米）范围外避难。他们把事态看得非常严峻，并表示："情况还有可能进一步恶化。"但刚被派到日本的美国核能管理委员会员工们却并不认同海军反应堆机构的这些判断和主张。"那些家伙是错的，没必要听他们的。"美国核能管理委员会认为日本政府设定 20 千米的避难区域已经足够了。当时，派往东京的美国核能管理委员会和海军反应堆机构的工作人员都絮絮叨叨地向鲁斯陈述着自己的不同见解，这让鲁斯困惑不已。

鲁斯要求唐纳德和贾茨科进行"调整",华盛顿的海军反应堆机构立即与美国核能管理委员会本部进行了沟通。"东京的美国核能管理委员会和海军反应堆机构的员工们纷纷向驻日大使传达自己各种见解的现状实在令人担忧"。

从美国核能管理委员会本部获悉海军反应堆机构的这种担忧的卡斯特如是说道:"也就是说还必须跟另一位'参与者'协调才行啊!"鲁斯还向唐纳德提出了派遣海军反应堆机构职员到美国驻日大使馆常驻的申请并得到了同意。

贾茨科刚开始准备重新审视"50英里(约80千米)"避难区域这个意见,海军反应堆机构就来与美国核能管理委员会沟通了。电话会议上,海军反应堆机构的职员说:"你们也主张50英里(约80千米)的避难范围?在这点上我们的态度倒是一样的……这并不是苹果和橘子的关系。还是说虽然都是苹果,但种类却不同呢?"美国核能管理委员会的"50英里(约80千米)"论主要基于2号机堆芯熔毁所将产生影响的预测。当被告知这点后,这位海军反应堆机构的职员又提出了一个疑问:"在损失一个核能设备的情况下,很可能所有的设备都会损失……尽管如此,美国核能管理委员会的预测却停留在只会损失一台2号机的问题上。这未免也太乐观了吧?"

唐纳德插嘴问贾茨科道:"仅就对日本产生的影响这点而言,美国核能管理委员会是怎样看待最坏预案的呢?"

"最坏预案的结果就是：3 个反应堆会发生堆芯熔毁——如果有更准确的表达的话还请指教——存储容器破裂，并最终导致核泄漏。另外，6 个废燃料池的状态也正在恶化，又发生了火灾。很难说在这个最坏预案中这些将会以哪种形式发生。"

"你们是否设想过如果 3 个反应堆溶解，6 个燃料池发生火灾，而且风又吹往东京的话，将会给东京带来怎样的影响？"

"现在这个节点，我们正在考虑 50 英里（约 80 千米）的避难方针……昨晚一个反应堆芯（2 号机）熔解了。所以才确定了 50 英里（约 80 千米）的避难范围。"

强制避难

对美国核能管理委员会将避难范围修正为了 "50 英里（约 80 千米）"，海军反应堆机构在表示欢迎的同时，仍然认为他们的 "最坏预案过于乐观"。以美国核能管理委员会、海军反应堆机构和能源省为首的组织开始构想 "最坏预案"。

16 日，美国核能管理委员会在报上发表的名为 "RASCAL" 的核辐射扩散模型的推算结果是：1 个反应堆芯 33% 的损伤、燃料池 50% 的损伤和其他燃料池 100% 的损伤。因为机房被破坏，放射性物质的泄漏将不可避免，这个结果将超出保护方针所支持的"50英里（约80千米）"撤退范围。海军也推算出了他们的"更坏预案"：100%的反应堆堆芯溶解，3个反应堆的存储器全部破裂，以及4个燃料池的水完全烧干，燃料漏出并向大气中释放核物质。

在电话会议上，贾茨科说："这就是最坏最坏的预案了。总之，是人类社会不可能应对的状况。"

"莫非将发生类似于陨星落到地球的同时小行星也撞向地球这样的疯狂情况？""他们难道不想知道实际的核物质释放源的信息吗？"

"如果这样的话，谁在反应堆堆芯溶解后将它放到包里，横渡太平洋带到加利福尼亚去……这样的剧情难道不是更坏的预案吗？（笑）"

"虽然是最坏的，希望你们做出有可能性的预测来。"

16日，其中的一条消息被泄露给了媒体。16日的星条旗报上登载了题为"五角大楼开始做最坏准备"的报道。"五角大楼星期三（16日）开始制定维护驻日美军安全的预防措施，并通知不得进入距离处于不安状态的福岛第一核电站核动力设备周边50英里（约80千米）以内的范围。"17日，威拉德在记者见面会上发言称："已经于周二（15日）给驻日美军基地和近海部署的舰船部队（包括'罗纳德·里根'号的两名飞机乘务员）服用了碘安定剂。在事态日益恶化的情况下，我们正在制定让包括军人军属在内的87300名美国人从日本本州撤离的紧急计划。"也有报道(星条旗报)称已经将数百名军属通过包机从成田机场运回到美国本土,另有9000名军属正在待机。

白宫的亚洲事务高级主任杰弗里·巴德(Jeffrey Bud)立即联系海军作战部长海军上将加里·拉夫黑德(Gary Roughead)说:"加里,在理解保护美国军人健康的重要性上我们不会逊于任何人。但无论怎样的决定,都有必要遵从科学标准。此事事关美日同盟的未来。不管是对同盟关系有任何影响的决定,都务必谨慎行事。"巴德还担心美军的这些动向会在日本国内特别是东京引起恐慌。在表示担忧的同时他还对拉夫黑德说:"我知道作战要暗中行动,但还是希望不要表露出来,表面上不要做出行动。"之后的一个小时里,拉夫黑德向国防部发言人明确了美军不会撤离,并亲自现身向记者们当面明确了这一点:"我们并没在为强制避难做准备,还没到那种程度。"

在白宫的副官级别会议上,太平洋军司令威拉德和国务院副官斯坦因伯格曾经发生过激烈的冲突。威拉德强烈主张应该优先考虑海军军人及其军属的健康和安全,必须刻不容缓地发出撤离通知。斯坦因伯格则认为这是美日关系的根本问题,另外也是更深层次的国家安全保障问题。白宫的丹尼斯·马可多纳在表明了和斯坦因伯格同样的担忧后也说:"如果美军在危机的最紧要关头撤离的话,想要再回到日本的美军基地将非常困难。"但威拉德的态度仍然很强硬。

东京把制订美国公民的避难计划作为了最优先考虑的课题。按照美国某高官的说法就是："他们像进行激光照射一般地专注于此事"，并出现了像之后国务院高官所说的那种很讽刺的情形："开始准备离开日本前去避难的是美军特别是海军，而主张应该留在日本的则是外交官们和其他一些人。"

一旦海军的"200英里（约320千米）"避难论实施，势必导致"美国大使馆的转移和东京的美国公民全员避难，以及驻横须贺基地的美国海军的撤离"。

实施200英里（约320千米）避难的话，会引起东京和横滨等大城市里的美国公民的恐慌。这样的话，不仅美国公民，整个东京，不，可能整个日本都会引起恐慌，那就会造成远超过核辐射危害的灾难。虽然国务院持这个观点，但海军却仍保持着其强硬姿态。面对海军的"零风险"论，国务院进行着艰难的抗争。美政府高官被反复置于下面这种进退两难的境地：军方坚持其与其事后后悔不如安全第一、尽快避难并抢占先机的态度。而危机发生之时通常也正处于还难以把握事态全貌的阶段，要对力求安全第一、保守看待问题的意见进行反击也是相当困难的。又不能跟对方说事态不会更加恶化你们不必担心之类的话。既没有可以反对的数据也没有事实依据。这，正是这场危机中让我们倍感苦恼的一点。

日本政府提供的信息也很难被信任。"正因为如此，我们拼命想从日方那里迅速得到真正的信息，但最后还是没能如愿。"

另外，还有一个棘手的问题。星条旗报披露说美军正在推进向驻日美国军人及其军属发放稳定碘剂的计划，比如美国空军已经决定向70英里（约110千米）范围内的美方人员发放稳定碘剂，威拉德也明确了"预测出横须贺海军基地的辐射量将会是原来的一倍，因此我们现在就开始发放稳定碘剂以防万一"的方案。但巴德以"如果美军发放稳定碘剂的事被公开，将会引起东京恐慌"为由阻止了上述方案的落实。海军的这种姿态让白宫和国务院焦躁不安，海军也因此被批评说"太过傲慢了"。

约翰·霍尔顿（John P. Holdren）

事到如今，只能依据科学来做判断了，大肆宣扬"美日同盟论"只能起到反作用。受海军反应堆机构的牵制，众议院和国防总部都不能提"美日同盟论"。连在统一参谋总部，迈克·马伦以下的人都像被海军控制了似的，在副官级别会议上也全无相互妥协的气氛。如今得靠"科学根据论"来开展行动了，必须改变战术才行。巴德深夜叫醒了白宫国家安全委员会的领导、总统副秘书长（国家安全保障负责人）丹尼斯·马可多纳。巴德说：目前出现了来自多方的各种各样的模型，我们无法判断哪个才是正确的，以及应该以哪个为依据来确定避难范围，只有请总统科学技术秘书长拿出"科学论断"来了。实际上，这正是巴德对美国核能管理委员会和海军主张的观点。

马可多纳给总统科学技术助理约翰·霍尔德伦打电话说："白宫收到了各种各样的模型，并被要求根据这些模型来做决定，但我做不到。对那些独立模型和评价进行综合评判，应该是总统科技助理的职责。根据模型来制定各种对策将会导致混乱。"霍尔德伦的办公室在科技政策局，他的专业是航空宇宙工程学、理论等离子物理学。曾就读于美国麻省理工学院和斯坦福大学的他在任职于劳伦斯·利弗莫尔国立研究所后，成为了哈佛大学肯尼迪分校的教授。他在奥巴马上任的同时接到任命并开始了自己的政治生涯。自那以后，他就跟美国本土的防卫、能源和环境政策部门都建立起了很深的关系。霍尔德伦和能源部也很急于制作"最坏预案"的模型。以劳伦斯·利弗莫尔国立研究所为首的专家团队对此提供了协助。

因为福岛第一核电站的东电操作员所承受的辐射量在不断增加，现场处于将逐渐无法工作的局面，该小组意识到了将面临不得不避难的风险。如果到了不得不撤离的地步的话，"最坏预案"将有可能一口气冲到"最坏中的最坏的预案"。但他们希望看到的是：即便是"最坏预案"，也是指"可推测到的最坏预案"，也可以说是"最坏预案"

中的"不是最坏的'最坏的预案'"。总统秘书长里德了解到了这个情况并对此深有感触。模拟并不是靠反应堆堆芯和燃料池的物理学理论来自动和机械地得出结果，其结果是靠操作整套设备的人的判断和决定来左右的（日本人根本无法容忍中途抛开工作跑掉的情况出现，他们自己也不会做那种事）。

霍尔德伦阻止了各省厅单独制作预案。美国核能管理委员会正在考虑就给燃料池注水后的辐射值再进行最后一次模拟，但在霍尔德伦的严令下中止了。霍尔德伦他们的"最坏预案"的结果是：福岛第一核电站的一个或多个反应堆堆芯将同时熔解，至少两个乏燃料池将发生干烧。这个结果是依据以下几点预测出来的：

- 超出美国环境保护厅基准的辐射云不会到达距东京 75～100 英里（120～160 千米）范围。
- 事态发展到那样的紧急状态前还有几天的预告期限。
- 横须贺的辐射量不到海军预测值的 5%。
- 放射性物质的碘含量停留在海军预测值的 1%～2%。
- 因此，目前没有必要考虑公布东京、横须贺和横田所面临的核辐射污染风险。

这些内容正面否定了海军的"200 英里（约 320 千米）"的最坏预案，也是对斯坦因伯格和巴德意见的空前追捧。

霍尔德伦拥有一个特殊的技能——能将复杂的科技术语变成常人也能听懂的大白话。听了霍尔德伦在副官级别会议上将专业性很强的内容用通俗易懂的语言表述出来的大白话后，里德和丹尼尔·拉塞尔两人对视着点了点头。"要说政府里还能派谁上电视去向国民解释这个问题的话，恐怕也就只有霍尔德伦了。"他们心想。

"的确是啊！就连高中生也能听懂他的解释！"之后美政府高官也反复说，"霍尔德伦才是我们最大的英雄。"

"不管什么情况下他都很镇定。即使大家都惊恐万状，他也能一以贯之地保持冷静。当有人高声叫嚣说因为放射性物质正在流入海里，不管怎样都必须阻止日本的鱼进入美国市场时，霍尔德伦会平静地反驳说：根据现在掌握的数据，这种程度的辐射污染是不会影响到太平洋的，并冷静地告诫大家不必担心。"

"如果没有他的话，围绕福岛第一核电站危机的美日关系会往全然不同的方向发展。"

美国政府整整浪费了16、17日两天（美国东部时间）时间来讨论避难通告的问题。在16日下午8点多（日本时间的17日上午9点多）召开的美日首脑电话会议上，奥巴马称："准备通知生活在东京的美国公民离开该区域。"事实上这就是事前通告了。之后白宫连夜召开了副官级别会议，议题是关于发布"向50英里（约80千米）"范围外的避难通告。危机期间，美国以副官级别为主、24

小时轮班值守以解决这个问题。出席这次会议的有总统副秘书长（负责国家安全保障）丹尼斯·马可多纳、总统科学技术秘书长约翰·霍尔德伦、白宫国家安全委员会亚洲高级主任杰弗里·巴德、美国助理国务卿及日本·朝鲜半岛部长丹尼尔·拉塞尔、危机管理担当秘书长理查德·里德、国务院副国务卿詹姆斯·斯坦因伯格、国务院副国务卿（负责东亚·太平洋）卡特·坎贝尔、能源部副部长丹尼尔·布雷曼、美国核能管理委员会委员长格雷戈里·贾茨科、众议院本部副议长詹姆斯·卡特莱特、太平洋军司令官罗伯特·威拉德和驻日大使约翰·鲁斯等人。

　　霍尔德伦也出席了此次会议。威拉德主张："如果在横须贺检测出的辐射量增至两倍的话，就必须考虑全员撤离横须贺海军基地了。"对此马可多纳反驳道："这个意见无法实施。如果海军开始率先进行全员撤离的话，那等于就把非军人的其他美国公民丢下了。"根据美国法律中的"无双重标准政策"，当政府判断发生了恐怖事件等可能对国民的生命和身体构成威胁和风险的情况，必须无差别地进行公示并保护美国公民。这一原则适用于包括政府职员、军人和普通民众在内的所有公民，甚至包括稳定碘剂的发放都必须遵从这一规定。如果只给海军军人军属而不给美国政府职员和一般美国公民发放稳定碘剂的话，就明显违反了上述"无双重标准政策"。马可多纳用"法律论"明确说了"不行"。实际上如果接受了海军的主张，恐怕就不是双重标准而是三重标准了，有衍生出军人、政府职员和普通公民之间三重（triple）标准的危险。至于稳定碘剂，也不能只给美国海军发放。

某国务院高官评论说：这次是马可多纳的"没有针锋相对、相当谨慎地解除了对方武装的一次能力上的胜利"。

马可多纳以传达"总统关心"的形式向在座的副官们发问道："请各位设想一下：如果福岛第一核电站事故发生在美国，我们该如何制订避难计划？如果发生在费城的话又会怎样来制订避难计划？如果是华盛顿的话又该怎么办？"贾茨科回答说："50英里（约80千米）。"这成为了制胜的关键，海军主张的"200英里（约320千米）"方案因此被撤回了。

之后，白宫的高官证实说，做出"50英里（约80千米）"避难范围这一决定是一个何等艰难的过程。

"就我常年供职于政府的经验看来，没有比当时那个决定做得更艰难的了。人很容易感情用事，还有人则会变得歇斯底里。在白宫就必须考虑到各省厅之间各自不同的利害关系和需求才行。而且，这些问题就摆在部长和副部长等高层官员的面前。"

"当高层官员们讨论这些问题的时候，由于已经没有上报的渠道而更觉问题棘手。他们的工作就是做决定，一旦要做某个决定就难免会有执拗之处，想去改变和推翻他们都是相当困难的"。

"50 英里（约 80 千米）"的虚实

16 日下午 1 点 15 分（日本时间 17 日拂晓），美国政府向在日美国公民发布公告称：

- 已发出指示提醒大家撤离到距福岛第一核电站 50英里（约 80 千米）外区域；

- 已规劝美政府职员及其家人自行前往国外避难

美政府职员及其家人可以自由决定是否离开日本，其往返费用均由政府负担，但在政府宣布取消自主避难劝告前将不允许再回到日本。因为这个公告，美国政府的职员全部留在了日本。前往 50 英里（约 80 千米）圈外避难是来自美国核能管理委员会的指示，美国政府职员及其家人可以自主前往别国避难是来自美国国务院的指示，面向其他一般美国公民的公告则发自美国国务院。

50 英里（约 80 千米）范围包括福岛县内的福岛市、郡山市和岩木市三大都市和仙台市的南部，该区域的人口规模超过了 200 万人。

出席副官级别会议时，鲁斯大概被置于了一个比谁都艰难的立场。国务院让驻各国的美国大使馆都制订了危机预案和以美国政府职员以及美国公民为对象的撤离计划。这些预案和计划驻日美国大使馆也都有，但预案中却从未设想过针对核电站事故的撤离计划，也没有针对放射性物质风险的美国公民撤离手册。"请告诉我们：到底该如何看待东京的危机？"——鲁斯向华盛顿追问的也正是这点。

就此霍尔德伦和能源部部长朱棣文（Steven Chu）向贾茨科确认过好几次，霍尔德伦自己也很肯定地说"东京是安全的啊"。但使馆职员及其家人正陷入恐慌，海军也在独自作战。虽然鲁斯充分认识到了美日同盟的重要性，但白宫和国务院的美日同盟的支持者却难掩他们对出身自硅谷、性情也与他们不合的鲁斯的担忧。大概因为律师家庭出身的缘故，鲁斯很爱逼问对方。不光不问到最后不松口不说，他那用"怀疑对方"的口吻来质问对方的方式也很容易激化争论。危机时刻，他的这一怪癖就表现得越发明显。比如他会这样问："核辐射污染有风险，有不可知的风险。尽管如此，你们是怎么让留在东京的这一决定正当化的呢？"难道你鲁斯和海军一样，也倾向于离开日本前去避难吗？——这种问法难免会让对方这样去猜测他。在和鲁斯的电话中，斯坦因伯格回答说："我们都必须甘心接受这个风险的结果，因为执行政策就是这样的。"

据说斯坦因伯格也喜欢说理和与人争论，有时这种争论还会一直持续到深夜。然而两人之间的争论也逐渐式微，因为必须参照美国的长期战略课题来制订危机应对计划。斯坦因伯格在副长官级别会议上详细解释道："让我们一起来考虑：现在和在这里，我们所决定的事将在十年、二十年后带来怎样的结果。……做这些决定时，我们一定不能忘记的是：它们将对未来的美日同盟关系带来怎样的影响，"在场听过这些发言的美国政府某高官回忆说：
"那时斯坦因伯格的发言是很有分量的，他说话时大家都
会安静下来专心听。"

鲁斯做出最终决定的依据也来自这个战略要求。美国
大使馆不会撤离日本，但允许工作人员的家属自行去他国避
难。将这件事做成可能还得归功于霍尔德伦的建议。里德回
忆道："鲁斯当时的判断并不是因为恐惧或者看到其他国家
怎样怎样了才决定避难的，而是基于从科学角度能够印证的
信息做出的判断，因而是正确的判断。那种情况下撤离往往
是简单的，而留下却是相当困难的。但是他仍说要留下。"

关于当时美国核能管理委员会的"50 英里（约 80 千
米）"避难通告的范围设定，之后被批评说"范围过大，
无此必要"。凯宾·梅尔在《优柔寡断的日本》一书中，
针对美国政府的"80 千米"写道："其实并没有确凿的信
息根据。"这个数字是贾茨科定下来的，也因为是由白宫、
国务院和美国核能管理委员会委员长决定的，大家也就认
为这个距离是合适的而没有对数字本身有过异议。梅尔说：
"贾茨科委员长是反核派，我觉得这也与他设定的避难指示
范围稍大有关。"但与其讨论这是出自贾茨科的政治立场还
是意识形态问题，不如说在日本无法得到准确的信息所以
很难作出准确评价才是根本原因。当时的美国核能管理委
员会干部职员事后指出，该委员会实际上并没有掌握独立
数据，而是根据新闻报道在进行推论。他说："16 日早上，

虽然跟日本政府的核能安全·安保院的代表对过话，却没得到能够表明事态进展顺利的信息。"之后美国核能管理委员会的有关人员证实，贾茨科是基于以下判断来做决定的：

（1）来自福岛第一核电站的信息非常有限，还经常很矛盾；

（2）核电站的辐射量非常高，特别是3号机和4号机之间的辐射量非常高。这也被认为是4号机乏燃料池的燃料棒露出这一假设的判断依据；

（3）国际核能机构（IAEA）3月14日的报告中指出4号机燃料池发生了火灾；

（4）3月15日东电指示全部工作人员从受损的核电站撤离；

（5）国际核能机构3月16日的报告中说5号机的"水位"下降了。但没有明确是反应堆的"水位"还是乏燃料池的"水位"；

（6）接连不断的氢气爆炸，显示至少3个反应堆的燃料棒受到了相当严重的损伤，并且仍然没有停止；

（7）美国核能管理委员会的职员在后方用RASCAL代码进行测量的结果显示，在距离核电站相当远的地方仍然可以测到非常高的辐射值。

这位相关人士批评美国核能管理委员会的上层说："大概是看了福岛第一核电站氢气爆炸的视频后，就先入为主地判断说非常严重，所以才会出现那些过度反应的吧。"

在 15 日的美国政府内部电话会议上曾出现过如下对话。

美国核能管理委员会职员:"听说东电要放弃第一核电站的消息了?"其他职员:"听说了。起初还很担心他们是不是要全部撤离了,但似乎情况并没有那么严重。好像只是因为辐射量过高暂时中断了工作而已。"

但是,国务院和国防总部都把这个消息作为了事态极度严重的信号。这次美国政府所采取的避难措施并不会就此结束,什么时候结束还要取决于日本政府今后的措施,在措施不力的情况下有可能不得不实施强制避难。如果不希望这样的事发生的话,就需要更认真地采取措施来应对事故。后来国务院的干部证实说:"我们当时的判断是:如果首相官邸还跟之前一样继续委任东电来处理事故,而且福岛第一核电站的现场人员还不到 100 人的话,到时我们也将不得不采取行动了。也就是说只能将撤离方式从发布自主避难建议改为发布撤离命令。"这就意味着包括驻日美军在内的美国人将全部撤离日本。

这也是 16 日清晨副国务卿卡特·坎贝尔紧急照会藤崎大使前往国务院的重要原因之一。本来美方的 50 英里(约 80 千米)和日方的 20 千米范围就有很大的差别,日方也在担忧这个差异可能会给日本公民带来恐慌,枝野还曾流露不满说:"这样一来又会影响到我们政府的声誉。"当美国决定单方面实施"50 英里(约 80 千米)"避难范围的消息传来时，枝野身边充斥着"美国到底怎么回事？"的不满声音。美国实施的这一措施让日方生出"自己被抛弃了"之感。

内阁危机管理监事伊藤哲朗质问外交部出身的官房副长官河相周夫道："这也太无情了！既然美国核能管理委员会说日本的判断是正确的，那为什么美国还要设定一个不同的避难区域出来？"对此河相没有作答。外交事务次官佐佐江贤一郎指示驻美大使藤崎一郎，让他向美国要求"希望你们尽量跟我们保持步调一致"。

16日佐佐江给鲁斯打电话时也要求说"希望暂缓发布50英里（约80千米）避难范围的公告。日美意见不统一的话会很麻烦的"，但鲁斯可能已经收到了来自华盛顿的指示，所以态度很强硬。在美国核能管理委员会突如其来地确定50英里（约80千米）避难范围时，鲁斯也表明了他本人对此的慎重态度："是不是早了点？等仔细研究过日方的信息后再做决定岂不更好？"他的此举倒并非为了表明反对态度。本来他是想提醒他们注意"有没有什么疏忽了的地方？结论是不是严丝合缝？据此所做的决定没问题吗？"但因为美国核能管理委员会认为2号机反应堆的情况急转直下，所以鲁斯也就不打算再更改50英里（约80千米）这一避难范围了。驻日美国大使馆里也讨论过是否将避难范围统一为20千米的事。"我们是想尽量跟日本的20千米避难范围扣合的。但东北地区有14位JET成员（一个招募外国青年教授外语的项目）。我们必须帮助身居仙台和三沢的他们，但如果是80千米的避难范围的话他们就没法去那里了。因此我们的这项决定使他们虽然不能滞留在那里，但至少可以经停。否则就无法开展工作了"。

美政府内部也有人指出：美、日双方应该对撤离计划进行协调，但包括白宫在内的许多人都对这个意见持否定态度。他们认为这对美国来说风险过大，而且是日本政府应该做的工作，所以只有分头做。他们还说既然从日本政府和东电都无法得到可靠的信息，跟日方的协调又从何说起呢？实际上华盛顿对于海军和国务院双方的对立也感到左右为难，根本没有余力再去涉足这些问题，因此美、日之间实际上并没有就避难范围这个问题协调过。

16日下午决定公布避难范围时，美国政府协商说不会对日本作任何批评性发言，并专门备注道"注意不要造成令日本政府尴尬的局面"。奥巴马通过马可多纳在副长官级别会议上所传达的那句"如果此次事故发生在美国的话，我们需要多大的避难区域？"也是为了借此向日本传递此举并非区别对待日本和日本公民的信号。

看不见的东西就是看不见

美国比日本更担忧4号机燃料池的状态。美国东部时间14日下午3点30分召开的美国核能管理委员会电话会议上，美国核能管理委员会职员作了"纵观"说明后阐明："对福岛第一核电站的所有反应堆的燃料池都不必担心。"而下午5点左右（美国东部时间，日本时间15日上午6点左右）来自东京的詹姆斯·特拉普的电话戏剧性地改变了这一切。特拉普说："4号机燃料池发生了火灾，这是来自他的说法。"所谓的"他"就是指"终于找到的具有资质和能力以及充分资格的安保院的得力工程师"。

"这是个坏消息啊!"

"据说连水都没有。"

"虽然是通过翻译听到的说法，但已经就这点询问过二三次了，应该是准确的。"

美国核能管理委员会职员说："如果不把尾巴上的漏洞系牢实了就会产生严重的后果。看这情形已经远不是国际核事件分级标准（INES）的四级水平了啊!"

托马斯·阿尔西兹说："的确是，我认为已经超过那个级别了。"

日本时间的15日上午6点刚过，4号机的机房里不知道什么东西发生了爆炸，操作室上方厚厚的墙壁被炸飞了。在当天的最后一次电话会议上，美国核能管理委员会职员概括了"当天的事态发展"：

"之前的报告称4号机状态稳定，但如今已经不是了。"

"现在4号机的燃料池空了。可以看出燃料池里发生过和锆有关的火灾。"

同日，美国核能管理委员会动用了自己的辐射扩散模型"RASCAL"，结果预测到可能是2号机的熔解引发了4号机的"最严重后果"。其他美国核能管理委员会职员形容道："4号机燃料池的墙壁已被破坏，所以燃料棒裸露着卷成一团。"可以看到4号机里是完全空着的。

日本时间15日上午11点多，东电就"4号机的异常情况"召开了记者招待会。

"已确认伴随清晨6点左右发出的巨大声响，建筑的第5层屋顶附近遭到了损伤""上午9点38分左右确认第4层的西北部附近有火焰在燃烧""建筑第5层南侧的乏燃料池的温度无法确认"。当天晚上，有人在东电总部召开的记者招待会上问道："福岛第一核电站的6套设备中哪个是最危险的?"核能设备管理部的课长黑田光瞬间稍加思索后答道："按照顺序来说是非常困难的，但因为现在4号机的温度最严峻，所以会优先给4号机注入海水，并且会用同样的方法给没有屋顶的3号机和1号机注水。""据说政府正在同时求助于自卫队和美军，我们也认为这是最为快捷的方式并正在讨论。"东电内部的模拟预测显示：4号机的水位有可能在3月下旬降低到燃料池的燃料上端位置。

一段视频于当天傍晚被发送给了设置于东电里的政府和东电的总指挥部。16日晚，在位于东电总部3楼的被经产省征用的房间里，"来一下，来一下!"资源能源厅的节能·新能源部长安井正也招呼东芝的统合技师长前川治说。安井和前川是从前天开始加入总指挥部的。"看看这个视频。"安井边说边放给前川看。据说视频是从自卫队飞行员片冈晃一的直升机上拍摄到的。前川聚精会神地看了电脑上播出的图像后只说了一句:"燃料交换机并没有坏掉。拍出来的燃料交换机是绿色的,说明它还没有坏。"建筑物里放有两台吊车,其中一台是专门用于处理燃料棒的。它们都还原封不动地被放在 5 楼的西侧。每次进行定期检查时,就会用它来替换四分之一的燃料棒。"而且,容器里的那个黄色的'漂亮东西'还在。"从比燃料交换机更里面的位置可以看到黄色的容器盖子。可以模模糊糊地辨别出绿色和黄色。

安井说:"这个白色的部分好像是白烟,那就是水蒸气。如果燃料池在干烧的话,就不可能会有水蒸气冒出来……而且如果没有水的遮蔽,辐射量会相当大。但实际的辐射量却并没有多高""原本 4 号机里有 1400 吨的水,一天大概会减少 70~80 吨,即使这样也不会 4、5 天后就没了,即便是烧掉一半大概也要 10 天左右。"前川不断地点着头,最后说:"水还是有的。""我也这么认为。"安井附和道。

乏燃料池里没有水位计。既无法知道关键的水位高低,也无法通过数据来推断,所以无法得出准确的结论。但能够看到燃料池里似乎有水光在闪现,亲眼所见的东西总是真的。后来日方邀请以查尔斯·卡斯特为首的美国核能管理委员会专家团到官邸危机管理中心,并给他们看了从直升机上拍到的视频。

日方指着视频向卡斯特他们说明道："请看！可以看到这里在发光，下面还可以看到光的影子，这个影子是水发光时的影子。"卡斯特聚精会神地看着，却怎么也没看到像影子的东西。看不见的东西就是看不见，仅靠这两个视频是不行的，必须有更明确的证明燃料池里有水的证据……心里这么想着的卡斯特仅作出了"不具有充分说服力"的评价。

但日方却愈发坚定了自己的判断。16日后半夜，从东电二楼的总指挥部传出了广播声："请大家都来看看从直升机上拍到的视频。"广播里还有吵嚷声传出来，东电一位年迈的工程师边看视频边解释道："4号机的燃料池里为什么会有水？……我认为水是隔墙完全脱落后从炉堆那边涌进来的。当然，这也充其量只是个假设罢了。"

17日凌晨，总指挥部的经产省官房审议官今井尚哉告诉安保院说："4号机的乏燃料池里确实有水。"今井的确认是以安井和前川的具专业水准的"确认"为基础的。当天早上，菅直人首相在官邸的首相办公室看了这个视频并收到了"4号机的燃料池里还有水"的报告。但如果燃料池里有水，15日上午6点4号机的"爆炸"又是怎么回事？4号机反应堆里是没有燃料棒的。如果不是燃料池的话那又是什么发生了爆炸？这里留下了悬念。这一天，从3月16日就开始坚持记笔记的海江田的本子上写着："4

号机的氢气爆炸是怎么回事?"

16 日之前的主要目标是 4 号机, 但从"确认"到 4 号机燃料池里有水后, 17 日开始的目标转变为了 3 号机。但是美国核能管理委员会仍然拒绝认可这个"确认"。此时美国政府正在商讨是否有必要向美国公民发布新的避难通告。根据发生于 15 日上午 2 号机的"爆炸声"和 4 号机厂房的爆炸, 美国政府正对局势做出更加严峻的判断。

针对贾茨科"关于确定 50 英里 (约 80 千米) 避难范围一事, 与其说是根据乏燃料池不如说是根据 2 号机的堆芯熔解推断出来的吧?"的问题, 美国核能管理委员会的职员回答说:"是的, 的确如此。"即使这样, 4 号机燃料池里是否还有残留水之事, 跟设定美国公民避难范围的时机还是有着微妙联系的。按照贾茨科的证言, 美国东部时间的 3 月 16 日上午, 驻日美国大使馆向美国公民发出了避难到距离福岛第一核电站"大约 50 英里 (约 80 千米)"外的指示, 这也是以美国核能管理委员会的建议为基础的。贾茨科的证言中曾提及围绕 4 号机的状况美日之间所衍生出的"纷争", 3 月 17 日的纽约时报也盯上了这点, 并报道称:"美日之间在状况认识上产生了重大差异。"

在美国东部时间 16 日上午召开的美国议会上下两院的委员会上, 美国核能管理委员会委员长格雷戈里·贾茨科明确阐述道:"接到了 4 号机燃料池几乎或者完全没有水的报告。"表明了美方对此的危机感。

第 14 章

横须贺·冲击

横须贺海军基地检测出了核辐射。先是高级将领的家属离开，继之唯恐遭受辐射污染的"乔治·华盛顿"号航空母舰也离开了横须贺。东京的美国驻日大使馆也濒临恐慌边缘。

"基地恐慌"

位于美军基地附近的横须贺市商业街的三笠路一角，有间叫作"南蛮茶屋"的咖啡店。由于核事故后横须贺市被纳入了计划停电区域，这条街的大部分店铺都关门歇业了，晚上这里漆黑一片。但"南蛮茶屋"却在店门口支了只手电照着店招牌仍在继续营业。这也是店主上原直树的性情或者说固执所致。自打 1988 年开店以来，他就和妻子惠美子一起，在这个基地小城里靠售卖 300 日元一杯的特色咖啡和 700 日元一份的 4 种杂烩饭经营着这家店铺。

星期六常会有国防大学的学生来这里看漫画书。也许是为了怀念自己的青年时光，偶尔还会有军官信步来到店里。为了"尽量营造气氛"，他们在店里点了很多蜡烛，还从附近的百元店买来了十几只 LED 读书灯和落地灯摆在桌上和卫生间里，并用电脑播放着古典音乐。因为可以用燃气所以咖啡还是可以煮的。熟人的面包店前排满了人，他们就走后门让对方分出了一部分面包来做成三明治卖。那些日子，熟客富冈浩司和同伴也会光顾店铺。富冈是三笠路的横须贺FM（调频电台FM Blue Shonan78.5 MHz）的总经理，跟他一起来的是总公司湘南信用社的理事。两人边喝咖啡边聊着天：

"美军基地的人好像都避难去了，据说家属们也被通知要强制离开市里去避难了。"

"这儿真有那么危险吗？"

"也不是……怎么说呢？据说美军负担这些家属的出国费用，所以海军方面的人说他们就当休长假出国玩儿去了。不是避难而是休假。"

"那他们好像也没把事情想得那么严重啊。"

"真好啊！要是我的话也想去，但我这种人也只能去横须贺了。"由于停电抽风机无法启动，周围都飘起了香烟的白烟。同样因为停电，横须贺FM的节目也不能播放，所以富冈请求理事说："请尽快想办法买台发电机来吧。"

当时，隔壁被美国士兵称作"阴沟板街"的酒吧一条街也异常冷清。"阴沟板食堂"售卖海军咖喱和佩利热狗。佩利就是"黑船事件"中打开日本国门的那位佩利提督，店招上写着"THANK YOU PERRY MUCH"的字样，店里却顾客稀少。汉堡包专卖店TSUNAMI里平时人气颇高的汉堡包——乔治·华盛顿汉堡包（1300日元一个）现在的销势也不太好。1992年7月4日开始服役的"乔治·华盛顿"号是以横须贺为母港的尼米兹级核动力航空母舰中的 6 号舰。全长 333 米，宽 77 米，可搭载 85 架航空器、容纳 5000 名以上的士兵并能以 30 海里的高速航行。与此前以这里为母港的"中途岛"号、"独立"号和"小鹰"号等燃油驱动舰不同，2008 年将横须贺作为母港的"乔治·华盛顿"号是艘核动力驱动舰。

"乔治·华盛顿"号于前年 11 月进入横须贺港后就一直在船坞里休整。航母通常要执行的海上任务要持续 6～8 个月，然后在船坞进行检修。"乔治·华盛顿"号从 11 月末进入横须贺港后一直修理到翌年 5 月份左右，这期间有时会有近 400 人的工程师队伍从美国本土赶来，另外还有超过这个数量的日本人团队加入检修作业。在横须贺海军基地工作的日本从业人员接近 5000 人之多，其核心是 SRF（美国海军船舰修理厂）的日本员工。所谓 SRF 是为了确保第七舰队舰船的正常作业而负责工厂、船坞和码头的舰船维修、改装工程、修理，以及修整舰船所需的设计、估价、质量管理和施工管理等而成立的队伍。这里有 2000 余名日本员工，他们以其精湛的技术和守时的工作作风成为日美海军同盟的支撑。

如果美国航空母舰在横须贺基地无法修理的话，只能去珍珠港基地了。

14 日，接到了停电通知的"阴沟板街"的波派[1]酒吧

---

[1] 动画片大力水手主角的名字。——译者注

的店主中田孝则愤愤道："太不公平了!"前面的美军基地和这里的宾馆都从计划停电对象中被排除了，整个酒吧街却因为停电而不得不歇业。不过也只是当天无法营业而已，计划停电只进行了一天，从 15 日开始便又能正常开店了。零星地有些海军士兵来，板着脸喝完酒就又板着个脸回去了。中田听说了部队家属们开始去国外避难的事，但士兵们却没提这事，可能是故意不说的。

中田于 20 世纪 60 年代越战时期，从旧金山的高中、大学毕业后回国，在石川岛播重工业（现在的 IHI）等处工作过一阵后，于 1978 年开了这家店。过去士兵们经常吵架，喝得烂醉纠缠在一起。酩酊大醉的美国士兵相互搂着就走出去了，络腮胡子也很多。中田属于团块世代[①]，也被叫作越战的一代。打那时开始已经有两代人成长了起来，现在的他们也老成了起来。偶尔有喝醉的人，其他士兵也佯装没有看到似的回去了。毕竟现在除了周末，凌晨之后是禁止喝酒的。"以前快活的傻瓜们，现在成了一帮沉闷的傻瓜"。不管是阳光的还是沉默的，将近九成的波派的顾客应该都属于值得爱的"傻瓜"们吧。

2001 年发生"九·一一"恐袭时，军警们紧接着就突袭了"阴沟板街"的一排酒吧，将基地人员都强行拉走

---

①　专指日本在 1947 年到 1949 年之间出生的一代人，是日本"二战"后出现的第一次婴儿潮人口。在日本，"团块世代"被看作是 20 世纪 60 年代中期推动经济腾飞的主力，是日本经济的脊梁。——译者注

了。感觉从那以后这些美国士兵或者说美国就变了。

福岛核电站事故后，航空母舰"乔治·华盛顿"号和横须贺海军基地的辐射量都在上升，但是军警却没有出动来带走美国兵。1号机发生氢气爆炸后，正在看电视的中田就觉得3号机也一定会爆炸。作为石川岛播磨重工业的工程师，中田曾在20世纪70年代参与过东电福岛第一核电站3号机压力容器管道的安装工程，并在浪江镇生活过一年半。基于当时的工作经验，他相信"压力容器的管道每年会损耗0.2毫米，因此无论怎样密封都注定会出现泄漏的"，并认为核能并不存在绝对的安全。

核事故发生时，"乔治·华盛顿"号正在进行维修。"不发生核泄漏的话航空母舰是不会动的……所以不管是航空母舰还是潜艇，船的正后方是绝对不允许测量辐射的。"当时中田曾跟他的顾客这么说。

3月14日清晨，野田隆嗣看到停靠着的"乔治·华盛顿"号正前方的海军基地停车场上，一些工程师模样的人提着手提箱和行李箱排着长队。他们正要乘坐几辆大巴离开，据说是要去成田机场。虽然感到似乎发生了什么大事，但当时他还不知道究竟发生了什么。野田是美国海军横须贺基地里维护机械设备施工科的经理，以前曾供职于日本石油提炼公司。之后他听到了各种版本的传言：

"海军士兵们都把所住房间的门窗都关上了。"

"所有家具都还在，但那些军人的家属们却不知何时都消失了。"

"听说基地里的沙利文小学的一个班只剩下了三个人哦！"

"听说他们的宠物都由基地的动物医院收养了，剩下的猫狗将由"乔治·华盛顿"号带回美国去。"

在位于横须贺的美国海军基地里掀起了一阵"基地恐慌"，基地的学校更是陷入了极大的混乱。3月16日本是基地学校的最后一天上课日，Kinnick高中里却只有四分之一的学生来上课。17日，关于辐射云已于15日通过了横须贺海军基地的传言开始在基地四处传播。18日，基地内小学初中高中的校长召集教师和工作人员让想出国的人开始准备。但在19日，国防总部的教育活动组（DoDEA）就下令说受雇于美方的教师作为"不可或缺的教员"必须留在日本。20日，基地内开始发放稳定碘剂。

也有传言说"高级将领们的妻子率先避难去了"。级别高的将领夫人和家属们的身影陆续在消失。美国海军的相关人士后来说："在自主避难的指示出来前，随着高级将领的夫人们陆续出国，等级低的军官夫人们变得恐慌起来。"

"她们的丈夫都在东日本受灾区参与灾害应对和救援活动，无法与之取得联系。高级将领的夫人们几乎全都避难去了，还听说要实施全员避难，所以才引起了恐慌。"

"基地就是一个无法保守任何秘密的小小世界啊！"

高级将领的家属们直接买民航客机的机票飞走了，每位将领的全部家人花费的费用即便超过一万美元，事后也是可以报销的。但级别低的军官和一般士兵的家属则大多连能马上买民航机票的余钱都没有，他们只能等待美国政府的包机，这也非常花时间。

21日下午12点40分，搭乘了153位军属的包机从厚木海军基地飞往西雅图塔科马国际机场，这已经是第二班包机了，8000位军属申请了出国。在美国西海岸的西雅图，最先飞回来的高级将领夫人中有人发起了帮助横须贺海军基地军属撤回或暂居美国的活动。美国劳军组织（USO）也开始协助她们。军属中有虽然生活在美国但英语却不熟练的，对她们的援助活动也开始了。

USS 乔治·华盛顿

15日上午5点30分，横须贺市市民安全部危机管理课长小贯和昭的手机响起了警报声。为了监视航母"乔治·华盛顿"号的核泄漏，在航母周围设置了10个监测箱。如果每小时观测到的数值超出100纳戈瑞（0.1毫希）①的

---

① 戈瑞：符号Gy，即1千克被辐照物质吸收1焦耳的能量为1 Gy；当量剂量与吸收剂量对应的单位是希（Sv）、毫希、微希，例如对于X、Y和β射线，如果吸收剂量是1戈瑞，当量剂量就是1希；1戈瑞＝1000毫戈瑞＝10^6纳戈瑞。

话，预先设置好的手机就会报警。此刻 10 个监测箱的辐射值都超过了 100 纳戈瑞，小贯马上给住在横须贺市文部科学省的检测负责人打去了电话：

"现在报警器响了。这是怎么回事？辐射值上升？航母是不是出事了。"

"不，这不是航母的问题。如果是航母的话各个监测箱会根据与航母的距离按照时间差显示数据。现在是同时上升的，位于川崎的东芝的研究反应堆附近的监测值也在上升。这是福岛的问题所致。"

在上午 8 点 30 分召开的市政府干部会议上，小贯汇报了他的想法。

"现在的辐射值是 250 纳戈瑞，有必要尽快发布消息。但在辐射环境中 1 小时所承受的辐射量其实只有胸透的二百分之一，将这点也一并公布出来比较好。"

因为计划停电，市政府每天早上要开一次干部会议。虽说辐射量在上升，但这种辐射量倒也无须立刻采取措施。但学校怎么办？家长和孩子们都会对上课、校园和上学感到不安的，这也是最让人担忧的地方。市政府给横须贺市内所有学校的校长发去了传真："辐射量上升是福岛事故所致，但这个量并未超过胸透时所受辐射量的二百分之一。"

目前只能先观察了。但小贯的手机在之后的三天里从早到晚一直在响。他跟文部科学省的负责人说："这样太妨碍工作了。"于是文部科学省解除了小贯的警铃设置。

15 日上午 5 点多,常驻东京·赤坂的美国大使馆的美国核能管理委员会职员詹姆斯·特拉普打电话给华盛顿的总部做了紧急汇报。此时是华盛顿时间 14 日的下午 4 点多。报告对象是委员长格雷戈里·贾茨科。

特拉普说:"听横须贺的海军上将说,用 TEDE 的测定方式检测的结果是:横须贺的海军基地每小时可以检测出 1.5 毫雷姆[①]。"TEDE 就是总有效剂量当量,1 毫雷姆相当于 10 微希。"据说每小时 10 毫雷姆的辐射量的话就会危害到甲状腺。这里距离福岛第一核电站 188 英里(约300 千米)。"

贾茨科说:"这数据的来源是哪儿? 确认过了吗?"

特拉普说:"他们是直接测量的,说是用好几种方法确认过了。因为风向变动很大,如你所知,当风向变成西南偏南时,辐射云就会被吹向这边。预计 10 小时后风向将再次吹往大海的方向,但此前据说将受到每小时 10 毫雷姆的辐射危害。"

贾茨科说:"明白了。"

特拉普说:"问题是东京和首都圈位于福岛核电站和基地之间。"特拉普所说的"他们",是指横须贺海军基地里海军反应堆机构的军人们。

---

① 雷姆:符号 rem,辐射能量单位,1 雷姆 = 0.01 希,1 毫雷姆 = 0.01 毫希。——译者注

　　之前在美国核能管理委员会内的电话会议上曾有人做了以下发言：

　　"有航母停靠在东京南部、距东京只有 10 英里（约 16 千米）的海港（横须贺海军基地）内。最近的 12 小时内测量到 10～20 毫雷姆的有效剂量，是危及甲状腺的辐射量的 5～10 倍。"

　　海军的这个测量结果究竟在多大程度上是可信的……核能委员会也很难判断。

　　也有这样的议论：

　　"这些辐射量数据和实际泄漏量吻合吗？"

　　"不光和泄漏量不一致，而且辐射云流动到 188 英里（约 300 千米）的地方应该花更多的时间，考虑到这一点的话就更有点不符了。"

　　"所以从一开始我就觉得有点奇怪嘛。"

　　"但特拉普从海军上将那里听说他们是用几种测量方式确认过的。"

　　"因为他们可以动用核动力航母嘛，在检测能力上确实相当厉害。'

　　15 日上午，驻守横田的美军向东京·市谷的自卫队统合幕僚监部报告了横须贺海军基地辐射量上升的消息。航母"乔治·华盛顿"号的辐射传感器响了，可此时停靠在横须贺港的日本舰船的辐射传感器却静默着。

　　统合幕僚监部从美方超乎寻常的表现中受了刺激。震

79

灾发生后，辐射传感器一响，最先抵达的三陆冲的"罗纳尔德·里根"号航母就离港了，之后再也没有靠近过。美军特别是海军在核辐射问题上尤为敏感。美军会不会从横须贺海军基地撤军呢？

幕僚监部的参谋们经受了一场横须贺冲击。其中一位参谋后来不无惊恐地回忆道："那天早上，当听到美军说核辐射正吹向横须贺的消息时，感到这下全完了！担心就此东日本从东北开始的关东都不能居住了。"统合幕僚长折木良一认为有必要将包含有"可能出现紧急事态"意思的真实信息上报给官邸，于是将统幕防卫计划部长矶部晃一送到了内阁危机管理中心，让他向内阁危机管理监事伊藤哲朗和官房副长官河相周夫报告情况。

"乔治·华盛顿"号航母立即进入了离港状态。对美军而言，核动力航母是绝对必须避开核辐射污染的。如果核动力航母遭到辐射污染的话，司令官将承担重大责任。在因为福岛第一核电站事故遭到辐射污染的情况下，可能难以判别污染是航母里的反应堆泄漏所致还是来自外界。航母是美国全球战略的根基，11艘航母支撑着美国的全球战略。航母无论在何时何地都能自由地航行，是关乎到生死存亡的非常重要的问题。但如果遭受到辐射污染的话，航母就可能被他国拒绝入港，这样可能会给军事行动带来重大障碍。但"乔治·华盛顿"号的离港却是别有用意的。

美军和美军家属可能会引起美国公民的恐慌，目睹这些的日本人也有可能陷入恐慌，甚至可能传出美军撤离日本这一信号。实际上横须贺冲击使东京的美国大使馆馆员陷入了不安，美军广播局（AFN，美军广播网）开始播送广播："居住在横须贺的居民们请尽量不要外出""洗好的衣服请放在家中"。美国公民们纷纷询问美国大使馆道："这到底是怎么回事？横须贺比东京离福岛还远，为什么要向横须贺的住民发出这样的警告？难道不是东京正遭受着更多的核辐射污染吗？"大使馆馆员也笼罩在不安中。

21 日，"乔治·华盛顿"号从横须贺美国海军基地出港了。19 日，收到来自外交部的"'乔治·华盛顿'号将于 3 月 20 日中午 12 点出港"的消息后，横须贺市市长吉田雄人向外务省要求说："请确认其安全性。"21 日上午 8 点外务省又发来消息说："好像出港时间还未定。"之后却又再次通知说："出港时间改为了今天 12 点 30 分。"但实际的出港并非这个时间，而是 21 日下午的 1 点零 8 分。吉田心想：基地和美军可真够乱的啊。混乱状态紧接着又传来：原来"乔治·华盛顿"号还在修理状态下就出港了。想起这些吉田又说道："让一艘处于维护状态中的舰船出港，我认为不符合通常的做法。因此我们横须贺市更有必要对其安全性加以确认才行。"

最近吉田每天都好几次地在社交网站推特上给市民发帖子（@YoshidaYuto: #yokosuka）。15 日这天更是忙得不可开交。

"今天（15 日）上午 5 点多到 6 点左右，用于监测核动力船舰的 10 个监控箱测到的空中辐射量最高上升到了 257 纳戈瑞 / 小时（平时是 30～50 纳戈瑞 / 小时）。上午 6 点左右后回落到了正常值。"

"另外，神奈川县川崎地区的 5 座东京反应堆用于研究 GNF-J 的 8 个监控箱也同时监测到了同样的数值（100～280 纳戈瑞 / 小时）。"

"但这个数值不会对人体和环境造成影响，纳戈瑞 =1000 μGy（微戈瑞），1 μGy=1000 mGy（毫戈瑞），1 Gy（戈瑞：吸收剂量）=1Sv（希：有效剂量）。"

"刚才的帖子内容应为：1000 nGy=1 μGy, 1000 μGy=1 mGy, 1000 mGy=1 Gy，很抱歉刚才搞错了，特此更正。"

"另外，美国海军横须贺基地决定公开发表这次的辐射监测数据。"

"3 月 15 日上午 7 点左右，'乔治·华盛顿'号搭载的高精度监测仪感知到了来自福岛第一核电站的微量核辐射。"

"一般来说这并没有危险，但驻日美国海军司令部向美国海军横须贺基地和厚木飞行基地的人员推荐了以下防范措施：A. 减少户外活动；B. 尽量不使用换气系统。"

"忘记讲另外一个会议中提到过的报告了。接到来自国道事务所的通知说，基地前的一座配有手扶电梯的人行天桥，由于计划停电而暂时停用了。"

　　"乔治·华盛顿"号离开日本后，美方向日方说明道："如果我们不立刻离开的话，舰船会因为遭受严重的辐射污染而无法在新加坡等其他亚洲诸国靠港。"事前海上自卫队并未收到过来自美国海军的明确通告。虽然按照双方的君子协定，入港时要在 24 小时内通报，但对于出港时间并没有硬性规定。尽管如此，事前没有接到通知的海上自卫队和统合幕僚监部还是很吃惊。之后"乔治·华盛顿"号经过伊豆半岛、土佐湾冲和佐世保驶向了东中国海。东南亚也有像新加坡政府一样对辐射污染采用严格标准的国家，在泰国靠港的时候，为防止高剂量的辐射污染，泰国政府也发出过通告。

　　4 月 15 日，横须贺市通过外务省获悉了"'乔治·华盛顿'号将于最近返回横须贺港"的消息。当天下午，吉田给外相松本刚明发送了一份"恳请再次对美国核动力军舰的安全性进行确认"的文件。文中写道："通过说明书我们已经非常清楚：与民用核动力设备相比，美国的核动力军舰在保护壁等方面具有硬度高耐久性强的设计特点。但从守护市民的安全角度考虑，为消除民众的不安，请就下列标注项目再次予以确认为盼。"

　　4 月 18 日，横须贺市接到驻日美国大使馆的通知说："在横须贺基地检测出了极低的辐射量，但在安全上没问题。"4 月 20 日，美国海军长官雷蒙德·马布斯（Raymond E. Mabus Jr.）前来拜访吉田并强调了安全性后回去了。

引发横须贺冲击的，是海军反应堆机构的核辐射扩散预测。他们将横须贺海军基地的辐射量很快就要超出美国环境保护厅标准的预测结果发给了美国政府内部。

1号机发生氢气爆炸后，海军反应堆机构将监测辐射的队伍从横须贺海军基地派往东北地区一带，让他们将大篷货车开到紧邻监测外延（20千米的边界线）的地方。他们被指示负责监测福岛县磐城市、茨城县石冈市和栃木县宇都宫市……的辐射量，并被要求24小时不间断地每隔15分钟测量一次。在一辆后排座椅后临时加载了卫生间的大面包车里，他们轮流打着盹，持续监测了将近一个月。

监测结果被直接上报给了华盛顿的海军反应堆机构高层。还架设了横须贺美国海军基地的海军反应堆机构的职员们也能听到的专用"电话桥"。原本美国核能管理委员会强烈怀疑横须贺海军基地的辐射量可能是"异常信息"。有人怀疑撤离区域是他们将福岛第一核电站和横须贺市之间的距离倒推出来决定的，也就是说其实是一种"先得出了结论的预测"。之后，美国核能管理委员会将当时在横须贺海军基地测到的辐射数值定性为"孤立和不正常的"。

美国核能管理委员会的一位只愿过后再来谈海军反应堆机构的预测和应对方式的职员这样说："由于海军反应

堆机构直接将那个数据扔给了白宫，问题随之变得复杂起来。还有人在参加美国核能管理委员会和海军反应堆机构的电话会议时，将会议中提到的信息原封不动地传达给了白宫和国务院，使得问题更加复杂化。而我们的职员则会将全部情况报告给贾茨科而不是白宫。"

情绪上的"堆芯"

当时，来自各个方面的所有压力都集中到了驻日大使鲁斯身上。大使馆全体人员的士气已经开始消沉，欧洲各国的大使馆已经从东京向大阪和首尔等地方转移，外交官及其家属们都逃离了，美国大使馆馆员和家属们因为只有自己被剩了下来而感到不安和焦虑。

最大的打击则来自横须贺海军基地方面。因为基地的辐射量从 15 日开始上升，海军向基地内的军人家属们提醒进行"室内避难"的注意事项，这则消息马上被传到了大使馆乃至在日美国公民那里。只有海军向他们的军人及其军属发出了那样的指示，大使馆馆员和一般的美国公民又该怎么办呢？难道什么都不用做吗？为什么只有海军在这么做？美国政府的各省厅之间对于形势的认识混乱、应对方式混乱、彼此间的交流也很混乱——这些都带给人们诸多担忧。

美国大使馆馆员的家属们陷入了恐慌，表现出"情绪上的堆芯熔解"状态。美国大使馆馆员及其家属陆续收到了来自美国的亲友们的邮件："福岛的反应堆堆芯正在溶解，东京也很危险了吧？这边的电视也报道了这些新闻，赶紧回国吧！"CNN之类的美国电视台以远比NHK紧迫的感觉对情况进行了报道。

鲁斯在入住酒店的途中偶遇了CNN的著名专业医疗特派员桑杰·古普塔。鲁斯忍不住问他道："报道是不是夸张了点？堆芯溶解的根据是什么？"即使这样，CNN的报道姿态也从未改变过。大使馆馆员中开始出现厄尼·根德森的推特的忠实读者。身为核工程师的根德森有近40年的职业生涯，是以名为Fairwinds的非政府组织（NGO）[1]为根基的一名反核能运动家。福岛第一核电站事故发生后，他连日独自对信息加以分析和评价，并连续发送了应对事故的建议而一举成名。每天读他文章的大使馆馆员们和馆员的夫人们都会怀疑"日本政府是不是没有说实话"，并进而感到极度不安。

每天上午9点，鲁斯开始设定查尔斯·卡斯特的"核动力情况报告"的场所，卡斯特在那里就反应堆和燃料池的状况向大使馆职员们进行了说明，指出根德森的观点没有根据并加以彻底否定。另外，周末还招待大使馆馆员的家属们举行馆内集会，卡斯特也在那里做了报告。即使这样，家属们还是充满了不安，并开始影响到了大使馆馆员

---

[1]　Non-Governmental Organizations 非政府组织。——译者注

们的工作。鲁斯认为这样下去将很难让他们继续留在日本，但大使馆馆员家属的避难很可能会牵涉大使馆馆员们的撤离。当时使馆工作人员已经拟订好了紧急情况下的出国计划，并在悄声议论谁谁按怎样的顺序出国。如果美国军人撤离的话，势必将给美日同盟的未来带来重大影响，但若是美政府职员的家属"自主避难"的话，想来应该不会直接影响到同盟的未来。与其如此，不如把这个问题当作使馆馆员的"士气"问题来处理。为了让使馆馆员克服其由于挂念家属而无心工作的情绪，认可其家属的"自主避难"也不失为一个良策。鲁斯本人是这样考虑这个问题的。

卡斯特前往使馆汇报时，鲁斯正在对使馆馆员的家属们说："我同意你们自主出国避难，大家应该乘包机离开日本。"家属们脸上浮现出了安心的神色。卡斯特听说这时包机已经开始在以每隔15分钟一班的频率从驻日美军基地起飞运送人员了。

令鲁斯烦恼的另外一个问题是发放稳定碘剂的事。在确定"50英里（约80千米）"避难指示之际，美国政府认为当时不必发放稳定碘剂，但此时军方却已经在东日本方面向执勤的直升机驾驶员发放了稳定碘剂。决定"50英里（约80千米）"避难指示后，军方也同意先向进入圈内执行任务的军人发放稳定碘剂。在美国大使馆的内部会议上，大家对军方"接到了服用稳定碘剂命令"的发言一片哗然。

横须贺的美国海军基地也给军人及其家属以及基地内的日本员工发放了稳定碘剂，野田隆嗣也是收到碘剂的人员之一。虽然日籍员工没有得到领取碘剂通知，但听说有人从部队领到了碘剂。他去基地内一个名为"Party Fitness Center"的中学体育馆，排在长长的队伍后面，只需要写下姓名、所属单位和家人的人数即可。连同他自己、妻子和儿子夫妇，野田一共领到了4颗，但光看着这么大颗粒的稳定碘剂都让他觉得恶心，所以结果并没有服用。

美国大使馆馆员及其家属立刻知道了向海军军人和军属发放稳定碘剂的事情，驻东京的美国人听说后立即感到了同样的不安：为什么给军人和军属发放，而不给我们发？大使馆馆员们强烈要求也给他们发放稳定碘剂。

鲁斯陷入了新的困境。他必须遵守政府的方针，但海军已经发放了稳定碘剂，情况也发生了变化。结果决定把稳定碘剂当作"心理稳定碘剂"发放给了需要的人。这样一来，怎么给在大使馆工作的日籍员工发放呢？因为他们是日本国籍，这样随意发放的话恐怕会衍生出法律上的问题，美国政府发放稳定碘剂的做法在日本的药事法上是不被认可的。虽说如此，但他们同样处于不安这一点并无二致，无法将他们区别对待，最终决定像对待其他需要者一样发给他们。

在使馆内和NEW山王宾馆这两处，大使馆决定让作为美国公民的需要者"有得到稳定碘剂的可能",而并非将其定位成"发放"。

Benny Decker Theater[①]

21 日,美国太平洋军司令罗伯特·威拉德携同太平洋舰队司令帕特里克·沃尔什在市谷访问了防卫大臣北泽俊美和统合幕僚长折木良一。沃尔什在威拉德回国后留在日本负责指挥横田基地,他每天都给折木打电话交换意见。折木去了横田基地后,接着沃尔什就访问了市谷。

市谷是个让人感觉难以平静的地方。"沃尔什访问日本的真正意图,会不会是为了在紧急关头指挥美国公民和海军军人从日本撤离,这一切会不会是为了不让我们察觉而故意放的烟幕弹呢?"有人这么在想。接待沃尔什的防卫省高官回忆道:"关于非战斗人员撤离行动(NEO),沃尔什的态度是不太想被日本政府知道。他非常在意,不想留下在日本政府正竭尽全力之时美国却忙于准备逃跑的印象"。

实际上美军在横田基地有两个司令部:一个是同盟作战的司令部,由统合支援部队(JSF)把控着,美日双方在这里进行排污作业。海上自卫队必须对遭到福岛第一核电站辐射污染的自卫队舰船实施排污作业,被污染后的舰船就无法靠港了。舰船上虽然也配有辐射对策的负责人,但迄今为止他们并没进行过任何实际的除染作业。海上自

---

① 横须贺基地里电影院的名字。——译者注

卫队在那里接受了美国海军关于除染的技术指导，美方在神盾舰上给自卫队装备科员做了除染方法的说明。

另一个是 NEO 的司令部。当处于最严峻的紧急事态时，美国政府职员和一般美国公民的强制避难计划都在此制订。这个强制避难计划是由冲绳的海军部队司令部的参谋长们到横田基地制订出来的。JSF 和日方有着紧密联系，NEO 是美方单独行动，不和日方共享信息。就当时的强制避难计划，美海军相关人士事后作证道："美国的方针是，这次完全是联邦政府职员家属的自主性避难，而并非强制性避难。但如果真是紧急时刻，那就不再是一般的飞机，而是会出动军用飞机和舰船前去救助他们的。'乔治·华盛顿'号也必须重回横须贺港，因为它的甲板上可以容纳两万人""然后把他们运送到冲绳或者南边更远的地方。实际上韩国的岛山美国空军基地已经开始准备搭建帐篷村了，还讨论过从横田基地来回数十趟运送他们的问题，这比用航母运送快捷。被帐篷村接收后再立即用韩国的民用飞机将他们送回美国去。"

就最近围绕着"避难·撤离"而致的"基地恐慌"和海军高层的判断，他说："就我个人来说，内心也是有各种各样的挣扎的。"之后他又说道：

"所谓的同盟是什么？就是共同战斗、拼命去战斗的誓言。这是国家关系中最高水准的关系，没有比这更高的关系了。所以在形势开始严峻起来时，我们当然不能说因为核辐射来了，抱歉，祝你们好运。正是因为身处这样的时刻，如果不能站在一起并肩作战到最后的话就不能称为同盟。日本的东北部还有人正在死亡，在这种时候却这样那样地光说自己家人的事，领导的关心和精力也过于偏向于这些方面。就我个人而言觉得这很无情。"

"但我想这也并非美国人因为觉得只有自己可爱才那样行动的。发现横须贺基地遭到核辐射后，正在作战的官兵也非常担心自己的家属，不管怎样都会分心。所以部队的长官们不得不赶紧宽慰他们说'我们会妥善照顾你们的家人。请大家不要担心，先专心执行任务'。正因为长官这样做了，身处最前线的将士们才能专心工作。想必高层们也考虑过这点的吧。"

"被检测出遭到核辐射后，'罗纳德·里根'号航母就立即返回并远远避开了。因为横须贺基地也发现了核辐射，所以'乔治·华盛顿'号也急忙驶出了港。从美国为了维持盟约的观点来看，对此想必有人认为欠妥吧。当时我自己也在'罗纳德·里根'号上，离开港湾驶向大海时自己也觉得有些过意不去。"

"但航母就是美国国防的王牌，如果航母被辐射污染了就将无法巡航。各国都会赶我们走不说，还会无法登陆。这样将会导致国家安全保障上出现重大问题，海军上将威拉德很早就预知到了这一点。而且这不仅是现阶段的问题，还将对今后的30年、40年产生深刻的影响。这才是他所担忧的。"

3月22日，太平洋军司令威拉德携同夫人访问了美国海军横须贺基地。抵达基地后，威拉德夫妇径直去了一个名为"Benny Decker Theater"的电影院，他们将参加在那里举行的与供职于美国海军基地的官兵及其家属的集会。"Benny Decker"是第四任美国海军横须贺基地司令的名字，因为致力于亲善横须贺市民，为巩固横须贺基地在美日同盟中不可动摇的地位中立下过功绩，所以在横须贺中央公园为他立了一座胸像。

被介绍过后，刚刚登台的威拉德夫妇很快又双双从台上走了下来。700余名官兵和他们的家人满满地拥了过来。其中还有抱着婴儿的年轻母亲，婴儿哭个不停。威拉德就像自己面对的是家庭聚会上邀请来的客人那样讲了起来，说他们因为工作关系在横须贺住过两次，分别是他当小鹰机动部队司令和第七舰队司令的时候。

"我很爱日本，统幕长折木上将是我的知己，另外我们和自卫队的关系也很密切。"

"作为太平洋军司令，不同于之前我作为太平洋舰队司令工作时，我不仅仅要对海军负责任，还要对陆军、空军、海军陆战队和特种部队的全体人员负责。此外对于生活在日本的全体美国公民我也负有广泛的责任。"

"我们会留在日本。虽然我们担任的只是一个援助者的角色，但我们要和日本的伙伴们战斗到最后直到取得胜利。我是受托于国防部长和总统前来完成这次任务的，大家也都正在尽职尽责。"

"感谢在场的各位。核事故、空气污染和可怕的核辐射等等对谁来说都是初次经历，我也十分清楚这次事故有多么严重。大家展示出来的忍耐、勇气和领导才能都殊为可贵。"

接着威拉德提到了德娜夫人。"她刚刚去了横田基地帮助那儿的军属们返回美国本土，她亲自参与到了帮助家属们解决问题的事情中。我也认为，我们还是可以帮助大家做点儿什么的。"

在威拉德的鼓励下，德娜说："在和他成为夫妇的 38 年里，我们总是去他工作的地方生活，这次也一样。我来这里是为了帮助军人们的配偶和他们的家人的。'九·一一'事件发生时我们就住在横须贺。每当发生什么大灾难或悲惨事件时，海军都和平时一样最先出海，留下妻子们和孩子们。那时他也扔下我立即出发了。通过这样的经验我们虽说得到了锻炼，但心理上却也颇有压力。"

"今天清晨我们去了横田基地。基地里的 240 名军属正在候机楼等待起飞，大家都面露疲态，孩子们在哭喊，我也感到手足无措。因为也帮不上什么忙，只有来回给孩子们发奶糖。空军的士兵们背着婴儿敏捷地帮他们一起登机。所幸的是大家都安全出发了。我就是想来告诉一下大家这个消息。"

接下来他们回答了大家的提问，威拉德和他身边的德娜花了三个小时来回答疑问。大多数的疑问都是关于核辐射的恐怖、撤离的可能性和对今后形势的预判。

在横须贺海军基地内的学校里，教师指示学生们"不要去室外""窗户要关严""关闭换气扇"等，但威拉德说："没必要那样做"，并自信地回答道："孩子们出去玩是安全的。"德娜夫人也自信地说："我们自己也会尽力，不管怎样请放心。"说完还露出了微笑。威拉德夫妇的访问起了很大的作用。美国海军的高级将领对自卫队统合幕僚监部的参谋说："大家的情绪就此平复了，大概不会再发生混乱了吧。"

虽然在此前的美国政府内部议论上，威拉德表示了对情况将会更加严重的担忧，并主张采取最广泛的避难计划，但副长官级别会议中否定了海军的这个主张，采用了美国核能管理委员会的 50 英里（约 80 千米）避难范围的方案。威拉德接到政府的这个方针后，直接传达给了包括横须贺美国海军基地的军人和家属在内的海军。这天威拉德夫妇亲口传达了下列信息：

- 美军将留在日本"战斗到最后直到取得胜利"。
- 不必对辐射污染变得过度神经质。
- 尽管如此，家属们的担心是可以理解的。我们会让他们回到美国本土，并保护她们。

听了当时威拉德夫妇的演讲，统合幕僚副官河野克俊心想"美国在这方面果然了得"。司令官的妻子们再次成为了领导管理的核心，尤其是在危机中，她们被看作是不可或缺的因素。河野解释道："梅尔·吉布森（Mel Gibson）主演过的越战片《We Were Soldiers》中有一个司令官的妻子通知阵亡士兵的妻子她丈夫死讯的场景。她所做的事就只是和士兵的妻子一起哭，因为她的责任就是来承担这种痛苦的。她们就是被要求来守护跟她们住在同一基地的将士们的家人的。司令官们都是夫妇两人共同在作战。"

B.5.b

美国东部时间的 14 日，一名美国核能管理委员会职员在电话会议上说："我们不是拥有 B.5.b 应对措施吗？按集思广益的方式来做怎么样？"

"应该使用 2002 年 2 月的那个防灾战略。"

"美国核能管理委员会的反应堆安全组已经把 B.5.b 资料提取出来并开始实施了。也和 GE（General Electric 通用电气公司）与忆思能（Exelon）联系上了。"

"他们正在尝试，看能从中得到什么启发，以及能否传达给日方。"

忆思能是美国最大的核能发电公司。

17 日，格雷戈里·贾茨科委员长最后在电话会议上询问美国核能管理委员会职员说："B.5.b 的参考例提取出来了吗?"

"正在提取。我们正和日方协商,看实际还需要些什么。"

"九·一一"事件后,美国开始认真扩大预防核恐怖和防止遭受核恐怖袭击。2002 年 2 月,美国核能管理委员会发布了"各个企业在爆炸或火灾引起的大规模设备功能失灵的情况下,为了维持和恢复反应堆堆芯冷却、存储容器的功能以及乏燃料池的冷却功能,必须让他们实施辅导和制定战略"的命令(B.5.b 意为 B5 条的 b 项),并在之后提高了联邦管理标准。B.5.b 有三个阶段的流程:第一阶段,准备能够应对预测事态的器材和人员。第二阶段,能够维持及恢复乏燃料池功能的措施。第三阶段,能够维持及恢复反应堆堆芯冷却和存储容器功能的措施。

这里的第二阶段,要求"在事故现场内部维持供水的战略"和"从事故现场外部维持供水及注水的战略",并要求达到:

● 事故现场内部供水手段多重化

● 事故现场外部供水装置灵活性和动力的独立性

另外在第三阶段要求:

● 强化针对初期攻击反应堆时的指挥命令系统

● 强化针对攻击反应堆的对策

B.5.b 的指导方针要求确立以控制室的功能、人员和登录系统全都丧失,以及失去运转全套设备所必需的全部交直流电源等为前提的紧急事态应对措施。要求企业提供即使陷入那种状态也能维持反应堆堆芯的冷却功能、存储容器的健全性、乏燃料池的冷却功能和乏燃料池的健全性等的设计。

福岛第一核电站事故发生后，美国核能管理委员会的职员们讨论过这样的抗灾措施在应对福岛核电站事故中是否奏效的问题，结果认为 B.5.b 所要求的安全防护设计和措施在事故过程中并不适用，因为日方一直将这些设计和应对措施视作"出乎意外"的方案排除掉了。对此日方参与核事故处理的人事后都深感懊悔。核辐射医学总研究所的紧急辐射医疗研究中心负责人明石真言就是其中一人。

3 月 11 日下午，明石在东京·文京区白山的核动力安全技术中心的五楼会议室参加了一个关于核恐怖的专家级会议，这是受托于文部科学省的一个研究项目。那天的会上将"dirty bom"提上了议题。所谓"dirty bom"，就是并非核反应所致的核辐射而是一种以实现核辐射为目的投放的炸弹。虽然写作"WMD"，但并不是"Weapons of Mass Destruction（大量破坏兵器）"，而是定性为"Weapons of Mass Disruption（大规模骚扰）"的恐怖事件。当时专家们担心的是恐怖分子可能会用到铯 137。

会议主席是 JNES 的理事（现在的理事长）中入良广，自卫队、警察、东京消防厅、核能安全基础机构、核动力研究开发机构（JAEA）、核动力安全技术中心、放射线医学总研究所（放医研）和文部科学省防灾环境对策室等的专家们也都出席了这个会议。会议于下午 1 点 30 分开始后，却在 2 点 46 分碰上了地震。往窗外看去，可以看到人们都陆续冲到了马路上，红绿灯像竹子一样摇晃个不停，自卫队、警察和消防的与会者们转瞬间都不见了。电车停运，无计可施的明石只好从白山走到了水道桥。他甚至动过"索性在东京车站的报摊后找些纸箱凑合过上一夜吧"的念头。他这么边想着边往东京车站走的时候电话却突然响了起来。

刚才手机明明试了几次都无法接通的啊！觉得有些奇怪的他接起来一看，是放医研的医师富水隆子打来的。"明石教授，您没事吧？刚才核能安全委员会打来电话说想请您务必马上去一趟帮个忙，还说请您步行过来。"

于是明石就走到了位于霞关[①]的内阁府。作为一名专业委员，明石之前在核动力安全委员会[②]工作了长达十年。当天，他和其他专业建议委员们一起在安全委员长房间里的电视前彻夜未眠，直到清晨才稍微打了个盹。之后他除了去核安委上班外，还出席了 3 月 11 日当天的"核恐怖事件"专家会议。这一切让他觉得颇有讽刺意味，并为此在之后的几天里都感到非常懊恼。

"就算用 B.5.b 结果也是如此啊！""切实贯彻核恐怖事

① 日本外务省的所在地；日本外务省的别名。——译者注
② 后文简称"核安委"。——译者注

98

件对策，即使失去所有电源的话也会有应对办法的""不该用骗小孩似的训练来敷衍啊！"可以说迄今为止的几乎所有由政府来实施的涉及核恐怖的训练都会将明石叫来。

2010 年秋，横滨的亚太经济合作组织（APEC）高级会议召开前在成田机场进行了反核恐怖演习。从放医研派出了三十来个人，到处都响着急救车的警报声，那叫一个声势浩大。其中铯的识别方法也是训练的要点之一。但参加人员却被叮嘱说："就别指望会有人从国外大批量携带放射性物质到成田机场来了。"

另一次在新潟县举行的核恐怖演习也是如此。原来的假设目标为核恐怖演习，政府和电力公司却都不希望这种假设成为可能，因此演习内容全都是以"未发生核泄漏"为前提来进行的。而且新潟县政府还反复叮嘱说："希望不要设想成有受害者出现的局面。"此外，新潟县政府似乎也很讨厌发放稳定碘剂，他们颇不耐烦地说："用糖药丸不是很好吗？难道还真的要发碘剂吗？如果只是试用一下的话倒也还是有些意义。"但既然都这么说了其实就是已经决定不发放了。只有一次又一次地起降着的直升机显出些热闹来。明石苦笑着想："这完全就是在搞 Blue Impulse 嘛。"①

2002 年，在向安保院发布 B.5.b 内容的同时，美国核

---

① Blue Impulse: 蓝色脉动，日本航空自卫队特技表演队的一款飞机。——译者注

能管理委员会就对首选 B.5.b 来认真应对核恐怖事件提出过要求。但安保院却没认真接受这个意见。一位美国核能管理委员会的干部回顾道："'九·一一'事件后我们就开始防范因飞机突袭核电站而导致的核恐怖事件了。当时我们很认真地讨论过此时应该怎么做以及怎样才能从这种打击中恢复过来的问题。但核动力安保院却说日本根本就不存在核恐怖问题而对此漠不关心。"

之后还是由美国出面，促成了不仅是核能管理厅，还包括政府所有职能机构的针对日美间就核恐怖事件的应对方式展开合作的一次会晤。至此便暴露出了日美间在应对核恐怖事件上想法的差异性。日方基本上对核恐怖事件是靠"密封"作战来应对的，也就是将敌人封闭在事故现场内。先出动警察去应对，不奏效的话再动用自卫队来进行阶段性作战。但压根儿就没有想过该怎样去处理 dirty bom 的问题。

曾访问过东海村的核动力设施和大学研究室的美国代表团，对东海村只用荷包锁来保管钚以及大学研究室的核防护体制竟如此薄弱感到非常震惊。日本政府针对核事故的训练居然如此敷衍，这让美方开始警觉起来。

2008 年 3 月，美国驻日本大使托马斯·希弗给华盛顿发了封外交电报："对于由地震和网络攻击引起的核电站事故有所对应，对预料外的事态可能发挥不了作用""官僚组织的纵向割据和规避风险的心理形成了一道障碍，使他们在面对威胁的准备不充分的同时，还加剧了其脆弱性。"

日方当然也并非不关心核恐怖事件。自从朝鲜发射了大浦洞[1]后，人们对核恐怖事件更加关注了。有明确记录表明：1999年8月，资源能源厅审议官和国防厅运用局长（都为当时的官职）曾就此交换过意见。

国防厅运用局长说："对于国防厅来说，并不了解如何去估量所遭受的损伤和受威胁的程度。因为国防厅里没有任何资料，所以我们认为即使导弹掉下来也不会造成太大的影响。这是个微妙的问题，所以虽然摆上桌面来讨论过，但并没有进行过任何实际训练。"

资源能源厅审议官说："核电站对于来自横向的攻击和毁坏的防御工作已经做得相当好了。但如果攻击来自其他方向，比如飞机从正上方坠落或是导弹打下来的话，估计设施将受到损坏。"

资源能源厅指出说："最严重的事故就是管道的断裂。存储容器内有压力，如果不能排气的话会很危险，而排放出含放射性物质的水蒸气的危害也是可以想见的。"

2001年的"九·一一"恐怖袭击后，核和核恐怖的风险带上了些现实色彩。时任东电柏崎刈羽核电站站长的武黑一郎当时忍不住担心地想到：如果朝鲜的大浦洞袭击

---

[1] Taepodong。1998年，朝鲜试射了一枚大浦洞弹道导弹，该弹飞过了东京上空。——译者注

这里的话……在区域会议上，他也被质询过：作为电力公司，应该怎样应对核恐怖事件和核电站恐怖事件？他也曾听闻公司高层在说：美国电力公司也正急于制定对策，而且雇佣武装人员的费用也不容小觑等。

由于"核电站恐怖事件"的说法太过刺耳，于是他们用"飞机坠落"的表达方式私下请专家们进行了模拟，其结论是核恐怖事件的应对难以仅仅依靠设想来完成。要设想出怎样的情况又该如何应对，民间机构根本束手无策。说到底，这些都属于外交安保范畴的问题。

自卫队和警察里负责承担核恐怖警备工作的自卫队队员和警察们的脑子里，还残留着安保院和电力公司是阻碍核恐怖主义策略的想法。从20世纪90年代末到21世纪初，一直参与这项工作的某防卫省高官证实道："针对东京电力的所属核电站如果全部停运、切断电源时应该怎样应对的问题，我们曾多次提议说要搞一下实训。可对此，管理机构却认为那样做很麻烦所以没能落实。"

就核·核电站恐怖事件，警察当局曾假设了恐怖分子入侵的三种可能性：

（1）潜入核设施内，占领中央控制室等处。如果不接受他们的要求的话就实施排气或爆破。

（2）采用"九·一一"恐怖袭击的方式，利用劫持的飞机攻击核设施或自爆。

（3）切断核设施基础建设的电源。

对这些假设的可能性，电力公司方面的态度都是"因为我们有严格的身份审查，潜入是不可能发生的""就算建筑被破坏了但压力容器是安全的，能够抵抗类似"九·一一"恐怖袭击的冲击""即使电源不能使用也能立刻恢复"而从不认真对待。曾参与警察当局关于核恐怖事件三种可能性设定的警察厅OB[①]说："现在我们知道其实还有一种可能性，那就是截断配管和管道。"

不仅是针对核电站主体，光是让辅助性的设备瘫痪就足以引发严重的核事故。这已暴露出不仅对于自然灾害，对于恶意威胁的对策也出乎意料地薄弱的事实。也有证言称，由警察独占核电站的警备和防护关卡也是一道制约核电站安全的屏障。作为通产省（现在的经产省）官员，茨城县出身的民主党派的众议院议员福岛伸享负责核燃料处理公司（JCO）事故对策和设置核动力安全·安保院，他当时反复强调说："唯一无能为力的是核电站的恐怖事件对策。本想让核电站警员配枪并准许他们开枪的，但遭到警察的抵制并被否决了。美国是将警员们武装起来，让他们在面对恐怖袭击时可以抵挡20分钟，并规定这期间国民警卫队和军队都必须得赶来。但在日本，如果发生了恐怖袭击，对策却仅仅是联系最近的巡警，之后就什么也没有了。"

---

① 指毕业于某校的非在校生。——译者注

从维持治安的角度看，核电站警备工作理应由警察和海上保安厅来负责，因为核电站的职员和民间警员都没有武器。即使开展实训，也以"会使居民感到不安"为由，将以其实力超过警察的武装特殊部队同时进行多点袭击的情况下应该怎样应对为假设目标的实战内容回避掉了。政府和电力公司对核恐怖事件的防范都很不充分，这也与对核电站安全问题的轻视有关。如果能够强化防护，必然就会带来对安全的强化。但在日本，由于安全对策里已经包含了防护对策，所以没必要再制定防范对策这样的看法还是占了主流。

另一方面，如果安全和防护·警备之间的关联性过于紧密的话，也有可能对安全带来影响。

东电福岛第一核电站正门处的门卫以没有接到通知为由拒绝了为确保外部电源而前来铺设电源线路的合作企业人员进入。正如第七章"3号机氢气爆炸"中曾提及的那样，东芝的专家组成员们，也因为他们的身份证没有事先登记过而吃了闭门羹。

另一方面，从保护核物质的角度，东电让一部分身份未经审核的人担任安全方面的工作这点也受到了批评。

日本的核恐怖事故对策中，繁杂的进门手续被国外认为是在"走过场"。即便是国际核能机构的检察官走访日本核设施，在入口处等上一两个小时也是常事。他们并没考虑过一旦发生紧急情况，这种繁杂的手续将会给危机应对带来怎样的致命伤——例如，恐怖分子会在这期间获得充足的时间来实施恐怖行为。

东电上报给政府的信息为什么会那么慢、不能像所希望的那样实现信息共享呢？自卫队虽然收到了来自东电的核事故应对援助请求，但并未从东电那里得到过航拍地图。其背景是横亘在眼前的各省厅之间的分割而治和对此放任不管的政治现状。

曾在外务省负责制定过军缩·反核扩散政策的国际核能机构事务局长天野之弥证言称：美国政府曾要求过日本政府"希望你们明确到底哪个部门是持有核防护权限的一方""为什么没有设置携带武器的执行部队？"这也是迄今为止已多次被国外问到的问题。这种情况下，无法认为自卫队、警察、消防、核动力安全·安保院、文部科学省核安委中的任何一方自主地对核防护承担起了自己的主要责任。形式上虽是核安委在掌管，但由于无法从内阁府得到所需经费而制约了他们的事故应对能力。核安委委员长班目春树曾如此反省道："实际上核安委对事态会发展到了 B.5.b 之类的程度事先完全不知情。这次是初次听闻才意识到应该事先更仔细阅读下的。碰巧说到了核防护方面的话题，那并不是核安委而是核动力委员会的管辖范围……"

第 15 章

细野·程序

事故之初，不仅日方的各省厅间没有实现信息共享，美方也非常混乱。最终由细野豪志设计了使日、美的信息得以一体化并实现共享的程序，它被美方命名为"细野·程序"。

"枝野和鲁斯谈崩了"

3月17日上午十点二十二分，菅直人首相从首相官邸致电美国总统奥巴马。他开门见山地说："直升机已经喷过水了。我们已经动员了包括警察和自卫队在内的机构内全体成员在全力应对。"就在30分钟前，陆上自卫队的第一架直升飞机从福岛第一核电站的3号机上空投下了7.5吨水。菅直人在首相办公室里看了NHK的实况转播。"奥巴马总统正在从纽约回华盛顿的途中，是在空军一号上通的电话"。对于外交官员的概述，菅直人显得心不在焉。一名外务省的工作者担忧地想："总理看来有点儿神思恍惚啊。"

打头阵的队长机准确地执行完任务后，菅直人满面笑容地说："太好了！"但当看到后面的飞机像喷雾般草草结束了喷水后，菅直人又闷闷不乐起来了。

喷水恰好在电话会议开始前的上午10点01分结束了。虽然这个电话会议是美方要求召开的，但菅直人还是赶了过去。17日的上午5点，为了给首脑电话会议做准备，在外务省召开了一次学习会。核安委委员长班目春树是接到首相秘书长细野豪志的命令后紧急前往出席的。因为天还没亮，他就没有叫醒配车司机，由夫人开车从位于文京区小日向的家驶往外务省。

电话会议上，奥巴马开口就说："这不是一次形式上的对话"，接着又强调道："我们已做好了全方位的支援准备。"直升机注水之后，美国政府把多达30个项目的支援清单从美国太平洋军传给了防卫省，然后又传给了官邸。电话会议开始的18个小时后，奥巴马亲自访问了位于华盛顿的日本驻美大使馆，向遇难者表示哀悼并签了名。他紧紧握住驻美大使藤崎一郎的手说："我们会倾尽全力提供帮助的。"围绕悼念用签名簿的问题，因为华盛顿的驻美日本大使馆以"没有准备供追悼用的签名簿"为由力主慎重一点，所以在与白宫之间的协调上也颇费了些工夫。

1980年6月12日，大平正芳首相在就职期间逝世时，吉米·卡特总统曾访问过大使馆并表示了慰问，却没有总统对自然灾害的遇难者表示慰问并记入哀悼的先例。对此，使馆方的理论依据是"国家元首的吊唁，是在他国元首以及相当于元首的领导人去世的情况下进行的"。但是白宫解释说这是想传达总统对日本的关心以及真诚支援日本国民的意愿，并以此说服了日本大使馆。同时奥巴马还就福岛第一核电站事故发表声明称："对健康有害的核辐射不会吹到美国来"，呼吁美国国民要冷静对待。

在这次电话会议和总统的哀悼中，日、美之间看不见的紧张关系似乎已经拨云见日了，但这期间的菅直人却一直在为日美关系而担心。

15日的内阁会议之后，菅直人跟防卫大臣北泽俊美说："请留一下！"于是进行了这场只有他们两人的对话。

"枝野君和鲁斯谈崩了。实际上官邸和外务省都没有和美方搞好关系。正因为日美关系现在似乎有些问题，所以想请你们自卫队一起参与进来。"前天深夜，菅直人才获悉了官房长官枝野幸男和美国驻日大使约翰·鲁斯发生冲突的消息。从菅直人的表情中可以读出深深的危机感，北泽向菅直人保证他会尽力而为。

北泽向曾在仙台待过一阵的东北方面监事部的美国驻日大使馆秘书长（政治部安全保障政策担当）木村绫子问道："要挽回美国对我们的信任的话，首先应该做些什么？"实际上，危机发生后，木村也担任了鲁斯与日本政府之间的协调人角色。木村答道："最大限度地向正在访日的 NRC 职员提供信息。"北泽向菅直人和细野都传达了这个意思，并建议当天就召集美国核能管理委员会职员前往设置于东电总部的对策综合本部进行信息交换。

17日，木村跟北泽的秘书长吉田孝弘通了电话："有些事必须要告诉大臣。"吉田邀请木村马上来防卫省。木村一进大臣室就对北泽说："大使现在很为难"，说鲁斯承受了来自各方面的巨大压力。没有来自日本政府的信息，美国政府派出美国核能管理委员会职员显示了其援助的态

110

势，却没被日本政府接受。美国政府发出了 50 英里（约 80 千米）圈美国公民的避难指示，但在美政府内部要求进行全面避难的呼声却很强烈[*1]。这样下去的话日美关系将会破裂。

北泽把驻日美国公使（政务负责人）罗巴特·鲁克（Robert S. Rook）和刚抵日的美国核能管理委员会日本支援部部长查尔斯·卡斯特叫到了大臣室，提供了国防部所掌握的信息，并约定将共享辐射线的监测和数据。同时出席的还有防卫政策局长高见泽将林。因为担心枝野和鲁斯可能会围绕是否"派人常驻高层决策处"的问题发生正面冲突，菅直人向北泽要求说要以防卫省为核心，打造以美国核能管理委员会为主的与美方的事故应对合作关系。

正是在这种背景下，卡斯特把防卫省作为了自己访日的首站。鲁克亲手将无人侦察机和全球鹰拍摄的 4 号机燃料池的图片交给了北泽。照片上以显眼的红色标注出来的，就是温度高的地方。美方还表达了他们将 4 号机燃料池作为最大关注对象的想法。此时，电视里正在播放自卫队直升机往 3 号机注水的情形。大臣秘书吉田孝弘将一部接通电话的手机交给了北泽，北泽向自己的办公桌方向走去，边接听着电话边微笑点着头。"看来大臣接到了对注水作战成功的祝贺，估计应该是首相打来的吧！"卡斯特大胆猜想着。在场的鲁克在赞扬自卫队注水作业成功的同时，也提出了"有必要保证注水的持续性"的建议。

在直升机的喷水作战受到肯定的同时，也因其并非持续性的解决方案而令人担忧。卡斯特警告鲁克"这样做是不可能有奇迹发生的"。对于美国核能管理委员会的职员来说，美日之间唯一一次起作用的对话是在美军的横田基地举行的防卫省·自卫队和美国驻日大使馆·美军之间的讨论。卡斯特最重视的是日本政府内部，并向美国核能管理委员会本部报告称"主要的对接点是官邸和防卫省两处"。

之后的 18、19 和 20 日三天，在防卫省举行了日美协调会议。在这个会上，就运送向燃料池注水的水泵的起重机车一事进行了调整。将 Bechtel 公司在澳大利亚帕斯的起重机车紧急运往日本一事，日、美间本来已经达成了协议，后经调查才知道那并非日方希望的"曲臂型"而是"直臂型"。双方争论一阵后，对于美方"希望作为选择之一予以保留"的意见日方也表示了接受，但这个意见最后却没有派上用场。因为此时"曲臂型"大型车已经在小名滨港卸货了。

始于高见泽主导的日美协议在向北泽做了汇报的同时也开始生效了，但其中的"防卫省事务方主导"的色彩仍很浓烈。

官邸主导

细野也对日美关系表示担忧，他和以"助手"名义挖来的前防卫政务官众议院议员长岛昭久（民主党·东京）谈了这个问题，想请他帮忙出谋划策。两人在"应对这次事故不单单是东电的问题，要日美联手应对才行"这点上达成了共识。17 日，长岛就向福岛核电站的燃料池注水一事和北泽谈了话。警察、消防和自卫队之间围绕注水的顺序问题发生了争执。当长岛问"在应对核事故上难道不应该为日美间合作提供机会吗？"时，北泽话里有话地说："高见泽君好像正在开一个很奇怪的会。"北泽指的应该是在高见泽主导下开启的日美事务方协议，但他的话却让长岛听来感觉有点儿刺耳。他心想："难道事先都没有向大臣仔细说明过概要吗……"美国核能管理委员会的误算在日本专门管理核动力安全的稳固的行政机构里是不存在的。核动力安全·安保院属于经产省·资源能源厅，不像美国核能管理委员会是独立的管理机构，核安委也不过是一个建言机构。

作为同盟作战环节之一的日美"朋友作战"也使日美之间在核事故应对上的合作变得复杂了起来。日美两国政府在 2005 年 10 月召开的日美安全保障协议委员会上，就加强自卫队和驻日美军的相互作用、增加共同训练机会、推进讨论计划、协同运输和信息共享上达成了一致，并强化了共同应对危机的能力。这些积累才能叫作"朋友作战"。

　　但当发生核事故时，却很难找到日、美间的对接点，重要的安保院和美国核能管理委员会也无法建立起协调关系，美国核能管理委员会对安保院的应对越发不满起来。安保院提出了两点意见表明自己对美国核能管理委员会"介入"进来的不欢迎态度：①美国核能管理委员会是管理机构，处理事故的能力不足；②尽管美国核能管理委员会派了两名职员来日本，但他们也只是来获取信息的，并没有向我们建言的能力。安保院没有充分认识到的是：海军反应堆机构不管是在人才和专业性上都有着很大的发言权。他们是独立于美国核能管理委员会进行信息的收集、分析、评价和提建议的。让安保院感到不满的是，在如此繁忙之际，为什么除了向美国核能管理委员会说明基本情况外还必须向美国的其他部门做同样的情况说明呢？而且日美同盟之间的信息保密制度也妨碍了信息在日本政府内部的顺利传递。

　　经产省和安保院也意识到了外务省和防卫省之间这道"2+2"的屏障。后来防卫省某中层干部的证实说："自卫队像遵守金科玉律一样严守着'Military·Military'（军·军）的机密，所以私下也不说。就算是在私下里也要像遵守金科玉律一样严守机密，并尽量不跟其他省厅共享信息。但在核灾难中如果不尽早共享信息并交换意见的话，根本就无法进行事故应对。"

不仅防卫省如此，外务省也同样。他们近乎病态地害怕将从"2+2"结构中得到的信息共享给日本其他的省厅。美国的无人侦察机和全球鹰拍摄的4号机核燃料池视频信息没有被直接从外务省·防卫省传到经济产业省·安保院，也没有第一时间上报给菅直人和枝野。这让枝野无比震怒。

要共享这些信息，就必须取得防卫省的书面认可。可在危机之际，谁也不会去做这么麻烦的事。也由于这些原因，导致日本政府内部无法顺利地共享信息。总指挥部是通过经产省得到的这个视频信息，而后者则是通过非正式渠道从警察那儿得到的。

18日清晨，美国核能管理委员会的三位职员第一次来到了东电指挥总部。受细野所托，长岛到12楼的办公室接待了他们。

"上哪儿去了解信息？""是谁在做决定？"对方的问题就一直集中在这两点上，并且执拗地一直追问着。因为美方抱怨说"距事故发生已经一周过去了，却还在纠结这些问题"。

长岛让细野"赶紧上来！"然后向美国核能管理委员会的职员们介绍了细野。

"他正在处理核电站事故。"

"就这个人吗？"

面对年方39岁的细野豪志，对方一脸讶异。细野也很心不在焉。满脑子都装着地面注水作战的他此刻只想马上下楼去。之后长岛去了官邸。罗森的新浪刚史社长和软银的孙正义社长刚刚来拜访过官房副长官仙谷由人，并就灾后重建事宜提了各自的建议后回去了。仙谷之前是民主党代表代理，因为官房副长官藤井裕久以高龄为由（78岁）提出辞呈后他被调来了官邸。他曾在菅直人政府中担任过官房长官，但2010年11月因为问责决定而卸任。仙谷对长岛说："喂！不要紧吧？鲁斯好像很恐慌。"长岛说："你说的是不是他在和外务大臣松本刚明的电话中说'没时间和你说话'后就把电话挂了的事？""连大使都得不到信息，有这样的同盟吗？"长岛当场就给美国驻日使馆的熟人打电话要求和大使面谈。

18日下午3点半，日美双方在位于东京赤坂的大仓酒店的"山里"厅举行了非官方会晤。出席者有细野豪志、长岛昭久和核动力委员会委员长近藤骏介，美方人员则是大使鲁斯、政务担当公使罗巴特·鲁克、查尔斯·卡斯特和能源部的干部。虽然鲁斯曾在美国政府决定下达50英里（80千米）圈内避难指令时尽力向华盛顿传达日方提出的理由，但仍表达了对日方此次对美国核能管理委员会和海军收集信息一事的不合作态度的不满。"希望能统一一下美日双方对话的立场。"

"同意！我会把大使的话转告给总理的。"

细野和长岛都认为日美协议应该以"官邸主导"为

主。19 日两人进见菅直人时，长岛说服菅直人道："有必要排除纵向割据的危害，统一日方收集的信息，以官邸为主导尽快营造一个和美方共享信息的环境。"细野在劝说菅直人以"官邸为主导"开始日美协议的同时，表示届时他愿意提供帮助。对此菅直人表示了赞成。但当他从两人处听说外务省和防卫省已经在事务层面上开始进行日美协议后大怒。"这事我没听说过！"菅直人将分别被派到外务省和防卫省的山之内勘二和前田哲两位秘书叫来首相办公室狠狠训斥道："马上打电话把外务省和防卫省的事务副官给我叫来！"

外务省的事务副官佐佐江贤一郎先接到菅直人的电话。电话中菅怒吼道："你们搞什么名堂？居然连我都不知道！"其实佐佐江是将这件事全部汇报了大臣松本的。"估计松本大臣没跟总理说吧？"——虽然这样的想法在脑子里一闪而过，但佐佐江仍然毫不分辩地忍耐着话筒里传来的怒吼声。之后菅直人又给防卫事务副官中江公人打去了电话。中江好不容易在这个周末才刚回了趟家，却突然接到首相秘书长前田哲的电话说"总理说有话要跟你说"，之后就接到了菅直人打到他手机上的电话。

"自卫队的确干得非常好，但不及时将情况上报给我这点却让人头疼。希望你们要及时上报情况。"

"非常抱歉没有及时上报情况，以后会注意的。"道过歉后，中江向菅首相说明了防卫部的日美协议的主要内容。

后来北泽听说"防卫事务副官挨总理训了"的事后向菅直人抱怨说："为什么要对我们的副官发火啊？"菅直人有些尴尬地解释道："如果总理让下属来一下，下属难道不应该先别去想总理是要让我去干什么，而是放下一切先赶过来吗？理所应当的事，却还在那儿到处责备人的话，这岂不是要把为总理着想的人当成敌人吗？""是啊！想来你们一定讨论得很不错吧。"

最近，经产大臣海江田万里和官房副长官福山哲郎都对防卫省主导的日美协议越来越不满。海江田于 19 日直接致电菅直人说："据说美国发来的一揽子援助计划正送往防卫省，经产省却没有共享到那个计划，很难理解为什么会发生这种事。希望进行日美会晤时让我们经产省也能参与进来。这种事本来不就该由官邸来决定的吗？"

明明是内阁官房在负责福岛第一核电站的事故应对，而此时他们竟然对日美协议一无所知，对此福山感到很奇怪。菅直人曾将此事直接委托给北泽让他妥善处理。因为正值在"同盟作战"中军对军（美军对自卫队）紧密协作之时，合作却无法开展。但也让人痛感到了为强化日美协作关系内阁官房所必须发挥的作用。

内阁危机管理监事伊藤哲朗以接受福山意见的形式于 20 日访问了防卫省，并征询了以北泽、统合幕僚长折木良一为首的防卫省·自卫队首脑们的意见。"在官邸开这样的会好吗？"折木说："这有什么不可以的呢？美军的一揽子援助计划也拿给防卫省看了，但仅靠防卫省是处理不下来的。"北泽也说："你去给各部下达命令。"

之后在官邸里召开了大臣会议，确定了以官邸主来进行日美调整会议的意见。虽说是官邸主导，到底是福山设想的"内阁官房"为主的官邸呢？还是细野和长岛想要坚持的"官邸政务主导"来推进工作呢？也就是说，日美协议中的日方代表究竟是福山还是细野的问题。北泽强烈推荐细野："这事交给细野的话，防卫省也很乐意提供信息。"对于营直人想让细野来担任日方负责人的请求，细野却拒绝道："负责人还是让福山来担任吧！我来当事务局长。"最后由福山担任日方负责人，伊藤任事务局长。会议地点被确定在了官邸后面的内阁府分馆的 9 楼，那里设有内阁官房内阁安全保障·危机管理室（安危）的办公室。

联盟

"围绕核事故的日美联合调整会议"就此诞生了。该会议以 21 日晚上的事前会议为起始于 3 月 22 日正式开始。在内阁府分馆，每次会议原则上从下午 7 点开始开到 9 点半结束，总共召开了 40 余次。

22 日下午 1 点召开了第一次会议。美方负责人（共同）是驻日美国首席公使詹姆斯·朱姆沃尔特和美国核能管理委员会支援日本部长查尔斯·卡斯特，出席会议的还有美国核能管理委员会、海军、海军反应堆机构、驻日美军、能源省和大使馆的代表，美方的核心是卡斯特。日方的负责人是官房副长官福山哲郎，来自各省的审议官也出席了会议。最初以旁听形式出席会议的细野其实才是实际控制全局的人物。美方将日美协议的目的确定为"设定事故应对的优先顺序和确立美日交流"，并将会议的目标设定为"强制行动项目"。

福山将日美协议的目的归纳为以下三点。

第一，就1～4号反应堆的状况交换意见。

第二，就如何避免事态往最坏方向发展交换意见。

第三，日方就有效的器材和装备等列出申请项目，美方对此进行讨论并给予答复。

最初，由于双方对反应堆和燃料池的状况认知上存在差异，所以协商是首先从"磨合"开始的。同时日方要求的救援物资和美方所理解的救援物资之间也有需要磨合之处。会议之初，美方递给细野的日方拟向美方申请的救援列表长达20页之多，上面零碎地罗列着日本各省厅拟向美方提出的物质申请。细野感到不确定一下优先顺序、不进行统一作战肯定是不行的。另外，相比日方的需求，美方则是按照自己的意愿在制定援助计划表。首席公使朱姆沃尔特将此形容为"强行援助"并提醒美方注意。

洽谈伊始，细野就很注意强调日方不愿贸然接受美国所施加的压力这一点。"发言必须从日方开始""问候语也要由日方先发出""日方提出要求，美方作出回应"——会上都必须这样由日方来占据主导地位。另外一件事是细野着重叮嘱过日方与会者的："请上报所有的信息。如果作为官邸的意见没有将信息上报的话，那官邸就只有自己严阵以待了。"防卫省的防卫政策局长高见泽对美方说："我们在此传达的信息中将会有军方对军方的信息，这些我们不打算在内部保留，也准备传达给安保院和东电。"美方立刻回话道："完全没有异议。我们召开这个会议的目的也正在于此。"

22日晚出席会议时，长岛感到有些意外。美军的"制服"们并排坐在前排，却看不到自卫队的干部们。仔细看了下，才看到统合幕僚监部防卫计划部长矶部晃一坐在后排。会后长岛问细野道：

"白天第一次开会时'制服们'坐在哪里？"

"应该在后排吧。怎么了？"

"美军在那吧？"

"驻日美军、美国海军和太平洋军司令部的人都在。"

"不让'制服们'坐在像样的地方那可不行。这点最好正式提一下。"

日美双方各部门的代表们就坐于正方形桌子的最前排，福山和细野的左边是内阁危机管理监部，右边的里面是东电代表，正对着的是卡斯特，卡斯特的旁边坐着海军少将托马斯·诺登（Thomas Loden）、准将威廉姆·克洛和其他军人们。细野对北泽讲了对"制服们"座次问题的考虑后，自卫队得到了与美军同级别的座次待遇。最初防卫省的"西服（内部称谓）"们曾建议最好别让穿制服的军人进来，但外务省以"美军非常希望自卫队能出席会议"为由主张自卫队应当出席。外务省某干部回忆说："美军一进来气氛立即大变。因为他们具有行动指向，可以很快就把事情定下来。"

24日的会上，美国核能管理委员会职员催促日方推进关于"非常事态"的讨论："有必要针对非常事态做好心理准备。美国专家正在讨论燃料和反应堆容器受到损坏时的应对措施。有必要尽快解决这个问题。"细野回答说："虽说我们也在尽着最大努力，但能感到日方在各项紧急应对上已达极限。就如何从根本上渡过难关一事还望能够得到贵方建议。我们已在由政府和东京电力组成的总指挥部里备好了房间，请贵方相关人士来和我们一起集思广益吧！"美国核能管理委员会的职员说："我们很乐意加入，可以派出5名左右相关人员。如果可以的话，希望产业界的人也参加进来，因为这样才是国际性的针对核问题的联盟。"听闻日方开始有这样积极的消息和努力后，哪怕只是一点些微的进展卡斯特也会说："太好了！首先要祝贺这一点。"这使双方的会谈气氛变得和睦起来。

在这天的会上福山要求说："婴儿饮水用的瓶子不够，麻烦提供一些给我们。"对此美国国际开发厅的亚洲地域首席顾问威廉姆·伯格（William Berger）提醒日方说："连瓶子都要从国外拿来的话是否反而会引发大家产生不安的情绪呢？日本应该有大量瓶子，我认为把九州的拿到这里来就行了，没必要从美国拿来。"此外，双方还就稳定碘剂（碘化钾）问题交换了意见。美国大使馆职员说："听说你们很在意碘化钾。美国战略性地储备了一些碘化钾，可以从中提供 100 万瓶给你们。一瓶可以服用 15 次，一次服用 130 毫克。儿童减量即可。如果日方有正式申请的话，可以提供美国保健福利省剩下的量。至于运输问题，美国国际开发厅应该会帮助我们。"

细野问："安保院，你们想要多少？"

安保院审议官根井寿规说："虽然我认为 50 万瓶就足够了，但如果美方能提供 100 万瓶的话则感激不尽。"

美国大使馆职员说："我也这么想。"

细野说："美方能提供 100 万瓶的话我方将非常感激，我代表首相官邸向您致敬。想必包括厚生省的各部也都希望如此吧？"

细野话音刚落，坐在后排的厚生省的年轻职员就站起来说："需要注意的是某些项目还需要取得药事法上的认可才行。"所谓药事法就是日本制定的关于药品、药品以外的其他用品、化妆品以及医药器械的使用等的法律。

细野对这位厚生省职员说："你能现在就让它获得通过吗？"

美国大使馆的职员发言道："我们会向日方提供碘化钾的使用说明。"因为美国提供的碘化钾没有取得日本药事法的认可，原本是不能在日本国内使用的。但依照惯例，在大地震之类的紧急时刻它可以作为来自海外的救援物药品和从海外赶来的救援队伍所携带的药品而允许通关。问题是这种情况下，如果发生副作用的话谁来负责。而且美国提供碘化钾的附带条件就是"接收方负责无限责任"。对药害艾滋诉讼事件[1]还记忆犹新的厚生省来说，很明显，美方已经表明了自己不承担一切责任的立场。听到这些话的当时在座的经产省的某干部对此很不以为然，他心想："美国人这是害怕如果产生副作用的话需要担负国家赔偿责任吧？在这种危急时刻，这些公务员却只考虑自己政府的权限和如何逃避责任。原本准备碘化钾的事不就是厚生省的工作吗？"

第二天，厚生省就向核动力安全和安保院递交了一份"申请书"。其内容是说如果由美方提供的碘化钾有副作用的话，厚生省将不承担国家赔偿法上的责任。"本来现阶段的国内稳定碘剂几乎就是可以满足需求的。之后日方会将这个情况通报给美方，也就不再需要美方提供了。这样也就规避了副作用的责任问题。"

在此期间，不知道是美方的谁不知不觉地开始将这个

---

[1] 日本出现过因血液制品污染导致艾滋病大规模传播的"药害艾滋"丑闻。——译者注

日美调整会议叫成了"细野·程序"。细野的统率力和对时局的掌控能力，和他那善于调动官员的能力，以及他的直率的谈吐及其年龄，的确都让人颇有新鲜感。但日美之间围绕事故的状况认识和危机应对上却存在着差异，对 4 号机的乏燃料池的状况判断就是其中一例。

"既然有水蒸气，应该就有水！"

我们将镜头转向华盛顿的美国核能管理委员会本部。

在美国东部时间 16 日的电话会议上，美国核能管理委员会的职员报告说："由于 4 号机乏燃料池的墙壁被炸飞，水流出来后导致燃料棒露了出来，估计有大量的核辐射正在释放出来。"也正是基于这种设想，格雷戈里·贾茨科委员长他们开始讨论对策。

当贾茨科委员长在议会证实 4 号机燃料池正处于危险状态时，卡斯特虽然没有参与其中的数据分析和评判，但同样也忧心于 4 号机燃料池的状况。另外他还注意到了 15 日 4 号机燃料池发生火灾的消息。如果发生铯泄漏的话，将导致作业员完全无法接近和反应堆失控。之后虽然日方确认"4 号机里有水"并让卡斯特看了视频，但卡斯特还是无法完全相信。只是他也开始认为"不能断言说就没有水"。

在 18 日晚上 8 点多的（日本时间 17 日上午 9 点左

右）美国核能管理委员会电话会议上，贾茨科询问了卡斯特。当时卡斯特刚向美国核能管理委员会本部报告了在首相官邸危机管理中心收到的日方发来的4号机视频说明的概要。

卡斯特说："东电和官邸给我们看了抓拍的实景。可以看出燃料池的结构已经被破坏掉了，但他们说燃料池原本就没有外墙，所以框架还是在的。视频是直升机在空中拍摄的，但仅看视频是无法断言里面有水的。"

贾茨科说："也就是说我们认为4号机燃料池中没有水这个观点还是不变的吧？"

卡斯特说："既然有水蒸气的话，应该就有水吧。"

贾茨科说："有水吗？你现在也不认为燃料池是空的了吧？"

卡斯特说："昨天下午5点时，燃料池里是有水的。"

贾茨科说："虽然已经公布说燃料池里没有水了……你准备这样说吗？是我搞错了啊……你是说将燃料池说成空的是错误的对吧？"

卡斯特说："断言燃料池是空的可能是错误的。因为如果没有水的话也就不会有水蒸气冒出来了嘛。"

于是，早晨才大肆宣扬说"燃料池里没有水"后，当天晚上的报告内容却变成了"既然有水蒸气就有水"。好在这是一个允许朝令夕改的时期。既然燃料池里有水，贾茨科便开始担忧起了自己的"信誉问题"。

美方开始渐渐改变认为 4 号机燃料池没有水的看法。美方在日美调整会议上发言称："当初 4 号机的外墙破损后，我们以为乏燃料池的水会减少，现在看来并非如此。"因为之前他们认为单从燃料池的推算残留量看可以认为 4 号机里有水的看法是正确的。关于 4 号机燃料池，卡斯特得出的结论是：美方关于 4 号机燃料池的看法是错误的，燃料池里是有水的。卡斯特对鲁斯说："最可怕的阶段好像已经结束了，因为最可怕的情况可能已经发生了。"

美国能源部部长朱棣文 4 月 1 日发言称："所有的燃料池都可以测量温度，并且显示里面有水。"这就公开否定了贾茨科 16 日在美国议会上所作的关于 4 号机的发言，之后美方也在继续寻求视频以外的能够证明水的存在的证据。4 月 12 日，应美方的要求，日方使用"长颈鹿"（长臂喷水车，将在第 17 章里进行详述）将燃料池里的水抽上来并将样本送交美方。对其中的原子种类加以分析的结果是，里面并没含有高浓度的放射性物质。即便如此也没能完全说服美方。日方于是再次采集了样本并进行分析，仍然没有检查出高浓度的放射性物质。至此，4 号机的燃料池问题终于尘埃落定了。

在此期间，美国警告称如果向反应堆注入海水的话，盐分会附着在燃料棒上并阻碍注水，反应堆里的温度也降不下去。东京电力本想从坡下的大坝调水过来，但这非常费事。美方提议说美军横须贺基地有驳船（淡水运输船），可以现在就让他们装好淡水运过来。

24 日，细野发言说："经过研究，我方认为驳船存在两个问题。第一，怎么把驳船拖到现场来呢？第二，反应堆前的码头是否还能用？明天我们要制订淡水注入计划，所以还望尽快得出结论。"

驻日美军的负责官员说："驻日美军有两艘驳船，都可以运载约 1100 吨的淡水，现在正在横须贺装水。美国海军的驳船本来是用来给海上的舰船运水的，所以美国海军无法将它们拖航到紧邻反应堆的码头。贵方能否雇用拖船来拖驳船呢？虽然有必要注意辐射量，但就算瓦砾里有辐射释放出来，一旦它们进到水中的话其表面的辐射应该就会下降。为了让驳船能够靠岸，最好边测量码头附近的辐射量边搬运。"

细野说："我们应该冒险一试。"

驻日美军的负责官员说："对我们的上述提议贵方何时能得出结论？如果坡下大坝的淡水量不足的话，利用驳船运输的拖延就将是致命的。时间越晚风险也就越高。"

细野说："我们已决定用驳船，最晚明天会拿出具体方案来。"

驻日美军的负责官员说："那我们就可以下令调拨器材了吧？我们可以马上着手调用驻日美国海军的拖船，希望可以跟贵方在中途的什么地方交接。"

在一连串的对话中，当细野说到"最晚明天会拿出具体方案"时，美军的海军将校站了起来。大家都在想怎么了。"关于刚才说到的明天早上做决定的事，如果你们现在就能决定的话，我们现在就可以调拨横须贺的驳船出动，我来发布命令。"这句话里所包含的意思是：哪怕一个小时也是很宝贵的，这是一场靠时间来决定胜负的战争。

拖驳船的事不能只交给东电了事。在邻近福岛第一核电站前的码头靠岸、用水泵将水抽出来，这些作业必须有人来做。"细野向海上保安厅求助，但海上保安厅却以"我们没有船"为由不为所动。结果这个任务只好由海上自卫队来负责了。

在 25 日的会议上，东电副社长武藤荣发言说："1 号机的注水从下午 3 点 37 分开始切换成了淡水，另外 3 号机下午 6 点也改成了淡水，2 号机也准备 26 日换。"气氛一下就活跃了起来。细野用下面一段话总结了当天的会议："现在正就各种协议进行讨论，准备在短时间内促成这些协议的落实。希望到总指挥部来的美方的诸位，与其说是作为客人，不如作为同仁前来跟我们一起讨论这些协议。"

美方屡次开门见山地追问道："那么这由日方的谁来负责呢？"每每这种时候，日方各省厅的代表就都低下了头，然后望向高见泽和矶部坐的方向。在座的自卫队干部感到：这下我们真的就成为最后的堡垒了。

整个 3 月份，仅以核动力为借口，美国政府就向美国驻日使馆派送了 11 名美国核能管理委员会职员外加 47 名能源部职员为主的 160 人的大规模援助队伍。他们中的多数人的主要任务，就是在日美协调会晤结束后返回大使馆，就当天发生的事和与日方的交涉，以及一些新的课题和美方的援助政策等给美国核能管理委员会的各个部门发邮件和打电话。将"球"抛向华盛顿后，一觉醒来，就收到了回复。将这些回复传达给日方就是他们每天工作的开始。美国政府派自各部门的职员所做的，也是同样的工作。

就这样，通过"细野·程序"，日美两国政府 24 小时地应对着这场危机。日美双方的负责人都异口同声道："那就 8 点前见。"日方在日本、美方在美国，两国的各政府部门都会进行事前磋商，因此各政府部门间的信息沟通也很顺畅。这样也就间接解决了外交、国防两部门以安保为由不轻易相互传递信息的问题。被认为是主要的一点是在日方最初的会晤中，福山曾对各省厅的代表们说："希望诸位能在这里公布所有消息。在这里公布的消息将作为日本政府的官方消息。而这，就将是日本政府所掌握的全部信息。"

而这也同样降低了美方的行政壁垒。

美国国防部的干事曾说："对美方来说，我们也从未有过应对如此严重的核事故、更何况是在国外发生的核事故的经验，也没有相关的规定说谁是最终应该负责的一方。虽然跟辐射污染相关的政府部门的数量众多，但各政府部门却只关心各自的领域。美国其实也是一样在孤军奋战，"细野·程序"在消除美国内部壁垒的屏障上也发挥着作用。

捉摸不透的美军

故事回到稍早前。美国东部时间的 15 日，华盛顿流传着一个奇怪的传言说是东电放弃了，他们向日本政府暗示需向美军求助。因此，日本政府打算要求派遣能够应对核事故的美军——这就是所谓传言的内容。

国务院调查委员会的夜班主任凯宾·梅尔也是听闻过这传言的人之一，但这却是一个未经确认的消息。也有人开玩笑地说："说要把美军叫到福岛来？莫非是让他们来轰炸反应堆的吗？"霞关一带更有传言称情况严重时美军将会出动处理核事故的特种部队来解决问题。

梅尔认为人们可能误解了派往日本的美国海军所属生化事故反应部队（CBIRF）的任务。这支部队被认为是一支在受核污染地区救助伤者的专业部队。在被核恐怖主义袭击时负责通过监视辐射污染、消除污染、医疗救助来保护核电站的工人和周边住民。虽和日本的生化防护部队的编制大致相同，但在拥有医疗救助能力上则有别于后者。这种部队在全美共有两支，都隶属于海军，但都不是能够应对堆芯熔解的队伍。

决定将这支部队派往日本的，是国防部长罗伯特·盖茨。因为彼时美国正同时与伊拉克和阿富汗两国交战，时间和精力上都无法分身，所以盖茨在福岛核事故期间虽没有亲自指挥过，但正是他直接做了下面两个决定：筹措同盟作战的费用；向日本派遣 CBIRF。

另外也有一个考虑是可以把派遣 CBIRF 当作一次训练。CBIRF 于 4 月上旬抵达美军横田基地。日方对美军究竟为何、又是出于什么目的派来这样的特种部队并没有明确的认识，日美之间也没有就此充分商谈过。海军自卫队的高层认为美方是为了防备最坏的结果派 CBIRF 来的，但问题是即便出于非常事态的考虑被派了过来，CBIRF 在日本又是否充分发挥了相应的作用。

由于 CBIRF 的美国军车太重，很可能会违反日本的道路交通法。好在这些车没有往福岛出动过，所以没有构成问题……

唯一一次宣传他们的英姿是 4 月 23 日在美军横田基地举行的 CBIRF 和自卫队的联合救灾训练上，但其本质"也不过是故意为同盟作战造势"。美国大使馆官员透露说："与其说这次演习美日间没有很大差距，倒不如说无论在装备还是训练上感觉日方都更占上风。"

日本政府并没就应对核事故正式向美国政府提出过派特种部队的要求。美国政府高官也证实说"没听说日本政府曾向美军提出过直接援助的要求，当时也没听说过"。

当初，因为美国曾宣称"我们会全面协助你们的，需要任何物资都请告诉我们"而让日本政府和东电都大受鼓舞。同时，在接到美方发来的一揽子援助计划时，也有一部分人的反应是"没必要接受所有的这些援助吧？这样感觉好像我们被占领了一样"。首相官邸的一位秘书回忆说："官邸的部分高官和安保院都流露出了这种想法。"

但 14 日到 15 日期间事态却开始向依赖美方的方向陡转。

梅尔后来在回顾这期间日方的变化时说："事故发生后的几天里，日本政府和东电都认为不需要借力于美国。可能因为这 30 年里日本核电站建设的成绩比美国多，技术层面上也更先进，由此让他们有了认为仅靠日本自己也能想法解决的过度自信。但日方最初的这种强硬姿态后来却又发生了突变，因为他们清楚地认识到这场危机仅靠日本是无法应付的，随之心理上的钟摆开始大幅度摇摆，于是对美国的依赖似乎又变得突然强烈了起来。"

15 日佛晓，官邸指示安保院去跟东电确认需要向美军申请哪些援助。

东电申请了两辆大容量消防车。

当天，在国防部的国防政策局长室里，为明确日方特别是东电需要美方提供什么援助，防卫省、经产省的安保院和东电、美国政府的驻日美军负责人凑到了一起。因为防卫省要求东电事先列出首先要申请哪些事项，于是 15 日下午，一张题为"拟向美国陆军申请落实的事项"的一份公文被从东电送到了防卫省。上面按照先后顺序写道：

（1）用直升机从空中对 1F[①] 的 4 号机乏燃料池洒水和喷洒硼素。

（2）从地面对 1F 的 4 号机乏燃料池喷水。

（3）在 1F 的 4 号机反应堆的厂房上方打洞。

（4）将小名滨的大容量水泵通过海上或陆地方式（需 5 辆拖车）拉到 1F 来。

详细内容另文说明。

与此同时，东电也提交了"拟向防卫省申请落实的事项"。优先顺序的前两项与发给"美国陆军"的一样，但第 3 项改成了"2000 吨淡水（1F）以及 4000 吨淡水（2F）"。

此时问题的关键是 4 号机的燃料池。15 日到 16 日，日本政府内部也有人认为应该直接向美军求援以控制核电站。

16 日傍晚自卫队放弃喷水作战后，官邸和总指挥部都陷入了沉默。美方公布 CBIRF 等的一揽子援助计划时，官邸的一部分官员和民主党的外务区里都流传着一些"事到如今，将核事故的应对全部委托给美军不更好吗？"的

---

① 1F 即福岛第一核电站，2F 即福岛第二核电站。——译者注

既说不上是感想也说不上是提问的形同牢骚的说法。此时，周围到处都是认为应该将此事正式委托给美方的声音。统合幕僚监部的干部们警告道："真可笑！这可是我们日本自己的内部问题。怎么可能交给美军去指挥呢？只有我们自己做。美军本来就不会进入 50 英里（80 千米）圈内，所以由他们去应对福岛第一核电站事故什么的是不可能的。"无论是对官邸和外务省"依赖美国"的氛围，还是对华盛顿传来的"自卫队很懦弱"的声音，他们都格外敏感。他们心想："如果这样的话，美军注定看起来就像占领军，日美同盟这个作战体系也就破裂了""就算将指挥权交给美军，美军也只是指派自卫队去做，干活儿的也还是自卫队……"

16 日傍晚，防卫大臣北泽俊美、防卫事务次官中江公人和统合幕僚长折木良一三人一同前往官邸拜见了菅直人。北泽此行的目的是认为有必要就美国政府提出的福岛核事故一揽子援助计划事先征求下菅直人的意见。虽然美方是向防卫省·自卫队提交的对日援助计划，但碘化钾的问题却不是防卫省·自卫队能决定的事，必须要整个政府来落实才行，而政府也需要事先进行讨论和安排。但菅直人满脑子装的都是给燃料池注水的事。他要求自卫队要有进一步的思想准备。他说："如果你们自卫队都做不了，我们日本就要灭亡了。"接着又来了句："事已至此，恐怕还是交给美国处理更好吧？"感觉总理好像是在说给自己听一样，这让同坐的高官们非常讶异：怎么回事啊？总理怎么变得如此怯弱！此前一直沉默着的折木这时直视着菅直人果断地说："不能让美国做以前占领军那样的事！""我们不甘心将指挥权让给美方，这点绝对不行！"

3月21日，太平洋军司令罗伯特·威拉德携同太平洋舰队司令帕特里克·沃尔什和驻日美军司令巴顿·菲尔德访问了位于市谷的防卫省·统合幕僚长室。在和折木的会谈中，威拉德说道："也许会有人牺牲，但如果因此能挽救很多人的生命，也不得不那样做了。"这是自不必说的。折木表示对于自卫队是最后堡垒这点他已有心理准备。他也察觉到了日美之间在对"同盟作战"指挥权的理解上有着微妙的差异，美方将这个称作 JTF（联合特遣部队）。折木问道："这个所谓的 JTF 里面是否包括了行政组织呢？"威拉德稍一愣神后又反应过来了似的说："不，那是军方而不是行政上的组织。"如果包含了行政的军方组织的话，就很可能给人以类似 GHQ① 的"占领军"的印象。陆上幕僚长火箱芳文听说美方是让 JTF 编制来实施救援时颇为担心。心想：难道美军是打算像援建伊拉克和阿富汗时那样，让军队手握行政大权地开进来吗？这样岂不就会制约到日本的主权吗？

一般来说，美军在遇到重大事件时才编队成立 JTF。

---

① 驻日盟军总司令。——译者注

这次几乎就是重大事态了，所以组建 JTF 也不奇怪。但因为日方对此非常敏感，所以美方将名称改为了 JSF。

统幕长折木和统幕运用部长广中雅之意识到有必要向美军明确表达自卫队的下述坚定立场：日本的事情得由日本自己来保卫；事态如果进一步恶化的话，自卫队将成为日本"最后的堡垒"。

广中只身坐车抵达横田基地时，被派遣到横田基地的日美共同指挥所的陆幕防卫部长番匠幸一郎已经等候他多时了。在以驻日美军司令巴顿·菲尔德为首的 8 名将领和 450 名士兵面前演讲时广中说道："我们发自内心地感谢美军的救助，日美间的同盟作战也在不断深入。但，我不是为了讲这句话到这儿来的。我必须得讲的一句话是：自卫队正在做我们应该做的事情，我们不能也决不容许侵犯我们尊严的事发生！""作为曾在美国接受过很长时间教育的我来说，很希望能理解你们的行为方式。在美国看来，日本的做法可能是令人抓狂的：为什么不按照自上而下的方式来呢？为什么要花这么长时间？但是，就算突然要求我们要按美国的行为方式来解决问题我们也做不到。因为本身在做法上我们之间就存在差异。在此我想再次声明一下，我们非常感谢美国的援助。但是现在，如果贵方采用我们认为最好的方法来进行援助的话，我们将不胜感激。"

广中的这番言外之意，其实应该是向菲尔德传达过的。日方非常感激美方针对福岛第一核电站事故的配合，但一方面日本政府会承担起这场事故的最终责任，另一方面自卫队也有心理准备去完成那些任务。这种心理准备用一句话来表达就是：最后的堡垒是自卫队而不是美军。

官邸的政务中枢表现出了既亲美又排美的双重心理。但在反应堆逐渐失控、倒不如干脆依靠美国的心理高涨的同时，也能感受到因为美国的介入所带来的那份沉重和政治上的责任。

15日凌晨，面对东电有可能做出的撤离决定，菅直人的心里浮现出的，是由于东电撤离和大规模辐射污染所致的东日本毁灭和"日本沉没"，以及日本被他国占领的恐怖景象，如此下去的结果是日本这个国家将丧失其国家主权和独立。而且怀有这种恐怖感的还不仅是菅直人一人，细野也对此深感不安。

就算东电撤离后、日本束手无策之时，也不可能请美军来处理，只能由自卫队来处理。细野有时也试着这样告诉自己。"这就是白洲次郎当年的心境啊！"在日本战败后的被占领时期，白洲次郎曾在废墟中发出过"GHQ到底是做什么的呢？"的感叹。秘书们则鼓励他道："绝对要坚守我们作为一个独立国家的尊严。"一名官邸职员还记得当时细野流露过的一句话："如果我们自己不去收拾残局的话，就会被美国占领的。"回忆当时的情形时他说："当时，官邸的一部分官员中曾认为即使被占领了（让美国来处理核事故）也行，但细野却说无论发生什么，都必须由我们自己来处理才行。"

但是，美国政府却从没想过要去那样援助日本。当东电撤离后日本束手无策时美国该做些什么……美政府内部也曾私下讨论过这种可能性。日本对于福岛第一核电站完全无能为力，某种程度上可谓"国家行将破灭"时，美国政府该怎么做？作为同盟国又能做些什么？美国没有制订过这样的"计划"，是因为美国确定的明确的方针是"要把我们援助日本的作用发挥到最后"。把援助日本的作用发挥到底——这一点在美国政府内部是得到高度统一的。一位美国核能管理委员会职员刚用"共同参与"来形容被派到日本的美国核能管理委员会专家和东电的合作，就被别的美国核能管理委员会职员提醒说："你这个表达不正确。虽然他们是在和东电对话，但并没有成为他们的一部分。"在处理福岛第一核电站危机时，美国政府的思路是非常清晰的，用一句话来表达就是："最后的堡垒"是自卫队，而不是美军。

"不共命运的同盟国"

日美之间在协调福岛第一核电站的事故应对上的最大难点是什么？当后来被问到这个问题时，卡斯特思路清晰地举出了两点："50英里（约80千米）和4号机的燃料池。"围绕这两点的日美间的分歧如前所述。

在危机应对上的日美调整中什么是最困难的？在政府最核心层面上，让日美关系最紧张的可能就是 14 日深夜鲁斯大使和枝野之间的电话会议了。坚持要求将美国核能管理委员会职员"派驻到决策层身边"的鲁斯的申请，遭到了站在"国家主权"立场上的枝野的拒绝。

冲突的核心是身处核事故危机的日本是否诚心要求美国提供援助，以及美国又能否真心提供援助的问题。作为同盟国的援助和被援助双方都应该有方法和心理准备。从美国来说，作为援助方必须针对危机和风险进行信息的收集、分析并作出判断，没有信息就无法实施援助。日本难道不知道该怎样接受援助吗？美国国务院高官说："就算日方说"请相信我们，我方也无法提供援助。这就是鲁斯和枝野之间冲突的实质"。他接着又说："两国间同盟关系最紧张的时候，就是我们怀疑日方是否真心诚意让我们加入的时候，也是我们最感苦恼的时候。日方是真不知道反应堆和燃料池的状况呢？还是即便知道却出于某些原因不跟我们共享信息呢？对此我们不得而知。正因为这个原因，所以我们才要求将美国核能管理委员会的专家们派驻到决策层身边去的。约翰（鲁斯大使）并非外交专业人士，所以可能在外交措辞上有欠妥之处，加之他感受到了来自华盛顿的各种压力，所以言辞有些过激。"

危机时刻，美国也曾讨论过从华盛顿向日本紧急调派政府高官的可能性。考虑让此人去拜访菅直人，将美日间的福岛危机应对直接提升到战略高度。正如白宫的危机管理担当秘书长理查德·里德所述，因为美方担心美日之间面对危机"还没在谈判桌上进行过战略性的对话"。但后来又认为政府特派专人这件事本身，很有可能会对日本政府的应对构成干扰，因此又取消了。最后来自华盛顿的所有清单和要求都汇总到了鲁斯这里，他和枝野之间的冲突，就是在这种重压下发生的。

看不到"决策层附近"中这个"决策层"的主体和所在地这点让美国感到焦躁不安。日本究竟由谁在做决定？我们的协商对象到底是谁？实际操作中又该和日方的什么部门进行对接？在运作日美同盟这点上，日本实行的是以外务省和防卫省·自卫队为中心的"2+2"结构。事实上这也是日美双方最初想用的结构。但在核电站危机和辐射能威胁面前，这个结构却没能充分发挥作用。因为涉及有利害关系的经产省、核动力安全·安保院、核安委和东京电力等方方面面，所以核动力安全管理体制其实非常复杂，要用这个结构来将这些机构切分开也非常困难。

此外，美国还感到在核安全和事故应对中，日本仅仅从商业核电站安全的角度出发在考虑问题，在核安全保障方面很草率，并进而怀疑其背景是日方特别是安保院看不上美国的核电站。就此美国国务院某高官曾说道："尽管美国自从三里岛事故后就再没修建过一座新的核电站，但从这个事故后我们就开始认真制定了特大事故的应对措施，还从切尔诺贝利事故中得到了很多教训，并有意将其活用到核能防灾计划、手册和训练中。此外，"九·一一"事件后，我们也有了在发生核电站恐怖事件所致的严重事故的情况下采取 B.5.b 应对的自信。作为一个核武器拥有国，美国在军事方面本来就有核能防灾紧急应对中积累起的经验，也有几乎是完善的危机管理体制。"

而作为"安全保障国家"的日本则既不成熟，在危机管理上也存在"死角"，这让美国一直深感担忧。另外，由于民主党执政下的政治主导和官邸主导都很明显，"决策层"的主体和所在地也变得越发模糊难辨。美国将"官邸"视作决策层，却对位于官邸地下 1 楼的危机管理中心和 5 楼的首相接待室以及他们和首相办公室和官邸（之后这里从 15 日开始成了东电总公司的总指挥部）等各方面专家之间又是怎样的关系感到很费解。

也就是说这个"指挥部"是看不见的。当发生类似于核事故这样巨大的科学·技术的逆袭时，"官邸"是基于谁的见解在推进危机应对工作。无法把握这点，是比什么都危险的。美国政府高官回忆说："通常是由外务省来协调的，但在福岛核电站危机中他们也只是一个配角。白宫在寻找既有实力又明确的日方对等机构，却没有发现这样的协商对象。官邸本该起到这种作用的，但他们在吸纳科学见解方面却做得很不充分。"他继续说道："我们想知道的是：日本政府里是由谁在担任霍尔德伦这样的职务？但却没有这样的人。谁在操作模型？危机对策又是依据怎样的模型被提出来的？我们表达过想和操作模型的政府负责人直接进行意见交换的要求，却没有如愿。没有一个对政府高层发挥科技建言作用的人。"

因为担心日本政府没有充分整合所有的国家资源，美国政府一再要求日方在危机期间"政府要抱团"。他们害怕日本政府缺乏统治能力。

福岛第一核电站危机使隐藏在同盟作战阴影下的日美同盟的潜在危机显露了出来。其表现之一就是，核电站堆芯溶解和辐射的威胁可能导致驻日美军的撤离。白宫某高官事后曾说："如果当初驻日美军从日本撤离的话，美日同盟就会终结。"白宫和国务院的负责人们也都有这样的共识。正是出于这种危机感，所以他们拼命阻止了海军的"200 英里（约 320 千米）"避难方案。否则，此方案一旦被采纳，美国大使馆和美国公民全面撤离东京和美军撤离横须贺基地等都将难以避免。另一方面，福岛第一核电站释放的辐射将横穿太平洋，那样恐怕会危及美国公民的健康。美国政府某高官证言道："如果核污染横穿了太平洋的话，我们还能否像那时那样冷静还是个疑问。而且那样的话美军就只有全面撤离了。"说到这点，美国政府于美国东部时间 3 月 18 日发表声明称，西海岸没有来自福岛第一核电站的辐射线。美国环境保护厅的 RadNet 系统得出的结论是：没有检测到值得为之担忧的辐射量。另外，环境部的监控设备也明确显示没有检测到有值得担忧的辐射量。

日本国民再次意识到：美国这个同盟国是一个多么难能可贵的存在！事后美国立即派出"罗纳尔德·里根"号航母展开了"同盟作战"，同时紧急调派了多达2万人的士兵前来进行人道主义救援。美国核能管理委员会更是除了派出了专家中的专家前来应对福岛核事故外，还为监控核辐射、对事故进行模拟分析、讨论应对措施和提供物质援助等援助措施做好了有力的铺垫。当其他国家的绝大多数使馆及其职员逃离日本之时，美国大使馆及其馆员却在日本一直留到了最后。在面临战后最大危急之时，美国这个同盟国和日本并肩作战。自卫队最能深切感受到这份难能可贵的情谊，同时，他们也最能痛感到福岛第一核电站所暴露出的日美同盟中潜在的危机。海上自卫队的将领们意识到令人感伤的"海之友情"不过是场虚幻的同盟愿景。

危机最高峰时奔走于危机应对最前线的海上自卫队的一位将领追忆往事时说道："对于有状况出现时的美国而言[①]，其实并不存在这样的'友情'，紧急时刻美国是要跑的。他们大概就是拿军属们的安全作为挡箭牌跑吧。所谓日本的安全、美国就是日本最后的靠山这些也都并不存在，不过是想象罢了""所谓美国是矛、日本是盾之类的

---

① 指海之友情。——译者注

职责分担,在现实中是没有的。日本只要不变成矛,美国就不会来帮日本。"

同样在最前线参与日美调整的陆上自卫队的将领说:"我想起了戴高乐总统的一句话:同盟国虽然会帮助我们,却不会与我们共命运。"确实是这样。"领悟到自己的命运要由自己来决定和拥有维持它的方法是作为一个伟大国民的绝对条件。不管同盟间会产生出多么好的感情,但同盟自身却没有绝对的美德",作为这个理论的一部分,他记得自己曾经把这番话刻在过脑子里。他像在细细回味自己的话一般说道:"自己如果不首先承担起风险来的话,同盟国的伙伴是绝对不会来相帮的。没有人会去帮助一个不能自救的国家。"

*1 美国东部时间的 2001 年 5 月 16 日,美国国务院对撤离核事故半径 80 千米圈的避难通告进行了局部修正,并发布了从东北新干线和东北车道穿过 80 千米圈是"安全"的交通信息。但对居住于 80 千米圈内的美国人的避难通告却维持了原样。

*2 菅直人否认了"事已至此,交给美国岂不更好?"的言论。他向笔者说道:"我从未有过将由日本引起的事故交由他国先来处理的想法,因为不可能把自卫队不做、或者明明他们能做却不愿做的事拿去求助于他国。"

第 16 章

最坏预案

14 日傍晚吉田所长打来的动摇电话，让细野下决心要做好应对最坏预案的准备。自卫队在开始做他们自己的最坏预案的同时，也准备在灾害即将危及首都时与首相谈话。

"真正的结果是什么"

必须要做好"最坏预案"。14 日晚上接到福岛第一核电站所长吉田昌郎打来的电话后，首相秘书长细野豪志开始有了这个考虑。14 日傍晚，由于反应堆的压力没有下降，2 号机处于无法注水状态。东电的福岛第一核电站现场指挥本部判断反应堆内的堆芯熔解还在继续，核燃料很有可能熔解掉。不知如何是好的吉田直接将这个严峻状况告诉了细野，一直都很坚强的吉田也罕见地动摇了起来。比起事态的严峻来，吉田的动摇带给细野的打击更大。真正的结果是什么？细野很想知道这点。事态正不断恶化，专家们也这样认为。但是危机的最终结果是什么？那到底又是怎样的事态？到时东京将会怎样？首都圈的居民又有无避难的可能？最好是转变思路做好最坏预案，并据此来考虑对策。细野这么想着。

从细野那儿听说了之前吉田电话的内容后，首相菅直人受到了沉重打击。此时的他，因为"照此状况恶化下去东日本就完了，日本会被分裂开来"的恐惧感而不寒而栗。

第16章 最坏预案

这种恐惧感在15日上午菅直人前往东电进行演讲时表露了出来。从这时开始，政府的主要官员中就开始有了"最坏预案"的说法，最初使用这个说法的应该是国家战略担当、内阁府特命担当大臣玄叶光一郎。当初，在官邸宣称"反应堆不会爆炸"时玄叶就曾提出过异议："要是爆炸了又怎么办？"因此官邸政务对他都敬而远之。

如前所述，玄叶是福岛县选出的众议院议员，也是该县选出的唯一一位内阁官员。3月11日以后，玄叶让气象厅每天多次将风向预测报告提交给秘书长。对玄叶来说，反应堆的状态以及福岛县居民的安全、生活和避难就是他最关心的事。在12日晚上10点05分开始的第4次核能灾害指挥总部会议上，玄叶提出说："必须考虑到最严重的事态"，他的眼睛里布满血丝。总务大臣片山善博也附和道："最好考虑到最严重的后果"。从14日到15日，玄叶就开始觉得必须要作"最坏的打算"。必须尽快让居民逃离到更加安全的地方，目前的20千米范围内的避难是不够的，是否必须考虑50千米范围内的避难呢？

15日上午的内阁会议结束后，玄叶把核动力委员会委员长近藤骏介叫到大臣室来，就"最坏预案"与他交换了意见。核动力委员会隶属于玄叶供职的内阁府。玄叶的岳父、原福岛县知事佐藤荣佐久曾因为激烈抨击核燃料的再循环而跟近藤意见对立。可能因为这个缘故，在玄叶看来近藤有点端架子。

玄叶说："政府中谁也不做最坏打算，对此我很担心。虽然这并非我的职责范围，但我正在考虑是否能请专家们来想想办法。希望能得到您的帮助。"

　　对此要求近藤态度审慎。

　　"所谓'最坏的'一词，其实无论做出多坏的预案也还会有更坏的。因为只要想出一种可能性，就一定还能想出更坏的"。近藤对"最坏预案"这种说法难以释怀。"很荣幸你能跟我说这番话。可身为推动核动力发展的负责人，我不可能参与这次事故应对中的公开活动。"近藤想说的是：政府的核动力安全管理和事故应对是核动力安全·安保院和核安委的工作，以发展核动力和安全保障为职责的核动力委员会不可能公开地去从事这方面的工作。虽然玄叶心里想的是："这也太消极了吧！"但眼下却只能再三恳求近藤了。"非公开也行，总之无论如何都希望您能出手相助。政府那边我会私下去打好招呼的。"近藤终于点头同意了。玄叶又确认道："近藤君，很抱歉这么催你，希望您能尽快拿出最坏预案和与之配套的居民避难计划来。"

　　"我试试吧。"

　　实际上近藤和玄叶一样有危机感。15日上午，由于4号机厂房的爆炸和2号机存储容器的损伤，导致东京市中心受到了污染。这让近藤有了危机感。

　　此时，人们也开始更加关心起切尔诺贝利事故的"最终解决方案"来。核安委开始接到各方索要切尔诺贝利事故调查报告概要的申请。

关于"最坏预案"的概念也是因人而异的。据首相官邸的某君说，官邸中层官员们对此的印象是："反应堆里的水不断减少，燃料棒'噼里啪啦'地倒下，反应堆的底部脱落，掉落下来的核物质穿透混凝土后进入地下水，随后发生了水蒸气大爆炸。如果那样的话就跟切尔诺贝利一样了。福岛第一、第二核电站的共计10座反应堆都会随之烟消云散。总理曾说'如果那样的话，整个东亚都将面临严峻局势'。我们真的都很担心由此引发的大规模核污染。"

官房长官枝野幸男对此的印象也基本相似。

"如果一（福岛第一核电站）毁掉的话，要不了多久辐射线量就会上升，二（福岛第二核电站）也就会随之毁灭。而如果二（福岛第二核电站）毁灭的话，接下来东海（日本核能发电·东海第二核电站）也会毁灭，这是魔鬼式的连锁反应。如果那样的话，从常识来看东京也就保不住了。"官邸政务、核动力安全·安保院和核安委的专家们也都有这样的恐怖感。例如，核安委的委员长代理久木田丰就把2号机的排风操作和压力容器的减压操作无法进行时的压力容器·存储容器直接熔穿看作一种"恐怖模式"。他觉得存储容器如果在高压状态下破裂的话，里面的放射性物质就会一起释放出来并炸飞反应堆的厂房。

从14日晚到15日上午，菅直人和细野一直在东京电力的"撤离"问题上纠结着。如果事态进一步恶化,不知道东电能保留到何时。排掉压力容器内的压力后再注水,再排掉压力又注水……本来也就不知道这样的对策到底能坚持到什么时候。

至于内阁危机管理监事伊藤哲朗,考虑"最坏预案"就是他的工作。15日的凌晨两点半左右,伊藤在官邸5楼被一个"貌似东电职员"的人告知说:只能放弃1~4号机了,这样的话不光5、6号机甚至福岛第二核电站都可能面临同样命运。听到这话的伊藤几乎条件反射般地想到:"那样的话东京就会很危险。"由于放弃了东电的反应堆设备,一旦1、2、3号机的压力容器发生氢气爆炸,布雷姆(辐射云)就会顺风飘往东京。那将会是怎样的爆炸方式呢?会有哪些核元素飞散出来呢?因为这些因素的不同,辐射云被吹到东京的时间应该也就会不同。伊藤认为在时间上有物理时间和心理时间两个时间。虽然这还取决于风向,但辐射云到达东京一般需要10天至两周,因此物理时间上尚有余地。但心理时间上却已经没有余地了,这很可能让东京陷入巨大的恐慌。

身为内阁危机管理监事的伊藤负责"维持官邸职能"。此时一个念头在他脑中一闪而过:"看来只好逃往关西了。只有在那儿租个宾馆躲避一阵了。"还必须让天皇和皇后两位陛下去避难才行。"可能得请他们远避九州了"。

15日,细野就任总指挥部的事务局长一职。以此为契机，他决定在官邸里组建一个以专家为中心的有应急作战能力的参谋团队。这不单只是个智囊团，而且还要让它发挥将出自这里的战略付诸行动的实战部队的作用。为此，如前所述（第 9 章"总指挥部"），将几名年轻才俊叫到官邸里来企图强化应急作战能力。来自广岛县众议院的空本诚喜，就是其中的成员之一。

在取得核能工学的博士学位后，空本曾为东芝设计过核电站的全套设备，是民主党内精通核能的第一把。核事故发生后，空本拜访了自己的老相识国土交通大臣大田章宏（民主党·茨城县）。因为其出身地的茨城县内有一个东海核电站，所以日立制造所核能部门技术员出身的大田对核能行政非常关心。

"有什么需要帮助的吗？我东大的老师非常担心，说也想做点什么。"

"那就请空本君和你老师都加入进来跟我们一起组建一个团队吧？具体我让细野君在他那边搞。"

这里说到的那位老师是东京大学研究生院的小佐古敏庄教授。小佐古曾是空本的指导老师，年轻时曾作为辐射安全学专家参与评估过广岛·长崎的原子弹爆炸的影响。切尔诺贝利事故后，他多次前往现场勘察，在国际上很活跃。此外，他还常年担任核安委的专业委员。

小佐古和空本师生二人都是广岛人。小佐古因为其母是早期入市辐射者，所以是被辐射者二代，而空本则因为有个同为早期入市辐射者的祖母而成为被辐射者第三代，因此两人的感情很深。所谓"早期入市辐射"，是指在日本被投下原子弹后那些立即赶往现场救灾却因此而遭到核辐射的人。大田也建议细野组建智囊团。

细野顺水推舟，智囊团于是就此诞生。细野让核动力委员会的委员长近藤骏介来出任智囊团团长，近藤接受了。设立于1956年的核动力委员会是推动核能发展的一个独立机关，其委员的人事任命需要取得国会的同意，是一个政府无法干涉的特别存在。在2001年省厅重组时科技厅厅长担任了任期三年的委员长。

近藤是2004年开始出任委员长一职的。他既是PSA（概率论的安全评价）的第一人，又是日本核动力安全管理方面的权威，还被人称作日本"核能村村长"。1965年毕业于东京大学核能工学专业的近藤是该专业的第二批学生，当时工学部里这个专业是最难进的。也有人认为他很难亲近，心情不好时他有把笔拿在手上转来转去的怪癖。虽然他对自己带的学生出名地严格，却总会让门下学生们的硕士、博士论文顺利通过。像近藤这样能照顾学生的好老师并不多，所以有幸投入近藤门下的留学生们都像对父亲一样地仰慕和依赖于他。

近藤在国际上的人脉也很广。福岛核事故发生后，最先打算与美国总统的科技助理约翰·霍尔德伦、美国能源部部长朱棣文和能源部副部长丹尼尔·布雷曼取得联系的就是近藤。把近藤介绍给细野的也是大田，大田跟近藤以前就很熟。12 日大田对近藤说："近藤老师，现在该是我们拧成一股绳应对危机之时，不知能否请先生来带个头啊?"近藤回答说："但我是负责管理核动力委员会的人，而这是核动力推动方面的……"大田像要阻止近藤说下去似的说道："不，和近藤君一样我也一直在做核动力推动方面的工作。正因为这样，我们俩的责任不就更大了吗?近藤老师，拜托了!"细野虽然让近藤出任了"智囊团"的团长一职，但其实在这场事故发生时，要任用负责核能发展的核动力委员会的一把手却有不便之处。所以去东电总部时也让近藤的车直接开去地下停车场，不让他在二楼的非常时期灾害对策室里露面。

B 计划

15 日晚，菅直人用手机联系空本说："听说你好像很了解核能，能不能来官邸一趟?"之后在首相办公室里，赶去官邸的空本直接被菅直人邀请一起合作。第二天的16 日晚，菅直人给小佐古打电话说："希望你来帮我。"满口答应的小佐古随后赶往官邸和菅直人谈了话。此外核动力委员会的委员尾本彰也加入到了智囊团里来。尾本曾是东电的核动力专家。东电曾发生过隐瞒堆芯护罩的检查记录而导致管理层全体辞职的事件，那是试图隐瞒 2002 年被曝光的东电的压力容器墙开裂的事。尾本虽然与此事没有直接关系，但作为东电核动力专家还是觉得很不光彩。恰逢此时国际核能机构正在公开招聘核动力发电部长，他应聘成功了。东电曾劝他回绝，但他坚持认为"这是我一生的决断"后就去了维也纳。回国后，他担任了东电的顾问。

智囊团的事务局长一职由空本担任。虽然这个团队并非政府的正式机构而只是一个非官方的存在，但政府方面的经产省政务官中山义活（众议院、民主党、东京都）作为政治家，安保院的安井正也、核动力安全·安保院审议官根井寿规和核动力安全·安保院副长官平冈英治作为政府成员也都加入了进来。官房副长官福山哲郎也不时出席一下。

在政权刚被移交给民主党时，中山在新成立的鸠山由纪夫内阁中担任过首相秘书长（负责中小企业对策·地域活性化）后，在菅直人政府里担任经济产业政务官。在经产省的政务人员中，由于经产大臣海江田万里和副大臣池田元久任分别出任的总指挥部副本部长、现场对策本部长都经常不在省里，因此中山就留在了省里负责应对核电站事务。

根井则是经产省的一名技术官员。因为不擅长解释说明，所以官邸政务们对他的评价并不高，但按照细野的某下属的说法，细野却"觉得他是那种细品起来很有内涵的人"而对他委以重任。

第16章 最坏预案

16日，近藤去东京电力总部见了细野。当天下午，智囊团在东电会议室里召开了首次会议，围绕危急时刻东电经营体制的存在方式、监控对策的强化，以及制订"合理的最坏预案"的必要性进行了讨论。所谓的合理，意即"按照保守的计算来考虑，以避免因过度设想而导致任何结果均有可能的情况出现"。第二天开始，会议换到位于内阁府7楼的核动力委员会的委员长室进行。在此，大家就"制订能合理设定事故进程的最坏预案，通过预测系统尽早进行辐射量分布预测的讨论"一事达成了一致意见。

首先，必须要做出"由于无法注水所致的最坏预案"。由于供电的恢复被推迟和恢复供电可能导致无法再次注水，应该制定出诸如在地面进行喷水作业的同时，给供水管末端加上重物，从无人直升机上投放到乏燃料池中等能让注水能够持续的对策。此外，"临界所致的最坏预案"也是必要的。除了往4号机燃料池中加入硼酸水外，还应该用直升机投下含有硼化合物的薄板片。

关于二次临界的可能性，大家在官邸里围绕12日晚上注入海水的问题进行了讨论。并在福岛第一核电站现场，将它作为之后的一个重大风险发出了警告。从现场到总部的设备内监测，每天都会收到"没有中子（即被检出的辐射线）"的报告。如果没有中子的话，就不可能发生二次临界。就注入硼酸的问题，因为核安委委员长班目春

157

树主张要慎重，导致讨论难以进行下去。但此时，强烈推荐注入硼酸的呼声却占了上风。

接着还必须解决的，是"海水问题"。如果让海水持续沸腾的话就会生成盐分并可能导致不好的结果，因此应该尽快切换为淡水。16 日，近藤发邮件询问核能安全基础机构的技术顾问平野光将："因为注入的是海水，盐分的确会逐渐沉积在压力容器的下部，班目老师也说不久就会引起阻塞。这样的话后果将会怎样？能解释下吗？"对此平野回信说："海水里每天有 10 吨的盐分……因为不知道 RPV（反应堆压力容器）的底部是完全还是一部分穿透的，所以我的意见是大家就算关心也别无他法。4 号机燃料池里如果没有水的话会怎样？东电撤离的话其他机器又怎么办？好像应该讨论这种最坏预案吧。""大家"是指核能安全基础机构的专家们。核能安全基础机构虽没有参与最坏预案的制订，但那里的个别专家们也在开始讨论"最坏预案"。

接着是是否应该变更避难区域的问题。由于 2 号机和 4 号机 15 日发生的突变，20 千米半径外的辐射污染值很可能升高，必须让该区域的居民免受危害。但就算所有燃料池都空了并有放射性物质泄漏，也很难想象 20 千米外的辐射量会超过 50 微希。因此大多数人认为目前没必要马上修正避难区域范围。

近藤和小佐古都是在熔解已经得到确认了的前提下发

表的观点，小佐古说："这已经不是三里岛，而已经堪比切尔诺贝利了。"但两人都表态说"沸腾的水正从下面流出去，所以，即使注了水也不会发生水蒸气爆炸"。

在 18 日的会议上，进行了如下讨论：

小佐古："今早收到的来自文部科学省水户事务所的辐射值测量结果显示，福岛县厅是每小时 13 微希、福岛市政府每小时 5 微希、福岛高速路口每小时 8 微希。为什么辐射值升高了？"

近藤："负责实时信息监测和传达行动计划的是谁？"

根井："核能灾害对策本部和现场对策本部那边是辐射线组在负责管理。因为他们过于关注设备的状况了没能发挥作为总部的职能。"

近藤："总部对监控信息作出解析并反馈意见非常重要，这个时候专家的意见才是最重要的。"

根井："辐射线组曾要求核安委给出建议却没有得到回复。就算有回复，也仅只是不会公之于众的总部定下来的方针罢了。"

宣传的难度问题也成为了大家的讨论话题。

对大岛的"如果水户等地都开始自主避难了的话那就不得了了"的恐惧论，小佐古回应道："虽然水户、茨城县都可以自行避难，但在政府认为安全时却实行避难的话，以后民众就会指责说知事虽然努了力，国家却什么都没做。有必要让他们看到专家们也在尽力。"

在 19 日晚再次召开的会议上，大家将准备向细野提出的建议整理如下：

- 制定一些在无法进行喷水·注水作业的情况下避免最坏情况发生的措施。
- 用无人直升机观测 3、4 号机燃料池中废燃料的状态有何变化以及水位和温度的状态等。
- 注意规避临界预案的发生，给 4 号机废燃料池注水时加入硼酸并投注硼酸化合物。
- 关爱紧急状态下过度劳累的作业人员以及放射线从业人员。

根井偶尔会在会上打瞌睡。一个接一个地熬着通宵，似乎只有这个会上才是唯一可以睡会儿觉的时候。有一次正在开会时突然听到"砰"的一声，结果是根井从椅子上滚落到了地上，根井眨了眨眼努力让自己醒了过来。

在跟进这个智囊团工作的同时，近藤以背靠背的形式秘密推进着"B 计划"，即之前他曾被玄叶偷偷邀请制订的"最坏预案"项目。所谓"B 计划"，就是"预想出新的事态，讨论针对各种事态的防患于未然的对策和连锁反应的防范方法，并讨论如果发生连锁反应时的紧急事态范围、土壤污染和海洋污染等对策"。

近藤说这是在讨论"另一个世界的预案"。为此，他决定另外组建一个智囊团外的学习会，并邀请了核动力委员会委员尾本彰和 JAEA 安全研究中心的副中心长本间俊充。本间是防核能灾害的第一人，和近藤有着二十多年的交情。近藤决定"计算方面的事就交给本间了"。

"B 计划"的核心是近藤、尾本和本间三人。近藤在"B 计划"组的第一次会议上发言说："必须举日本的全国之力来努力应对核事故。这个时刻到了。"

近藤向尾本发去邮件，就以下这些具体课题征求他的意见：

（1）福岛第二核电站：福岛第二核电站现在也在避难范围内，可否在目前状况下维持无限期的安定状态？

（2）福岛第一核电站的 4 号机：关于福岛第一核电站 4 号机，仅限于考虑维持乏燃料池的安全性。在此情况下，是否应该将用某种方法保证永久供水视作 B 计划的实施前提？

（3）福岛第一核电站的 5、6 号机：由于氢气的蓄积福岛第一核电站 5、6 号机的厂房迟早都会被炸毁，如果电源得以恢复的话能改变现状吗？在不依靠电源的情况下，大概应该确立一个让纯水流入坑内的供水系统，但在高辐射的环境下，定期更换水泵车是否可行？

（4）福岛第一核电站的 1、3 号机：福岛第一核电站 1、3 号机的氢气在哪里？会以怎样的形式爆炸？爆炸后又将呈什么状态？

（5）福岛第一核电站的 2 号机：虽然一直在给 2 号机注水，却仍不能阻止泄漏，水位也在下降，但有氢气生成。会变成怎样的源项[①]？你对现在就算让堆芯熔解结果也一样的意见怎么看？

尾本的回答如下：

（1）福岛第二核电站：第二核电站的形势也很严峻，但这里的一个电源还可以使用。

（2）福岛第一核电站的4号机：尚不清楚4号机燃料池的状况，但须注意余震。若余震导致燃料池出现龟裂，尚无合适的解决方案。

（3）福岛第一核电站的5、6号机：即便某种程度上水会沸腾，因被淹没而产生氢气的概率也较低。所以不太可能因为氢气大量蓄积而引发爆炸。容器里原本就已经满是氮气了。

近藤和尾本都认为最大的风险应该是主要防震楼的损坏情况。这样一来就会因为5号机和6号机的辐射量升高而不得不选择放弃，这才是最大的风险。近藤认为"为了不让在5、6号机工作的作业人员受到过度的辐射伤害，应该针对这两个机房搭建遮蔽的设备"。对此尾本的意见却是："这并不容易，遮蔽效果也不够好，必须治本才行。这么看来恐怕只能投入泥浆了。"所谓的泥浆，是指砂和水混合起来的泥。

（4）福岛第一核电站的1、3号机：如果快速减少水

---

① 为调查核辐射对环境的污染时对核辐射量和裂变后形成物质的总称。——译者注

蒸气的话就会形成负压，这样外面的空气就会进来。也就是说因为氧气的进入，为爆炸创造了条件。应当认为存储容器里的氢气是有发生爆炸的可能性的。

　　3 号机爆炸后，主要防震楼里的辐射量就高了起来，核辐射从门缝里钻了进来。建筑里开始到处张贴着写有"禁止前行""请勿靠近"等字样的提示。发生事故前，一年的被辐射量哪怕只有 1 毫希都会引起惊恐，而现在的程度是 3 个月就已经超过了 1 毫希。

　　15 日下午，当主要防震楼受损时，吉田甚至偷偷讨论过用共用燃料池（集中 R/W）来代替紧急对策室的事。

　　（5）福岛第一核电站的 2 号机：切断水的供给后燃料棒就会掉在混凝土上并侵蚀混凝土，这个过程中还会释放出氢气。本来，只有存储容器内可以保持低温的前提下测量出的水位结果才是可信的，如果失去这样的条件的话就只能依赖于保持平衡了。不能根据水位计的数值来控制水量。近藤感到最难的是源项——也就是堆芯到底损伤到什么程度这个问题。

　　以尾本的意见为基础，"B 计划"组描摹出了"最坏预案"的下述轮廓：

● 以福岛第一核电站 1～6 号机的反应堆、乏燃料池（SFP）为对象，要考虑水蒸气爆炸、氢气爆炸、增压破损和燃料池丧失冷却功能后的混凝土的相互作用（MFCI）。

- 要做好因为发电站内的辐射升高而导致从业人员被迫撤离，不断有新情况出现的预案。
- 计算出由设备释放出放射性物质的有害辐射量，分析辐射量超出 10 毫希和 50 毫希的地域并分别实施"室内避难"和"避难"。
- 算出铯 137 的地表污染分布，分析超出标准污染密度（切尔诺贝利事故的时候的强制转移：1480 千贝可 / 平方米，转移：555 千贝可 / 平方米）的区域。

放射线环境的变化、受害辐射量的计算和地表污染地图的制作工作都是以本间为中心来进行的。本间以这样的预案为基础进行了分析，尤其是在 4 号机燃料池丧失冷却功能的情况下，预测出了以下的可能性："距离设备 250～300 千米范围的区域将变成转移区域。"

此处的要点是 1 号机再次发生氢气爆炸的风险、4 号机废燃料池的底部脱落、核燃料和中心混凝土反应的风险，以及因此而导致工作无法进行的风险等连锁反应。尾本形容其危险性时说："一损俱损，这实在太恐怖了！"

因为 15 日发生的 4 号机房的爆炸，对于不光反应堆还包括核燃料池的危险，官邸政务中坚们的危机感一下都强了起来。4 号机里储藏着不少取出没多久、还带有衰变热度的大块的乏燃料，这成为了一系列的连锁危机中最"薄弱的一环"。因为细野曾下达过指示，因此安保院·核能安全基础机构内开始对燃料池损坏所造成的影响进行了模拟演示。那时让安井感到最恐怖的是"如果燃料池发生了堆芯熔解，在 1、2、3 号机上采取的应急措施就将无法实施，这才是最大的危机。这样的话周围的人都得全部撤离"。核安委委员长代理久木田丰的脑海里则描绘出了这样的预案："核燃料熔解后又起了火，燃料池的底部脱落后燃料棒七零八落地掉了下去，没有比这更糟糕的了。"但在 16 日晚政府根据从自卫队直升机上看到的情形判断出 4 号机燃料池里有水。17 日，自卫队从空中喷水后下方有水蒸气升起，因此估计 3 号机燃料池里可能也有水。虽然燃料池会被烧干的危机暂时缓解，但 4 号机燃料池的高度相当于 5 层大楼，而且里面还有反应堆厂房房顶被吹飞时掉落的瓦砾，所以从其结构来看依然是很脆弱的。

"现在就糟透了"

在自卫队、警察、消防的地上喷水作战中担任阵前指挥的细野感到，从 20 日左右开始工作就告一段落了。在 21 日的第 11 次核动力灾害对策本部会议上，菅直人表扬了东京消防厅截至前一天以 3 号机为中心喷注了 3000 吨水的勇敢表现，当时他还说："终于能看到脱离危机的一线希望了。"

终于可以喘口气了，却不知道接下来还会发生什么。

细野跟菅直人说，现在才是制订"最坏预案"的时候。细野中意的人是近藤，但近藤则认为在制订"最坏预案"时的"最坏"这个词本身并没有什么意义。近藤对细野说："准确地去猜测哪件事最坏并没有意义。"并说明了相比之下正确认识接下来什么才是最危险的和以便能事先做出应对的重要性。其间近藤也对4号机燃料池的构造强度表示出了担心，并对余震做了预警："特别是发生余震的时候，底部会崩落下来，会出现漏水，这样的话就得停止注水。"

菅直人接受了细野的建议，将这项工作交给了近藤。菅直人像念口头禅一样要求道："请大家平行地观察事态。"如果哪里的反应堆再次发生氢气爆炸的话，就得中断工作，那样的话燃料池的注水工作也得停止。菅直人很怕这样。他还跟细野说在制订"最坏预案"时也要考虑出针对这个预案的对策来。在制订"最坏预案"时小心是有必要的。因为如果操作内容中途泄露出去的话，很有可能引发民众恐慌。所以这项工作必须要高度保密地进行才行。

22日，菅直人把核安委委员长班目春树、核动力委员会委员长近藤骏介和核动力安全·安保院院长寺坂信昭等人召集到了官邸首相办公室，就制订"最坏预案"一事征求他们的意见，出席的还有枝野、细野和空本。这天也是"长颈鹿"在注水工作中登场之日。菅直人说："事态平静些了，但不知道还会发生什么。这之前不就出现了好几次出乎意外的情况吗？因此现在我们想制订最坏预案，大家觉得怎么样？"

近藤心想"局势平稳些了所以要制订最坏预案——这说法实在太奇怪了!"寺坂依旧保持沉默，班目也回避着菅直人的视线将目光移向了座位下方。近藤开口说道："要说最坏预案的话现在就是最坏的了。也就是说，情况没有比现在更糟糕的了。"近藤很乐观地认为有了"长颈鹿"后就可以持续而稳定地向燃料池里注水了。他接着说道："比起制订最坏预案来说，更有必要做的是讨论今后现场必须注意哪些问题以及应该做些什么来避免发生不测。"看得出来菅直人很着急，却没说截止日期。近藤问他："多久截止呢?"菅直人没有回答。"那 3 号行吗?""那就 3 号吧"。谈话有了进展。之所以近藤能断言说 3 号完成，是因为"B 计划"一直在制订中。

在预防核灾难方面，规定核安委委员长要负责向作为核灾害对策本部长的首相提建议，制订"最坏预案"本来也就是想让班目提建议，但菅直人并未就此征求过班目的意见。只是，也不可能完全无视班目的存在由政府来决定这个"最坏预案"。所以把寺坂和班目叫到首相办公室来，既是确认他们对近藤的支持，同时也是在表面上走个过场。从 22 日到 25 日，近藤组织尾本、本间以及安保院、核能安全基础机构和 JAEA 的专家们用电脑解析并完成了"最坏预案"，所有人员均是以个人身份参加的。

核能安全基础机构的核动力系统安全部副部长梶本光广也是成员之一。正如第 2 章（"核能紧急事态宣言"）中曾介绍过的那样，他是在发生堆芯损伤事故时负责解析放射性物质动向的专家，也是近藤跟理事长曾我部捷洋打过招呼后选来的。其中也有些人是不参加会议，间接地用发送邮件的形式参加进来的。

　　近藤那边的工作是以"在发生事故的福岛第一核能发电站，很难说今后发生的新情况不会导致不测事态发生"为前提的，目的是"显示出不测事态的概貌"。预案的制订突击了 3 天，专家们通宵达旦地忙于进行电脑解析。当时的总指挥部看到启用"长颈鹿"后燃料池的危情暂时得到了缓解，便再次将问题的焦点放在了 1 号机的温度和应对氢气爆炸上。在近藤的"最坏预案"的制订工作中，采取的是必须同时关注反应堆和燃料池两边情况的态度。1号机的反应堆压力容器或存储容器内发生氢气爆炸后会释放出放射性物质，这样将无法向 1 号机注水，并进而导致存储容器的进一步破损。4 号机乏燃料池内的燃料如果发生泄漏的话，燃料就会破损并熔解，之后熔解的燃料和混凝土发生相互反应，从而释放出放射性物质。

　　具体的工作方式是：梶本和本间分别负责推算反应堆和核辐射的最坏预案，梶本则将这些进行整合后交由近藤来完成。工作快结束时，近藤将梶本和本间两人叫来帮着收尾。本间在内阁府·核动力委员会里通宵达旦地工作。

天色已亮，解析工作却还没做完。此时已经是 25 日了。

"时间快到了。还没完成吗？""请尽快提交！"在被事务局催了好几次后，他们终于提交了解析结果。在反应堆和燃料池全都失控的最糟糕的情况下，他们做出的预测是：必须对居民进行强制转移的范围有可能达到 170 千米以上；由于年度被辐射量大大超出自然辐射量，应该接受的有转移意愿的居民范围有可能达到 250 千米以上。近藤一边参考着这些结果，一边自己写完了预案的最后一页。他写的是菅直人曾要求过的所谓"对策"。其具体内容为：

- 目前暂时搁置现定的 20 千米避难区域。
- 如果发生 4 号机燃料池受损、堆芯混凝土相互发生反应的情况，就让 50 千米内的居民避难、70 千米内的居民进行"室内避难"。
- 如果其他燃料池也发生类似情况的话，考虑实施 170 千米内的强制避难和 250 千米内的自主避难。
- 作为最后手段，"用泥浆遮盖"是最有效的（用量为 1000 吨 / 炉）。

预案的标题是"福岛第一核电站之不测事态的预期描述"。全文共 15 页，没有正式文件，只有 PPT 版。收到这个文档时的细野盯着 B 计划成员们的脸说："如果这个被泄露了出去，将会彻查是谁泄露的。"之后，核动力委员会事务局的人在电话里要求他们将用于这项工作的资料和数据"全部销毁掉"。

25 日，近藤在官邸的首相秘书长室见了细野并报告了模拟结果。近藤解释说："因为时间仓促，只做了 PPT 版。"细野一边粗略地翻看着页面一边说："PPT 做出来的内容很精练嘛！"近藤说："我认为里面所描述的事态几乎不可能发生。"但是为了不使事态往最坏方向发展，重要的是要采取下述措施：

- 往核容器里充入氮气；
- 从高处对喷水装置进行远程操作；
- 对 4 号机的废燃料池底部进行强化处理。

16 日晚，通过在自卫队直升机上的目测，之前让大家最为紧张的 4 号机燃料池内有水一事已经得到确认，4 号机燃料池干烧的担心暂时消解了。回想起来，从 15 日 2 号机存储容器的受损和 4 号机房的爆炸、一直到 16 日直升机空中拍摄的视频显示有水，再到往 3 号机燃料池内注水的作战和能从高处喷水的洒水车"长颈鹿"（后面的第 17 章中将有详述）登场之前，其实正是局势往"最坏方向"走的阶段……可能确如近藤说的那样："现在情况就糟透了。"就是为了不让事态往这个方向走，近藤才说服大家说"现在才是最重要"的。当天，估计到菅直人大概没时间，细野于是决定和近藤两人见个面。"这个由我来处理。我会伺机跟总理说的，这样好些。"

细野注意到，平时很时髦的近藤身上穿的是和三天前见面时一样的西服，还起了皱。近藤和细野的父亲差不多同龄。"他这是在熬夜拼命干啊!"近藤走出了房间。看着他那皱巴巴的西服背影,细野深深地鞠了一躬。

同日,细野飞奔到首相办公室,将 PPT 亲手交给菅直人并作了汇报,另外他还向枝野、福山和首相秘书长寺田学等人也作了简短的说明。他让他们看了"不测事态的预期描述"的一页并进行说明后就马上收了回来。有人嘟囔了一句"情况最糟的话首都圈必须全部避难才行啊!""那是不可能发生的,正是为了避免这种后果所以才要做点什么"。就细野而言,制订"最坏预案"的"不为人知的意图"是当东京遭受核辐射污染时的首都防卫。细野在心里对自己这么说着:东京要是被核辐射侵袭了怎么办?这是首都保卫战。守护我们的首都,这就是最后的战争。之所以要订购 9 辆"长颈鹿"是因为这个原因;果断启用"长颈鹿"的自动控制功能也是这个目的。

之后,细野从官邸回到了东电的总指挥部。回去的路上,从车中望出去的东京风景,似乎瞬间被染成了深棕色。从 15 日开始,他每天都这样往来于官邸和东电总部之间,有时甚至一天往返多次。从首相官邸穿过霞关的政府街驶往日比谷的斜坡,此时都静静地披上了一层淡淡的夕阳余晖。"总之,这个最坏预案就是一个保卫首都的项目。不能保卫东京的话就意味着日本的灭亡"。这么一想,细野心里突然涌出了一股对东京的怜惜之情。

"最坏预案"日美协议

正如第 13 章（"海军 VS 国务院"）中曾提及的那样，此时美国核能管理委员会（核动力管理委员会）也以堆芯溶解为前提在制订"最坏预案"。14 日，美国核能管理委员会解析出 1～3 号机的炉心损伤达到了 40%，并得出了"燃料有可能掉进了存储容器"的解析结果，并进一步预测说"如果堆芯完全溶解反应堆存储容器破损的话，放射性物质就会扩散至下风 50 英里（约 80 千米）半径内区域"。

之后的 15 日清晨 6 点多，4 号机反应堆厂房发生了火灾。"厂房的外墙垮了，乏燃料池里已经没水了""最糟的是 3 个反应堆和 6 个乏燃料池都有可能失控"。基于以上判断，美国核能管理委员会甚至已经准备好了让在日美国人到 240～320 千米以外避难的预案。

对于之前一直对日本政府划定的避难区域持肯定态度的美国核能管理委员会突然将避难范围变更为 50 英里（约 80 千米），近藤颇不以为然："这未免把事情想得太复杂了吧？"按近藤他们的推断，即使预案中的情况真的发生了，目前的 20 千米避难范围应该也够了。近藤他们讨论的"最坏预案"里也考虑到了 4 个反应堆失控的情况，因此当美国核能管理委员会得悉"最坏预案"的内容后觉得"非常相似"。只是，B 计划里所作的预案描述并非同时发生，而是同时和连锁形成的。

　　而对于被视作改变方针的依据的辐射量计算，美国核能管理委员会又是如何理解的呢？为此，近藤发邮件问核能安全基础机构的技术顾问平野光："能拜托你给解释下吗？"近藤制作的"不测事态之预案"也带有验证美国核能管理委员会和美国政府的预案制作的目的。细野觉得有必要将近藤正在制作的"不测事态预案"和美国核能管理委员会的"最坏预案"结合起来，但这件事的处理必须要慎之又慎才行。

　　25 日向菅直人说明了报告书的概要后，细野在众议院议员会馆自己的房间里接待了美国驻日大使约翰·鲁斯和美国核能管理委员会支援日本部长查尔斯·卡斯特，因为他决定要将日方的"最坏预案"跟美方做个说明。此前，虽然日美两国政府都在制作"最坏预案"，但并未进行过对照和整合。美国政府的 50 英里避难指示是基于美国核能管理委员会的"最坏预案"设定的，他们也想在与日方的"最坏预案"比对后再进行归纳整理。通过 22 日开始的日美联合调整会议，两国间的沟通有了明显改善，日方更想通过拿出他们制作的"最坏预案"这个行为，让美方知道日方已深刻认清了现状，并且正在基于这样的认识认真加以应对。

　　会上近藤说明了"不测事态预案"的推算结果，卡斯特也演示了美国核能管理委员会的推算结果。在预案的前提是两个堆芯都会全部溶解这个问题上，双方的意见是一致的。卡斯特向大家展示了一张以风从福岛第一核电站持续吹往东京方向为前提推算出的图后，近藤评论道："那里吹的是季风，风向随时都在变，我不认为风会一直往东京方向吹。"

卡斯特认为之前美国核能管理委员会的"最坏预案"有些过于悲观，看了日方的预案后，觉得"太像了！同样也保守了点"。但他忍住了没有直接把这话说给近藤听。因为对方到底是代表日本核动力工学的专家，也很明显地意识到了"美国终归是起辅助作用的，不应该跟他们挑起争论"。卡斯特问近藤道："近藤教授，为了不让事态往预案中的方向发展，接下来到底应该怎么做？"近藤没有直接作答，因为他们似乎也正在捕捉时机。卡斯特非常客气地跟近藤说："如果，'长颈鹿'注水系统能像现在这样不靠人工、全部自动化的话，还希望尽快实施。"近藤赞同说："确实如此。"卡斯特对细野说："细野君，近藤教授现在所说的，是一件最重要的事。"

之后卡斯特将美国核能管理委员会、能源省、海军反应堆机关和 GE 等共同制作的"中间评价"向日方作了说明后，指出了其中存在的一些"不稳定性"：

● 放射性物质仍在继续释出；

● 尚不清楚其将对海洋造成的影响；

● 尽管事态有所缓和但形势依然堪忧；

- 在事故应对上大家有先挺过去再说和明显的得过且过的心态；

同时他还表达了对于反应堆状况的下述认识：

- 1 号机、2 号机和 3 号机的堆芯损伤率分别是 70%、30% 和 25%（推算值）；

- 就现状来看，发生氢气或水蒸气爆炸的概率是 0.1%～0.01%；

- 这个概率在除去注水的多样性和长期性后、在发生余震的情况下会有所增加，但通过训练和消防以及注水系统的多样性和长期性可以降至十万分之一。

据此卡斯特断言道："很难想象出威胁会波及东京。"

"中间评价"的最后建议是，为了防范更严重事态的发生，接下来应采取以下对策：

- 通过常设配管来确保注水系统的多样性和长期性；

- "长颈鹿"的自动化；

- 追加性的排气系统。

卡斯特还肯定了从 22 日开始投入使用的"长颈鹿"所发挥的明显作用。

自卫队的"最坏预案"

此外，在政府内部秘密进行着"最坏预案"的探讨的，还有防卫省和自卫队。

15日上午，听说横须贺美军基地的辐射量升高的消息后，自卫队统合幕僚监部的干部们心想"难道东日本从东北到关东以后都不能再住人了？！"对幕僚的职员们来说，这个"横须贺冲击"就是促使他们考虑"最坏预案"的契机。因此17日上午的直升机喷水作战，可以说就是一场基于这样的深刻认识背景下的背水一战。喷水作战结束后，防卫大臣北泽俊美在记者见面会上所说的"今天已是极限"，也表明了他对当天如果再不进行喷水作业的话事态就有可能向"最坏预案"方向发展的这种紧要关头的认识。

防卫省和自卫队还讨论了配合喷水注入硼酸的绝密作战计划。15日下午，东电向自卫队提出了希望16日向1号机、3号机和4号机注入硼酸的要求。甚至有消息说如果发生再临界的话，放射性尘埃将会降落到东京，这也是无论如何都需要注入硼酸的原因。因为硼酸能吸收中子，可以起到预防再临界发生的效果。当年在切尔诺贝利的"石棺作战"时，苏联也是用直升机将硼酸连同砂和铅一起运来后空投下来的。所以如果福岛第一核电站也不得不做"石棺"的话，空投硼酸将无法避免。但和将东西投入燃料池不同的是，必须要很精确地将硼酸投进反应堆里才行。福岛第一核电站需要投下至少20吨硼酸。从直升机上用20米的绳子将硼酸吊起来，缓缓下降后再切断，要用5吨的吊桶来回飞4次，然后再重复。这样就必须来回折返，队员们所受的辐射量当然也会因此升高，而且需要两架飞机。

中央急救集团的宫岛俊信司令官问飞行队队长道："轮流上吧！要招点人来吗？""不必了。让他们轮流上，您不必担心。"这番话让宫岛听来无比感慨："自卫队现在已经是支真正能作战的队伍了啊！"陆上幕僚长火箱芳文觉得有必要表示下自己的决心。"一旦出现没有把反应堆彻底毁掉这种最糟的结果的话，一半的日本都将变成死亡之地。最后就只有我上直升机了。"他向部下表达了自己的意愿："我会第一个去注入硼酸，然后像猴子一样从绳子上吊着滑下去。"据此，硼酸的投注之战被称作"鹤市之战"。据说火箱出生于大分县中津市的八幡鹤市神社，饱受洪灾之苦的村民本想一起建造堤坝的，但修起的堤坝一遇洪水就会决堤。于是当地的领头人决定牺牲自己献身于神以换来神灵的佑护。一位家臣叫作"鹤"的女儿听说此事后说，以"我们家好几代人都享受过您的恩惠"为由愿意做他的替身去赴死，之后她和自己的儿子市太郎一同自沉于水中。据说此后村民们将他们母子供奉于神社里，并完成了艰难的修堤工程。

防卫省和自卫队真正开始准备制作"最坏预案"和应对该预案的作战计划是在 3 月下旬。17 日、18 日两天，卡斯特前往防卫省拜访北泽时脑子里就已经想好了要暗示日本：美国正对"最严重事态"进行假设并加紧进行准备，日本也有必要那样做。18日，北泽再次把安保院的安井正也叫到防卫省来听了他的汇报后，又产生了准备"最严重事态"的念头。20日傍晚，北泽携同统合幕僚长折木良一一同拜访了官邸首相办公室。

此时相关内阁官员们已决定由自卫队来掌控核电站内注水作战的指挥系统，这之前北泽由折木和防卫事务副官二人陪同去见了菅直人，他强烈建议日本政府也应该为"最严重事态"做好准备。同时北泽向菅直人要求说："我也有必要参与。"因为在情况最糟时，只能出动自卫队。正因为这些原因，所以细野向北泽报告并递交了"不测事态预案"。大概北泽跟菅直人和细野一样，比谁都更早和更敏锐地洞察到了福岛第一核电站的严峻形势和惊人破坏力。日本政府的官员中，最早向驻日美国大使鲁斯提醒事态严重性的人也是北泽。北泽保持着和菅直人的信赖关系，而作为一名惯于让别人甘拜下风的老练的政治家，在这场危机中对北泽委以重任的菅直人结果也提高了自己的威信。同时，信息也汇总到了北泽这里。深受北泽信任的防卫省的某位干部回顾当时的情形时说：北泽至少感受到3次事态正在往"最坏预案"方向转化。

"福岛核电站事故是战后日本遭遇到的最大危机。相比其他人，危机感最强的难道不正是菅首相吗？记得菅首相在和北泽大臣单独会面时曾用到过'日本的一半都将受到危害'的表述。大臣和我都认为已经彻底完蛋了的时候就有3次。"

"最初，美国核能管理委员会警告说如果不尽快注水的话后果将会非常严重。7座炉子（3座反应堆加4座废燃料池）里只要有1座废了的话，其他6座的作业也将无法进行，这样的话东京将无法再居住下去，美国核能管理委员会非常担忧这一点。这也是美国核能管理委员会最初要跟防卫省接触的原因所在。"

"接着，防卫省的专家指出如果实施直升机喷水的话有可能引发水蒸气爆炸。一旦发生爆炸，就再也无法靠近，就算政府也无计可施，只有束手待毙了。用直升机喷水的决定最后是由统合幕僚长和大臣做出的。"

"最后，在内部研讨阶段，信息本部提出了如果接入电源到2号机等内可能会因火花而引起爆炸的顾虑。他们警告说测出2号机附近的辐射值高达每小时400微希，不仅无法靠近不说，2号机的压力还在不断升高，很有可能发生爆炸。这一切我至今记忆犹新，因为当天是3月20日，是防卫大臣出席国防大学毕业典礼的日子。"

3月20日之后，统合幕僚监部成了自卫队里的核心，开始正式制作备战"最坏预案"的"作战计划"和"实施要领"。统合幕僚监部运用部长广中雅之那里集中了包括核能工学专业毕业的自卫队官员在内的几名专家，他们以除4号机外的1～6号机都发生了溶解为假想前提开始为"最坏预案"打腹稿（二十来天后，统合幕僚监部以既没有发生大的余震、事态在某种程度上也平息下来了为由解散了该团队）。实际上大家已经将突发性的大余震视作主要风险制订了从方案一到方案四的应对不断恶化的状况的作战计划和实施项目。这也是用 3 天时间一口气完成的。

方案一假设的是由于福岛第一核电站的反应堆或存储容器发生爆炸或别的反应堆厂房发生爆炸后，大量放射性物质扩散的情形。这种情况下，首先要向东电和相关合作企业的全部工作人员发出避难令，随之要展开一场对东电和合作企业员工的救援战。

方案二是放射性物质扩散后，陆海空三军自卫队在福岛县境内实施的避难作战，为核电站半径 50 千米内无法自行避难的居民提供援助。

方案三是当 1～4 号机都发生了连锁性的堆芯溶解，大量放射性物质扩散的可能性增高时，在核电站半径 250 千米范围内进行的治安活动。该区域覆盖的总人口估计会超过 3500 万人。此时参照了美军提供给自卫队的、由美国国防部的"国家战略局"和"DTRA"（探讨核武器、化学武器、生化武器和弹道核导弹等大规模杀伤性武器所带给国民的伤害的部队）制订的放射性物质扩散到大气中的预测方案。通过该预测中的模拟内容，辐射云将于 6 小时后覆盖包括东京在内的整个首都圈，并在 12 小时后扩散至更大范围。

方案四是多个反应堆和存储容器发生爆炸并随之出现

的失控状态。此时将用混凝土实施所谓的"石棺之战"。配合方案一到方案四的作战计划和实施要领，特别指定了所要动员的部队、规模和后勤。

这当中，尤其是下面两种"最坏预案"被认为最有发生的可能。

- 发生堆芯熔解后，熔掉的燃料一旦穿透下面的混凝土与地下水接触后就会引起水蒸气爆炸。此时由于燃料堆所在的建筑发生垮塌，会有很多熔解后的燃料飞散到空中。

- 即便熔解的核燃料只是掉落到了下面积起来的冷却水中也会发生爆炸。这种情况下，房屋就算没有垮塌，但因为所有的管道都遭到了破坏，所以核辐射还是会从这儿泄漏出来。

上述情况中的任意一种所造成的危害，在规模上都极可能超过切尔诺贝利核电站事故，避难范围将 100 千米，这个范围附近都将无法居住。

折木和广中将防卫省自卫队的"最坏预案"应对计划秘密地转给了中央应急集团（CRF）的司令官宫岛。宫岛在市谷与折木和广中碰了几次头协商此事。之后回到位于练马区朝霞的司令部的他，盯着司令官室里的地图看了很久。最后，他决定把这个秘密装在心里。于是，他就自己一个人在脑子里反复模拟着避难范围扩大至 100～200 千米的情形：一旦发生不测，应该将哪个区域里的哪支队伍转移到哪里，又该疏导当地居民去哪里等。他在心里谋划着：避难范围如果是 100 千米的话，那就把关东平原也包括进来了；不能按同心圆，只能根据地形来疏导避难才行；绝对不能让美国的 CBIRF 进来，但也许可以让他们帮着进行除染；避难范围如果是 200 千米的话，东京的首都职能就将难以为继，那样的话日本不就完了嘛……但还是先别考虑东京吧！这不光从物理学上说不通，就算辐射云被吹到东京来，在时间上也还是有余地的。

　　副官也跟他进行过如下的对话："司令您老盯着地图是……有什么情况吗？""多看地图可以更了解地形嘛。"宫岛已经和人悄悄讨论过方案一中拯救核电站工作人员之战。为了搬走废墟上的瓦砾，自卫队从位于静冈县御殿场市的陆上自卫队驹门驻屯地运来了两辆 74 式坦克。这种坦克有一定的防辐射功能，最高时速可以达到 53 千米，可以在遇到不测时用于避难。另外还准备了 8 辆 96 式轮式装甲车（WAPC），并经过改装加装了斜坡和把手，这样紧急时刻附近的人们就可以跑上斜坡并抓住把手从而逃离核电站。为此，岩城市内的 200 余名队员秘密地反复进行了训练。

　　宫岛是把"长颈鹿"作为应对"最坏预案"之物来接受的。这是一个混凝土泵，现在灌进去的是水而不是水泥。当反应堆完全熔解并沉到地里的时候，就必须从上面灌入水泥并将它密封住。所以宫岛当时是因为看出来"长颈鹿"有用才同意投入使用的。由于 22 日开始投入使用的"长颈鹿"和日美联合调整会议的启动，形势开始显示出好转的迹象。但是自卫队统合幕僚监部声称："反应堆的状态还不稳定，还要等等看。3 月份才是最重要的。"

北泽认为自卫队和美军有必要在"最坏预案"成为现实时就如何共同应对协商一下，于是在横田基地举行了由自卫队和美军的少数干部出席的机密会谈，折木和国防大学国防教育学主任尾上定正都参加了。美方的第三海军远征军（3MEF）司令肯尼斯·格拉克中将也远从冲绳飞来东京会晤。美方告知了日本下述三种状态下的"避难作战"计划：状况一是美国政府职员家属的自主避难；状况二是美国政府全体职员的撤离；状况三是强制全体美国国民撤离日本。但却没有明确根据什么开始状况二和状况三的工作。日方是以近藤骏介提交给菅直人的"非常事态预案"为基础的，当时还曾以美国提出的距离福岛第一核电站 50 英里（约 80 千米）以外的"撤离区域"作为参考项之一。但无论是大范围超过还是大范围低于这个距离，难免都会招来不必要的质疑。从自卫队的能力和其执行力来看这样都更妥当。这之外的事，尤其是一说到首都圈居民的避难，就已经远远超出其能力范围了。

"总理大臣讲话"的草案

3月18日，剧作家平田オリザ[①]被文部科学省大臣铃木宽叫了出来。平田是驹场 Agora 剧场的掌门人，当天是"伏尔甘[②]动物园"的首演日，所以他才终于有了点空。平田是内阁官房参赞。此时距震灾发生已经过去了一周，他刚发邮件问铃木"有什么要帮忙的吗？"就马上得到答复说"请你来一趟"。

去到位于东京虎门的文部科学省的副大臣室，铃木恳求他说："想请你设想出最严峻的情况写一份总理大臣谈话的备用稿出来。现在官邸上下都忙于应对眼前的事故，没空准备这个。"平田想"到底什么是最严峻的事态呢？"但对此铃木并没有加以明确，只是说："情况依然不妙。不过就算失败了，我想也不会达到切尔诺贝利的程度。"铃木给了平田些简单的资料，说："希望这篇稿子主要从如何不让东京陷入恐慌这个角度来写。资料上的内容是：3、4号机核燃料池的情况如何，取决于喷水和电源恢复的效果。最糟的情况是会发生大剂量核泄漏的可能，但辐射到达首都圈的可能性非常小。在平田看来的"最坏预案"，就是"核泄漏某种程度上将波及到东京近郊"。他立即联系了大阪大学的八木绘香准教授以寻求她的帮助。

---

① 此人名字来自拉丁语，无对应汉字。——译者注
② 罗马神话中的火神。——译者注

八木是风险沟通方面的专家，常年从事女川核电站和六处村①的核废料再处理和用包括风险沟通在内的方式说服当地居民的研究工作，并以这个为研究方向取得了东北大学的博士学位。平田在大阪大学的交流设计中心执教时结识了八木。当时，平田说："并非我要为政府做点什么——政府的转包我是不做的——而是因为这是作为我个人的一项工作，是我作为一个市民来说想做点什么、能帮点儿什么的一个立场。"意思是说虽然身为内阁官房参赞，但平田这次只想以个人身份来进行这项工作。这让八木也为之信服。第二天八木发来邮件说："对此事我也有义务效力，所以必将尽全力相助。"平田回信道："这是一项没有报酬，如果什么都没发生的话，也不会被公布出来的工作。那就拜托你了。"这项工作成了以国家存亡为赌注的危机交流实践论。八木对平田提出的论点逐一进行了如下点评：

- 首先，有必要明确所谓"相当程度的泄漏"的程度及其具体的影响范围（危险区域）。要将对"80～100 千米圈"的圈内人群的明示和发给东京的信息一起同步发出 →能否控制福岛的恐慌关联到能否不使东京陷入恐慌。
- 要明确表示"必然的危险范围何在"。也就是说对

---

① 位于日本青森县下北半岛的一个村庄，此处集中了多个核设施。——译者注

那些真正危险的地域要更加明确地表示出来才行。反过来说，这样可以降低这些地域以外的人群的恐慌情绪。如果采取 20～30 千米圈内的"室内避难"措施，因为没有明确"必然危险的地域"，结果反倒容易促使 50～60 千米圈内人群的自主避难。→为了不让东京陷入恐慌，要明示核电站周边的危险区域。对单个的人来说，每个人都有自己的生活和未来。在市民保持正常的精神状态下，要尽量告知他们正反两方面的正确信息和风险，在此基础上的判断应该由其自行做出。但并非所有人都能做出这样的判断，这个比例越到地方的福岛越呈下降趋势。因为这里是血缘和地缘联系紧密之地，而且由于老龄化进程的加快，独立做出这种决定并非易事，这点要注意。（其结果是所有发给东京的消息，最后都会传到这些人的耳朵里。）

● 发往东京的信息，对孕妇（视其怀孕周数）和儿童（视其年龄）可能进行特殊化处理更好。→配合政府发布的消息，针对个别属性事先写好说明性文章。

● 注意对急性风险和未来风险的表述方式。目前多次使用的"不会马上产生影响"的表述，有可能会被公众理解为"将来会产生影响"。用跟切尔诺贝利相比较的表达方式不失为方法之一。

● 另外，很重要的一点是得注意和其他风险（如 X 光等）相比较时的表达方式，因为故意让辐射量显得很低的做法很有可能被认为是在粉饰太平。简明易懂固然重要，但也要斟酌使用方法。

● 在向公众公布上述信息时，告诉大家现在的辐射剂量是没问题的和情况不会变得更严重（也就是说现在就已经是最糟的了）这两方面的信息也是必要的。

● 要向公众明确表示辐射尘没有回降的可能性，作为支撑这个结论的依据，需要将 SPEED Ⅰ 的模拟结果作为补充材料公开。

就这样，由八木写草案、平田进行修改，又经过反复推敲后，20 日，这份"总理大臣讲话"的备用稿写好了。

"对于这次福岛第一核电站的大规模事故给广大国民带来的不安，我再次表示深深的歉意。"

"就现在的情形来看，这次事故将有可能对大家的健康带来影响，在此，我将向大家汇报如下。首先，想要拜托各位的一点是，考虑到现在的辐射量尚不会立即影响到诸位的健康，请大家保持冷静。重复一下：现在事态还没有发展到会立即影响到大家健康的地步，各位国民，请仔细听好接下来的说明，一切行动请保持冷静。考验我们日本国民的睿智、理性和自制力的时候到了，烦请各位一定配合。"

之后，讲话中还提到了将把"禁入区域"从现在的20千米圈内扩大到更宽的某一范围内、"室内避难区域"也将从现在的30千米圈扩大、提醒其他周边区域的居民由于距离的区别可能对健康造成的危害、对相对安全的扩大区域内的孕妇和有婴幼儿人群的关照（如在开往西日本的列车上，优先让孕妇和带婴幼儿的人乘车）等。

"另外，为慎重起见需特别说明一下的是：此次核事故并无类似于切尔诺贝利核事故那样的放射性物质大量扩散、所谓的'死灰'飞散后随着大气四处扩散的可能。"

"政府会尽全力来拿出事故对策、提供避难支援和生活支援的。但事到如今，仅靠政府和自治体的力量来守护大家所有的生活是不行的。希望每位国民都要冷静行事、凭着相互照顾和相互鼓励的精神来共渡难关。"

对能否以此来控制东京的恐慌情绪平田并没有多少自信。最后他下结论说："最后只能依靠日本人的同情心了。"

此外，平田还必须决定如何安置剧团成员以及是否继续上演"伏尔甘动物园"等。21日平田给剧团成员们发了邮件，因为有回岩城去生孩子的团员，因此让她及其家人立即去东京避难了。在处理这种个别情况的同时，还必须向全体团员说明状况："首先，在对核辐射和放射性物质的认识上，因为关乎每个人的人生观和世界观，最终判断由大家自己来做。对于是否会发生类似于切尔诺贝利那样的爆炸事故，现在还无从知晓。尽管就我个人来说，不认为事态会发展到那种程度，但就目前的情况来看，可以说不管发生什么情况都不足为怪。"

万一发生类似于切尔诺贝利那样的事故的话又该怎么办呢？

"如果预测到很有可能发生切尔诺贝利级别的事故的话，可能有必要采取措施，让大家的孩子们坐上得利卡①，尽量前往远处去避难。也可以考虑让住在木造房子里的孩子们都集中到有厚水泥墙的剧团或者我家来，由大人们轮流出去采买东西。"

此外，平田还陈述了自己对核事故的见解：

"东京的成年人受到能明确危害身体的被辐射的概率极低；但至于孩子们，即便身处远处，因为风向的变化等也有可能受到核辐射危害而导致严重的疾病；对于核辐射对身处远处的成人的伤害我们无法提出建议，只能交由大家自行做出判断。"

"现阶段，以核事故严重为由中止演出或让剧场歇业的想法都暂不被采纳。最好的选择是不现实的。我们只能尽量收集相对准确的信息，考虑中策或者下策。

'伏尔甘动物园'的演员里如果有还是非常担心核辐

---

① 日本三菱汽车公司的品牌名。——译者注

射的人，我们也尊重其选择，请自行来找我协商。"

演员们都留在了东京，之后"伏尔甘动物园"也一直在继续上演。反应堆和燃料池的状态也好不容易稳定了下来。政府确定了"计划避难区域"并采取了让高辐射量区域居民避难的措施。设想到80～100千米避难区域的"最严重事态"下的"总理大臣讲话（草案）"至今还躺在平田的电脑里。

第 17 章

"长颈鹿"登场

"长颈鹿"是一种靠它长达58米的展臂对准某个目标点喷射的水泥搅拌车。那是否可以将它用于冷却反应堆的喷水上呢？此外也用上了无人飞机、机器人和红外线热像测量等技术。

"长颈鹿"

公明党的众议院议员远山清彦（九州·冲绳分区）是在17日深夜接到一名支持者打来的这个电话的。

"远山君，很抱歉深夜打扰。您知道有家叫作Putzmeister[①]的德国公司制造的水泥搅拌车吗？"

"不，我不知道。"

"这种特种车可能对福岛第一核电站废燃料池的冷却有用。"

"这个消息可靠吗？"

"是的。据说这家公司生产的这种水泥搅拌车曾在切尔诺贝利核电站事故后的"石棺作战"中发挥过很大作用。它搭载有58米长的展臂，可以从展臂前端用水代替水泥注入某个精确位置，听说横滨港就有一辆。"

"感谢您提供的宝贵信息，我会转告给首相官邸的。"

2001年首次当选众议院议员的远山是在英国布拉德

---

① 德语全称 Putzmeister Holding GmbH。——译者注

福德大学取得的和平学博士学位。17日上午，看着电视里自卫队直升机往废燃料池里喷水的画面，远山心里颇感不安地想：这样怎么来得及呢？于是他例外地给旧交官房副长官福山哲郎去了个电话。国难当头，不能再去考虑什么在野党和执政党的关系问题了。公明党党首山口那津男（东京都）提出了"政治休战"的口号，并宣称会在搜索失踪者、支援受灾地区和处理核事故等方面提供全方位合作。

光是关于这个车的事，官邸就已经收到了大量信息，由于很难判断哪种车才最合适，所以福山对此的态度也略显慎重。他要求远山"明确三点"：①这种水泥搅拌车是否可以自行驾驶而不需要拖车？②因为这种车是生产来搅拌水泥用的，那么如果将水泥换成水会不会发生故障？③能否找个可以详细教我们如何操作的人来？

远山说"我确认一下，请稍等"后就挂断了电话。当时 Hyper 救援队虽然还没有登场，但从地面喷水的必要性和必须投入力臂更长的喷水车一事已经得到了明确。经产省的官房审议官今井尚哉想起 1999 年发生东海村 JCO 临界事故时曾准备过灭火设备的事来：那时候的那个长臂机器，会不会就在哪个地方呢？

由于燃料池位于 5 楼，如果没有相当长的力臂是无法进行精确注水的。而且，如果设备组装起来后不能自动喷水的话，持续的喷水作业也将无法进行。这种长力臂的折叠式喷水车有很多种，于是各种车辆的照片被拿到了危机管理中心和总指挥部来供大家传看。其中就有德国Putzmeister公司的这种水泥搅拌车。该公司已在日本售出过3台这种展臂长达52米的搅拌车。

远山让支持者帮忙介绍了Putzmeister公司的日本法人代表铃木浩社长，经向铃木确认上述三点后给福山去电说："好像还有展臂长度为58米的。"

18日凌晨两点刚过，福山分别将来自"公明党方面的"Putzmeister公司的水泥搅拌车的信息和"来自其他途径的"联合公司的消防车的相关信息通知给了内阁危机管理大臣伊藤哲朗。18日，铃木拜访了官邸，并就他们公司的水泥搅拌车向福山进行了说明。按照合同，该公司准备运往越南的两辆二手水泥搅拌车被用运汽车的船拉过来卸载后，正停放在横滨港的码头上，准备再转运到其他货船上运往胡志明市。

铃木马上询问总公司能否将这两辆车周转给日本使用，总公司立刻表示了同意。铃木原本是三井物产派驻巴黎的经销商，后来被Putzmeister公司挖了过来。因为感觉这家公司野武士①般的公司文化很对自己的路，他就一直在欧洲各地销售他们的产品，之后被提拔为了日本分公司的法人代表。

---

① 战时在山里抢夺战败武士武器等的一个农民武装集团。——译者注

18 日傍晚，铃木赶往东电并对该车的性能和操作方法进行了说明。其间，伊藤询问过东电 Putzmeister 公司的水泥搅拌车和联合公司的消防车是否适用的问题。还有人拿来了几辆搅拌车模型。

核能品质·安全部部长川吴晋和细野一同在总指挥部的官邸联络室看了 Putzmeister 公司的搅拌车模型。两人交谈道：

"用这家伙的话只要能从上面'嗖'地伸进去，就能注入大量水了啊。"

"连我们这些外行都能看出这点来啊!"

听完说明后的川吴眼前一亮："看来这东西行!"

水泥搅拌车本来是用于压送水泥的作业机械，但用水来代替水泥在燃料池上方注水的话，会比用消防车注水的准确性更高。因为它的展臂可以延伸到 58 米长，能够到达高达四十几米的燃料池。由于燃料池在深达 4 米的地方，要从上方进行精确注水的话即便是 58 米长的展臂也都还略显勉强。但问题是谁来驾驶和操作它呢？Putzmeister 公司的操作员不会到福岛第一核电站来，他们正在小名滨呼叫中心待命，而东电的消防又靠不住，只能求救于东京消防厅的超级救援队了，看来只能低头去求总务省的消防厅了。

18 日细野请前来对策综合本部帮忙的众议院议员大岛敦（民主党·埼玉县）去向总务大臣片山善博求援，并让官房副长官秘书长畠山阳二郎随大岛同去。大臣室里，除片山外，还聚集着消防厅长官久保信保及其下属若干。大岛就一系列的事情进行说明后请求说："希望贵方一定派你们的消防员去操作一下搅拌车。拜托了！"这时久保像要打断他的话似的插嘴道："议员先生，照您所说的情况，这个请求我们恕难接受。因为，即便受命去操作一个从没操作过的机器，那也是操作不下来的。""在这么个国家生死攸关的时候还在说这些……"大岛心里这么想着。片山也冷冷地说："的确很难。"

"消防员又不是操作人员。他们每天接受的是去救火的消防训练，所以并非你说让他们去开水泥搅拌车他们就能去开那么简单。让搞土木的人去试试怎么样呢？"

"不行，那太危险了！他们干不下来。"

"那你们去怎么样？"片山这样说完后，若有所思地突然看向畠山并提高了音量。

"你是东电的吧？那你们来做就行了。"见畠山默然无语，片山又追问道："你是经产省的吧？是从经产省出来的。""松永和上田也实在太不像话了！搞出这么大的事情该如何承担责任呢？"他说的松永是经济产业省的事务副官松永和夫，上田则是指官房长官上田隆之。

如此一来，大岛他们只有垂头丧气地回来了。"没想到经产省在霞关居然这么招人恨。"这让畠山的心情很沉重。

第17章 "长颈鹿"登场

最后决定由东电的协作企业东电工业的员工来操作搅拌车。18日深夜，请横滨海关办完了搅拌车的相关通关手续。两台搅拌车的展臂长度分别是52米和58米。19日中午左右，Putzmeister日本公司员工驾驶着58米长展臂的那辆车向福岛县驶去。铃木等日本公司的其他声援人员也分乘4辆车一同前往。

离开东京时推压机的齿轮箱坏了。一番修理后，车队于18小时后的20日清晨6点抵达了东电的小名滨呼叫中心。沿途经过了神奈川、东京、埼玉、福岛等，每到一处，都由各都道府县的警车前后护卫着。在郡山市的住地，铃木他们听取了东电方面关于福岛第一核电站站内辐射量的说明："辐射量正在停止上升，工作时间控制在10分钟以内的话是安全的。"

20日下午和21日上午，Putzmeister日本公司的技术人员在小名滨呼叫中心教授了具体操作方法。用长长的展臂小心翼翼地将建筑撞开后，露出来的全是水泡。但由于辐射量正在升高，每次只能操作5~10分钟。

为了冷却废燃料池，3月19日傍晚，政府决定启用水泥搅拌车。在21日的第11次核灾害对策本部会议上，经产大臣海江田万里发言称："为了对4号机的废燃料池进行冷却注水，我们决定启用一种叫作'长颈鹿'的水泥搅拌车并于本日开始投入试运行。"

海江田口里说着"这辆叫作'长颈鹿'的水泥搅拌

车"，可其实给这个展臂，不，是颈部长达58米的水泥搅拌泵车取名为"长颈鹿"的不是别人正是海江田自己。尽管海江田作了这番介绍，但当天长颈鹿却并未登场。因为，给长颈鹿供水的架子还没搭好。即使用水泥搅拌车注水，也必须由什么来给水泥搅拌车持续供水才行。他们向超级救援队求助过，却被拒绝了。

22日下午5点17分，长颈鹿登场了。东电工业的两名员工很快就掌握了操作技巧并能熟练操作了。"开始喷水了！"当这喊声从东电的非常时期灾害对策室传出来时，现场响起了热烈的掌声。海江田在前一天的笔记中这样写道："3月22日（星期二），'长颈鹿'之日。""长颈鹿"就这样英姿飒爽地登场亮相了。之后，东电通过预置的摄像机，可以从外面看到长颈鹿的注水过程。东电开始在世界各地采买水泥搅拌车。展臂长度为52米的是"斑马"、58米的是"长颈鹿"、更长的是62米的"大象"、最长的是中国产的68米的"猛犸"，这些名字也都是海江田给取出来的。从这天开始到27日期间，用"长颈鹿"喷注了海水。

26日，托马斯·凯尔（Thomas Kyle）从位于德国斯图加特的Putzmeister公司本部来到了日本。身为该公司售后服务专家的他同时也是一位具有大师称号的熟练工。他就机械的零部件组成、发生故障时的修理要点等进行了详细指导，休息时凯尔还讲了一些切尔诺贝利核电站事故时的处理经验给铃木他们听。事故刚一发生，苏联政府就用直升机空投下了约 5000 吨的砂、土、铅，吸收了热量并缓解了核辐射。另外还有必要用水泥将反应堆封锁住，也就是"石棺作战"。当时用的是 Putzmeister 公司制造的 10 辆水泥搅拌车。为了挡住放射线，用重达 4 吨的铅罩将水泥搅拌车的驾驶室上面盖住，另外还在窗户和摄像机上也贴上了铅，为了能进行远程操作还在车上安装了摄像机。

为了练习这项操作，从苏联送了几十个人过来。他们全都是死囚犯，说好只要他们愿意参加这次作战就可以获得释放。整个过程都是高度机密状态下进行的。他们享受了美食，痛饮了啤酒并饱食了香肠。凯尔是他们的教官之一，持续了近 3 个月的"石棺作战"后来最终取得了成功。松了一口气的凯尔，过了很久后听到了非常恐怖的消息，由于遭受到的大量核辐射，据说当时参与作业的所有囚犯在三年内全死了。[*1]27 日开始，新的水泥泵车投入到了 3 号机的冷却作业中。按此前每天的注水作业分工，消防和自卫队分别负责 3、4 号机。自从长颈鹿投入使用以来，这项工作变得更加稳定了。3 月末，来自中国的巨大的水泥泵车"猛犸"到了，它被用来给 1 号机注水。

美国核能管理委员会的内部电话会议上，出现了下述对话内容。

日本支援部长查尔斯·卡斯特说道："我们现在需要 4 台水泥压送系统。但日本仅有两台，还有两台在中国。"

对此美国核能管理委员会本部回应道"我们使用的是美国的柏克德系统。这种系统共有两台，分别在澳大利亚的东西两端。"

"这就是今早 CNN[①] 上播过的那个吧？"

卡斯特："嗯，是的。"

美国核能管理委员会本部：

"国际形势实在复杂啊！"

"首要是处理好外交方面的事项。否则我们也不知道究竟该怎么办……"

22 日，开始用水泥泵车喷水时，资源能源厅的节能·新能源部部长安井正的感受是：好歹自己赶上了这个第一次！事态的恶化真是一落千丈，现在终于止住了。有些事还是应该由政府来做的，调拨"长颈鹿"这种事光靠民间的力量是办不到的。

无人机拍摄和热像测量

要把"长颈鹿"运往现场，有必要事先掌握现场的状况。瓦砾和沉陷的状况怎样？需要现场的详细图像和照片。总指挥部里大家讨论着能否包机从空中拍摄的问题。但因为现场上空的辐射量极高，找不到愿意让直升机和飞

---

① 美国有线电视新闻网。——译者注

机飞去的公司。就在此时,山崎健吾想到:我们的无人机可以航拍到精密的照片。

山崎是开设在新潟县妙高市的飞行服务公司的社长。从初中就开始对无线电遥控很感兴趣的他于 1991 年成立了该公司,最初的工作是用无线电操纵小型飞机在开发用地上空进行拍摄。2004 年发生中越地震后,应新潟县之邀在旧山古志村的上空进行航拍,但结果却不尽如人意。

以这次的失败为契机,他们开始专注于开发小型无人飞机。他们使用全球定位系统(GPS)开发出了能够进行自主飞行的软件,在经历了反复的试飞失败后,终于和横滨市的 Fuji Imvac 公司携手渡过了难关。2008 年,他们制造出了第一架无人飞机。

东日本大地震后,3 月 14 日他们用它在持续喷发的鹿儿岛县雾岛连山新燃岳上空成功采集到了火山性燃气。3 月 18 日,山崎刚和同样爱好无线遥控的妙高市市长入村明一说:"我觉得我们是能派上点儿用场的……"入村便鼓励他道:"是啊!确实!我在内阁府里有熟人,我先去打听下。"当天傍晚,核动力灾害现场指挥部部长松下忠洋就给山崎打来了电话:"社长,拜托了!请马上来一趟。"就这么直截了当的一句话。后来,当东电负责人又打来电话时,山崎只提出了一个条件:"如果飞机遭受到辐射危害的话希望得到赔偿。"对此东电方面接受了。

第二天的 19 日,无人机从福岛县的福岛天空公园

（小型飞机的专用飞机场）起飞并飞往福岛第一核电站，不巧的是当天由于下大雨视野很模糊又折返了回去。20日天气晴朗，无人机用35分钟左右从70千米外飞抵了现场上空。只用了大约20来分钟，它就用装在机身上的像机从400米的上空自动拍摄到了1～4号机的150～160张照片。飞机一回到天空公园，山崎就赶紧将图片数据拷进了电脑。

被爆炸气浪吹飞的房屋残骸拍得非常清楚，赶来察看的东电社员们都惊呼道："哇！都变成这样了！！！"东电社员将这些图片拷进U盘后带走了。用无人机航拍的困难在于，由于发动机的不断抖动，拍出来的图片有些会很模糊。尽管如此，他们还是拍到了轮廓清晰的图片。

在22日开始的日美调整会议上，日美双方都指出：为了更准确地把握燃料池的状况，有必要使用无人机。会上，日方陈述说打算在23日用飞机实施辐射量监测、测量温度和收集图片。准确把握燃料池状况成了当下的燃眉之急。

在24日的会上，首相秘书长细野豪志说：

"我们非常担心乏燃料池的状态。现阶段虽然能够大致把握住水位和水温，但今后仍有进行长期观察的必要，因此需要能进行长期和精确观察的设备，为此我们正在和东京电力协商并将于最近提出方案。关于地面图片的拍摄，我们认为美方的无人机是具备这个能力的，希望贵方能为我们提供更为详尽的消息。"

美国核能管理委员会职员回应道："能源省掌握着与监测相关的信息。另外，关于废燃料池的问题，可能我们有些企业可以为你们提供所需设备。"

细野："我们想获知废燃料池的信息。你们有没有可以对此进行拍摄的无人航拍机呢？"

美国核能管理委员会职员："我们将会同能源省和产业界协商和讨论，看看他们有没有什么建议。"

细野要求说："关于远程操作的无人飞机，不知能否提供各种类的飞机呢？"

美方立刻回答说："我们会尽量把 K-MAX 运到日本来。"K-MAX 是美国 KAMAN 公司开发的交叉反转式旋翼的直升机，是一种将货物吊起来运输到外地去的用途特别的直升机。此时，日方谁也不知道飞行服务公司已用无人机进行过拍照的事。这天（24 日），飞行服务公司的无人机进行了第二次航拍。和第一次一样，它在将近 400 米高度处进行了拍摄并清楚地拍到了"长颈鹿"的雄姿。

接下来想介绍一下日本的技术被得到灵活运用的另一事例，那就是用于测量燃料池温度的热像测量装置。

18 日，防卫省的防卫政策局局长高见泽和防卫省的官房技术监秋山义孝一起匆匆赶到了防卫省技术研究本部部长佐佐木达郎的房间。秋山是负责造船的技术研究本部（技研本部）的技术员，在福岛第一核电站事故发生后担任起了"政策局与技术研究本部之间的桥梁"。高见泽对佐佐木说:"你能从燃料池上空去测一下温度吗?"他的意思是说让秋山乘飞机飞到福岛第一核电站的上空后,使用热像测量装置测量各个反应堆和燃料池的温度。按理技研本部是有红外线热像测量装置的,但据说他们那个无法使用。

"因为发生了氢气爆炸,水分解后产生了氢气。如果是这样的话,有人认为反应堆里的水温会上升到超过 1000℃……能想办法测量下吗?"高见泽的声音有些异样,听起来感觉很迫切。

"我试一下。"佐佐木马上答道。

热像测量装置的关键是得有超高性能的摄像机,技研本部有性能很好的红外线摄像机,所以他们才满口答应了。进行这种操作还必须准备备用摄像机,可技研本部的电子装备研究所却没有,但佐佐木知道日本电器(NEC)有一台"最高级的"就赶紧向他们申请了。

这是一台日本电器旗下一家叫作日本航空电子工学的高科技企业开发出的最先进的摄像机。日本电器最初借了两台,后来又借出了 6 台。从 20 世纪 80 年代后半叶开始,技研本部开发出了反坦克导弹的红外线传感仪。日本电器作为当时最早的订单企业,与技研本部是这个领域的长期合作伙伴。这次用的虽然是非冷却的红外线传感器,美国核能管理委员会在技研本部的研究结束后对它实现了商品化。日本航空电子工学自己宣传道："这是用肉眼看不见的红外线非接触性地瞬间将对象可视化的红外线热像扫描的先驱。"换言之，也就是说"它用红外线实现了热的可视化"。该公司的红外线热像测量装置有 0.1° 的偏差，也就是说它可以辨识出鼻子、嘴和肌肤的细微温差。只要能识别微小的温度差，就能让画质清晰起来。当然，当时还不知道反应堆里的温度，只能测量一下其表面的温度。

佐佐木在技研本部组建了一个 39 人的分析团队。18日傍晚，高见泽再次打来电话说："大臣命令说今天也要飞才行。"问题是：让谁去飞呢？技研本部的员工又不是自卫队队员。"连自卫队去负责喷水的直升机都飞得提心吊胆的，到底有没人会主动要求去飞呢？"最让佐佐木担心的并非技术问题，而是实际是否有人会去现场操作它的问题。技术队伍里的一位最年长的职员举手问道："我可以马上回答吗？"佐佐木稍微做了下心理准备地想：他要是拒绝的话就全完了。这位职员却说："我去！"紧接着另外两人也说："我去！"

当天晚上 11 点刚过，飞机从防卫省 A 栋宿舍的屋顶起飞，此时的屋顶冷得刺骨。直升机降落在了仙台市的夏目驻地，开始准备第二天的作战。因为要测量，必须把镜头露在外面。他们一提出"将窗户打开后从那里伸手出去测"时就让直升机部队大吃一惊："那可绝对不行！"最后只好建议取掉直升机机舱地板上用于维修的盖子后贴上透明的亚克力板，再在那上面开一个摄像机大小的孔。直升机部队很不情愿这么做。机上人员当然是要身穿重达20千克的铅质防护服的，但如果要从事如此细致的工作的话感染放射性物质的危险性就会高得多。

19日的凌晨两点多，直升机部队终于还是妥协了。之后他们一直坚持测到了凌晨4点左右。19日早上起飞，上午7点刚过在1000英尺（约300米）高度的上空测量了福岛第一核电站的温度。测量都得在早上进行，因为白天的话会因为周围的升温而导致难以判断温度差。测量温度的对象是1～6号机和全部的集中RW（辐射废弃物公共池）。花20～30分钟将它们全部测量完后，飞机就回到了J-VILLAGE。机体没有被污染，第二天又安排同一架飞机再飞。

当天下午，防卫大臣北泽俊美、总幕僚长折木良一、信息本部部长下平幸二、和技研本部的部长拜访了首相办公室。北泽在对已经开始用直升机进行温度测量的情况加以说明后，把显示各种数据的表分发给了与会者。"这不是已经超出100℃了吗？"正看着资料的菅直人突然冒了这么一句。他突然转向佐佐木问道："你是技术方面的专家吧？这到底怎么回事？"佐佐木只说了句："可我的研究领域不是这个啊！"没有直接马上作答。待到菅直人正要继续追问时北泽抢过话头说："不不，总理您别这样！他的研究领域不同哦，领域！"一旦讨论深入下去，营直人就会挑毛病并一直追究下去，这一点很让佐佐木害怕，北泽对此也有所了解。最近他们就已接到安保院的请求说"总理强烈要求每天测量两次"。北泽直接回复说："这不可能！每两天测一次就行了。"但结果还是每天让十多个人拿着测量仪器坐直升机去做记录。

因为防卫省的直属医疗官要求说"尽量让他们服用了安定碘剂后再去"，所以每次飞行前都会让队员们服用安定碘剂。20日，19日的第一次测量分析结果被公布了出来。20日，各架飞机都经过多次测量后，其中的最高辐射温度分别是：1号机：58℃；2号机：35℃；3号机：128℃（存储容器），62℃（燃料池）；4号机：42℃。知道这些数据后，本以为温度会更高些的佐佐木松了口气。另外还在3月20日到4月26日，用红外线热像扫描装置共计进行了25次测温。

自卫队的工作中还有一项值得大书特书的是他们执行的监测任务。自卫队从3月20日就开始测量反应堆温度和其上空的辐射量，并连夜完成了将测量仪安装到直升机上的工作。为了测量温度和辐射量，得从900米的高空用相机拍摄后再将数据转换成数字。为此需要像之前提到过那样在直升机上配置专用相机，所以才得在直升机的地板上开个孔并贴上亚克力板后再固定相机。因为遭受辐射的危险很高，乘务员必须身着装有20千克铅的防护服。自卫队就这样每天都进行着测量，并加以分析后公之于众。

机器人

3月末，来自美国iRobot公司（总部在马萨诸塞州的伯灵顿）的机器人进入了大家的视线。之后安排它们进行了测量辐射量侦察以及探测情况等方面的作业。

美国东部时间的11日清晨，正当该公司军事部门的国际部销售经理杰拉德·隆多从位于波士顿的家赶往机场时，收到了来自新加坡现场事务所的下列文字信息："你应该是今天出发前往新加坡吧？但因为日本发生了大地震，你最好给航空公司去个电话问问能否在成田转机，因为从美国飞新加坡的航班大多要经停东京或香港。"结果隆多是经停香港飞往新加坡的。14日星期一，隆多给作为iRobot公司日本代理商的综合商社——双日航天部部长山口一郎去了个电话。那天山口虽然去了位于赤坂的总公司，但公司里没人，空荡荡的办公室只有他一个人。山口压低声音说："福岛第一核电站的情况看来相当严重。"然后他问隆多道："iRobot公司的机器人能派上用场吗？"隆多回答道："给我点儿时间，我问问伯灵顿的总公司看。"隆多刚将这事报告给了总公司，社长科林·安格尔就立刻打来电话说："如果我们的机器人有用的话将鼎力相助。"

iRobot公司是由1990年MIT（麻省理工学院）的两

位学生柯林·安格尔、海伦·格莱纳和他们的指导教授一起创立的公司。安格尔在 MIT 取得了机器人研究方面的博士学位，iRobot 公司将在发生大灾难时为社会提供人道救援作为公司的主旨之一。2001 年的"九·一一"恐怖袭击事件中，他们最早将机器人送往世贸中心，帮助搜寻幸存者。在 2010 年由英国 BP 石油钻井平台爆炸引起的墨西哥湾原油泄漏事件中，通过他们派出的用于监测海洋环境的机器人的潜水作业，将拍摄到的视频实时发送到了基地负责人的电脑上。iRobot 公司产品的优势在于它们全都是在战场上用过的军事级别的机器人，其中包括它们有很强的抵御放射线的能力。Packbot[①]在阿富汗和伊拉克常用于侦察敌人藏身的洞穴和排除爆炸物，该公司先后共卖给了美军 3500 台 Packbot。

iRobot 公司以自愿报名的方式招募了派往日本的团队，包括隆多在内的 6 人报了名。送往日本的机器人有 Packbot 和 Warrior（斗士机器人）各两台，机器人是组对作业。Packbot 的自重为 25 千克，机器臂上除了摄像机和机械手外，还专门为这次的任务配置了带传感器的放射线测量仪。Warrior 重达 250 千克，能搬瓦砾等重物。它的机器臂长度是 2 米，能举起 4.5 千克重的东西，可用于瓦砾的搬运。

---

① 美国 iRobot 公司生产的机器人产品之一。——译者注

14日，隆多再次打来电话说："我们可以全力相助，请告诉我你们的需求。"可山口这边却连一个可以与之相商的上司都没有。首先是究竟能否从美国进口机器人到日本的问题；其次是，就算说"这是礼物，别人送的"，可这礼物该送给谁呢？为了寻找这些答案，山口花了一天来与东电和安保院方面的人接触。东电说："不知道这归哪里管。"安保院说："请与宣传部联系。"结果他一无所获。

15日这天，正在看电视的山口看见了电视里某大学教授发言说："现在最重要的是要掌握反应堆所在建筑里面的实际状况，这点用机器人就能办到。我们日本是机器人大国，希望能派机器人去现场看看或做点什么。"后来，当知道这位发言者是从事中子源工学研究的京都大学中岛健教授后山口马上给他发去了邮件。中岛回信说："已经转达给了东电某部门。"中岛同时还是隶属新泻县东电柏崎刹羽核电站的核电站安全管理方面的技术委员，因此认识东电的技术人员。

19日下午，东电的核能选址部门负责人联系山口说："公司把这事交给我了，请多关照。"之后的问题省去了所有的寒暄非常开门见山。"训练时间需要多久？""在哪里训练？""你们双日公司是否能提供技术援助？"

20日，来自伯灵顿的搭载着iRobot产品的货机抵达了成田机场，里面装有Packbot、Warrior robot和包括各种配件在内的60件、多达10箱的货物。iRobot公司的人也于同日抵达日本,隆多也从新加坡赶了过来。

在当天的日美协调会上,首相秘书长细野豪志向美方提出了提供机器人的要求。"不知贵方能否为我们提供运用机器人技术方面的帮助?例如可以用于清运瓦砾和进行监视等方面的。这样就能代替人工进入建筑物监测其内部情况。如果有这种机器人请一定告诉我们。我们经产省也已经开始在研究这个问题。"对此美方的应对很积极。驻日美军代表说:"关于机器人的问题,我们正向美军和美国相关部门咨询其提供援助的可行性。明天(23 日)如果能收到贵方所拍图片的话,我们会在研究所需的机器人种类后提出进一步的建议。"

24 日,iRobot 公司在茨城县土浦市与东电人员进行了机器人的交接。iRobot 公司的 6 名技术员花费 3 个多小时向东电的 8 名员工教授了机器人的使用方法。按隆多的话来说:"让他们像操作索尼的 PSP 一样就可以熟练操作了。"培训结束时,可能是因为操作过程很有趣吧,甚至从东电员工们口中传出了笑声。但在实际操作机器人的过程中却问题不断。因此,3 月 27 日和 4 月 1 日,先后在小名滨又再次进行了培训。小名滨是距离福岛核电站 68 千米左右的地方,对于美国公民来说已属于避难通告范围内了。iRobot 公司的一行 6 人提前一天就开始服用碘药剂了,一大早就出发的他们,直到深夜才又回到了东京。山口用气象数据的自动采集系统(AMeDAS)不断关注着风向和风速，风向看来是没问题的。在小名滨训练时也是如此。大家将身体倚靠在一起行走或作业的目的，是想将来自辐射的伤害降到最低。训练的结果，Packbot 的行走距离逐渐变长了。

之后，他们带着机器人去福岛第一核电站的 5、6 号机进行了演习，此时 5、6 号机的冷却功能已经修复并开始逐渐恢复工作了。另外大家还就向废燃料池喷水的问题，讨论过能否让 Warrior 带着灭火用的软管爬到上面去喷水。伯灵顿总公司的技术员从波士顿消防局借来消防用的软管并将它安装到 Warrior 上后，试验了下能否让它喷水。但结果喷水作业中并没有用机器人，因为东电所要求的机器人的用途是：测量辐射值、侦察和了解情况而并不是用来喷水。也就是说他们的目的，是旨在用机器人来测量存储容器周边的辐射值、获取数据以判断在反应堆房屋的何处可以进行何种程度的工作。因此，他们主要要求在机器人上安装了机械手、摄像机和辐射监控等装置。如果要在 Warrior 上装机械手的话，它的重量将达到 250千克。

即使引进了机器人，现场还是有着堆积如山的问题。当机器人在 2 号机房的楼梯里行走时，由于楼梯的宽度比当初告知的窄而导致它无法行走。现场进行水位测量时，由于新缆绳上涂有蜡导致扔缆绳的尝试也失败了。更加本质的问题是通过无线电来控制的交流问题。由于辐射量不断升高，无线电控制必须在一两百米开外的地方才能操作。虽然可以使用人造纤维的电缆，但东电却对这个提案面露难色，因为他们怕人造纤维被瓦砾挂住后裸露出来会导致起火。另外，日本政府对于电波的频率问题也很苛刻，不允许使用功率较强的频率，这也成为了一个障碍。另外还有一个问题就是，对于将遭受的大剂量辐射机器人能否承受、也就是说机器人对辐射的耐受力有多强的问题。如果遭受过辐射的机器人发生了故障，将比瓦砾更难处理。因为不可能多次清洗机器人，所以一旦在辐射量高的地方被污染后其后果就会很严重，而且 iRobot 公司也从未有过在如此高辐射的环境下作业的先例。照隆多的话来说，这完全就是一个"可能（may be）的世界"。实际上，iRobot 的机器人在福岛第一核电站的现场作业最终还是承受了极高的辐射伤害。

4 月 17 日，两台 Packbot 终于迎来了自己的初战日。如果从防震重要楼可以远程操作的话当然最好不过，可如果这样的话到反应堆厂房就得跨越长达 1 千米的障碍物。如果是视线好的地方的话无线电信号是可以传递到 2 千米之外的，但要翻越障碍物的话就不行了。因此，最终选择了将机器人放置在位于反应堆厂房附近的辐射量低的地方进行操作。只能在简易防护服外面再穿一层防护服、戴上防护手套来操作。周围都是堆积成山的瓦砾，必须避开这些瓦砾来操作机器人的移动路线。在靠近房屋的第二道门处 Packbot 被挡住了。让机器人来进行最初的作业到底还是困难的，只有人才能打开这些门，可问题是派谁先去做这些事呢？于是现场作业再次停了下来。结果还是工作人员走过去打开外面的门，然后松动了下里面的门，剩下的就让机器人来干了。倒是工作人员在5米长的木棒的另一头安了一个限量计，用热点监视仪就近观察辐射量这个做法的最初效果很好。尽管如此，后来由于工作人员习惯了操纵机器人，结果变成了没有机器人就无法工作。

那么，在福岛第一核电站现场战斗过的这些机器人将士 Packbot 和 Warrior 后来的结局怎样呢？隆多说："我们想让在这里工作过的机器人们就死在这里，这就是它们的命运。因为遭受了大量核辐射的它们无法被运出来，也不能带回美国，只能解体后就地掩埋。"尽管如此，可机器人不是日本最擅长的领域吗？为什么却看不到救灾用的机器人的身影呢？福岛核事故发生后，看到媒体关于美国和法国提出的愿意提供救灾用机器人的报道后，日本国民对此都感到费解。有人想起了1999年东海村发生 JCO 临界事故时美国总统克林顿提出出借机器人给日本的事来。东京工业大学的机器人研究者广濑茂男教授就是对此有记忆的人之一。JCO 事故后，JAEA 开始研发可远程操控的救灾用机器人，光是2000年的追加投资就达到了30亿日元，他们打出的旗号是"要构建核防灾支援系统"。参加这个项目的，除了三菱重工、东芝和日立制造所的人外，甚至还有来自海外核电站相关企业的人。因为东电的"不采用"决定，该项目在仅仅试制出了6台机器人的一年就被叫停了。据防卫省的一位干部说："东电每年投入1亿日元在这个项目上。听说最后试用了生产出来的机器人后，发现它不能上下楼梯而成了废品"。对此广濑的证言是："他们说日本不可能发生需要动用机器人的核灾难，所以没有研制的必要。"当时在科技厅负责JCO事故处理、之后的工作也跟机器人开发有关的文部科学省某干部，一直记得东电某部长的下列一席话："地方政府是不会同意引进核灾害专用机器人的，因为他们认为不可能发生核事故，这种概率只有千万分之一。我们只考虑某个单一的故障，没有预想过所有设备都出现损坏的情况。"

这点恐怕正是日美之间的最大不同。相对于电力公司是研发核灾难专用机器人的出资方的美国，日本的电力公司则因为认为机器人的出现会摧毁自己的核安全神话而对之抱有戒心并加以打压，结果导致用于核灾难处理的机器人的研发只被追加了一次预算后就无疾而终了。为了停止追加预算，还附加了一个"维护费也太贵"的理由。而且政府也紧随电力公司信奉起了这样的"安全神话"。前期研发出来的6台机器人后来也命运多舛。有的被送给了大学研究室，有的被机器人科学馆拿去了，另外还有不知所踪和长眠于仓库里的⋯⋯据说仓储费太可惜，希望等到折旧期满后将它们赶紧扔掉。

JCO事故发生前日本一度也曾关注过机器人。1979年，美国发生三里岛核电站事故后，日本于1983年开始研发起了机器人。到1990年，以研发可在极限环境中作业的机器人为目的这个项目已经花费了200亿日元，但后来却被中止了。切尔诺贝利事故后，核动力安全技术中心制作了两台机器人，但后来也没能继续下去。据东京大学研究生院小佐谷敏庄教授说，项目中止的原因是它不符合东电的要求。"虽然研发进展得非常顺利，但最后机器人还是没被投入使用而弃置在了青森县的六所村。因为东电很忌讳外人、特别是民间人士来索要核电站的相关数据。"福岛第一核电站事故发生后，防卫省的技研本部也接到了来自多方的关于是否需要派出机器人前去清除瓦砾的咨询，但技研本部最后认为这些建议很难被采纳。"如果让没有抗核辐射能力的机器人前去处理核事故，可能会出现机器人突然乱跑的情况。如果它在反应堆附近做出什么我们无法预见的行为的话，后果将会非常严重，风险过大。"

　　防卫省官房技术监秋山义孝说："原本以为消防厅那儿肯定是有防灾机器人的，所以当知道实际却没有后非常吃惊。"防卫省的自卫队为什么不进行这种机器人的研发呢？为什么就没想过要研发出能处理核事故的机器人呢？对此，防卫省和自卫队的负责人则列出了如下两个相同的理由：一是日本没有设想过会发生核攻击。作为无核国家的日本的自卫队对与核能相关的事项都尽量不碰,不论是用于军事还是用于和平途径的,同时政府也不准许他们碰。因此相应地,技研本部的机器人研发也是在没有考虑核辐射影响的前提下进行着的。二是自卫队本身对机器人完全没有需求,因此他们对会导致裁员的机器人的引进是很警惕的。既然无此需求的话自然也就"不必去制造",这是人事上的障碍。此外,因为用于防灾用品方面的预算很难得到财务省的许可,所以技研本部关心的是开发防卫用品,对防灾用品并不上心。这是预算方面的障碍。

福岛第一核电站事故暴露了日本核能技术上的缺陷,但这种缺陷却不仅仅是核动力技术方面的。相对于独立个体来说的技术都很先进,却不善于将它们整合起来为一个整体利益而服务。他们意识到了试图用技术去克服技术上的缺陷的这个安全措施本身是不起作用的这个道理。对于日本的执政者和行政官员来说,像这样体会到日本在技术上的挫败感,恐怕还是第二次世界大战后以来的第一次。

在3月25日的日美协调会上,日方向美方要求说:"我们想追加一些申请。首先是想借用锗半导体扫描仪。因为大家越来越担心日趋严重的粮食和水的安全问题。要对农作物的被辐射程度逐一进行探测的话,机器的缺口将会非常大。另外,大家也越来越担心自来水的安全。如果美方能提供检测仪的话我方将不胜感激。其次是关于提供无人机的数据（list 7）和提供无人直升机（list 8）的问题。我们已就无人直升机 K-MAX 的使用目的及其用途等做好了知会美方的准备。由于现场的辐射量非常高，很有必要使用无人机。目前我们处于无法测量辐射浓度、不得不使用无人机的状况。"

北泽对美国空军的无人侦察机全球鹰印象深刻。"该飞机装备有从 18000 米的高空都能看清汽车牌照的相机和红外线传感仪，甚至可以拍到肉眼难以捕捉的核电站建筑物的细节"，并痛感"对于核事故来说，无人机的灵活运用是不可或缺的"。"日本曾自信地说自己是个机器人大国。但在核事故现场，日本制造的机器人和器械却完全不起作用。防卫省的技研本部曾研发过无人机，去伊拉克时也曾用过，但在应对核事故时却全无用处。"统合幕僚监部的干部如此反省道："日本的 UMV（Unmanned Vehicle= 无人机）和 UAG（Unmanned Aerial Gliders= 无人滑翔机）技术不够强。虽然伊拉克·塞马沃的[①]陆军曾打算在作战时试用雅马哈的无人机，但最后引进的还是美军的无人机。另外，日本制造的机器人也在核电站中有过惨败的经历。总之，日本没有调动起自己所拥有的力量。"

美国政府的监控能力是超强的，JAEA 的核动力基础工学研究部门副部长茅野政道也认识到了双方力量上的这

---

① 城市名。——译者注

种悬殊。"美国利索地赶来并迅速制作出了那样的辐射量地图。之所以能这样做，是因为他们总是在做着这种准备。而日本却既不愿意在不时之需方面投资，人员也不停地更换，所以到了关键时刻就无能为力。"

阻碍长期构想和战略的单年度主义[1]预算体系和妨碍培养专家和专业性人才的霞关特色的人事制度，都是横亘在前进路上的障碍。无论是飞行服务还是红外线热像扫描，日本既有先进的技术，也有技术人员，还有愿意将这些技术加以产业化的企业家，却不善于将它们整合和调动起来。猫耳洞[2]、纵向割据、自下而上、互相推诿、战略目标和课题的不清晰……正是这些消解着日本的优势。日本的短板就在于不知道自己的优势何在，以及不能发挥自己的优势。由于不善于整合和调动，加上不清楚自己的力量源泉在哪里，所以没有把国家的力量统合起来。危机期间，在郡山市的基地前线负责应对核事故的自卫队陆军的某高级将领这样回忆道：

"我想这也是来自战前的反省吧！正如所谓的'一朝被蛇咬，十年怕井绳'。权力过度集中后变成了大本营，因此这60多年来我们都不断地在避免让权力被集中起来。如此一来，我们这个国家是否还具有将国家之力整合起来

---

[1] 即日本采用的用当年的收入来支付当年支出的财务核算制度。——译者注

[2] 这里指各占一坑，互不关联之意。——译者注

的能力呢？"

马渊团队

马渊澄夫（民主党、奈良县）的手机接到菅直人的电话是 3 月 26 日的事。"能马上来官邸一下吗？"菅直人问他。马渊第一次在菅内阁里担任的是国土交通大臣，后来由于问责决议案的变动被调去当了民主党的宣传委员长，由大田章宏做了他的继任者。

首相办公室里的菅直人很不高兴，因为福岛第一核电站的 1、3 和 4 号机的厂房发生了氢气爆炸。"可能还有一次爆炸。如果那样的话，谁都将无法靠近。情况也许会比切尔诺贝利还严重，太糟了。"

因为 22 日"长颈鹿"的登场，3、4 号机的注水情况稳定了下来，因此焦点已经转移到了 1 号机的压力，也就是压力容器和存储容器本身会不会发生氢气爆炸的问题上来，此外 4 号机的状况也令人忧心。另外还有余震的担心。

菅说为了使反应堆稳定下来需要做出中期应对，并指示说："密封反应堆尤其有必要。这事一个人干够呛，请跟海江田、细野商量下。"有人让正在开会的菅接了个转来的电话，能听到手机那边传来了官房副长官仙谷由人的声音。

"抱歉，虽然一直以来你担任的都是内阁长官，但现在请以总理秘书的身份来做这件事。"马渊同意了。之后他去了位于经产省附楼11楼的会议室，在附近的别的房间和细野见了面。细野刚一开口就颇奋勇地说："为此我赌上了自己的政治生命。"接着他似乎有点难以启齿，但终于还是一字一顿地说道：

"从核电站事故发生以来我就在做了，整体的统筹都是我在负责。马渊君，这次请听从我的指令。想麻烦你去做密封工作。"

"是吗？也就是说是跟着豪志你干吗？"马渊称细野为"豪志"。他这才知道这次自己是要在细野手下工作。

"我对核电站什么也不懂，你为什么叫我来啊？"

"我也是外行。拜托了！"

"我会在你手下尽全力工作，请别介意我比你年长这个问题。"

向菅建议起用马渊的是细野。听到马渊这个名字时的菅直人满脸疑惑。

"这么干行吗？"

"马渊自有他的实力。"

"可别让他胡来哦！"

正是在这番简短的对话后，菅才开始决定起用马渊的，却还没决定给马渊一个什么职位。菅当初想的是只要安排马渊到细野那儿就可以了。跟空本诚喜和长岛昭久一样，细野当时也是不在政府里给那些有"超能力"的政治家安排职位，而是让他们加入到自己的智囊团的。由于马渊是民主党的宣传委员长，要将他提到官邸来，就还必须得到民主党干事长冈田克也的许可才行。冈田虽然同意了，但附加了一个条件："希望给马渊一个正式的职位。因为如果要让他领导东电和承包商的话，没有一个政府的身份会很奇怪。如果不给他一个政府职位的话他们是喊不动的。"这就是冈田的理由。

但的确这番话也不无道理。于是菅直人、枝野、细野、首相秘书寺田学以及官方副长官仙谷由人凑到一起商议此事。

仙谷强烈支持说："最好能调动马渊之力。"

菅直人嘟囔了一句："让他当副大臣怎么样？"并命令首相秘书冈本健司："把副大臣名册拿过来。"冈本拿出名册后，菅直人盯着名册嘟囔道："那又让谁退出呢？"

谁都没说话。

寺田说："那既然这样，我退出吧。"

菅直人劝阻说："你退出可不行。"

片刻的沉默后，仙谷说："既然寺田都这么说了，那就这么定了吧。"

就这样，马渊就任首相助手，寺田则从这个职位上退了出来。在跟寺田交接工作时，马渊还暗自嘀咕了句："细野这架势看来是要掌控全局啊！"

跟细野谈完话后，马渊立即又给国土交通省的事务副官竹岁诚去电说："请把你原来的秘书们叫来。"之后，又将同样的内容告知了国土交通大臣大田。接着他把经产省的事务副官松永和夫叫来官邸首相接待室，还要求资源能源厅和安保院的同样级别的官员也要前来出席。就此，他迅速成立起了自己的"马渊组"，这正是他直到不久前作为国土交通大臣练就出来的绝活儿。

技术人员出身的马渊就职于三井建设后，又当上了上市企业的董事。健身房带给他的健硕体型，很容易让人联想起阿诺·施瓦辛格。雷厉风行而又韧劲十足的他还是 6 个孩子的父亲。

等到马渊到了东电 2 楼的战略指挥总部后，耳朵里听到的都是非常规用堆芯冷却系（ECCS）、紧急时对策支援系统（ERSS）等，消化这些专业术语还是很花了些时间。交代给马渊执行的"密封任务"，其实就是将核能屏蔽掉。这项工作陆海空三军也都同时在做。首先是为了让粉尘不再飞散由陆军在喷洒固化剂；接着是空军出动，将整个厂房完全覆盖住，也就是进行封盖。遮蔽厂房则需要人力来操作，工作人员很容易受到辐射危害，所以必须讨论出一个在近乎无人状态下执行的建筑施工方案来。海军的工作难度是最大的。来自阿武隈山脉的地下水全部流向海里。为了防止受污染的水流向那里只有把四周全部围起来。但东电并不承认污染水流向了地下水的事实，而是坚称："没有漏出来""无法确认"。

马渊决定利用公开信息展开攻势。核动力的从业企业有将"不恰当信息"上报安保院的义务，而通过公开信息得知已经进行过数十次的堵水工程了。尽管他们在比地下水更深处铺了水泥，但还是有水漏出来，于是又在这里堵水，这个过程不断反复着。马渊团队一边把这些"不恰当信息"拿出来摆在东电面前，一边继续观察井里铯和碘素的浓度变化，并逼问东电说如果没有漏的话浓度应该会降下去，之所以没有降下去，正是因为污染水正在泄漏的缘故。马渊激励手下们说："在野党时代，我们在国会就这么干过的啊！"

马渊的屏蔽计划是"中长期计划"的一部分，其中包括加强构架以防止余震导致4号机燃料池受损。在22日开始的日美协调会上，中长期项目成为两国间非常关心的一个话题。在25日的会议上，细野阐述了作为"中长期项目"打算遵循的以下三个主题：

（1）从外部遮蔽反应堆的方案；

（2）将乏燃料从池中取出的方案；

（3）电站内高辐射区域的作业无人化方案。

关于"遮蔽"的方式问题，有用帐篷、球型屋顶、石棺覆盖、铺盖沙土等各种提案。由于"这次讨论会明天（26日）将由日方来主持"，要求美国有经验的相关人士参加，日方成员理所当然地推举了身为国会议员和有识之士的核动力委员会委员尾本彰。

但是积存在涡轮机房里的污染水如何处理突然又成了一个重大问题。因此，在"遮蔽辐射线""取出放射性燃料""遥控和无人化"的基础上细野 27 日又增加了一个"回收和处理污染水"的组，这样在战略指挥总部里就组建了 4 个特别项目组（之后还增加了"长期冷却系统构筑"组和"环境影响评价"组，全部共 6 个组）。以美国核能管理委员会为首的美国政府也加入到了这些项目组里。这当中应对来自乏燃料池的风险是最大的燃眉之急。

在 26 日的日美协调会上，长岛作为日方代表发了言。日方由每个项目组的负责人依次发言道："福岛第一核电站里有一万多只乏燃料棒。无论成功与否，既然我们与这一万多只燃料棒共存着，就有必要尽早处理这个状况。为此必须制定出三方面的对策：调查已损坏的燃料集合体；确定如何取出未破损的燃料棒；使用容器等寻找搬出燃料集合体的方法。"

"此外也很有必要确认清楚房屋构架的坚硬程度。三里岛核电站事故中的废燃料池是设置在地下的，但福岛第一核电站的燃料池却位于厂房上部，因此讨论如何安全搬出乏燃料就成了燃眉之急。"美国核能管理委员会的负责人询问日方："最终你们打算怎么处理乏燃料呢？"日方没人立刻回答这个问题。福山哲郎主动说："我想应该有比现在更好的保管之地吧。"

马渊虽是"遮蔽"项目的负责人，但4月份开始细野突然秘密地让他去执行另一项任务，就是应对"当像切尔诺贝利事故那样发生了堆芯露出问题时的预案"。细野将以近藤为中心完成的"福岛第一核电站的不测事态之预案描述"向马渊作了说明——本来纸质的资料是已经被回收掉了的——并让核动力委员会委员尾本彰当马渊的参谋。如果情况发展到了"最坏预案"的程度，东电社员恐怕就要实施"全员避难"，那样的话，就要"将沙、水和金属拌和成泥浆状注入到1～4号机里"。日本从来都把回避风险当作一种寻常的思考方式，所以从未制订过这种被认为"会引起国民恐慌"的"最坏预案"，因此紧急情况下就会措手不及。

马渊对菅直人说："这次这个中长期项目中的'作为不测事态的应对策略'的泥浆之计虽然不合东电之意，但也没有隐瞒的必要。"菅直人也表示支持说："是啊！"他心里已经打定了主意："必须事先考虑好最坏预案，以便在紧急情况下公布"。

遮蔽项目中，与政府方代表马渊相对应的东电方代表，本来是核动力设备管理部核动力抗震技术中心所长土方胜一郎。如果情况发展到"最坏预案"的地步，就要对包括废除反应堆等在内做出一个最终决断才行。考虑到这一点，结果让副社长武藤荣来担任了与马渊对接的东电代表。另外，紧急情况下还必须要求自卫队出动才行。于是马渊去见了防卫大臣北泽，列席的还有统幕长折木和防卫事务副官中江公人。考虑到反应堆的"最终解决"方案是用"沙、水和金属"来做成一个巨大坟墓的情况，马渊是来向自卫队申请援助的。

北泽说："我们这帮人是无论何时都有为国捐躯的觉悟的，但任何事情都来找我们的话我也很难办。喷水也是打一开始就让我们来承担，作为自卫队领导我确实无法招架。"

"我没这么想。今天前来拜托大臣的，也并非什么随便之事。"随后马渊对"最坏预案"的主要内容进行了说明："不会一开始就让你们自卫队来干的，最初必须让警察和消防来做，我会去做他们的工作。但不测之时，您能答应出手进行应对吗？"

"你，能做好吗？"

"可以。"

北泽答应会在这个前提下提供援助，折木也使劲儿点着头，马渊向他们深深鞠了一躬。

但马渊认为在紧急时刻让消防先上其实是不太可能的。让他有所顾虑的是："如果真让消防先出动的话，消息就会被石原君（东京都知事石原慎太郎）知道，这是否合适呢……"

马渊这次在统合幕僚监部得到了好评："马渊这个人很沉着。"

排向海里的污染水

　　3 月 24 日，在 3 号机涡轮机房的地下 1 楼铺设电缆的东电合作企业的三名工作人员遭到了来自积水的辐射伤害。一定是水跟 1~3 号机的压力容器和储存容器里熔解出来的燃料接触后通过某种途径流进了涡轮机房。涡轮机房里应该还积存了相当多的污染水，处理这些污染水成了个大问题。3 月 26 日的战略指挥总部的全体会议上，东电对 1~3 号机涡轮机房的浸水情况进行说明时，东电员工武黑一郎说："今天本应是 1 号机的 40 周年纪念日的。"听闻此言，经产大臣海江田万里有些感叹：当初启动时，谁又能想到 40 年后的今天它会以这种方式成为一座废炉呢……

　　用管道向反应堆注水始于 12 日。虽然安保院和安全委员会的人里也有人对注水、放水后的水到底流向了何方心存疑虑，却没就此问过东电。安全管理部门也还没有掌握污染水的真实情况。3 月 27 日接到的来自福岛第一核电站现场的报告说，1~3 号机的涡轮机房里积存的污染水的辐射值高达 1000 微希。福岛第一核电站站长吉田昌郎最近已经几次三番地要求过总公司彻底解决这个问题了，甚至还说"这是导致我的心脏和胃剧痛的最大原因"。还抱怨说"总公司修复组的行动总让人感觉缺乏紧张感，尽管一周来我们一直在说水是最大的问题。你们能做点什么吗?"现场人员推测 2 号机的污染水有可能是沿着地下隧道或竖井溢出来的并巡视过，但在电视会议上总部职员却发言称："我们认为漏水与 2 号机的涡轮机房并无关系，所以没有进行检查。"

于是在已经组建的"辐射线遮蔽""取出放射性燃料"和"遥控和无人化"项目组的基础上，细野又设立了一个"污染水的回收和处理"项目组。除了来自东电的专家武黑一郎和核动力品质·安全部长川俣晋元外，也有来自核动力安全·安保院和核安委的成员加入。"污染水的回收和处理"项目组提议将装有放射性废弃物（集中 RW）的地下存储室里的污染水排放到海里，将那里打开后转移 1～3 号机里积存的高浓度污染水。储藏间里的污染水是因为海啸流进来而逐渐被污染的。东电决定接受这个提议。

4 月 1 日早上的例会上，战略指挥总部讨论了这个问题。由于有其他事，细野晚了很久才来，等他赶到时会议已快结束了。众议院议员石井登志郎（民主党，兵库县）坐在细野旁边。在战略指挥总部工作的石井是受细野委托前来帮忙的。他小声跟细野说道：

"说是要把水排放到海里去哦！真的可以这么做吗?"

"排到海里？是把核废料室里的排到海里去?"

"嗯"。

"在我不在期间，居然还定了这样的事啊！"细野心里一惊。

细野加重语气说："把地下核废料室里的海水紧急排到海里去是绝对不行的！"因为他的这句话，向海里排放污染水的方案搁浅了。菅直人曾向细野表达过"决不能让放射性物质泄漏出去"之意。细野再三叮嘱道："不能故意将污染水排放出去。"因此东电将方案调整为了将放射性废物（集中 RW）间地下储藏室里的污染水转移到 4 号机涡轮机房里的备用方案。

此时内阁官房参与小佐古敏庄登场了。当时，在细野的智囊团的朝会上，核动力委员会委员尾本彰问小佐古道："我们卡在了污染水的处理问题上。能帮我们想想办法吗？"正如前面的第 16 章"最坏的预期"中提到过的那样，尾本跟着核动力委员会委员长近藤骏介参与了"最坏预案"的制订工作，并因此加入到了中长期项目中来。看到尾本向小佐古求助时空本心想：东电这是在哀求东电 OB 的尾本啊！

可尾本并没有接到过来自东电的请愿，并一直认为："为了避开大风险，只有去冒小的风险。"他在智囊团里也是这样主张的，但政治家们却坚持说："绝对不行。"因为他们想让内阁官房参与小佐古前来助上一臂之力。

小佐古当时在核动力委员会尾本的房间里工作。他认为只能往海里排放污染水，但东电却回复说："上面说那样不行。""你们说的上面是谁？"回答说是武黑。让武黑反对的理由仅仅是"那样干的话菅总理又会发怒的"。另外，安保院对此也是持反对意见的，理由则是："不能违法排放处于监管下的污染水。"

4月2日上午11点的电视会议上，福岛第一核电站站长吉田昌郎清了下嗓子说："来自反应堆的高辐射海水的泄漏，已成为目前最严重的事。"他那变调的嗓音使得东电总部的非常灾害对策室里一片哗然。前晚曾接到报告称竖井里的辐射值很高，结果测了2号机接水口附近竖井里的水后发现辐射值还比较低。而现在得知2日上午9点30分巡视时，辐射量就已经超过了每小时1000微希，而且那个竖井的混凝土围墙上有道20厘米的裂口，高浓度的污染水正是从那里流向海里的。这个报告也立刻上报给了正在J-VILLAGE视察的首相菅直人。

从下午开始，水泥被注入到了竖井里。在当天晚上的全体会议上，吉田发言说："因为竖井下面有瓦砾，水泥灌注进去也是没用的。可以考虑把水泥灌注到竖井前的沟槽里。""能否替换成比水泥有更好止水效果的东西呢？"东电总部建议是否可以换成类似于高分子集合物之类的东西。小佐古归纳了一份以"为了避免大面积的海洋污染"为题的建议书并发送给了菅、枝野、福山和细野。"1～3号机的竖井间里积存了大量的放射性废水，现在处于必须进行紧急处理的状态。如果这些放射性废水意外地泄漏到海里的话，会导致更大的社会问题。为了防止该问题的发生，需要有计划地提前进行紧急排放。""因此，根据污染水的辐射水平（高、中、低）来进行处理非常重要。我们认为：将辐射量比较高的废水快速屯留到辐射性废品间（集中 RW）里，把存储在集中 RW 房屋里辐射水平比较低的废水排放到海洋里，是现阶段最恰当的处理方法。"

所谓"集中 RW"，指的是 4 号机南边用于处理放射性废水等的设施。小佐古认为集中 RW 里的污染水当中的高浓度污染水的量应该"只相当于 5～6 瓶饮料"，因此他作出了如下环境评估："如果将这些来自海啸的海水全部排放到无污染的海洋里，再每天持续摄入这些浓缩了放射性物质的鱼和海草——即使用这种保守的假设来评判，也能明白每年所遭受的 0.04 毫希辐射总量（危害到甲状腺的辐射量为 0.2 毫希），相比于平常公众每年所受辐射量的上限 1 毫希，并不会构成环境安全问题"。在上述意见的最后小佐古还强调道："就放射性废水的处理问题，核动力安全·安保院要对企业进行紧急指导，并建议企业尽快提出处理方案来。"他还提出了现阶段的情况适用于反应堆等管理法的第 64 条第 1 条"危险时的措施"的建议。

当天夜里，在反复阅读了小佐古的建议后，细野大感佩服："文章写得很专业。"可读着读着却又觉得"到最后就只有这些吗？"但如果现在允许往海洋里排放污染水的话，就相当于推翻了两天前自己所说的"绝对不可以"的话，也很冒险。在听了安保院安井正也的意见后，细野作出了最终判断。安井的思路很清楚。"小佐古君所言极是。

这样做对环境的破坏很小，甚至几乎就没有"。于是细野做出了决定。既然情况变了，那也只好如此了。

4月3日，战略指挥总部再次讨论了高浓度污染水的问题。细野改变了之前强烈反对的态度："鉴于昨天高浓度污染水的泄漏，作为防止高浓度水泄漏的紧急措施，可能不得不讨论排出低浓度污染水的问题。"即便是在现阶段，"绝对禁止将放射性物质往外排"的"总理的旨意"也是不变的。

吉田在电视会议上说："今天2号机的止水之战尤为重要。想了很多作战名称后，最后我们还是决定用'海狸之战'来命名。"因为这项工作就像海狸筑巢时一样要将各种东西塞进去。"以动物名来命名的战事基本都是成功的。"因为在燃料池的喷水之战中使用长颈鹿获得了成功，所以他们这次也希望效仿动物名称来带点儿好彩头。吉田甚至还漏了句："不管是袜子还是别的什么，总之，把能放进去的东西直接全都放进去吧。"为了防止污染水外流，承担"海狸之战"的东电将高分子化合物、锯末、报纸等都扔了进去，却仍没能挡住水流。4月4日上午7点刚过，在投入监测用的标记液体后发现，污染水仍从竖井周边的缝隙往海里泄漏着。

东电二楼的非常时期灾害对策本部的电视屏幕上播出的水漏不止的画面让细野看到后错愕不已。"这难道是作为技术大国的日本的所为吗？"为之感到震惊和失望的却不仅仅是细野。对此朝日新闻的"天声人语"上是这样描述的：据说挤在体育馆里一起睡觉的灾民们轮流使用着睡袋，这样是无法消除疲劳的。大家对智囊们的所谓"作战"也心生疑虑。就连对于为了阻止污染水泄漏而扔进去吸水的高分子化合物和报纸这些东西，一位工作人员也说："这种东西根本挡不住水流。操作时现场人员都干得将信将疑。"

在当天早上的电视会议上，吉田对5、6号机厂房的地下也开始积水的问题抱怨道："现在即使要修水槽也都来不及了……必须要拿出个结论来了。现在最重要的是处理水的问题。如果这个无法处理的话，我们怎么努力也都是枉然。"吉田还汇报说污染水有可能导致一些重要电器的功能受损，强烈要求战略指挥总部拿出对策来。3月28日，吉田访问了东电总部，要求尽快处理污染水。之后又过了一周多，细野在和吉田的电视会议后，得到了海江田的同意。上午9点30分开始的在东电召开的会议上，细野明确表示要转换方针。会上，在首先向枝野汇报了情况后枝野说："逻辑上是可行的。"最终，枝野以"只有这种方法可使影响最小化"为由接受了细野的方针。但菅直人表示"光在逻辑上行得通是不行的"。细野打电话试图说服菅直人，但他还是没有同意。

下午1点，细野和东电会长胜俣恒久他们商讨了"最新报告"的文案后前去官邸见了菅。"只有这个方法了。"

对于这个别无选择的结果，细野诚恳地做了解释。中途菅直人脸上终于露出理解了的神情。12日早上菅突然再次视察了福岛第一核电站。"这跟排气是一样的啊！排的话会释放出放射性物质，但不排的话会导致更严重的污染，确属无奈之举！"

下午3点，细野得到了菅直人的许可。此前，安保院还征求过核安委的意见。对于来自安保院的征询，核安委环境管理课的课长都筑秀明不屑地说"这不又是他们安保院为了独善其身而在故弄玄虚吗？！"可此时就连核安委委员长班目春树也认为"实在没办法了"而当场决定说："继续注水！因为现在冷却是最紧急最优先的，没办法了。除此外别无他法。"

下午4点02分，在官邸记者招待室里召开的官房长官记者见面会上。

"我们采取的每项措施，都是为了确保安全不得已而为之。这些措施，是核动力安全·安保院基于来自东京电力的报告，并在听取了核安委的建议后，在反应堆等管理法的基础上不得不采取的。"

在5号上午的内阁会议上，农林水产大臣鹿野道彦称"事前没有通知"为由责骂了海江田，并提出"希望以后严加管理"。

在地上凿开洞，将液体玻璃作为固化剂灌入漏水的流经之地。这次的行动被命名为"鼹鼠之战"。所谓液体玻

235

璃就是硅酸钠，它是一种透明并有黏性的液体，具有和土壤硬化剂混合后起到固化作用的特性，适用于隧道和下水道的土木建筑工程中。提供液体玻璃的是位于东京都千代田区的工业药品制造商中的大型企业东曹产业。媒体还特别报道说"每千克仅仅70日元的廉价的液体玻璃，却是阻止海洋遭受严重污染的'救世主'"。

尽管灌入了液体玻璃，它却半天都不凝固。天已晚了。武藤以一副商店准备关门打烊的口吻说："天黑了，明天再做吧！"细野对武藤说："今天绝对要止住！"要求东电通宵突击作业。"今天我不回去了，就一直盯在这儿。请大家努力到最后！"说完这句话后，细野便在东电二楼的战略指挥总部里通宵达旦地盯着监控画面。

工作人员用福岛第一核电站的电视会议线路把在现场拍摄的视频传送到这里。可以看到，被灌入的液体玻璃瞬间就凝固了，水流也随之变小了，但过一会儿水就又流了出来。尽管这样，但看起来似乎水终于要被止住了。6号上午的5点38分，东电方面确认说已经止住了高浓度污染水的泄漏。安下心来的细野此时突然感到了一阵剧烈的饥饿感，便和秘书一起步行到新桥车站门口的速食拉面店，狼吞虎咽地倒了一碗乌冬面下肚。这之后的一段时间里，细野都深陷在这个污染水泄漏的噩梦中。

根据东电的估算，从4月1日开始到水被止住的6日，假设水流量是某个定量的情况下，流出的水量估计是520

吨，由此推算出辐射量是4700兆贝可。这个量超出了核电站规定的可以向海洋排放的放射性物质的上限值的2万倍。但是不管是安保院还是安全委员会，都以"非主观意图"（即是无法控制的泄漏）和"只会流出这么多"（有控制的排放）为由，以反应堆等管理法第64条的第1项为依据，判定向海洋进行的这次排放是"妥当"的。

---

*1 据传切尔诺贝利的"石棺之战"共导致200多人住院，其中约30人因为遭受急性辐射而死亡，后来也有相当数量的士兵因此病故了。但因为是前苏联时期发生的事，真实情况尚不得而知。

第 18 章

SPEED I 还在工作吗?

SPEED Ⅰ是根据气象条件等迅速对放射性物质的扩散进行预测的一个系统。辐射云往浪江町移动着，并变成雨雪降落到了地面。而当地居民却对这个预测毫不知情。

"SPEED Ⅰ没有满负荷运转？"

"核动力安全·安保院的网络系统 SPEED Ⅰ是不是没有完全运转啊？而且它的计算结果也没公开发表？"推特上开始有人提到了 SPEED Ⅰ（应急辐射线影响快速预测网络系统）这个让人颇为陌生的话题。这是 3 月 15 日下午 2 点 20 分，东京大学研究生院的早野龙五教授所发的一条推特。

早野是核能物理学方面的专家。他在东大取得理学博士学位后，长年在加拿大的不列颠·哥伦比亚大学从事研究，在国际上也颇为活跃。同时他还以"反质子氦原子的研究"获得了 2008 年度的仁科纪念奖。虽然他这条推特上就这么点内容，却引起了关注。就德国的 Der Spiegel 杂志上登载的关于放射性物质的模拟问题，早野把他 16 日向奥地利气象地球物理学局（ZAMG）的研究者确认的情况写上了推特，并提示说该信息的正确解读方式是："可以用它 Kauai 粗略地看看辐射如何在海洋上扩散的，但不能用它去解读将会对哪个自治体产生影响。"

早野推特上的粉丝数在地震前的 3 月 7 日是 2255

第18章 SPEED I还在工作吗?

人，3月11日开始剧增。他边看着电视里转播的核动力安全·安保院和官房长官的记者见面会边解说着内容，并回答那些阅读他推文的推特用户们提出的问题。因其浅显易懂的表达方式和实在的回答广受好评，他的粉丝人数蹭蹭蹭地开始猛涨。14日是23112人，21日就暴涨到了151757人。早野在呼吁研究者们向公众提供辐射相关数据的同时，也开始积极介绍专家们的工作。经他推荐后，东京大学医学部附属医院放射科中川惠一副教授带领的医疗团队的推特关注人数不到1周就增加到了将近20万人。

政府也配有这种叫作SPEED I的系统。根据核动力安全·安保院主页上的介绍，这是一个"当大量放射性物质从核设施中泄漏，或有可能泄漏的紧急时刻，可以根据泄漏源信息、气象条件及地形数据，快速预测出周边环境中的大气里放射性物质的浓度和辐射剂量等的系统"。政府的防灾基本计划（中央防灾会议：2008年2月）中规定：在接到第10条通告后，文部科学省要让核动力安全技术中心立刻将SPEED I网络系统切换为紧急模式，一旦接到来自核动力公司及负责安全的管理部门的泄漏源信息后，就要发出启动核辐射预测影响的指示，并将测量结果发布到文部科学省的信息终端上。这个专用的终端就安置在文部科学省、安保院、核安委，其目的是用它来有效预测放射性物质的扩散范围，进而防止居民进入危险地域。

SPEED I的运作按规定本来是归口到文部科学省的，后来文部科学省与作为公益财团法人的核动力安全技术中心签订了一个操作委托协议。

根据文部科学省的指示，核动力安全技术中心从11日的9点以后，以每小时1贝可的核物质从福岛第一核电站泄漏出来为假定条件，对单位小时的核物质的扩散预测进行了定时估算。之后他们将这个估算结果发送给了相关部门。但安保院也将核动力安全技术中心的操作纳入了他们的紧急应对中心（ERC）并独自进行了预测。

11日晚9点12分，安保院得出了他们的第1次SPEED I估算结果，并将预测图发到了位于官邸地下的危机管理中心的专用终端。这是以第2天，也就是12日凌晨3点30分实施的福岛第一核电站1号机的排气为假设场景，对核物质将怎样扩散进行估算后得到的结果。泄漏出的核物质的扩散方式将视风向、风速、地形的不同而不同，布雷姆（辐射云）一般不会呈同心圆状扩散，但这个消息没有被报告给首相。12日凌晨的1点分12，安保院得出了第二次的SPEED I估算结果，并发送到了官邸危机管理中心的专用终端，这次也同样没有报告首相。之后，安保院再也没向危机管理中心的专用终端发送过任何结果。虽然后来他们又进行了多达43次、共计167页的SPEED I预测，但这些结果都存留在ERC内部没有外传。

3月15日清晨，2号机的储存器出现了损伤，4号机房发生了爆炸。当天吹的是偏南风,午后转为了西北风。上午 9 点,福岛第一核电站正门附近测出的辐射值是每小时 11930 微希,晚上 11 点左右,同一地点测出的辐射值是每小时 7000～8000 微希,此时大量的放射性物质泄漏了出来。当天上午,虽然向距离福岛第一核电站半径 20～50 千米圈内的居民发出的指示是"室内躲避",但南相马市从这天已开始对有避难意愿的人实施市外避难诱导了,很多市民逃往饭馆·川俣方向。浪江镇在当天早上决定避难至二本松市,并开始实施居民避难。车流都拥往浪江镇的山间部到饭馆村的省道上,长泥地区的村民们都热情地为灾民们烧饭,帮助从南相马市逃来的灾民们。

在他们头上流动着的辐射云,变成雨或雪落在了地面,虽然人们对此一无所知,但政府却注意到了。15 日晚,文部科学省的监测团队测量了距离福岛第一核电站西北方向 20 千米附近的浪江镇某地的空中辐射率,得到了每小时高达 330 微希的数据。他们把数据发给了文部科学省的灾害对应中心(EOC),并由他们通报给了安全委员会。文部科学省立即将之上报给了官邸紧急召集起的团队。16 日凌晨 1 点多,这些数据资料被分发给了各媒体并在网上公布出来。但公布出来的资料里隐瞒了地区名,没有通知处于核心地的浪江町。指示监测团队在此地进行定点监测的是文部科学省,因为文部科学省根据 SPEED I 的估算结果,预测布雷姆将会流向那里。[1]

监测团队

在此实施监测的，是名为渡边真树男和雨夜隆之的文部科学省的两名职员。渡边原本是在原研（现日本核动力研究开发机构）和六所村进行铀和钚的分离和提取工作的，之后也有自己创业的经验。6年前，他被文部科学省聘用为了技术官员，兼任核动力安保检查官和核动力防灾专职官员，这段时间在文部科学省的茨城核动力安全管理办公室工作。雨夜原本是日挥工程公司处理放射性废料（Back End）的专家，跟渡边一样中途被文部科学省聘为核物质的防护检察官，这6年来他主要负责研究反应堆的安全管理和核安全保障。事故发生后，文部科学省派出以他们两人为主的十来个人前往现场组成了监测队。

14日早上，两人从茨城县的核动力远程指挥中心驱车赶往福岛核电站，因为文部科学省的EOC负责官员让他们去福岛县·大熊镇的远程指挥中心，但他只说了句"你们先去吧"，却没具体说让他们去干什么。当天下午4点多，他们抵达了大熊镇。一到远程指挥中心，就被要求在门口检查衣服和鞋，防护服外面被面罩、鞋套包裹着的负责人在认真检查着出入人员的受污染状况。渡边和雨夜都接受了检查，因为在鞋底发现了1600次每分钟（13.33微希）的核污染，于是他们不得不戴上了鞋套。之前进去进行保安巡视的核能设备那儿的辐射值最多也才200次每分钟（1.66 微希）左右，可想而知核事故的严重程度。脚上穿着两层鞋套的他们去了二楼的对策本部。这里的通信手段好像只有卫星电话，大家都竖起耳朵听着通过这部卫星电话传来的消息。福岛县核能中心的二楼成了文部科学省和 JAEA 的辐射监测团队的据点，渡边和雨夜加入到了这个小组，指挥官由来自文部科学省的核动力事务所所长水户担任。

晚上 9 点刚过，小组会议结束后大家正在休息。突然听到有人从一楼爬上来，一边反复嚷嚷着："避难! 避难! 全体避难!"一边又折下楼去了。听得大家都一头雾水。

文部科学省的指挥官命令道："放弃一切准备避难，全体人员上 JAEA 的巴士!"然后又加了一句："所有公车都把钥匙插上。"据说现场对策本部决定转移去福岛县政府。到停车场后就看到自卫队的车秩序井然地开了出来。大家不得不把在茨城置办回来的食品全部留在中心进行转移。巴士刚一开出来，每个人就都戴上了配发的面罩。巴士沿着 288 号国道向西，从郡山南下进入了 118 号国道。抵达毗邻福岛县政府的"公共驿站"杉妻会馆时已是 15 日凌晨 1 点 40 分，此时大家鞋底的辐射值都已超过 10000 次每分钟（83.33 微希），变成了"放射性废弃物"。睡不着的大家刚躺上床，就听到有人说"2 号机好像爆炸了!"

据说福岛第一核电站正门处的辐射值"不是每小时微

希而是每小时毫希的水平"，成了已经突破 1000 倍单位值
的污染区。后来渡边和雨夜了解到，EOC 把他们两人转
移到福岛县政府去的行为视作"擅离职守"。据说有人这
样怒骂道："这样擅离职守太不像话了！而且扔下装备和
公车自己跑了算怎么回事啊！"对于这句"擅离职守"，渡
边和雨夜感到一种如同累得只能瘫坐在地的无奈：即使留
在辐射值不断升高的远程指挥中心里，除了徒劳地遭受辐
射外又能怎样呢？当时如果是这些家伙在大熊镇远程指挥
中心，他们又能采取什么行动呢？雨夜想起了不知从哪
儿记下来的一句英语：They do not know what they do not
know，（他们不知道他们所不知道的）。怎么会这样？难
道在文部科学省这种政府机构里，比起职员的安全来说，
车和物品却更重要？！

　　虽然两人暂时返回了茨城县的工作单位，但 15 号当
天上午两人接到 EOC 的指示说："你们得再去福岛一趟。"
下午 5 点左右，抵达杉妻会馆的他们刚喘了口气，就接到
了 EOC 发来的标示了监测地点的传真，传真上要求他们
在发电站西北方 20 千米附近（浪江镇昼曾根以及川房）
进行监测。这个监测点是 EOC 参考了 SPEED Ⅰ 的估算结
果确定的，随传真发来的地图上也标出了 20 千米处的边
界线，并在上面一、二、三地标注了 3 个要点。

　　雨夜参照从杉妻会馆借来的交通图确定下了监测点，
分别是浪江镇山间部的昼曾根、川房和饭馆村长泥这三个

地方, 每个都是精准定位。15 日晚 7 点, 他们来到了浪江镇, 镇上几乎看不见亮光。外面是较小的雨夹雪, 以泽筋为中心的区域雾霭沉沉。辐射监测仪上的数值在快速升高。经过川俣镇的山木屋时, 由于超出了最大测量值, 用于测量低辐射的 NaI 测量仪的指针来回抖动。改用作为备用带来的测量高辐射的 IC 测量仪测量后, 显示出此时的辐射值是每小时 50 微希。这让两人感到:"文部科学省恐怕就是知道这一带辐射强才让我们来测量的吧? 那为什么不一开始就让我们带上测高辐射的仪器呢? 哪怕叮嘱一句'辐射强你们要当心'也好啊!"

他们在第一个精准定位点昼曾根隧道附近进行了测量。"超过 200 微希!" 这是高于自然界中辐射量 6000~7000 倍的一个惊人数值, 是在金属玻璃对面操控核物质的"魔爪"的异次元世界的惊人数值。"难道这就是所谓的既不是管理区域又不是别的什么的一般环境辐射量吗? !"不能让辐射监测仪因为受到污染而导致测到的数值产生误差。因此渡边一边在测量后用纸巾包住监测仪一边读取数据, 雨夜则复述一遍数据后再记录下来。

就这样, 从晚上 8 点 40 分开始的 10 分钟里, 他们在浪江镇的赤生木和手七郎的十字路口附近进行了测量。仪器显示出来的空中辐射值为每小时 330 微希, 之后去的长泥的辐射值也高达 78~95 微希。长泥紧邻饭馆村南部的浪江镇。手机上已经出现了"无信号"的标志, 卫星电话也不管用。他们回到山木屋，并用那儿的公用电话向 EOC 做了汇报。手表上显示此时已是晚上的 9 点 30 分了。回去的路上他们碰到了好几个人。雨夜提醒他们说"这里的辐射很强。""请转告大家一声：赤生木测到的辐射值是每小时 330 微希！"

卑鄙之人保护不了我们

再不火速回宿舍就危险了。为了逃离高辐射区域，飞驰在山道上的他们差点坠下悬崖，非常恐怖。回到福岛杉妻会馆时，雨夜身上测出的辐射值高达每小时 129 微希。雨夜将发给东京的测量数据也传真给了 EOC，目的是让他们确认。

大厅里密密麻麻地铺着被褥，30 来个人挤着睡在 20 张榻榻米宽的地方[①]。他俩连个睡觉的地方都没有，多亏 JAEA 的人好心让他们睡在了自己的房间里。躺下去时已是 16 日凌晨 0 点 30 分了。两人都相信一点：这是我们冒死采集来的数据，想必 EOC 也会尽力把这些信息告诉福岛县人民的吧。后来他们才知道："330 微希"的信息根本就没有被送达到核动力灾害现场对策本部，自然也就没有通报给自治体。并且还把这些归咎于他俩没有掌握现场指

① 一张榻榻米的传统尺寸约合 1.62 平方米。——译者注

挥总部的情况、没有确认传真是否发送到，也没有去现场指挥总部报告。

16 日这天天气陡转。太阳似乎刚要露脸，却又开始下起了雪。正要开始测量，雪却下得更猛了，雪片不容分说地直接往人嘴里灌。两人半个脸戴着口罩工作着，防护服在慌慌张张撤离远程指挥中心处时忘在了那里。两个人商量好了："在可能还有居民的地方测量时就不穿戴防护装备。"这样做的目的，是为了在测量居民所遭受的核辐射时，如果他们也和这些居民处于同样环境下，那他们自己所遭到辐射的数据应该可以作为参考，因此两人约定都不穿戴防护服和口罩。但是这种时候也要考虑到意外的因素。川内村办事处里的辐射值只有每小时 1 微希，比想象的低。"莫非是地形的不同造成这种斑点效应的吗……"得知这个数据后，年轻警察那张原本紧绷着的脸上也露出了笑容。

17 日，他们测量了国道 114 号线到 399 号线的浪江镇赤生木到饭馆村长泥之间的区域。这次测量是遵照核安委的要求进行的，在确定的 3 个点每小时反复进行了 3 次测量。直到下午 3 点刚过测量到的空气中的辐射值结果，在定点号分别为 31（浪江镇津岛）、32（浪江镇川房）、33（饭馆村长泥）的 3 个地方都测出了很高的辐射值，显然辐射云曾从该区域上空经过。察觉到还有人在这一带生活的两人向 EOC 汇报了"在高辐射地区还有人居住"的情况。

测量过程中，两人都感受到了居民们的复杂心情。在山木屋测量时，他们的白车曾被住在附近的年迈男性投掷过啃过的番茄。

"就是因为你们，这地方才被整成这样的！"

"实在抱歉！"道过歉后他们提醒他道："这儿的辐射很厉害哦！您不去避难吗？"借着这样的对话，他们和这位男性聊了一会儿。

分别时年迈男性主动说："辛苦你们了！"

频繁的测量会给居民带来不安，但不测量的话，感觉自己"被遗弃了"的居民们也会感到不安。

他们回到宿舍正在整理测量数据时，EOC 的负责官员打来电话问道："测量范围或数据的读取上没有出错吗？"他们正纳闷对方怎么会问如此奇怪的问题时，才知道是因为核安委对提交的测量数据抱有疑问。据说 EOC 虽然答复核安委说"我们文部科学省监测团队的测量数值没有错误"，但对方仍要求说："你们文部科学省的测量结果不可靠，让 JAEA 再去测测吧！"核安委担心的其实是由各部门各自进行的测量可能在测量方法、质量和内容上出现偏差。

14 日上午福岛县就提醒过 ERC 辐射班组说"你们要测量的位置有可能附着有核元素"，但雨夜他们却对此一无所知。"这个核安委到底怎么回事啊？本来难道不是应该他们最先到现场来确认情况的吗？"想到居然被安全委员当作"上报假信息的罪魁祸首",两人瞬间都感到身心俱疲。之后不久,两人协助从维也纳到饭馆村来现场视察的国际核能机构调查团的工作。当被国际核能机构的职员问道:"为什么你们日本核安委的负责人没有来?"时,两人都无言以对。

第二天的 18 日,JAEA 的监测团队在同样的地点进行了同样的测量。没多久渡边就接到了来自 JAEA 的电话。"跟昨天的测量数据一样。虽然考虑到碘素 131 的衰减有点小出入,但昨天的数据是准确无误的。"19 日早上,EOC 委派给了两人一项特别任务:"请你们到正被媒体报道的、牛奶中被检测出了碘素 131 的那家牧场去测测那儿的空中辐射值,并在上午 9 点 30 分前报告给我们。"

两人于上午 7 点出发。告诉给他们的地点是在位于川俣镇山木屋的某个牧场,但去了后却发现那是个养猪场。渡边苦笑道:"猪是不会产奶的吧?!"兜兜转转找了半天,才终于找到了那个牧场。跟牧场主夫妇打过招呼后,他们就在牛棚前测量了辐射值并将结果报告给了 EOC。牧场主说福岛县已经对牛奶进行过采样分析,结果检测出了碘素 131。祖辈们创建的牧场被他们经营到了如今的规模,牧场里的奶牛都是他们精心养大的,现在却不得不把挤出来的牛奶直接倒掉。年迈的牧场主夫妇说:"看来牧场只得关掉了。"辐射不仅剥夺了人们的正常生活,连他们的梦想和希望也都被连根拔起。这么一想,两个人的心都揪紧了。

返回的路上他们再次对两天前的 3 个点进行了测量，这次他们见到了长泥区区长鸣原良友。身为首任区长的鸣原此时正为避难做着准备，他家在距离长泥十字路 150 米的地方。雨夜给他看了辐射监测仪上显示出的测量结果，并告诉他该区域的辐射值很高。

EOC 再次打来了电话。这次是让他们去往返距离为 200 千米的位于广野的医疗中心。疲惫不堪的他们决定"为了正在等待的患者我们还是去吧!"结果刚到 J-VILLAGE 又收到通知说"不用去医疗中心了"。等他们回到福岛市内的宿舍时已快到晚上 9 点。这天里，他们的行走距离达到了 550 千米。

后来，渡边听人说鸣原还曾说过下面的话。一辆白色的面包车停在鸣原家附近的十字路口，里面有几个身着白色防护服、戴着防护面罩、都佩戴着辐射测量仪的男性。他们稍稍开了点车窗，将一支细长的金属棒伸了出来。鸣原试图问问他们测到的辐射值是多少，却被拒绝了。之后他们像有什么急事似的匆匆开走了。"你们这么战战兢兢地到底在干嘛啊? 就不能淡定点吗? 辐射线既然连玻璃和混凝土都能穿透，你们以为自己戴上面罩就能安心了吗?"鸣原本来很想来上这么几句的，但到底还是忍住了。

鸣原碰见的应该是 JAEA 的监测队。后来听说这事后，渡边心想：鸣原的心情固然可以理解，但如果完全不考虑测量员们的处境的话……真让人同情啊！ JAEA 的测量队员们大多是年轻人，他们工作时身着防护服也是可以理解的。大家都在拼命工作，他们中也有很多人的家人是事故受害者。而且防护服外面又不能穿御寒的衣服，当时非常冷，也难怪他们要在车里测量了。但鸣原他们这些居民因此而质疑他们为什么躲在车里不出来、觉得这些家伙到底是怎么回事的想法也情有可原。

采用"不穿戴防护服和遮脸面罩"的测量方法、并"将辐射监测仪上显示的数值告诉居民"的做法，是渡边和雨夜两人在现场商定的。对于究竟是否应该让 JAEA 的监测队也这么做渡边一度很犹豫，但最后还是觉得不应该强迫他们。曾经供职于原研的渡边，后来因为上了年纪改为担任文部科学省和 JAEA 测量班的班长。对于"是否该穿防护服"这个问题，渡边和雨夜是站在被测量居民角度问过自己后决定不穿的。但从危机管理的观点上来说穿防护服或许是正确的。

防灾负责人要让自己的作用继续得到发挥的话首先必须是健康的，如果监测者自己都被辐射污染了的话有可能导致污染进一步扩大。让居民实施避难会降低他们被辐射侵害的风险，而在持续工作的防灾负责人的被辐射侵害风险则会增大。正因为如此，对于预防辐射，测量人员更不能掉以轻心。从这个角度来说，监测者穿防护服不仅是必要的，而且是必需的。

之后没多久的 4 月中旬，官房长官枝野幸男就身着防护服视察了南相马市。当时电视上播出了走出 20 千米圈后的枝野脱下防护服的镜头，周围没有穿防护服的人们的身影也出现在了屏幕上。网上立刻出现了"枝野只顾保护自己不受辐射侵害"的批判声。发出批判之声的人们并没想到，在距离核电站 20 千米的区域是有义务穿防护服的。本来防护服的主要目的就是用于防止放射性物质向周围扩散的。

JAEA 的团队带来了一台价值 3000 万日元的测量仪，据说可以在车里进行粉尘采样。但由于车本身被污染了，车上搭载的机器也因污染而无法使用。渡边和雨夜的面包车其实也足够进行正常工作了。渡边心想：这种监测车大概也算安全神话的一个表现。本来觉得"有了设备如此精良的车，可以好好测量，所以没问题"的……可一旦发生意外，准备一辆扔掉也不足惜的车其实也就够了。

对于 EOC 的负责官员跟他俩说话时频频出现的"向官邸报告"和"这是官邸的指示"等表达方式，两人也颇为不解：为什么老要特意提"官邸、官邸"呢？ JAEA 监测队的人也来问他们："这是官邸主导的监测吗？"大概因为文部科学省认为在高辐射之地的测量会关联到当地居民的避难，所以在这些地方进行的测量都是以官邸的名义进行的吧，他们心想。

必须在当天跑完 550 千米的那天，手握方向盘的雨夜当时心想：这真像忌野清志郎唱过的那首歌啊！忌野清志郎是一名反对修建核电站的歌手，雨夜年轻时曾多次听过他的歌，最喜欢的是他 1988 年发行的那首《Summertime Blues》：

即便如此，电视里却还在说"日本的核电站是安全的"。

完全无法理解，毫无根据

这是最后的 Summertime Blues

辛苦工作被收取税金

偶尔长假回趟老家

已经建起了 37 座核电站

并且还在继续增加

在我们不为所知时发生了泄漏

让人目瞪口呆的 Summertime Blues

电力已有余，不需要，再不需要了

我们不要核能，太危险，不要

无法保证安全

靠那些家伙是不行的

卑鄙之人保护不了我们

（作词：E.Cochran，J.Capehart，忌野清志郎）

"难以对公众公布"

通常认为，身处低辐射环境下的人们可能会在数年或数十年后出现癌症、白血病或遗传性疾病等的晚期症状。核能安全的关键，是把被辐射的风险"在能达到的范围内控制到最低"。另外，当发生核火灾时，准确把握和预测放射性物质的扩散状况也是不可或缺的。为此，必须迅速采取把握反应堆内事态尤其是把握 source term[①]、启用 SPEED I、实施监测及避难等行动，其中监测环境中的辐射量是个关键。

东京电力、电事连（各电力公司）、福岛县、文部科学省·JAEA 以及自卫队和警察，甚至连美国政府都分别在监测着辐射量。其中，自卫队和警察进行的辐射监测是为了在自己的行动中起到辅助作用。自卫队的中央应急集团每小时进行一次监测，而其他的监测活动主要是考虑到居民的避难而进行的。[*2] 东电在防灾业务计划中，规定要对发电站内及其周边进行辐射监测。但由于地震和海啸导致所有交流电源都无法正常使用，福岛第一核电站内设置的 8 台监测箱和连接各机组的 14 台排气筒监控均无法启用。因此，东电从 11 日下午 5 点开始，使用一台监测仪从第一核电站正门前开始在核电站内多处测量辐射量，并

---

① source term：意指用于调查核污染对环境所产生影响的放射线和核分裂后生成的物质的总称。——译者注

将结果发布在了东京电力和安保院的主页上。福岛县则依照核动力安全·安保院的要求在全县设置了 24 台监测箱，并在钢筋混凝土结构的小屋内准备了放射线测量仪，以及可以把数据传给现场指挥总部的遥测电传装置和应急用的小型发电机。可由于地震和海啸的影响，其中的 23 台监测箱已在 3 月 11 日下午 4 点 30 分后无法使用了。

文部科学省在自己实施监测的同时还委托了 JAEA 进行监测。11 日傍晚，文部科学省要求将 JAEA 的 7 名职员派往远程指挥中心，他们于 12 日早上 6 点 30 分后抵达。当天由于要去支援福岛县的监测工作，其中的一人作为该县监测组成员之一，在距离福岛第一核电站 10 千米的浪江镇周围进行了监测。12 日夜，文部科学省又从邻县的茨城县调用了 JAEA 的监测仪等 3 台器械，所有的行动都是为了帮助福岛县恢复他们业已瘫痪的监测能力。当初新泻县也为支援福岛县的监测而动了起来，契机是来自福岛县的求援："我们的监测仪已被毁。现在想马上启动监测工作，还望能提供一些人手。"拥有专业知识的新泻县人员携带可搬运式监测器械开车去了福岛县。但去县政府一问，对方却说："还是算了吧。"新泻县职员要求对方提供辐射线量监测的数据，对方却犹豫着说："政府说不能随意提供……"这名新泻县的工作人员向上司汇报说："感觉他们非常犹豫不决。"对此新泻县知事泉田裕彦感到匪夷所思。"按理事故发生之初大家都会全力以赴的，但现在到底是什么力量让他们不去进行测量的呢？"12日下午的1号机氢气爆炸后，泉田便让新潟县的团队转移到了福岛县和新潟县边境让他们对那儿实施了监测，此时福岛县已经打算从监测工作中撤出来了。他们从12日一大早便开始监测，但由于1号机厂房爆炸导致的辐射量上升等原因准备撤离并于当晚9点解散了监测队（15日，他们扔下监测仪从远程指挥中心撤走了）。

本该是辐射监测核心力量的文部科学省却磨磨蹭蹭的。由于调派监测仪的指示被延误了，文部科学省的支援要员很晚才抵达远程指挥中心，等他到现场时已快到13日中午了。由于车上没有装GPS，坐车前去测量的人员居然还问过"哎呀，这是哪里啊？"12日晚，文部科学省的监测队没有进入被指定的20千米避难区域，JAEA的团队却进去了。14日下午，首相秘书长细野豪志把文部科学省的加藤重治审议官叫了过去。加藤当天参与了在地下一层危机管理中心的紧急策划组，当天上午3号机房发生了爆炸。"不好好进行辐射监测的话后果会很严重的。"说了这么一句后，细野问加藤文部科学省是怎么进行监测的、结果又是怎样的，加藤都答不上来。听说细野要召见自己后，加藤马上找文部科学省的EOC索要监测数据，经办人只好说"没有数据"。因为数据根本就没能汇总到EOC来过。细野生气地说："你们都给我认真点！"

官房副长官福山哲郎和内阁危机管理监伊藤哲朗都对

文部科学省官僚们那副"跟现场毫无干系的样子"非常气愤。认为"虽然他们说自己在测辐射量,可监测点设置得很少不说,除这以外的其他事也根本就没打算做"。因此,15 日下午 1 点开始召开的第 8 次核灾害指挥总部会议上的主要内容,都是在针对文部科学省提出各种要求。

首先发言的是菅直人首相。"就辐射对自来水、粮食、农作物所产生的影响,要认真进行辐射浓度监测。在此基础上,请各省厅赶紧拿出对策来进行讨论。"

接着枝野说:"希望你们至少在公布数据前的 5 分钟让我们知道;希望大家统一好辐射单位后再发布这些监测数据。"

农林水产大臣鹿野道彦:"希望能确定食品的辐射标准。"

防卫大臣北泽俊美:"自卫队也要监测。我们调整一下监测点吧!"

为了应对这些来自官邸和政府内部的不满,文部科学省当天新投入了 6 台监测仪,并组建了由 5 名文部科学省职员、4 名 JAEA 职员和 4 名核能安全技术中心职员构成的监测班子。但 14 日后,文部科学省以半径 20 千米的避难措施行将结束和该区域的辐射量正在上升为由,没有在该区域用监测仪进行测量。结果只有自卫队因为要在福岛第一核电站附近进行作业而对半径 20 千米的范围实施了监测。这种状态一直持续到 3 月 28 日战略总指挥部准备临时进入已设定的"警戒区域"并决定尽快对该区域进行监测时为止。后来在电力事业联合会（电事连）的协助下，东电才又在3月30日和31日两天里，分别对半径20千米内的33个点进行了测量。

用飞机进行的监测结果也没有抓住有利时机。核能安全技术中心在宣传册上宣称"将在事故发生时用飞机实施监测"，但他们设想的是租借民用飞机，这个想法实在太过天真了。危急时刻，没有哪家民航的飞机愿意在辐射区域里飞行。于是文部科学省向防卫省申请飞机增援。直到当天早上，自卫队才决定派一架负责在海啸受灾地实施救助的中型飞机前去六所村测量。12日下午1点，直升机降落在了青森县六所村的运动公园，却没有看到文部科学省指定的负责运送监测器材的核能安全技术中心职员的身影。等了10分钟后，这架飞机飞走了。等安全技术中心的两名职员来到公园，已经是一个半小时之后的事了。地震后的六所村陷入了长达28小时的停电中，手机也无法打通。安全技术中心和现场之间的联络成了"传话游戏"，其原因据说正是这种信息无法准确传达的"联络不畅"。当然，也有人指出说还另有原因。

指挥中心准备的用于飞机监测的器械，由于是民用飞机的规格与自卫队飞机的规格不符，最后只好放弃了——这个消息传到了核安委。获悉此事的一名安全委员会职员心想：为什么指挥中心连架飞机都没有呢？据说连奥姆真理教^①都还有飞机呢……14 日上午，正在自卫队的飞机已进入起飞状态并准备前去监测时，突然传来了"3 号机有可能发生爆炸"的消息，于是放弃了起飞。15 日上午 11 点 20 分，前去监测的自卫队飞机虽然起飞了，但不久后机长就收到了"4 号机发生爆炸"的消息，监测被迫中止。文部科学省最初实施的飞机监测，是在 3 月 25 日得到独立行政法人宇宙航空研究开发机构（JAXA）的帮助后、在该机构所拥有的用于气象观测的小型飞机上搭载上辐射线测量仪完成的。处于危机关头的日本的辐射线监测工作，最后就仅以这样的"地上战"方式草草结束了。

　　15 日晚上 8 点，在文部科学省的大臣室内召开了文部科学大臣高木义明、副大臣铃木宽及副大臣屈木龙三等 5 名政务官员和后勤人员之间的协商会议。负责人首先展示了 SPEED I 和可以测算出核辐射在更广泛地域内的扩散情况的世界版 SPEED I（W-SPEED I）的估算结果，并对情况进行了说明。SPEED I 估算出的，是一次性的辐射线泄漏所导致的 100 千米范围内的结果，而 W-SPEED I 则显示了辐射云向关东、东北地区流动的预测结果。

　　铃木认为：一旦 W-SPEED I 的估算结果出来了，估计要不了多久从东京到福岛的物流运输就会受谣言影响而

---

① 奥姆真理教是日本一个以佛教和瑜伽为主的新兴宗教教团，也是日本代表性的邪教团体。——译者注

终止。因为卡车司机的拒载，从郡山市和福岛市到福岛第一核电站的某个沿岸地带的"海滨公路"的物流目前已经处于停滞状态。其中，汽油和柴油是必须运到福岛县来的，否则连救护车都无法工作。相马市立谷秀清市长说："现在最重要的，是要减少今后的人身伤亡。"诚如立谷市长所言，对这一点必须得引起重视才行。而且 W-SPEED Ⅰ 是以百分之百的辐射释放量，也就是以所有反应堆都已损坏为前提来进行计算的，用那么高的辐射释放量来进行预测本身究竟是否妥当也是个问题。文部科学省 EOC 辐射线班组的内部记录显示，政务三首脑[①]认为该内容"难以对公众公布"。因此最后商定的结果是："关于 SPEED Ⅰ 和 W-SPEED Ⅰ 的预测结果，请准备另外的标准。"

关于这一点，班目后来作证说："从文部科学省公开的计算结果来看，在所有反应堆损坏的情况下放射性碘素云团会向包括首都圈在内的大范围区域扩散，这个预测结果是很严重的。将此预测结果告诉给文部科学大臣等政务三首脑后，他们担心会引起恐慌，好像才作出不公开发表的决定的。"[*3]

15 日晚 9 点 26 分，文部科学省 EOC 接到了渡边真树男和雨夜隆之两人组成的监测小组打来的紧急电话："在第 32 个监测点测到了 330 微希的放射线值。"这个点就是

---

① 意指各省的大臣、副大臣和政务官。——译者注

浪江镇川房，他们是从川俣镇·山木屋的公用电话打来的。当天夜里，住在福岛县政府隔壁的杉妻会馆的他们从那里将这个结果传真给了文部科学省的EOC，可文部科学省EOC既没有把这个信息汇报给现场指挥总部，也没有联系相关的市町村。

各个负责的省厅都在进行着各自的辐射监测。枝野后来说："当时的实际状况就是：没有统一性，形成这里的部门测量这个、别的部门测量的还是这个的局面。因此即便将这些东西公布在各个部门的官方主页上，老百姓也是不明就里的。"枝野指出"监测资料格式的不统一，正是纵向割据的行政在阻碍着大家共享信息""即使用再高超的技术来提升所拥有信息的绝对数量和精确度，但如果不把信息加以汇总、整理和共享的话，这些信息也是发挥不了作用的"。

整个政府在对辐射监测的把握和对责任主体的明确上都显得态度暧昧。核安委抱怨说，因为文部科学省没有一个统一的监测方法，从而导致无法对收集到的资料加以对比。事务局长岩桥理彦也这样回忆道："因为测量方法的不统一，辐射云即使沉积了下来，也无法进行数据的比对。因为被污染后的测量仪显示出的辐射量也会很高，所以数据是否真实可靠，是否是受过污染后的状态，我们不得不在每次使用数据时对这些——确认。"

对于主要负责监测工作的文部科学省，官邸的态度越来越不耐烦。有消息称，福山和伊藤这边，以福岛大学副校长渡边明为主的团队也在进行辐射监测，并在制作包括饭馆村在内的污染地图。伊藤把文部科学省的负责人叫来问道：

"人家福岛大学都能做到的事，你们文部科学省为什么却做不到呢？"

"不！要做的话我们也是能做到的！但人手不足，车也不够。"

"文部科学省难道没有车吗？"

"如果从全国凑的话多少会有些，但不是电事连的那种车是不行的。"所谓"电事连的那种车"，是指监测人员不用将身体伸出车外也可以测量到粉尘样品的监测车。他们居然还厚着脸皮说出如果从电力公司借不到监测车就无法实施监测这种话来。

"也就是说你们是在挤牙膏？或者就是根本没觉得这是自己的责任？"伊藤愤怒了。

铃木还编造出了下面一套理论来。"监测工作必须将信息策划和作战策划分开进行才行。我们文部科学省负责承担信息策划和信息部队的工作，核安委负责作战策划这块就行。"从15日晚上到16日早上，铃木向官房副长官福山表达了自己的上述想法，希望由官邸来对监测任务进行分解。

与此同时，在枝野的指示下，枝野的秘书们把文部科学省、安保院、防卫省、警察厅、核安委、JNES、核能安全技术中心的课长级官员召集到了位于官邸地下一楼的会议室，并就强化监测工作一事进行了沟通。在大家对仅靠文部科学省来进行监测显然不行一事达成共识的前提下，讨论的焦点集中到了怎样才能强化监测这个问题上来。

"文部科学省虽然也有监测车，但他们只是偶尔跑一趟。既没有进行定点观测，检测的次数也不够。"

"不用同样的标准来监测是不行的。例如在地上一米高度测量、定下某个地点并定期进行测量等等。"

"汇总工作要交给文部科学省。"

最后得出的结论是："资料的汇总由文部科学省承担，核安委负责进行评判。"决定下这个工作分工后，他们将结果汇报给了枝野。

"枝野裁定"

16日上午8点左右，在官邸危机管理中心旁的小房间里，官房长官枝野、文部科学副大臣铃木、核安委委员久住静代、核能安全·安保院的福岛章和文部科学省大臣官方政策评价审议官田中敏一起召开了一个紧急会议。有人在紧急会议小组成员的圆桌旁宣布说："好的，现在开始开会了，请大家围过来吧。"用核安委职员的话来说就是：

"就是很平常地被叫了过来而已。"

会议开始了。这个小房间，本是为方便内阁危机管理监可以说些不方便在大房间里说的私密话而准备的。接到通知说"官邸让你马上过去一趟!"后的久住也马上赶了过来。他刚一去5楼的官房长官秘书室，就看到一直站着等在那里的铃木，之后枝野也出来了，然后一行人一起下楼去了地下一楼。但进小房间后里面已经没有座位了，只好站着开的会，稍微晚到了一会儿的福岛也同样这么站着。会上铃木提到了监测这个现场问题。此时不管是福岛还是现场对策总部都已经失去了其监测功能。"请你们核安委来考虑对策，我们来负责贯彻"，"总之，不管是好消息还是坏消息，文部科学省只管调查出来并逐一发布就行了"。

枝野发言称："现在各方上报的辐射监测结果杂乱无章，希望能建立起一个健全的监测体制来。"发言后，枝野还指出目前福岛县的监测职能处于瘫痪状态，以及由于现场对策本部转移到福岛县而导致监测功能未能得到充分发挥这一情况。

铃木叮嘱道："希望把辐射监测这项工作统归到文部科学省来做。"

枝野点头说："让核安委来做监测数据的评估工作，这样行了吧?"

之后久住发言道："请大家在进行监测时记录下是否下

过雨。另外如果可以的话请用 GPS 控制一下范围。"接着他又询问道,"测量数据的话文部科学省是能以文件等方式提供的吧?"

对此枝野没有直接作答。他说希望再次明确在距离福岛第一核电站 20 千米以外的区域里各部门是怎样实施监测分工的,并就此听取了与会者们的意见。经过整理后,这次会议下达了一个叫作"枝野裁定"的结果。其内容为:"文部科学省负责监测数据的汇总和发布、核安委负责监测信息等的分析评估、核能灾害对策本部(事务局核能安全安保院)则基于上述评价加以应对。"但这个"裁定"的内容只针对监测工作,关于 SPEED I 的发布、评价和应对则完全没有涉及。枝野也好,其他与会人员也罢,谁都没有就 SPEED I 说过一句话。

"在对监测数据进行分析评估时,应该也有模拟实验之类的东西吧?"田中这么想着走出了房间。核安委和安保院的与会者也跟着走了出来。后来核安委的某干部回忆道:"结论虽然有了,却完全是形式上的。"虽然久住没有专门就监测工作的分工问题发言,但当时的会议的确"让人有与其说开会,不如说是在下达命令的感觉"。至于福岛,则在讨论行将结束时才被喊了进来,所以只听到了个结论。

实际上当天早上,枝野、福山和铃木三人站在官邸 5 楼谈话时就确认了监测工做的分工,之后才把有关人员召集起来开会的。铃木指示田中作会议记录。他这么做的想法是：核安委的人可以面不改色地说"没听说""没听说过"，所以要做好记录以防万一。

上午11点左右，文部科学省召开了干部会议，政务三役也出席了。会上铃木陈述道："既然我们文部科学省不再承担监测数据的评估工作，所以我认为今后应由承担这项工作的核安委来负责运做SPEED Ⅰ并公布结果。"对此全体与会人员都表示同意。当天下午，枝野在官房长官的记者见面会上说："已由文部科学省开始对核电站的周边、避难范围外侧、靠近20千米外侧区域进行辐射监测。"并说："我们要求经产省和安保院能准确把握并上报核电站及其周边的辐射监测，而文部科学省则负责对核电站外部区域的监测数据进行汇总。"

16日中午时分，核安委总务课长水间英城的电话响了起来。电话是一个部门名很长的、叫作"文部科学省科技·学术政策局核能安全课防灾环境对策室"的地方打来的，水间对这位素不相识的女性打来的电话一头雾水。水间曾是科技厅主管核能的职员，因此认识大部分文部科学省的核能方面负责人。"抱歉，请问您是哪位？"对方称自己是从核能安全技术中心调往文部科学省的调查员。这让水间更感诧异：文部科学省为什么不是让课长，而让一名财团法人的调查员来给总务课长打电话呢？

对方开始说道："想必您已经知道了今天官房长官所做

的决定。据此文部科学省决定充实和强化环境监测。我们文部科学省的一把手做出了如下决定并让我向您转达，请您一定要听听。"

"由于我们文部科学省决定不再使用原本没能进行辐射监测的 SPEED Ⅰ，所以派到文部科学省 EOC 来的核能安全技术中心的操作员现在无事可做。既然你们核安委在评估监测数据时用 SPEED Ⅰ很顺手，我们想今天就将这位操作员派过去供你们使用……"水间打断她的话问道："SPEED Ⅰ不是你们文部科学省委托我们核能安全技术中心配备和运行的吗? 如果让你们的操作员来我们这儿工作的话，这种委托关系和中心的职能就改变了吧?"

按照历来的委托合同和规矩，文部科学省以外的政府机构要使用 SPEED Ⅰ的话，不能直接向核能安全技术中心而必须向文部科学省申请，而且其估算结果也不能在未获文部科学省同意的情况下公布。水间的问题就是针对这个来的。对方回答说："今后核安委使用 SPEED Ⅰ时，不再需要逐项联系文部科学省，只需告知中心的操作员输入条件就可以了。并且，核安委也完全不用负担新操作者的费用。"

"简直就是无赖"

不一会儿，水间又接到了文部科学审议官森口泰孝打来的电话。森口以前也是科技厅的旧僚，负责钚再处理等核燃料的再循环行政工作。森口任核燃料课长时，水间曾在其手下供职。以前科技厅的人因为在霞关的官僚中远离政治，又不善于争权夺势而被称作"纤弱"，却被文部科学省的某课长称赞说"核能村的那些家伙在这里被锻炼出来了"。这当中，尤其是作为"武斗派"的森口是一个受人尊敬的存在。

森口说："按官邸的决定，以后SPEED I 的运营就交给你们了。那就拜托你们了！好好干！"水间回答说："那可不行，我们这儿可是内阁府。"包括一些跟水间一样出身于科技厅的职员在内，核安委的干部们从水间那里听说森口的电话内容后都愤怒了。"'好好干'？有没有搞错？！""那帮人大概把我们当成战国时期的堡垒了吧？遇上麻烦事儿就推给我们，见势不妙就想把我们甩了。"

当天，核安委委员长班目春树的手机也突然接到了森口打来的电话。"现在是政府必须举全力充分使用SPEED I 的时候，还望你们努力。"之前班目虽然知道森口这个名字，却一次都没见过此人。陌生人怎么会知道我的手机号呢？对此班目非常惊讶。虽然一时不知该如何作答，但班目大致能猜出来森口接下来会说些什么。他特别强调了官邸已经就监测工作的分工做出决定一事，无非想说SPEED I 也是这个决定的一个延伸点——他不就想让我们这么理解吗？不就是想实施这样的催眠术吗？班目把森口来过电话的事告诉水间后嘟囔道："真是个无赖。"

16日下午，核能安全技术中心的两名操作员来到了核安委事务局。尽管班目对此并不理解，但还是从16日开始，以委员长代理久木田丰为中心、为了反推辐射释放源的信息而在核安委开始使用 W-SPEED Ⅰ的解析结果。另外，文部科学省除了在对 JAEA 解释官邸智囊团的指示时引用过两次数据外，就再没要求过向他们提供 W-SPEED Ⅰ的数据。

核安委事务局的职员们心里猜测道：可以随心所欲地使用 SPEED Ⅰ，光这么想想就可以勾起技术员们的兴趣来——大概这也在森口他们的盘算之中吧？但核安委采取的立场是：久木田他们的工作归根到底不过是"对辐射的排放源信息进行推测"，并不涉及"运用"。

文部科学省的想法是把 SPEED Ⅰ的运营权"移交"给核安委，但因为并未接到来自官邸的"移交"指示，所以核安委一直坚持认为"我们只是偶尔把房间借给（核能安全技术中心的）操作员用用而已"。第二天早上，文部科学省 EOC 辐射线班组的负责监测辐射值的人员来到了核安委。他向岩桥恳求道："请让我在这里做 SPEED Ⅰ的工作。"岩桥说："擅离职守不可行。"他只好又回去了。

16日下午，在文部科学省举行的文部科学副大臣屉木龙三的记者见面会上，出现了如下问答内容：

记者："SPEED Ⅰ的数据公开一事进展如何了？"

屉木："关于 SPEED Ⅰ 的数据问题，公不公开都应由核安委来做决定？"

记者："那这项工作实际上现在还没有启动是吧？"

屉木："这个嘛，核安委正在启动中吧。"

记者："SPEED Ⅰ 是 JAEA 的东西吧？数据的管辖权应该是归文部科学省吧？"

屉木："我方负责提供软件，实际是对方在使用。文部科学省事务局其实就是'核能安全技术中心'"。

记者："所谓核能安全技术中心，应该归文部科学省管吧？这样的话我认为文部科学省是能做出主体判断并予以公布的，难道不是吗？"

屉木："包括究竟用还是不用 SPEED Ⅰ 的问题，这应由核安委来做判断。"

记者："这是因为直接公布仪器测出来的数据会引起混乱的缘故吗？"

屉木："不妨直说吧。就我自己而言，这还是我第一次亲眼看到 SPEED Ⅰ。"

总之，事故伊始，文部科学省就想把关于公布 SPEED Ⅰ 估算结果的所有责任都推给核安委。

在听说文部科学省把评估监测数据的事交给了核安委，还将核能安全技术中心的两名操作员调往核安委事务局后的那一瞬，久住心里还在想：文部科学省这种部门真大方啊！结果并非如此。用霞关的措辞来说，这不过是一次典型的"消极的权限之争"。因为,"枝野裁定"恰到好处地把SPEED I的评估强加给了核安委。

除了以单位量的核泄漏为基础的预测外,从事故发生的第2天开始,文部科学省还进行了因福岛第一核电站全部反应堆损坏导致所有放射性物质喷出,以及一座反应堆的所有放射性物质飞散出来等以各种假设情况为基础的计算。不仅是SPEED I,能够计算全球规模的广域扩散的W-SPEED I也开始启动。但是,本来SPEED I的估算结果就是以发生了单位量的核泄漏为假设条件的不完整资料,并非可用于指导避难的、正确反映了放射性物质扩散实际状况的数据。但它也并非一无是处,一定程度上也可以通过它了解到辐射的扩散情况。正因为如此,所以才没有公布它的数据以及到目前为止的估算结果。如果不尽快把SPEED I的数据公布出来的话,会被媒体追着问不说,还可能会被指责说试图隐瞒实情,更恐怖的是甚至可能以没有公布数据导致出现了辐射受害者为名而被问责。同时,如果公布之前以各种假设为条件估算出的结果,又会引起民众恐慌。这点也得避免。

随着反应堆相继发生氢气爆炸,人们对SPEED I的估算结果越发关心了起来。这样势必会招来当地民众和舆论的猛批,因此文部科学省打算从SPEED I的使用、评估和公布估算结果等有风险的工作中全部撤出来,把这些都甩给核安委。他们将官房长官指示的监测分工和

SPEED Ⅰ关联起来，并打算把 SPEED Ⅰ 的数据评估也偷偷转移到核安委头上来。

班目是这么看的，并把文部科学省的所为形容为"偷袭行动"。老文部省的干部也把从 SPEED Ⅰ 上仓皇而逃的文部科学省形容为"老科技厅的人在辐射侵害问题上撒手不管了"。

在消极权限之争这点上，核能安全·安保院其实也一样。就 SPEED Ⅰ 的使用办法，本来该由核灾本部的辐射线班组来出谋划策的，但作为核灾本部事务局的安保院却早早地就举白旗弃权了。安保院不断制造着"核安委才是掌舵人"的神话，所以才更要把身为核安委委员长的班目春树推到前面来。后来回忆起此事时，核安委的环境管理课课长都筑秀明说：当时以他为首的安全委员会的干部们都认为安保院为了回避指向他们的矛头把核安委当盾牌用了。由于枝野的分工安排，核安委很快被迫承担起了评估监测数据的工作，并被要求做 SPEED Ⅰ 的逆向推定。"核安委同时上了文部科学省和安保院的套"。都筑感觉到了官房长官发号施令背后的那只黑手。

在下达"枝野裁定"时，久住曾要求过的由文部科学省提供给核安委的全套监测数据最终也没拿到。针对核安委提出的申请，文部科学省的答复是"这些数据将会公布在主页上，你们上那儿看吧"。结果核安委的工作人员只好自己去访问文部科学省的主页，并将数据一个一个地用笔抄写下来。

官邸是什么时候知道的

最初强烈建议官邸就如何活用 SPEED I 进行讨论的，是以核能委员会委员长近藤骏介为首的智囊团。关于这个团队我们曾在前面的第 16 章（"最坏预案"）里提到过。

16 日上午，东京大学研究生院的小佐古敏壮教授出任内阁官房参与一职。当天下午，他就紧锣密鼓地先后会见了农林水产大臣鹿野道彦和厚生大臣细川律夫。众议院议员空本诚喜和众议院议员大岛敦安排了会见的相关事宜。

在和鹿野的会谈中，小佐古说道：

"首先，想拜托你们农林水产省来做食品的辐射检查。自卫队位于大宫的生化防护队那里有 2000 台检查用的仪器，请尽快拿过来。"这番话让在座的农林水产省的工作人员错愕不已。为调查乌克兰的切尔诺贝利核电站事故，小佐古曾前往现场访问，当时他的想法是"如果参照切尔诺贝利的情况做好预防工作，就能缓解事故造成的危害"。但以菅首相为首的官邸的反应却很迟钝。"大家脑子里只有如何处理设备这一件事"。可在小佐古看来，核电站危机所要面对的不仅是设备的处理问题，居民的避难和核辐射对环境造成的影响以及辐射侵害等问题也不可小觑，可政府并未充分考虑过辐射给环境带来的影响和危害。16

日，他和空本一起去见内阁危机管理监伊藤时，伊藤说："核危机问题就全都交给安保院吧！因为他们是核灾本部的事务局。"对此小佐古深感不安：就算安保院能够处理设备上的问题，可对环境造成的影响和危害他们又能做些什么？

官邸中枢的政治家们甚至都不知道 SPEED I 这台设备的存在。现在才知道，官房长官枝野还是 15 日前后通过"媒体或者别的什么"才知道它的存在的。之后，枝野和福山一起叫来文部科学省、核安委和安保院的负责人并询问了实际情况。所有人的回答都是："因为没有辐射释放源的信息，所以没有启动设备。"得知 SPEED I 的存在后，枝野指示文部科学省公布 SPEED I 的所有数据，但文部科学省并未将用单位计算方式得出的模拟结果汇报给枝野。后来枝野责备文部科学省道："你们以这些信息不能使用为由，对我都进行了隐瞒。"

官房副长官福山也是跟枝野差不多在同时、"通过媒体"才注意到还有模拟结果这回事的。他开始认真介入这个模拟结果是在 18 日。当天他给小佐古和空本发了个传真，就"关于 SPEED I，我们具体该怎么做？"的问题征求他们的意见。

从就任参与内阁官房之后的 17 日开始，小佐古就主张应该"启动 SPEED I"。首相秘书长寺田学是在有人告诉他"听说小佐古在对策统合本部那边主张用上

SPEED Ⅰ"才知道它的存在的。而经产大臣海江田则是在 3 月 20 日左右才第一次听说 SPEED Ⅰ的事。

自从 11 日晚 9 点委托核能安全技术中心以给 2 号机排风为假设条件来预测其影响以来，安保院其实已经掌握了数十个 SPEED Ⅰ的估算结果，但他们却没有将这些数据上报给海江田。

从 15 日开始以当地对策本部长的身份准备转移到福岛市的远程指挥中心的经产副大臣松下忠洋后来作证说："应该是 23 号吧？我是通过媒体报道才知道的。"大部分的政治家们最初都不知道 SPEED Ⅰ这个东西的存在，等注意到它时，相关部门却异口同声地说"我们没有用它，再说也没法用"。班目跟菅和枝野说："因为没有原始数据所以没法用。"

最初核安委对发布数据非常慎重。班目的见解和文部科学省、安保院的也是一致的，但在严重的核灾害中，总能得到确切的辐射释放源信息本身就是不太可能的。正因为如此，在"环境辐射量监测方针"里才有如下内容："紧急情况下，需要迅速获得正确的辐射泄漏信息。""但因为很难在事故发生初期定量把握核泄漏的相关信息，所以要靠单位泄漏量和预先设定过的数值来进行计算。"2010 年 10 月在滨冈核电站实施的核能综合防灾训练中，也采用了将碘素的释放量计算为单位释放量的 SPEED Ⅰ预测计算方式。

16日下午5点56分，枝野在官房长官记者见面会上表达了"现在的核泄漏数值还不会立即危及人体健康"的见解，但从15日到16日，核物质向大气中的释放量达到了峰值，并已扩散到了福岛县内的多数地区甚至波及关东北部的大面积区域。要是应对不力的话，或许会引起当地居民，不，是全体国民的恐慌。无论是公开反应堆内状况的信息，还是公布辐射量，抑或是居民避难，在信息的发布方式上只要弄错了一个，内阁就会因此灰飞烟灭。

事态日趋紧急。这当中，官邸还必须惦记着"福岛县知事的担忧"才行。福岛县的佐藤雄平知事对"SPEEDⅠ的数据中关于放射性物质群正吹向福岛市方向"这一点非常气愤。佐藤向官邸政务表达不满说："凭什么发布这种东西？！"这让官邸对于数据的公开更加慎重了。因为辐射的监测分工是枝野主动出面决定的，所以官邸也就没有再插手SPEEDⅠ这一块。至少在15日到16日对监测工作进行分工时，让官邸政务们知道了SPEEDⅠ的存在，而此时距事故发生已经过去了4天，而且政府已经在不知道SPEEDⅠ的存在的情况下对当地居民发布了4次避难指示。负责核能防灾的负责人们没有谁向政治家们提醒过SPEEDⅠ的存在，也没有人提出过建议。他们既没有在内部使用它，也没打算用它来应对核危机。不知道SPEEDⅠ的存在和没使用它这两点，有可能使政府成为被公众猛批的对象，所以必须决定是否用它。用的话风险是什么?不用的话风险又是什么?另外还必须决定是否应该公布其估算结果的问题。公布的风险是什么?不公布的风险又是什么?之前一直回避这些错综复杂的风险的文部科学省,自然会遭到大家的蔑视。

但是这些风险也是官邸正面对着的风险。早在 16 日上午 8 点开始的由枝野主持的会议召开的前晚,枝野的秘书们商量好后由其中一人向官邸政务报告说:"请别担心。SPEED I 的 S 字都还没出来呢!"秘书们开始注意到了 SPEED I 中所散发出的 "火药味"。

*1 在之后文部科学省就该省的危机应对措施而发布的检测报告中,还对其成果自夸道:"因为 SPEED I 的计算结果不适用于紧急避难,所以在从 3 月 15 日 20 点 40 分到 50 分用监测车对东京电力福岛第一和第二核电站周边的辐射值进行过测量后,经研究,本省决定使用测量到的高辐射区的数据。"(文部科学省《关于文部科学省参与东日本大地震灾后重建鉴证结果的汇总》,第 33 页)

*2 3 月 28 日,为了设定警戒范围和临时监管区域,防卫省在紧急参谋组里共享了自卫队测到的 20 千米圈内的监测数据。

[东京电力核能发电站的事故调查·检证委员会(政府事故调查)《中间报告》2011 年 12 月 26 日,第 255 页]

*3 包括这点在内的文部科学省本来的看法是:"包括政府三大职能部门在内,我们都认为:与辐射监测相关的数据,都应该迅速并且不加掩饰地予以披露,并迅速上报给政府参事部门,尽量跟包括首相府在内的政府相关部门实现信息共享。"

(文部科学省《关于文部科学省参与东日本大地震灾后重建鉴证结果的汇总》,2012 年 7 月 27 日,第 23—24 页)

另外，文部科学省的审议官森口泰孝就当时的"辐射线班的内部记录"指出："当时是以备忘录的形式写的，所以难免有不正确之处。在 15 日的会上，并没有对是否公布 SPEED Ⅰ的数据得出结论。最后要求将这些数据以政府事故调查和鉴定委员会的中间报告的形式记录下来，讨论才得以继续的。(东京新闻编辑局编《核电站报道　东京新闻如此说》2012 年，东京新闻，第 54 页)

第 19 章

饭馆村的异常情况

之所以当初没有公开披露 SPEED Ⅰ 的数据，是因为缺乏辐射释放源的信息。按照枝野的建议，专家们尝试着根据实测到的监测数据进行反推。

3 月 19 日的早晨，核安委收到了来自 ERC 总括班送来的下列测量结果：

17 日【百分之三十二（浪江镇）】158～170 微希 / 小时

【百分之三十三（饭馆村）】78.2～95. 微希 / 小时

18 日【百分之三十二（浪江镇）】140～150 微希 / 小时

【百分之三十三（饭馆村）】52 微希 / 小时

从 17 日到 18 日的监测结果来看，确认了直径 30 千米范围内的浪江镇和饭馆村都存在着强辐射。尤其是浪江镇的辐射值已经超过了每小时 100 微希。

从 18 日到 19 日，辐射值仍在持续上升，受辐射危害的区域还在扩大。

怎么才能确保当地居民的安全？需要采取新的避难措施吗？那样的话，SPEED Ⅰ 又能否派上用场？

3 月 18 日，核能委员会委员长近藤俊介担任团长的参谋团队向官邸建议说：应该用 SPEED Ⅰ 来判断是否需要变更避难区域。

东京大学研究生院教授小佐古敏庄和众议院议员空本城喜也都从核能安全技术那儿获取信息。

小佐古问该中心一位要好的技术人员："为什么还不启用 SPEED Ⅰ 呢？"

对方回答："启用了。最开始的两个小时里，因为短路进展有些慢，后来就能正常工作了。但上面严厉地打过招呼，说绝对不能让别的相关部门的人看到。"

由此小佐古了解到了该中心在用 SPEED Ⅰ 这件事。

在当天参谋团的会议上，在指出 17 日饭馆村的监测结果已经达到 80 微希的同时，小佐古也提出了自己的疑问："饭馆村的辐射值都这么高了，为什么不启用 SPEED Ⅰ？"

邻近南相马市、位于福岛第一核电站西北方向 40 千米处的福岛县相马郡的饭馆村，因面向阿武隈山系北部的高原而有着优越的自然环境。

小佐古的目光往安保院审议官根井寿规的座位方向看过去，严厉地催问道："我要求调看 SPEED Ⅰ 的数据。为什么不给我看呢？我要求与你们共享信息！"

根井没有回答。

近藤是赞同小佐古的意见的。

"希望你们能像 SPEED Ⅰ 这个名字一样，尽快解决问题。"

当天，空本把文部科学审议官森口泰孝叫到议员会馆的办公室来，强烈要求他启用 SPEED Ⅰ。当时小佐古也在座。

在松浦祥次郎担任委员长的时代核安委曾制作过一个内部手册，里面明文规定要将 SPEED Ⅰ 用于防灾计划中。

这就是核安委编制的《核能防灾相关资料集（法令、指针等）》（核能安全技术中心 2010 年 5 月）。

空本指着这本册子诘问道："手册你们总得要遵守的吧？"

森口带去的两位科长级别的下属中的一人泰然作答道："也可以不遵守。"

小佐古反问道："居然还有这种事？"

"这不过是本小册子而已。现在是紧急时刻，也可以采用别的应对方法。"

"不对！这可是用于紧急时刻的册子。上面写着紧急时刻该怎么办。"

对话就此结束。

文部科学省是不会用 SPEED Ⅰ 的，无论如何他们都不会用——小佐古终于悟出了这一点。

官房长官枝野幸男叫来了危机管理中心的文部科学省的干部们，质问他们为什么不能启用 SPEED Ⅰ。结果却也不得要领。

枝野问核安委委员长班目春树道："既然周围都有监测点，反过来推算不就行了吗？我一个学文部科学的都能想到这些办法，你也好好想想吧！"

"可负责指挥的是安全委员会啊！"但班目还是答应再拿回去好好商量下。

和安全委员会一样，安保院也认定不能用 SPEED Ⅰ。

所以当听到枝野的"逆推算"言论时，他们感到猝不及防。

听到枝野的这个想法时，安保院计划调整科长片山启感到"被将了一军"。心想：是啊！用监测数据来倒推。这个办法确实是可行的……

19 日，在官邸危机管理中心，紧急集合团队成员之一、气象厅次长福内直之对内阁危机管理监察伊藤哲朗抱怨道："天气预报的数据已传送给包括世界气象机构在内的国际组织，在此基础上，德国的气象部门公开发表了关于核物质扩散的预测，于是我们气象厅就被责问为什么不发布这个预测报告。因为我们气象厅并非公开发布这些扩散的预测数据的主管部门，这让我们很头痛。"

"这些数据并非我们，而是核安委、文部科学省和安保院在掌握。这原本就是文部科学省负责的问题。"

气象厅是通过国际核能机构将假定的核物质扩散状况进行计算后提供的结果。国际核能机构的模拟测试以方圆 100 千米范围为单位，其根本目的是为了给辐射所产生的国际影响提供参考。

可气象厅只向国外提供、却不对国内公开发表这些数据，这点确实怎么也说不过去。

伊藤问道："4 个部紧急协商一下如何是好不就行了吗！"

"4 个部一起？好的，明白了。那我们赶紧商量一下。"

可讨论结果却迟迟没有下文。

21日，伊藤刚一问福内"那个讨论结果怎么样了？"在场的核安委的负责人答道："我作为代表来回答一下吧。这个问题主要在于辐射的释放量，不明确释放量是不行的。否则就只不过是张气象图而已。什么时候、多长时间内出有多大的辐射释放量……不知道这些的话，那个气象图就是错的。"

"可监测结果不都已经出来了吗？！从监测结果来倒推不就行了嘛？"

"哦？倒推？这个我们倒还没考虑过。"

"用倒推把结果拿出来！"

"明白了。我们商量下。"

倒推的工作被交给了核安委，具体推进这项工作的，是代理委员长久木田丰。

久木田是比15日营稍晚些时去的东电，并有机会在那里和东电的技术员们进行了一番对话。

对于怎样才能把握核物质的扩散方向这个问题，看来东电还没有找到明确的方法。

"事到如今，只有从释放出来的东西进行反推这个办法了。"

对于久木田忍不住说的这番话，对方并未表现出多大兴趣。

3月16日。随着SPEED I 被文部科学省单方面"移交"过来，核安委紧急召见了 JAEA 的核能基础工学研究部副部长茅野政道。

被称作"SPEED Ⅰ 先生"的茅野不仅最早致力于该项目的研发，更以"SPEED Ⅰ 的构造"为题获得了名古屋大学的博士称号，所写论文还获得了核能学会奖。

JAEA 的核能科学研究所位于茨城县东海村，茅野长年在这里工作。

3 月 11 日，茨城县东海村也遭受了地震和海啸的袭击。所幸东海核能发电站并无大碍。为确保研究设施和人员的安全，茅野回到家中时已是夜半时分。

茅野家也停了电。开不了电视，手机没有信号，也没有自来水。收音机是唯一的信息来源。

12 日傍晚，茅野和妻子从收音机里听到了福岛第一核电站的 1 号机发生氢爆炸的消息。这天正是茅野 56 岁的生日。

在蜡烛和手电筒的光照中，茅野的妻子用冰箱里的面包、奶酪和红酒为他庆祝了这个生日。

茅野曾于 1979 年供职于 JAEA 的前身日本核能研究所（原研）。

这年春天美国发生了三里岛核电站事故。通过原研单身宿舍的电视，茅野看到了当时的情形。

1980 年起，茅野就参加了核安委的"关于核物质异常释放时确保安全的 5 年研究计划"。其中开发核物质扩散的预测系统是该计划的内容之一。

当时，美国能源部开发出了一个名为 ARAC（Atmospheric Release Advisory Capability）的扩散预测系统。当时的核能开发是以引进美国技术为主，所以原来打算引进 ARAC 的，但在主张自主开发的茅野他们不断对系统进行改良的努力下，更得力于富士通公司的全面支持，因受托于科技厅而开始研发的重在实用性的 SPEED Ⅰ 终于初具规模。

茅野赶到了位于内阁府 6 楼的核安委事务局。

茅野原本以为聚集了这么几位紧急应对建议组织委员们的地方一定很嘈杂，没想到事务局里却如此安静。

16 日晚，茅野会见了暂时从官邸回到核安委来的久木田。

久木田问茅野说："茅野先生，根据监测到的数据进行反推可行吗？"

"可行。"

"那请试试看吧！"

SPEED Ⅰ 不能被充分用起来，这让茅野十分焦急。

如果能根据逆推算来获得辐射释放源的信息，再在这些信息的基础上通过 SPEED Ⅰ 的估算再现出到目前为止的核物质的扩散状况的话，就有助于制定今后的居民避难对策。茅野这么认为，并对此抱有很大的期待。

17 日，茅野的逆推算作业开始了。

久木田给了他个房间，借助于后来加入进来的名古屋大学的山泽弘美教授和 JAEA 的部下的帮助，茅野开始进行辐射释放源信息的逆推算计算和在此基础上的核物质扩散状况的再现计算。

所谓逆推算，是将通过环境监测实际测到的某地、某个时间段的大气中的浓度、辐射量，和通过 SPEED Ⅰ 的单位释放量的预测得到的同一地点同一时间段的预测值进行比较，再以这个比率为基础，倒推过去的排放源量信息的一种计算方式。此外，还可以在用这种反推方式得到的排放源信息的基础上，通过再次用 SPEED Ⅰ 进行计算的方式，来再现到当时为止的核物质的扩散状况。

虽然事故后用监测车进行了空中辐射量调查，但仅有空中辐射值的测定结果是不够的。只有输入大气中辐射核素种类的浓度测定（飘尘取样）结果，才能逆推算出具有相当可信度的辐射释放源量信息。

而且，要进行逆推算的话，还需要核物质从实际扩散开始经过一段时间，这样作为比较对象的环境监测的实际测量值才能积累到相当的数量。

逆推算的计算方式也曾用于切尔诺贝利核能发电站事故和 JCO 事故中，但并没有一个现成的实施程序。

直到两年前还在名古屋大学担任教授的久木田，曾拜读过同为名古屋大学教授的山泽弘美的一篇名为"辐射量的逆解析"的论文。这篇论文是以 JCO 核事故为例，根据监测到的升高的辐射量，来推算释放源的稀有气体的释放量。

当时，好几位专家也开始提到了逆推算。

但核安委并未接到来自官邸的关于要进行逆推算的指示和要求。

即便是他们，危机当头也还是缺乏超越常规的富有灵活性的想象力。按茅野的话来说就是："因为所有现成的计划都是以注定会有答案为前提拟就的，所以当这些计划落空时，他们缺乏一种用不完整的计划来得出答案的意识。"

但是，将逆推算在实际应用中作为核心也并非易事。因为必须去辐射物飘散到的地方取样。必须提前一天让SPEED I 连续 24 小时进行计算来预测次日的辐射扩散状况，然后下达指示说"明天可能会这样变化，请在这里采样"，并让他们将实际测到的数据再反馈回来。

当浓度信息无法提取时，就必须参考空间辐射量。还必须对哪些放射性物质又分别占了多少比例进行推测才行。

而且，为了把握内部的被辐射量，有必要拿出甲状腺等价辐射量的测定值。

茅野跟进着这个项目。

前一天的 15 日清晨，他们得到了茨城县东海村的飘尘取样结果，其浓度是此前推算的将受辐射影响的千叶县（核能分析中心）的测定浓度的 100 倍。

很明显，14 日深夜至 15 日黎明，辐射物的释放量在急剧上升。

因为可以使用在核电站附近和在茨城县、千叶县采集到的飘尘取样的实测数据，所以"前半部分的推算"也才得以实现。而这个所谓的前半部分，指的是从 3 月 12 日至 3 月 15 日黎明期间的这段时间。

因受 15 日从傍晚就开始的降雨的影响，虽然从附着在地表的放射性核素中测到了空间辐射量，却没能在福岛县内采集到飘尘的样本。

从 16 日下午至 19 日吹往海洋方向的风，从 20 日开始改为吹往陆地方向。

第二天的 21 日，福岛县和 JAEA 测量了 3 个位置的空气中的碘浓度。

茅野利用这项数据开始推进"后半部分的推算"工作。22 日晚，茅野确信"这样就行了"。后半部分的工作是从 3 月 15 日至 3 月 22 日。

接下来，是让 SPEED Ｉ进行一次彻底的辐射量计算。

23 日清晨 7 点刚过，核安委收到了委托核能安全技术中心进行计算的结果。

被辐射内部器官的等价辐射量

时间 =2011 年 3 月 12 日上午 6 点至 2011 年 3 月 24 日零点的估算值

核种类名 = 碘合计

对象年龄 =1 岁幼儿

器官名 = 甲状腺

（评价）

本估算是以在福岛第一核电站事故发生后，假定连续一整天在室外度过这一保守条件为前提，对其甲状腺的被辐射程度进行的估算结果。

在单页的纸张上有一个模拟图。

根据这张图的显示结果，甲状腺等价线量（内部受核能危害）超过 100 毫希的线已经越过了 30 千米的范围。根据地方的不同，分别超过了 5 千米、10 千米不等。

对这个计算结果的正确性心怀不安的茅野在检查后才向核安委委员久住静代报告。

久住在为自己的担心变成现实感到害怕的同时，也很感谢茅野。因为茅野手上有好几个关于 SPEED Ⅰ 使用方法的参数，所以才能仅仅一周就得出了这样的计算结果。要是完全从零开始的话，恐怕得花上 3 个月才行了。

"总理说希望尽早知道 SPEED Ⅰ 的估算结果。"

在对策统筹本部里的菅直人首相的原秘书生川浩史，向核安委总务课课长水间英城传达了总理的这个意思。

久住对班目说：即使放下别的事不干，也必须向官邸汇报结果。同时，也有必要让甲状腺遭受辐射的等价线量超过 100 毫希地区的居民服用稳定碘剂。

班目说："马上把估算结果送到官邸去！"他让久住和茅野即刻赶往首相官邸。

"饭馆村等地的辐射量惊人"

23 日上午，久住和茅野前来官邸向首相辅佐官细野豪志和枝野汇报情况。

他们先去了首相辅佐官室。这个房间是细野和灾害志愿者负责人、首相秘书（民主党，无所属阵营，大阪府）辻元清美两人共用的。

久住对细野说："不得了了！根据 SPEED I 的估算结果显示，西北方向的辐射量达到了一年 80～100 毫希，是平时的 3～4 倍。饭馆村等地测到的数值更是惊人。"

久住出示了一张记载有 12 日至 23 日的估算结果的纸。这是一张估算地图，一张显示福岛第一核电站事故释放出的放射性碘对周边地区的孩子们造成了何种程度的核辐射影响的估算地图。

看到这张图的细野非常吃惊。

听了大家逐一进行的说明后，细野把内阁危机管理监察伊藤哲朗也叫了进来。

最初伊藤对此是持怀疑态度的。"现在的释放量怎样了？"

"维持在一定程度。"

"如果维持在一定程度那就不对，因为应该是一直变化着的。"

"连辐射的释放量都不知道怎么行？现在的监测结果

显示数字在下降。但这不过是外部的辐射量。必须搞清楚的是内部的辐射量。不进行飘尘监测的话，就无法知道内部遭受到的辐射状况。但现在没有飘尘的监测数据。所以，说到底，逆推算很难进行。"

到目前为止的监测调查，是用监测车进行的空间辐射量的调查。光靠这项数据，很难具体把握辐射物质的释放源状况。而且不光是空间辐射量率，还要实测到大气中的辐射核素浓度，才能逆推算出一部分的释放源信息来。所以，重要的是辐射核素浓度测定（飘尘取样）的结果。

看了这张纸上的估算值后，伊藤问道："已经知道释放量了？结果出来了是吧？很好。可为什么却是这样的结果呢？"

久住答道："这是逆推算出来的。监测数据显示，即使是 30 千米外的区域，其遭受到的内部辐射也达到了一年的累积量 100 毫希。所以，我来是希望您下达避难指示的。"

伊藤问道："从监测数据来看，每天的数据都大相径庭。这些你考虑在内了吗？"

"基本考虑进去了。"

"还存在一个问题。"伊藤接着又说道，"飘尘监测是怎么回事？不是说采集不到吗？"

"因为采集到了福岛第二核电站和东海村这两处的，由此大致推测出来的。"

"两天前你不是才说没法采集到的吗？而且，西北部怎么一个样本都没有呢？"

"确实没有，我们还在推测中。"

"另外，1 岁的幼儿 24 小时近乎全裸地一直站在田间地头的正中央，一年会承受 120 毫希辐射的这个数据……这数字也太大了吧！这么冷的天，才 1 岁的孩子基本都待在室内啊怎么可能出门？而在室内的话，其受辐射程度就只有室外的十分之一。就算要从一处到另一处去也会开车去，要不了 1 个小时就到了。所以把这设定为 24 小时，根本就不合理。"

"可是，我们需要保守地来看这个问题。"

伊藤又确认道："还有，即便是这样，你们谁测过孩子的甲状腺辐射量吗？"

"没人测过。"

"这样让他们去避难，岂不是很奇怪吗？"

结束这番对话后，伊藤回到了位于地下 1 层的危机管理中心，其他人则都去了枝野的房间。

刚刚结束了上午 11 点开始的内阁官房长官的例行记者会后的枝野正要回自己房间时，细野快步追了上来在背后叫住了他："长官，这下麻烦了！"

在官房长官室里，久住也拿了一张同样显示着 SPEED I 估算结果的纸给枝野看。

细野催促枝野道："长官，您看这个！不马上避难的话会出大乱子的。应该让有些地方的 20 千米外的居民也立即前去避难。"

但是，枝野却出奇的冷静。

"真的吗？这个结果真的可信吗？"

久住答道："我认为最好马上组织避难。"

"如果要采取对策的话需要做些什么？"

"必须马上发放稳定碘剂。"

即使在这一点上，枝野也还是态度慎重。

"既然估算中设定的条件是 24 小时在室外，那么如果人在室内的话，所受到的辐射危害应该就会大幅减少。"

"这是相当保守的计算结果，应该还不至于到需要避难的程度吧？"

久住也就公布 SPEED I 的结果问题向枝野建议道："我认为与其说 SPEED I 的结果有多么重要，倒不如说因为吸入了碘的人数可能更多，大家希望您能对此采取对策。为了引起大家的重视，请允许我们公布 SPEED I 的计算结果吧。"

对此枝野也没有表现出异议。

"嗯，是应该公布 SPEED I 的结果。这事让他们核安委来办吧！"就此决定了由核安委来公布 SPEED I 的计算结果一事。

下午 2 点，班目陪久住和茅野到了官邸。

因为官邸要求班目对 SPEED I 一事进行说明，所以他事先预约了这天下午 2 点 30 分的首相的休息时间。

只是正好这天早上 SPEED I 的逆推算结果也出来了，所以班目考虑就此一并作出说明的同时，也要就设定新的避难区域和发放安定碘药剂的必要性提出自己的意见。

班目看到"福岛第一核电站核物质的泄漏还在持续"，还读到了"说不定还会有其他事件发生，可能必须扩大避难区域"的内容。由此他想到，基于这项逆推算的结果，应该扩大避难区域才行。

下午 2 点 30 分后，在首相办公室里召开了一个名为"重新指定避难区域的相关会议"的会。

开会前，班目去枝野的房间里碰了个面。像上午面对久住和茅野时一样，枝野表现得极为冷静。

"但是，这真是一个相当不乐观的估计啊！"

"正因为这样，所以才不需要那么心急火燎的啊。"

然后枝野又叮嘱说："这是一个过于保守的估算，所以暂时不用考虑扩大避难区域的问题。"

之后枝野带班目去了首相办公室。途中枝野一边走一边问班目道："话说回来，安全委员们都各有其擅长领域的对吧？这件事应该算久住的本职工作是吧？因为安全委员的人事任命是经国会批准的，所以，从这个层面上来说，诸位的意见也就可以被视作国会所认同的专家意见了吧？"

当时班目还没能马上理解这些话的含义。他只是觉得：这些话真是莫名其妙啊！

"总理乱了阵脚"

出席会议的有菅、枝野、福山、细野和来自核安委的班目、久住，来自JAEA的茅野，以及文部科学省审议官森口泰孝、放射线医学综合研究所（放医研）的放射线防护研究中心长酒井一夫等。

在给大家看了根据SPEEDⅠ逆推算得到的估算结果的图后班目说：应该优先考虑避难问题，然后讨论扩大避难区域的问题。此外，考虑到即便在这种时候仍然需要出动人员的情况，需要让人们在实施避难的同时服用稳定碘剂。

在会前刚刚提交给枝野的报告中，班目已经感到要马上扩大避难区域似乎很难。因此，他特意在这个会上将措辞从"希望扩大避难区域"改成了"希望讨论扩大避难区域的问题"。

菅嗓门很大地问道："为什么之前没有这样的估算结果?!"

之后，茅野就逆推算的工作情况进行了说明。

菅要求道："我听不太懂。说明白点儿！"

班目说："放射性云团正呈变形虫状在往饭馆村方向延伸，我们不能死抱着20千米的同心圆这个范围不放。我认为 20 千米外的一些地区的居民也必须马上避难才行。"

"这么突然的事不好办啊……"菅很不高兴地说。

班目重新说明道："SPEED Ⅰ是以假设人待在室外 24 小时为条件进行的累积的辐射量的计算，所以我不认为此刻的辐射值就已经达到了 100 毫希。不过，根据此次 SPEED Ⅰ的推算结果让我们明白的一点是：即使是在 30 千米以外的区域，今后也存在着碘所导致的等价线量达到 100 毫希的可能性。"

"室内避难形同'躲雨'。但发出室内避难的指令后，来自福岛第一核电站的核泄漏仍在持续。考虑到辐射量今后仍有可能上升，所以我们应该讨论一下居民的避难问题。如果要实施避难的话，希望能让大家先服用稳定碘剂。"

之前细野一直认为缺乏自信的班目是个"不能拼命为自己争取的人"而对他不太感冒。但此时的班目却不一样了。

细野原本打算坐一会儿就提前离席的，因为东电的对策统合本部里还有工作等着他。

大家正谈到稳定碘剂的问题时，小佐古和空本走了进来。空本是因为接到福山打来的电话说："总理乱了阵脚，你赶紧来一下"才急忙赶来的。秘书们赶紧在菅直人对面的沙发上给他们腾出了座位。

空本这才明白了过来。"原来如此！因为班目强烈主张扩大避难区域，而福山却想推翻这个主张……所以才把我们叫来的啊！"

久住起劲地阐释着发放稳定碘剂的必要性。"应该在避难时就服用稳定碘剂。"

小佐古难以认同地摇着头。

"这应该在3月11日到15日提前发放的……事到如今，再说这个为时已晚。碘药剂不在放射云通过前服用的话没有任何意义，辐射云都过境了再服用是没用的。"

"所以外行的建议才让人头痛啊！"

久住反驳说："即使是让他们服用稳定碘剂，也仅仅在一定时间内才有效。为防万一，应该在避难时服用。"

小佐古再次反对道："稳定碘剂必须在避难前服用才行。避难时服用就已经晚了。"

就此酒井谈了自己的意见："内服稳定碘剂的有效期是1天。"

酒井是在16日被紧急叫到官邸来的。之后主要负责就辐射的医学层面上的问题给枝野提建议。

久住的气势明显被小佐古那颇具进攻性的语调压住了，他声音发着颤。

专家们的见解个个不一，难以达成一致意见。

茅野听着小佐古的意见，觉得哪儿有点儿不太对劲。"感觉他是以危机已经结束为前提在和他们争论着"。他心想：如果再发生像15日那样核辐射大量泄漏的情况怎么办？如果到那时都还没有发放碘剂的话，将会成为重大的责任问题……虽然心里这么想着，但他却没说出口来。

这时寺田走了进来。

他是接到首相秘书的通知说"这边情况不太妙。您能过来一下吗？"才赶来的。此时小佐古和班目正在争论。小佐古力主公布 SPEED Ⅰ 的所有数据。

菅问小佐古："为什么之前没公布呢？"

小佐古回答说"因为安保院不肯交出数据"。

菅直勾勾地环视了房里的人一圈后，高声道："安保院的！谁在？"

墙角坐着从安保院调到危机管理中心的紧急团队来的核能发电安全审查科长山田知穗。

山田走过来，站在桌边解释道："因为不知道辐射物到底泄漏了多少，所以我们拿不出数据来。一般情况下，如果核物质是从排气筒泄漏出来的话，我们就能知道其数值。问题是这次连从哪里漏出来的我们都不知道。因为我们不是通过环境监测得到的数值，所以无法推算。"

菅再次问道："为什么公布迟了，这个你得好好说明一下！"

即使现在公布 SPEED Ⅰ 的估算结果仍有可能被指责：为什么之前不公布呢？为什么这么晚才公布呢？等等。

久住和茅野等几人暂时去了隔壁的首相会客室，去为准备这个"理由"打草稿。这些理由包括诸如从 11 日开始，风几乎都吹向海洋而没吹往陆地方向。要等到现在风吹向陆地了，得到的监测数据才更准确，以及总算能够进行飘尘取样了，所以才拿到测算结果等等。

枝野问道："是否应在傍晚的记者会上宣布说会发布新的避难命令呢？"

小佐古反对说："辐射云如果已经飘散过来了的话，外出更容易遭受外部辐射的危害。"

"已经傍晚了，马上天就要黑了。几千人将会在黑暗中逃命。今天最好就别再发布避难命令了吧。"

"话说回来，仅凭3个地方的飘尘的采样，就能做出合理的说明吗？"

这时，伊藤进来了。他是被一位首相秘书以"情况似乎不大妙，请赶紧到总理办公室来一趟"为由紧急从地下1层的危机管理中心请过来的。

此时讨论似乎已经结束了，大家都一脸疲惫。久住满头大汗地正说着什么。

听起来，似乎上午在枝野办公室已得出结论的扩大避难区域的问题又被重新提了出来。让他难以释然的是：难道核安委这次是在跟总理直接交涉吗？

班目仍在呼吁应该讨论20千米圈外居民的避难问题。但他只带来了SPEED I 的估算结果图，没有准备任何其他说明资料。

已经确定了要公布SPEED I 的估算结果。但是，一旦这个结果被公布出来的话，围绕现行的"室内避难"圈的居民避难措施是否妥当的讨论想必马上就会热烈起来吧？

究竟是否该将SPEED I 的估算结果用于避难？对此究竟该如何考虑？

这时伊藤发言了。"因为各种理由，SPEED I 暂时无法使用。我们还是先进行飘尘的实地采样吧。有了飘尘采样数据，就能进行准确推算了。"

进行辐射监测本来是文部科学省的工作。对此，文部科学省审查官森口泰孝解释道："我们人手不足，实在没办法。"

菅说："监测那边如果还需要人手的话，你要多少我就给你派多少。不管是自卫队员还是别的人员，都可以派给你。"

菅像是突然想到了什么，恳求地对坐在他右侧沙发上的久住说："就这么办吧？好吗？那就这么办了？"

久住一时没明白过来他的意思。"这种令人肉麻的声音是怎么回事？"他莫名惊诧地想。

"我会派给你我的左右手的。"菅的这句话越发让久住不明就里了。虽然很疑惑，但又怕说错话的他只好继续沉默着。后来久住想到：菅是否想让核安委来实施室外监测呢？所谓的"左右手"，应该指的就是自卫队……菅认为文部科学省在躲避监测，这点能从他对核安委的直接诉求中看出。核安委明明就是个建言机构，首相居然连这个都不知道吗？这点实在太奇怪了。与此同时，久住也对日本首相手中却如此无权陷入了沉思。

伊藤阐述着他的关于要慎重发放和服用稳定碘剂的观点。

伊藤问久住道："总而言之，那是一个预测对吧？你有儿童的甲状腺受辐射危害量的实证数据吗？"

"没有。"

伊藤又问酒井道："酒井先生，不好意思，您能查一下这个数据吗？"

"可以的。这能查到。"

"请现在就去查查。"

"明白。马上查！"

小佐古说，与其现在在这里"重新指定避难区域"，倒不如马上公布 SPEED Ⅰ 的数据。他认为政府不公布 SPEED Ⅰ 数据是不对的。

菅提高音量说道："不是没办法才这样的嘛！你是说我应该这样就把决定做了吗？"

尽管如此，班目还是反复强调说："应该将 30 千米外的区域也纳入实施避难范围。"小佐古毫不让步地说，"连避难方针都没有，我反对让居民们进行无计划的避难"。讨论进入了最后阶段。

"专家的事由你们这些专家做去吧！"

这时经产省的商务流通审议官深野弘行进来了。

之前深野一直坐在位于地下 1 楼的紧急集合团队的桌旁。他曾于 2000 年 7 月担任负责设立安保院的大臣官房参事官，接着在 2001 年 1 月安保院设立时担任过核能等安全政策立案计划调整科的科长。

11 日地震发生后，为了让灾区尤其是运往福岛县的救灾物资的输送不中断，深野连续数日奔波于汽油、棺材和干冰等的调拨工作，此后他担任了"核能灾害特别对策监察"这一新的职务。这是经产事务次官松永和夫采取的核事故应对补救措施的环节之一。

也正因为这个原因，他才被调到紧急参谋团队来的。此时他突然接到别人带话来，说让他"赶紧到总理办公室来一下"。

正要进入首相办公室时，他的手机响了起来。

电话是松永打来的。"现在正就修正避难指示的事在开会。可这事根本就没跟地方政府沟通，完全由官邸在主导，这样是不可能顺利落实得下去的。希望你在有这个准备的基础上在会上发下言。"

参会前，安保院的工作人员交给了深野一本很厚的类似法令集一类的东西。这是核安委编著的一本叫作《核能防灾相关资料集（法令、指针等）》的小册子。

进入首相办公室后，盯着这本小册子看的深野不由得提高嗓门发出了"呃?"的声音。因为小册子的第 225 页上写着这样的内容:《100~500 在自己家等处的室内避难》。此时坐在前面沙发上的伊藤的"以这种方式避难是不行的"的话音刚落。

深野附在伊藤耳边说道:"按照核安委的防灾计划,内部核辐射值达到 100~500 的话不就已经该进行室内避难了吗?"

虽然此前并没见过深野,但伊藤还是对深野说:"请把这个内容大声读一下吧。"

"这样合适吗?"说完这句话后,深野站起来发言说:"刚才一直反复在提针对辐射值超过 100 毫希地区的避难问题,根据核安委的防灾方针,当辐射值达到 100~500 毫希时,只能选择室内避难。就此大家认为该作何解释呢?"

在座的所有人都往班目看了过去。但班目却沉默以对。

本以为班目一定会反驳的,但他却什么都没说,这让深野感到大为扫兴。

"你在干什么呢? !"营粗暴地对班目吼道。

这下小佐古来劲了。"我一直在做防止公众遭受核辐射危害方面的工作,同时也在国际放射线防护委员会（ICRP）工作,算是这个领域里的专家。"

说完后，他转向班目批评道："你们核安委应该更认真地讨论一下这个问题。"

其实他这番话里也有针对菅直人的意味：为什么你要听班目等人的建议呢？

话说到这个地步，连菅直人都觉得必须解释一下才行了。他说："总理原则上是必须得听取核安委的建议的……"

刚才班目和小佐古争论不休时，菅一直以手托腮、眉头紧皱地听着。最后他一副听不下去的样子说："行了！专家的活儿就由你们这些专家干去吧！"

扔下这句话后，菅就"呼"地一声从凳子上站起来往自己桌边走去，"嘭"地一声在自己的首相交椅上坐了下来。

据福山回忆道："到底是该冒着高辐射的危险去室外避难好呢？还是该留在室内避难呢？专家们在首相面前几乎都只是感情用事地吵个不停。"

于是，担心"总理阵脚已乱"的福山这才叫来了小佐古。可是，照班目的话来说，这场讨论"翻腾过去又翻腾过来，最后搞成了一团糟"的一场风波。

结果这个会最后开成了一盘散沙。

小佐古对伊藤控诉般地说道——大概是为了让坐在对面椅子上的菅也能听到，他故意提高了声音。

"我们向核安委、也向政府提出过很多建议，加起来应该有 30 多个了吧？！但是，没人听我们的建议。谁都不听我们劝，也没有采取任何措施。"

"你在说什么？"

"这里有我们的建议记录，大家可以读读。就在这里！第 32、33、34 和 35 条，都是关于发放稳定碘剂的。"[1]

小佐古说完，把手上的小册子递给了伊藤。

寺田和空本站在办公室的一角说着话。

"既然总理都说了让专家们去做，那我们就此散会吧。"

"是啊！就让专家们自己干去吧。"

寺田步出了房间。意味着这个会开完了。

"换个房间，我们再继续讨论一下吧。"

班目、久住和茅野他们一起去了枝野的房间，开始了又一场商议。深野也参加了。

枝野问深野。"刚才你说的内容写在哪儿的呢？"

"这儿。"

深野当场给枝野看了小册子里的《100～500 在自己家等处的室内避难时》那个部分。

要保护 30 千米外的居民的安全的话，只能在室内避难或外出避难中择其一。

按照避难方针上的意见，即使核辐射稍微超过 120 毫希，也仍还属于室内避难的范围。

班目和久住一起坐车回到了位于内阁府的核安委。

班目表情惊讶地说道："小佐古先生似乎认为喝一次稳定碘剂就可以一直有效似的。"

久住心里其实也在考虑这个问题。只是，他俩都没有当场反驳小佐古。

班目和久住都很担心儿童甲状腺受核辐射的问题。飞奔到官邸来时，他们脑子里想的都是甲状腺等价线量、也就是内部核辐射的事。

果真如此的话，那情况就真会像深野曾指出的那样——"100～500 毫希"的辐射值下得实施"室内避难"。在防灾计划方面，也就没有必要再扩大 30 千米以外的同心圆状避难区域了。

只不过，在目前状况下，如果防灾计划本身已经失去意义的话，那又另当别论了。

之后，下午 5 点开始在中央合同厅的 4 号馆 11 楼会议室里又开了一个会。

下午在首相办公室开会时，菅指示说"把专家们的意见汇总一下"。接到这个命令的寺田站在首相办公室的角落里跟空本商议了一会儿，才决定再开一个这样的专家会议。

安保院次长平冈英治、文部科学省科技·学术政策局核能安全科科长明野吉成等也被叫了过来。

班目以忙于准备将于上午 9 点开始在记者见面会上发

布的 SPEED Ⅰ 估算结果为由没有出席会议。

空本担任了会议主持人。

小佐古批评了在下午的首相办公室会议上班目突然提出的"30 千米半径内的居民避难"的观点，说他"跑得太快"。"作为核安委来说，必须更加冷静地考虑问题才行。"

这时候，福山现身了。几乎同时，班目也来了。

针对小佐古刚刚发表的针对自己的批评，班目回应道："我可没说过要马上跑这种话。"

空本怒喝道："请别撒谎！"

班目待了一会儿后，说了句"我必须去准备新闻发布会上要用的 SPEED Ⅰ 的结果了"。便匆匆出去了。

虽然是核反应堆方面的专家，但辐射污染却不是班目的专长。即便如此，他仍然从 SPEED Ⅰ 的估算结果里察觉到了危机，于是亲自给首相秘书去电话，要求帮他见缝插针地预约与首相的会面。

但他回避了直接由他向首相说明辐射污染，而是将这项任务交给了久住。

从菅和秘书的角度来看，好不容易抽出了点儿时间，班目却没有好好把情况说清楚，这点让菅颇为不满。而且班目只拿了张 SPEED Ⅰ 的估算结果图，连说明资料都没准备这点，也给菅他们留下了"此人做事草率"的印象。

并且菅与班目间还曾有着这样的交谈。

"这是核安委做出的决定吗？"

"不是。核安委还没做决定。"

类似的交谈也曾出现在伊藤和班目之间。

"你是核安委的人吧？为什么却这样说呢？"

"不，辐射医学方面我不懂行，所以才把这方面的事全部委托给了久住女士……"

"好歹你们也是个行政机构啊。你应该带来的，是你们核安委的讨论结果。"

当初提醒大家进行逆推算时，核安委的委员们明明都大张着嘴惊讶地表示"这还第一次听说！我们考虑考虑"，等到逆推算的结果一出来，他们又都开始嚷嚷说这些结果全都正确……"原来科学家就是这种人啊！"对于核安委成员们的这些表现，伊藤颇感失望。

不过，核安委事务局的工作人员后来却懊悔地说："委员长叫了声'哎呀！镰仓——'就匆匆奔出门去了。"

伊藤曾对核安委的事务局局长岩桥理彦不无讽刺地谈及班目当时的工作表现。

岩桥回答说"菅总理当时已经疯了"。伊藤说："不让他疯不正是你们的职责吗？"

23 日下午 5 点多，官房长官枝野在首相官邸召开了记者招待会。

"今天上午，我们收到了核安委提交的用 SPEED Ⅰ 系统估算出来的核辐射结果的相关报告。详细情况将由核安委来做汇报。"

"很遗憾，就核电站目前的状况来说，我们无法测定核反应堆中泄漏出的核物质的量有多少。有鉴于此，之前我们也曾指示过相关部门：只能以逆推算的形式，根据某些数据来推算出从核反应堆中泄漏出的核物质的量。而要进行这个逆推算，就必须有大气中的核物质的量，准确地说是放射性核素的测定值，而且必须是在位于下风处的陆地上的测量值。这项数值终于于昨日通过实地检测得到，并在此基础上进行模拟后得出了这个监测报告。"

"该报告是以福岛核事故发生后，假定一个人每天一整天都待在室外，其甲状腺的被辐射量超过100毫希的地区来进行估算的结果。根据该结果，我们发现即使是距离福岛核电站30千米半径外的部分地区，也有被辐射量超过了100毫希的情况，但在现阶段，我们经过分析后并未得出必须马上进行避难或室内避难的结论。"

当在东电公司的对策统合本部里的细野听说了下午在官邸召开的"再次指定居民避难"的会议结果时大吃了一惊。"危机尚未结束，却这也做不成，那也办不到，这样真的行吗？小田原评定也一直悬而未决。"

从那时起，他就感到官邸开会越来越拖拖拉拉，还觉察到当天的菅很没有气势。他心想：菅总理这到底怎么了？难道就已经从非常事态的感觉中又回到正常状态了吗？

23日的记者招待会上，班目公布了SPEED I的估算结果地图。

第二天，多家媒体都争相登出了这样的标题："事故后12 天，核安委总算公布了 SPEED Ⅰ信息。"

"突然成为第一击球手的我们，完全被当作了恶人。"后来班目这样记录道。

自主避难

25 日，政府要求 20～30 千米半径内的民众进行自主避难。

25 日上午的记者招待会上，枝野说："随着该地区希望实施自主避难者人数的增加，将会给商业和物流等带来负面影响，社会生活随之也将越发难以为继。随着今后事态的推移，不排除辐射量会进一步升高、我们也会下达避难命令。有鉴于此，在积极推进该地区民众的生活援助和自主避难的同时，我们有必要加快开展各项准备工作。"

"自主避难"这个概念，是之前的防灾指针里从未出现过的。

菅、枝野、海江田、福山、细野、寺田等政务人员，以及内阁危机管理监察伊藤哲朗在内的诸多人士都在官邸首相办公室里讨论民众避难问题。

一方面，有人认为：随着生活越来越不方便，已经不可能待在室内了，所以逃走更为明智。对此另一些人则认为：随意让民众出去避难，反倒会增加他们遭受外部辐射危害的危险性。

以为不过就是 2～3 天、最多就是一周左右的"避雨"式的室内避难，没想到已经过去 10 天了。

虽说是室内避难，但人员的频繁进出导致室内外的辐射量已经变得相差无几——核安委也得到了这样的结论。

久住认为"就算在室内避难也不过是暂时的安心，并无任何意义"。

与此同时，小佐古也向官邸建议应该修正室内避难方针。

24 日，小佐古提议说："作为目前的对策，希望能让 20～30 千米内的室内避难居民进行自主避难。"

20 千米半径内的避难需要 3 天，如果 30 千米半径内避难的话，则需要花费更多时间。

拥有汽车等交通工具、可以自行前往其他场所以及能够找到避难地的人员就让他们自主避难。但对于没有上述手段的人，即使政府为他们准备了公共汽车，也可能因为上车的先后顺序等引发的纠纷而造成恐慌。所以，虽然存在爆炸危险，但仍决定让 20～30 千米半径内没有独立行动能力的居民留在原地的室内躲避。

"自主避难"这一提法，是在 25 日官邸首相办公室的讨论中、参考了小佐古的提议确定下来的。这个概念里既有没必要让那些光是避难本身就已经对其构成负担的弱者

（尤其是高龄者和重症患者）勉强前去避难的灵活的一面（这是从 11 日晚开始的避难经验中学习到的。因为，风险并不光是辐射量这一项），同时，由于政府在几乎未向国民提供任何可作判断的信息的情况下，就将避难的决定和责任都扔给个人而招致了国民对政府的不信任。

根据监测结果和 SPEED Ⅰ 的图形，已经出现了像饭馆村一样遭受到核辐射的市町村。尽管如此，政府还是只采取了"自主避难"这一模糊不清的应对措施。

在野党开始在国会猛批现政府。

"应该下达 30 千米半径内的居民紧急撤离的避难命令。"（自民党）

"应当将避难对象的范围扩大到 30 千米半径内。"（大家的党）

"应该给 300 千米半径内的民众尤其是儿童和孕妇发放稳定碘剂。"（社民党）。

诸如此类的声音不绝于耳。

在 25 日召开的参议院经济产业委员会上，参议院议员荒井广幸（新党改革，比例代表）向政府问责道："进行室内避难是个错误的决定。"

荒井的家乡在位于距离福岛第一核电站 30 千米半径内的田村市。

"我认为从 15 日开始新下达的针对 20 至 30 千米半径内居民的室内避难命令是错误的。与其如此，不如索性直接下达半径为 30 千米的避难命令。"

"ICRP 上指定的避难方式，实际上是包括了室内避难、临时避难和永久性迁移等的，而日本的标准里却欠缺了这个部分……参照 ICRP 的基准，我认为视情况必须考虑永久迁移的可能性。"

"地方自治团体也越来越撑不下去了……因此，是否有必要不以公里数，而是以市镇村为单位和国家进行对话沟通，采取统一的，例如可以实施临时避难或疏散等详细的对策呢？"

3 月 26 日。核安委公布了第 32 号（西北方向约 30 公里处）辐射量估算结果。

与此同时，由于 3 月 25 日前后"长颈鹿"的注水所产生的效果，燃料池的状况看起来似乎稍稍稳定了些。

这样一来，就意味着爆炸和燃料池损伤所带来的辐射物质大量飞散的风险在下降。

随着时间的流逝，核辐射的风险也从目前为止的突发性和暂时性的外部核辐射风险，在往核能持续蓄积、估算辐射量正不断上升的的风险方向转化着。

而防灾计划却仅仅设定了短期的核泄漏事故和以此为前提制订出来的避难计划，因此必须制订一个预想到不断上升的辐射量的、考虑到核辐射的长期危害的避难计划。

3 月 29 日，官邸在核能灾害对策本部下设置了"核辐射灾民生活支援队"。队长是经产相海江田万里，队长代理则分别由官房副长官福山哲郎和内阁府副大臣平野达男担任，事务局长由经产省的副大臣松下忠洋担任。

支援队的事务局隶属于经产省，由经产省向该省兼任事务局局长辅佐的产业技术环境局局长菅原郁郎发布命令。

内阁危机管理监察伊藤哲朗责难经产事务次官松永和夫道："你们经产省、核安委和安保院不是核辐射灾害对策本部的事务局吗？你们到底打算让危机管理中心来应对灾民到什么时候呢？"松永也感到此事很迫切，于是开始运作设置这个组织。

在成立这个组织前，已事先在各省的局长这个级别里进行过内部磋商。

夜已经很深了。

总务省的冈本全胜突然跟经产省和安保院发生了激烈冲突。冈本是地震和海啸灾民支援本部（灾民生活支援特别对策本部）的事务局次长。

"经产省的先生们啊！这种会开个一两个小时又能怎样呢？我们难道不应该做点儿什么吗？你们安保院和经产省难道不应该做出表率吗？"

"本来理应首先由安保院和资源能源厅为此次事故表示歉意并慰问大家的（对其他与会者）——倒不是多想听这种话。可大家都是在拼命工作之余抽出时间来开这个会的。让我们来开这种莫名其妙的会真让人头疼！"

借着这个由头，来自各省厅的局长级的与会者们也都纷纷表达了自己对经产省的不满和诉求。

安保院院长寺坂信昭急忙向大家道歉。

冈本是出身自原自治省的总务官。麻生政权时代被从总务省提拔为首相的首任秘书，在霞关颇有名气。

冈本的此番话不仅在总务省，也瞬间引爆了积存在霞关的对经产省和安保院的千仇万恨。

后来经产省的某位官员回忆起当时的情形时说："就那么一番话，让气氛阴沉无比、现场一片肃杀。霞关有个名为'放火责任论'的不成文的规矩。也就是说：作为引发核事故的元凶，我们即使要求助也得先道歉才行。"

支援小组召集了各个省的副大臣每天定时在官房副长官室里开会。

在 31 日召开的第一次会上，来自北海道参议院的防卫副大臣小川胜也发言说："比起莫名其妙的 30 千米半径内的圆，我认为我们是否应该整理一下思路、考虑下被我称作'海星'的，即因为风向等原因，呈斑块状扩散的核物质的状况呢？"

"海星"是指辐射云在 20 千米甚至超过 30 千米时呈带状延伸的样子。

从 3 月 11 日晚开始实施的居民避难全是按同心圆来设定的区域。显然，小川胜也是想改变这个设定方式。

小川的意见，其实也反映了防卫大臣北泽俊美的想法。

北泽认为"自主避难"这一过于简单的应对是远远不够的，应当在参考 SPEED Ⅰ 的预测数据的基础上让居民避难。

在 SPEED Ⅰ 的辐射云预测中，饭馆村方向"呈现出的像动物尾巴似的覆盖在空中的核污染的图形"让北泽感觉很不妙。

虽然防卫省内部也有人认为应该慎重些，但大部分人仍认为：应该将 SPEED Ⅰ 的估算结果告知该地区居民好让他们避难。

虽然小川自己也表示说："固然，因为 SPEED Ⅰ 的那些依据模糊的模拟监测就让居民避难并出动自卫队是否妥当值得怀疑。"但他还是按照北泽的意见，提出了沿着海星的形状来扩大避难区域这一建议。

其他国家也开始对日本政府提要求了。

21 日，参照 2007 年的劝告标准，ICRP 宣布说：非常时期，当核辐射量达到 20 毫希至 100 毫希时进行避难的防护措施是恰当的。

核能灾害本部就是否应该参照这个劝告的标准、如果按此执行的话又该如何确定具体标准一事进行了讨论。

同时，核安委也修正了之前确定的同心圆状的避难对策，开始倾向于认为饭馆村等热点地区的居民实施避难是有必要的。23 日，久住和班目强势地向官邸提出"要扩大避难区域"，就是这种改变的一个表现。

只是所谓的修正，并非单单根据辐射量的等高线来简单划分区域，必须要考虑到行政划分和当地自治体的需求，优先和当地自治体进行协商才行。

可福岛县和饭馆村等当地自治体却对扩大避难地区持强烈反对意见。

3月21日，福岛县和核能灾害当地对策本部就慎重考虑变更避难地区一事向安保院呈报他们的意见时说："如果将散布于别县的我县区域也设定为避难地的话，可能会让本地居民以为到处都已成为避难地区，从而导致全县上下陷入不必要的混乱中。"

他们反对的理由是："可以想见：更改室内避难和外出避难的区域，会造成本地民众的混乱。"

对此南相马市的市长樱井胜延却持反对意见。

在枝野于25日的记者见面会上宣布将实施自主避难后，樱井从当地选出的众议院议员石原洋三郎（开始是民主党，后来改投到了"国民生活第一"党）那儿问到了枝野的手机号码后直接给他去了个电话。

"好不容易大家都回来了。我们都在努力继续工作，工作人员也在求那些能来的人都尽量来的时候，你们却下命令说让我们去避难……请问：到底我们该如何是好？"

"虽然物资匮乏，但企业都在拼命努力重建。你们不仅不帮我们想办法，还让我们又去避难……这样说来，岂不是意味着局势还很危险吗？你们这种如此不理解现场困

320

苦的做法真让人头疼！"

"你们这么做，岂不是在断我们的后路吗？"樱井通过各种渠道向政府呼吁说："当观测值每小时只有 1.3 微希时，难道不应该告诉大家人和物资都可以自由往来吗？"

不断有企业到樱井这里来请愿。"总而言之，请让我们复工吧市长！再不复工我们就真的只有上吊了。"

此时，相邻的相马市已有店铺相继开张。南相马市的市民们争相去那边买东西。

"自主避难"令发布出来的 25 日，以"自主避难"形式从南相马市上了避难用公交车的只有 160 人，留在 20～30 千米半径内的南相马市市民大概有 1 万多人。

樱井心里下定了决心：作为市长，无论如何也必须保障留下来的这些人的生活。

饭馆村村长菅野典雄也对扩大避难区域持强烈反对态度。在 3 月 27 日与核能灾害本部交换意见时，菅野表达自己的反对意见说："扩大避难区域只会煽动居民的不安情绪，绝非好事。"

所以，对北泽在 SPEED Ⅰ 的估算结果基础上提出的扩大避难区域的建议，官邸的态度慎重到了近乎神经质的程度。

北泽只是把扩大避难区域这件事公开化了，结果就造成了如此巨大的反响。

官邸后来叮嘱防卫省和自卫队说："就当我们没下达过

那个命令吧！因为总理不了解情况。"

*1 这些"建议"均为 3 月 22 日提出的如下建议：

建议 32 《对小儿甲状腺等价线量的评价》

建议 33 《针对预防性地服用稳定碘剂的判断基准的讨论》

建议 34 《确保最佳发放的必要的稳定碘剂》

建议 35 《对已服用稳定碘剂的居民的对策探讨》

第 20 章

计划性避难地区

进入 4 月后，避难目的不再是针对临时性的辐射危害，而是为了避免受到累积起来的核辐射的危害。可由于县政府和文部科学省的顾虑，要划分这个界限却极度困难。

ICRP 的发表

3 月 26 日，官房长官枝野幸男将核安委委员长班目春树和事务局局长岩桥理彦叫到了官邸来。

"委员长你也挺不容易的啊！"说了这句话后，枝野就告诉了他们将把原安保院院长、现东海大学国际教育中心的广濑研吉教授调往核安委的决定。

"我希望他能在核安委和首相官邸之间发挥起联络作用。"仅此而已。

可在官邸内部，却流传着诸如"委员长靠不住，事务局长不干活"等对这个决定的不同解读。

为了补救核安委的失职，官邸也曾一度讨论过让班目卸任、让枝野来作为这个班子的中心。但因为核安委委员长的人事调动需经国会批准，危急时刻实在没有精力去应对这个人事更迭所带来的各种骚动，于是只好作罢。

也有人提议说是不是应该找个人来接替岩桥，结果也因为将文部科学省的审议官加藤重治推为助手而没了下文。加藤之前是安保院的审议官。

岩桥曾因为强化环境辐射的监测一事被官房副长官福山哲郎叫去过。

福山说："必须强化监测体制。不管要多少人，官邸都会支持你们。"

岩桥回答说："副长官，这事并非增加人员那么简单。这样不过是在拆东墙补西墙而已。"

岩桥的话或许是有道理的，却被视作是个"只会死抱着法律和死规矩不放的老顽固"而招来了更多的不满。

枝野紧急决定起用核事故后一直担任经产省事务次官松永和夫的建言官的广濑，并于28日发布命令让广濑加入了内阁府。

广濑最初参与的，就是制订代替25日定下来的"自主避难"的新避难计划。

不管是20～30千米的"室内避难"地区，还是30千米以外的地区，都有辐射云在流动并且都检测到了相当高的辐射量。饭馆村的村内外都成了这种高辐射的标志性的存在。

广濑与核能灾害特别对策监察深野弘行和内阁危机管理监察伊藤哲朗一起商讨着对策。

首先，是事到如今还有无可能让居民前去避难的问题；其次，应当以怎样的辐射水平为标准来设定新的避难区域以及完成避难又需要多少时间的问题；最后，是具体该怎么来设定避难区域的问题。这当中，设定避难地区的依据和避难区域的辐射量标准是关键。

他们一边用"1、5、10、20、100"这5个数字对照着地图，一边讨论着它们各自的利弊。也就是说：他们必须分别以1毫希、5毫希、10毫希、20毫希和100毫希作为一年所受的辐射量基准，在这个前提下来讨论不同基准下如何设定避难区域。

如果辐射量为10毫希的话，实际上就必须进行全县避难了。这样福岛县将无法进行复兴和重建，也就无法处理核事故。10毫希的假设让人实在难以接受。

福岛县采纳了长崎大学放射线医学界权威人士山下俊一教授的"100毫希是安全的"的建议，并在此基础上拿出了应对措施。该县的教育委员会也已经在以"100毫希是安全的"为前提开始准备重新开放学校。

所以，一旦认定"100毫希不安全"，福岛县知事和福岛县政府就要承担相应的责任。这是得尽力避免的。

伊藤心想：100毫希的标准不是挺好的吗？如此一来，饭馆村也就不用避难了。不过，不让饭馆村村民前去避难的决定到底是否正确？这个担心带给人的压力也越来越大。

他们也曾考虑过"两年50毫希"的标准，但这也并无依据。

结果最终定为了以20毫希为基准。

"这样的话，饭馆村的6000村民就得全村去避难了，真可怜啊!"不光伊藤这么想,广濑也是如此心情,可除此外又别无他法。

但不管选择哪个选项,都必须提供依据。

作为确定强制避难区域的基准,防灾指示方针里明确了下述预测辐射量标准:

当"预测辐射量为:外部的实际辐射量为 50 毫希或超过甲状腺等价线量 500 毫希"时,在 20～30 千米半径内以及 30 千米半径外的辐射量较高地区,没有超过此标准的地方。因此就没有必要让这些地区的居民实施强制避难了。

另外,ICRP 于 21 日告诫的紧急时需介入的参考标准却是"实际辐射量 20～100 毫希"。这一标准,是以 ICRP2007 年的告诫报告《发表 103》为基础提出来的。按此规定:一般民众一年受核辐射危害的上限紧急时期为 20～100 毫希,事故后的重建期为 1～20 毫希。如果以此为标准的话,就有必要发布强制性的避难命令了。

在以哪个为标准又如何整理上,费了不少工夫。

问题的关键在于,不得不承认:就算是现在也仍处于"紧急时期"。进入 3 月末后,虽然核反应堆似乎避免了最坏事态的发生,但状态也仍未稳定,因此仍然得从"紧急时期"这一出发点来考虑问题。因此,ICRP 的参考标准"紧急时期 20～100 毫希"的最小值和"事故结束后的 1～20 毫希"的最大值的 20 毫希,就成了制订新避难计划的依据。

就这样，ICRP 的参考值成了一根独一无二的救命稻草。

官房长官枝野幸男叫来了放射线医学综合研究所（放医研）、放射线防护研究中心长酒井一夫等人商讨这个问题。

酒井对此表示支持说："从安全角度来看 20 毫希也是恰当的。"

如果 100 毫希是紧急时期的标准的话，那就不能将它作为日常生活的标准。但如果将事故结束后重建时期的标准定为 5 毫希或 10 毫希的话，避难区域就会扩大，成本也会剧增。估计也会遭到县、市、镇、村政府的强烈反对。

如果是 20 毫希的话，饭馆村、川俣镇就都会被包含进去，福岛市却不在避难范围内。

福岛县一直在阻碍设定新的避难区域和扩大避难区域。"当地人很不愿意出去避难，福岛县政府也是。"福山曾对寺田等人明确地这样说过。枝野和福山都对福岛县的事格外小心谨慎。

不光是自治体，政府也同样希望能尽可能减小避难区域和清除核辐射污染区域。因此从这个角度而言，20 毫希这一标准真是个能让各方都满意的难得的数值。

取 20 毫希这一"紧急时期的下限"，能够给人留下很重视健康和安全的印象；而取20毫希这一"重建时的上限"，又能给国内外，尤其是向国际社会传递核事故正在平息这一信号。如此一来，就决定只把"一年里的累积辐射量有可能达到20毫希的地区"设定为新的避难区域。

那么，怎么称呼下达新避难命令的地区呢？

当初广濑曾考虑过将其命名为"计划性避难的引导区域"。但有人觉得"引导"一词透着股"柔弱劲儿"，所以后来定成了"计划避难区域"。

按深野的话来讲就是，基于"希望灾民们备齐日常用品，收拾好各种东西井然有序地离开"的想法，采用了"计划"这个词。只不过，围绕着在将"计划避难区域"从"室内避难"区域中除开时是否应该设定"紧急避难准备区域"的问题，还存在着"争议"（深野原话）。

也就是说：在紧急情况下，应该有个已经准备好、可以随时提供室内避难和即时避难的区域。

当初也有人提议说，以跟新设定的"计划避难区域"相配套的形式，废除20~30千米的自主避难区域。

对此，兼任着当地对策本部长的经产省副大臣松下忠洋却持异议。

松下给班目打电话，要求"不要突然废除自主避难区域"。"是政府要求大家进行自主避难的。可结果却变成不去避难只是躲在屋里的人觉得什么都没做不也没事吗？前去自主避难的人觉得自己慌慌张张地跑去避难却吃了亏。

这样很不好。"

班目将松下的上述意见转达给了广濑。

于是出现了"紧急避难准备区域"这一概念。即指做好了事态紧急时能够随时进行室内躲避和避难的准备、可随时进行"自主避难"的区域。

不过，这些设定得以成立的前提，是认为事态将会继续恶化。

安保院认为已经没有这种风险了，所以曾考虑要撤销自主避难区域。但是，一旦设定了"紧急避难准备区域"的话，就必须针对"虽然事态略有平息，但仍有必要保持警觉"，做好事态恶化的预案。这样就有必要重新评估福岛第一核电站反应堆的风险。

安保院就此征求了核安委的意见。

3月31日，以委员长代理久木田丰为主的核安委就熔融的燃料接触到混凝土后产生大量含有放射性物质气体的预案进行了讨论。最后得出的结论是："对20千米以外地区的影响微乎其微，以及没有必要将30千米的同心圆状地区设为避难区域。"

按照核安委的分析，反应堆自不必说了，燃料池里的燃料棒熔融的可能性也是有的。在此基础上，广濑向官邸递呈了"紧急避难准备区域"的方案，结果被官邸采纳了。

"能在这儿做深呼吸吗?"

4月7日。饭馆村村长菅野典雄来到东京,在官邸向官房副长官福山哲郎递交了包含5个项目的建议书。其中的主要内容为:

随着以国家为主的各部门在未事先向本村通报和协商的情况下就单方面公布其所调查到的信息,并一味强调并报道饭馆村"辐射量很高",这和本村到目前为止所做的努力完全背道而驰。由此渲染出来的"世界的饭馆村"不仅给村民们增添了无数的不安和忧虑,并将对饭馆村的声誉造成长期和巨大的影响,对此本村甚为忧虑。

福山委婉地向菅野透露了饭馆村进行避难的必要性。"饭馆村的辐射量不容乐观,能不能想办法分时间段来避难呢?"

"不是这样的吧?"菅野激烈反驳道。"即使要避难,可现在也没有可以接收来自自治体的灾民们的地方啊!"

"长野县表态说可以接收500名避难人员。"

福山报出了其他县的县名以及它们各自可以接收的灾民人数。

菅野说:"调查得这么详细,真谢谢你了!可就算你的工作如此难能可贵,对此我还是只能表示反对。"

从东京回来后的菅野命令村办事处的工作人员们道:"哪儿都行,赶紧去找个离这里差不多1小时路程的地方。"即使要避难，也得让村民们在可以工作和学习的地方避难才行。这样才能保证居民们有个赖以生活的基础，所以去长野县等偏远地方避难是不可能的。

菅野一心一意地想要"守护住这个村子"。

4月10日，核安委召开了一个临时会议。会上，核安委决定修正"自主避难"并向政府建议设定"计划避难区域"。

这天，菅野接到福山打来的电话说："想在福岛见一面"。

菅野答应说"可以在不惊动媒体的情况下在福岛的市长公寓见一面"。

傍晚，菅野和副村长、村会议长一起前往市长公寓并在市长佐藤雄平的陪同下会见了福山。

除福山外，经产省副大臣松下忠洋和首相辅佐官细野豪志也在座。松下同时还是核能灾害当地对策本部的部长。

福山拿出了一张纸和地图，上面写着"计划避难地区"的字样。

福山实话实说道："从福岛第一原电站泄漏出来的核物质已经在局部地区堆积起来并出现了辐射估算量很高的地区。如在这些地方继续居住下去的话，辐射估算量有可能继续升高。现在已经不是为躲避暂时性的，而是躲避累积起来的核辐射危害而进行避难了。因为整个饭馆村都已成了高辐射地区，很遗憾，我们不得不将全村都划为"计划避难地区"。也就是说必须进行"全村避难"。

虽然菅野对村子的一部分可能会被指定为避难区域已经有了思想准备，但完全没想到会是"全村避难"。

菅野向福山提出了两个要求。首先是"千万别让饭馆村成为一个幽灵村"。其次，如果要用上"计划"这个词的话，那就不光是在时间上，在内容上也得体现出这种计划性才行。

菅野说："我们应该如何平衡辐射所带来的风险和生活变化带来的风险呢？显然，辐射的风险要大得多。尽管如此，我们该如何平衡二者之间的关系呢？"他希望政府能给予支持，以使大家的生活变化风险不要再继续加大了。

菅野问福山："既然很多学者都说100毫希是安全的，那为什么又把这个标准降到了20毫希呢？"他指的是被请到饭馆村来并提了建议的长崎大学山下俊一教授的"100毫希是安全的"这一言论。

随后福山等人去了南相马市。

他们进到市长办公室刚一落座，一个嗓门很大、外表精干的老人突然走了进来。

"噢，细野你在啊！"他熟人熟事地开始跟细野搭起话来。

福山和细野也跟着站了起来跟他打招呼。

"你们知道安保院有多过分吗？"

"你们知道东京电力公司是怎样一家公司吗？"他犹如洪水决堤般开始数落了起来。

"他们是如何的卑鄙无耻，你们知道吗？"他滔滔不绝地述说着自己所受到的苛待。音量大得惊人。

最初福山根本不知道此人是谁。但从樱井完全不敢阻止他这点来看，福山估计该人大概是市议会的议长之类的实力派。

不出所料，原来此翁是福岛县的前任知事佐藤荣佐久。

福山、松下、细野全都这么站着，足足听佐藤讲了15分钟之久。

次日的11日，枝野在官房长官记者招待会上，宣布了拟设立"计划避难区域"的这一"考虑"。

- 指定距离第一核电站半径20千米范围内区域为"警戒地区"。
- 在其外侧，将累积辐射量有可能达到一年20毫希的福岛县内的5个市町村的全部或部分地区指定为"计划避难区域"。
- 在距离核电站20～30千米范围内，将没有被指定为"计划避难区域"的地区指定为"紧急避难准备区域"。

"警戒区域"是限定离开区域。具有法律约束力，违反者将被处以罚款。

要求"计划避难区域"以"一个月为限"完成"去别的地方进行计划性避难"。

也就是说，它是"务必要去别处避难"的区域。

对"紧急避难准备区域"的要求是要随时做好"能在紧急情况下进行室内躲避和避难的准备"，要求能进行"自主避难"，所以它是"尽可能去避难"的区域。被纳入"计划避难区域"范围内的地区是：浪江镇、葛尾村、饭馆村的全部区域，以及南相马市、川俣镇的一部分区域。甚至连半径30千米外的辐射量强的地方都在不断增加，所以，看来仅仅依靠同心圆状的避难计划已经无法应对了。

但是，辐射量低于20毫希的地方又该怎么办呢？川俣地域的两个地区都出现了辐射量低于20毫希的地方，葛尾村的南部也有辐射量低的地方。该如何对待这些地区呢？要不要将其纳入计划避难区域呢？

内阁府参与广濑研吉、内阁危机管理监察伊藤哲朗和核能灾害特别对策监察深野弘行3人一起就这些问题进行讨论后得出了结论。之后，他们将这些"想法"向相关自治体做了说明。担当说服重任的，是当地对策本部的部长松下忠洋。

隶属于联合起了民主党的国民新党的松下是从鹿儿岛县选出来的。松下本人经常挂在嘴边的一句话是："我是在川内核电站的脚边长大的。"他们家是经营乳畜产品的农户，家里有引以为傲的名为"平茂胜"的良种母牛，这是一种顶级的萨摩黑毛和牛。

因为对消息是否会被泄漏给广岛县国民新党的党代表龟井静香保持着警惕，所以官邸政务方面向来很注意，尽量不让松下接触一些微妙之事，但松下的工作能力还是颇受好评的。

相对于那些光说不做的民主党的政治家们，松下可以弹他们所不擅长的"浪花曲"[1]。自从在池田元久之后接任当地对策本部部长一职后，松下很勤勉地走访了核能灾害的相关自治体。

3月26日，他去南相马市见了樱井胜延市长。之前的一天，政府才刚下达了命令，让20～30千米半径内的居民前去"自主避难"。

樱井问他道："你能说明一下吗？反应堆现在到底是个什么状态？我能理解20千米半径内的居民避难命令。但对20～30千米的自主避难却无法理解。真有必须避难的紧迫性和必要性吗？"

松下回答说："现在正在冷却反应堆，老实说，我也不知道它现在是个什么状态。但，万一有什么问题，谁也不知道它会发生什么。如果不制订20～30千米避难计划的话，万一遭受到爆炸危害，那时你又怎么办呢？"

"和其他地方不同，我们有多达71000人的居民，人

---

[1]　指打感情牌。——译者注

数太多。而且我们 20 千米半径内、20～30 千米半径和 30
千米半径外的区域全占齐了。如果按这次的要求实施自主
避难的话，五分之四的人口就都没了，真要如此的话，那
这个町也就完了。"

"不，拜托你了！请制订一个避难计划出来。为防
万一，请务必安排好能够躲避的地方。政府会帮你们的，
会给你们增派人手来的。"

樱井聚精会神地听着，并在桌子上摊开了地图和村子
的布局图。

"他总算对我敞开心扉了吗？"松下眼里盈出了泪珠。

"原来他是个这么热诚的人啊！"看到这一切的樱井的
眼眶也湿润了。

心系这个城市的不幸的两人，就这样泪眼相对着。

让松下感触很深的一点是："只要南相马市的灾难平息
了，整个福岛县就安定下来了。"

松下先于 11 日的官房长官的记者招待会前，就分别
于 4 月 7 日、8 日、10 日和 11 日这 4 天里，先后走访了
被设定为计划避难区域和紧急避难准备区域的全部相关
市、镇、村。

他每天清晨 6 点出门，晚上 11 点才回到住地。穿着
长筒靴的他不仅走访了各个避难自治体，还拜访了接收灾
民的自治体以寻求他们的理解。

"说服计划避难区域的当地居民本来是福岛县政府部

门的职责，然而他们却一味逃避。松下先生背负起了这一切，一个一个地去与各个自治体进行沟通。县政府采取的态度是：只要市、镇、村能接受就好。那时给人的感觉是：县政府什么的都不需要了，只要有基础的自治体就足够了。"事后，支持松下的经产省某干部如此回顾道[1]。

4月13日，因为必须劝说大家接受避难，在饭馆村辐射量最高的长泥中学体育馆里，菅野就避难的相关事宜向当地居民作了说明。

这时菅野的手机响了。电话是他的一名拥趸打来的。

"好像菅首相说过20年都回不去了之类的话。当然是不能让他说这种话的。村长听了这个不可能不生气"。

"因为只是个消息，真假莫辨。既然都说了这样的话，那就不是现在这个非常时期里、作为对全体国民负有责任的日本最高领导人该说的话了不是吗？这让我感到悲从心来。"把这个消息转达给了长泥村村民的菅野话音刚落，眼泪就扑簌簌地掉了下来[2]。

4月16日，福山等人再次去了饭馆村，这次他们是去出席"当地说明会"的。

说明会刚一开始，一名村民就向福山发起攻势说："现在你在这里还能做深呼吸吗？"

福山感到这句话是村民们"发自内心的呼喊"。

4月22日，政府正式决定并公布了"计划避难区域"。这个决定将影响到的人数为：计划避难区域1万人，紧急避难准备区域 6 万人。

大家前去避难后，饭馆村绵津见神社的多田宏宫司[①]一个人留在了神社。

"这样是否违反了法律呢？"他心里也并非没有这么想过，但当时也就那么当机立断地留下了。他把 90 岁的老母亲送去了住在静冈县烧津的弟弟夫妇那儿让他们照顾。妻子和次子在福岛市、长子在相马市避难。

安顿好这一切后，多田在心里暗暗发誓要独自一人留在神社。因为他觉得，这是自己对村子里 1200 户信徒们的责任。

虽说全村都去避难了，但还是有脖子上挂着辐射测量仪就跑回来工作或者整修自家房屋和墓地等的村民。偶尔还有人来拜托他们说："我们要砍树，请来帮我们驱下邪吧！"甚至还有带着七岁的女儿从位于滨松的避难地跑回来参加七五三参拜的信徒。大家见面后打招呼都会从"去哪里避难的呀？"开始。

村民们回来后，都会顺便来神社感谢他说："多亏你留在这里我们才获救的。"

---

① 宫司为神社的最高神官。——译者注

"别叫醒沉睡的孩子"

3月28日，广濑被任命为了内阁府参与。

这天，核安委的班目春树委员长召开了一个临时会议。会上，广濑说自己将担任"核安委和首相官邸间的联络员，以后官邸那边的事就都交给我吧！"

对此，委员们沉默以对。

这天广濑还带了一位身穿经产省防灾服的副官进了6楼的核安委办公室。广濑是安保院的顾问。进入事务局局长办公室后，广濑就打开电脑开始默默工作。

毕业于九州大学的广濑，是1974年作为技术官员进入科技厅的。后来他于1998年获得了京都大学能源科学领域的博士学位，其博士论文是"世界核损害赔偿制度的现状和课题"。1999年茨城县东海村发生JCO核事故时，他是科技厅的核能安全科科长，被追究责任后离开了该厅。之后历任核安委的事务局局长和安保院院长。

在委员长办公室召开的第一次委员会上，无人搭理的广濑兀自坐在桌边。与会人员中有5名委员和4名科长，另外还有事务局局长。事务局局长岩桥理彦正襟危坐地坐在最靠门边的座位上。身下是类似于中学体育馆里的那种折叠式钢管椅。

会议一开始，广濑便宣布道："从现在开始，将由我来接管核安委，我将成为核安委和首相官邸间的沟通渠道。

希望大家将我所说的话视作官邸的意见。"

"你来掌管核安委？这不行吧？！"一位委员不快地这么想着。

11 日开始，本来一直在核安委委员长办公室前面的椭圆形桌子上工作的 JAEA 的安全研究中心副中心长本间俊充的专家团队的所有成员，都被事务局人员以"不好意思，请将座位腾出来"的名义赶进了大房间。照他们看来，这是在为广濑和他带来的人腾地方。

会议结束后，广濑就立即开始对事务局下达起了命令。

到了晚上，他说了句："我去趟经产省。"然后换上经产省的防灾服就出门了。

"到底这人是哪边的啊？屁股坐在哪边在说话呢？"核安委中涌动着这样一种不安和不满的情绪。

有一次，当广濑就"计划避难区域"的事跟久住静代委员通电话时，对广濑"反反复复地说些琐碎之事"终于忍无可忍的久住怒喝了起来："你到底想干什么？！"

久住是广岛人，讲关西话。

这样的广濑，成了个万人嫌。

自从被广濑"接管"后，核安委就变成了只是为官邸的决定提供"权威保证"的一个存在。就设定计划避难区域的问题，被派驻到东电对策统合本部的核安委工作人员将细野和广濑商定的内容用传真发送给了事务局，并打招呼说:"请根据这个内容来草拟建议。"

"我们完全成了一个提供权威保证的部门。"事务局的工作人员如此叹息道。

但因为广濑的加入,核安委和官邸间的关系变得融洽了,这倒也是个不争的事实。广濑对官邸政务,特别是对枝野和福山的事不是一般的上心。

核安委的一名工作人员曾随同广濑前去官邸的官房长官办公室拜访过枝野。

当得知枝野不在时,广濑跪坐似地屈膝坐在地上,然后伏在地板上给枝野写起信来。写完后,他将信和资料一起递给了官房长官办公室的秘书。

"那我们就回去吧。"广濑对工作人员扔下这句话就离开了房间。

所以枝野、福山和细野都很重用广濑。他们中的一人曾这样说道:"那之前,在文部科学省、农林水产省、厚生劳动省等的相关问题上,只要有涉及核安委的,很多事情都无法决定。"可自从广濑去了之后,"我们这边想干什么,又期待核安委干什么,广濑对这些都能理解并能配合我们开展工作"。

核安委的委员和官员们都没忘记5年前发生的和经产省、安保院之间的"某个事件"。

当时的安保院院长更忘不了这段受到玩弄的痛苦记忆。

这位安保院院长就是广濑。

2006 年 3 月，由于接受了国际核能机构在前一年 11 月提出的关于导入核能灾害对策新指导方针的提议，核安委开始讨论对日本到目前为止的 EPZ（应该重点实施防灾对策的区域范围）进行修改。国际核能机构的新指导方针旨在当发生核污染时，实施即时避难和扩大避难区域。

核安委的防灾对策指导方针里是将 EPZ 定为"距离反应堆半径 8～10 千米内"的，如果导入国际核能机构的新指导方针的话，日本的 EPZ 就显得不够充分了。因此认为日本的核事故的防灾计划和指导方针有必要与世界标准接轨的核安委，开始对修正这个范围展开了讨论。

这当中，久住也是认为日本的安全规定有必要与国际标准接轨的热心的倡导者之一。他认为：紧急状态下应进行"即时避难"，并将避难区域扩大到 30 千米范围。

之所以日本的防灾指导方针里让居民避难"止于 8～10 千米"，其实是有原因的。因为原本日本的考虑是：就算真发生事故，最多也就是稀有气体和碘从反应堆泄漏出来了而已，从没考虑过存储容器破损或出现排气的这些情况。他们将假想的事故级别设定为三里岛那样的 5 级事故，因此反应堆设置许可指导方针也是以此为前提制定出来的。

也就是说，他们所计算出来的核泄漏量，都是以存储容器完好无破损为前提的，避难和训练计划也是在此基础上制订出来的。所以，如果要扩大这个范围的话，不啻是在挑战这个前提。

为此，安保院对核安委发起了猛烈反击。

同年4月，他们向核安委提出了以下"建议（笔记）"：

"针对导入国际核能机构的新核能防灾指导方针所进行的讨论……可能会引起社会混乱，进而加剧国民对核安全的不安，因此请终止这一讨论。"

要让EPZ和国际核能机构的新指导方针接轨，就必须让核电站所在地区和当地居民接受即时避难和紧急事态应急中心的转移。这样相当于公开宣布现行EPZ的防灾对策框架是不充分的，对此我们决难认同。

安保院的言外之意即在于此。

实际上，为了让国际核能机构的新指导方针的"5～30千米"中把"5千米"包含进去，日本政府一直在暗中进行说服活动。只要将"5千米"包含进去的话，就既没有必要变更日本的EPZ，还可以坚持说日本的EPZ和国际标准是一致的。

本来嘛，你们核委会为什么要开始这样一场"讨论"呢？

"你们在并未对负责防灾工作的本院（安保院）的意见和观点予以充分确认的情况下，就开始单方面地讨论防灾指导方针的修订问题，这不得不说是贵科的一个疏忽，对此我们深感遗憾。"这里的"贵科"，指的是核安委的管理环境科。

安保院将这样的一份"决斗书"摆在了核安委面前。

2006 年 5 月，安保院开口邀请核安委的人说"一起吃个饭交换下意见怎么样"。核安委这边同意了。

午餐会安排在了该年的 5 月 24 日。这之前，安保院刚刚召开了一个院内干部会议。除广濑外，安保院次长寺坂信昭、两位安保院审议官青山伸、阿部清治也都参加了。

午餐会的前一天，负责国际事务的审议官阿部收到了安保院的企划调整科科长西山英彦发来的邮件。其内容是希望你们在午餐会上能"非常简明扼要地提出防灾指导方针这个话题来"。

阿部于 24 日清晨给西山回了邮件，说他曾就前一年 11 月的国际核能机构会议上被承认的紧急应对安全标准（指南）向核安委作过如下汇报："期待今后将以本指南为参考，使我国的紧急应对标准更契合国际标准。"

"从这个前由来说，我非常期待这次将对指导方针进行的修订。"阿部在给西山的这份邮件中这样写道。

在干部会议上阿部再次阐述了自己的这一主旨，结果却以"国际标准并非必须遵守的东西"为由遭到了强烈的反对。

广濑也支持这些反对意见。他说："我们的防灾指导方针具有很强的社会性，应该考虑各国的主要情况。"并下结论说："至少近 10 年都应该维持现有体制不变。"

此外广濑还以"核安委并不善于处理和自治体之间的

关系，本身它就不过是个建言机构而已"为由，指示干部们要在安保院的主导下进行突破。

对于直到前一天都还在主张"要敦促核安委同意修订"的广濑突然痛快地决定"否决修订"，阿部感到非常惊讶和不知所措。

午餐会上，久住主张按照国际标准来彻底修订防灾指导方针。

对此广濑强调说，JCO 的临界事故发生后，各自治体的防灾体制已经很完备了。他以激烈的口吻反对久住说："在国民都已平静下来之时，为什么却要去惊扰他们呢？"

因为是"在饭桌上"进行的，所以这次的午餐会没有留下会议记录。

后来久住醒悟过来。"恐怕打一开始就是为了不留下会议记录才邀请我们来午餐会的吧。"可他当初却做梦都没想到，开午餐会其实就是为了掩盖这个意图。

用久住的话来说，所谓的"边吃午饭边谈怎么样"，其实不过是安保院"上门找碴儿"。

在次月的安保院和核安委的协调会上，安保院的负责人要求核安委管理环境科说："因为贵科的可能是'反咬一口'的回答和反应完全是在浪费时间和精力，希望今后能够避免"，并施压说"希望能付出能让我方接受的努力"。

为什么安保院可以对核安委如此颐指气使呢？

据认为，这来自于对防灾对策的重点区域一旦扩大、

"钚的热利用进程将无法推进"的担忧。

本该于 1999 年启动的这个项目，由于发生了英国原子燃料公司（BNFL）篡改数据和东电公司的故意隐瞒事故等问题而被大幅度推迟了。待这些风波终于平息下来后，通过 2005 年 9 月至 2006 年 3 月九州电力玄海核电站 3 号机和四国电力伊方核电站的 3 号机项目，钚的热利用发电才刚拿到了许可。

因此安保院很警惕。如果这时扩大防灾对策的重点区域的话，很可能会让民众担心核电站仍然是危险的，从而导致钚的热利用项目被中止。

福岛第一核电站事故后，核安委的委员和职员们后悔道"那时真应该扩大 EPZ 的"。

4 月下旬，广濑向细野递交了希望辞去内阁府参与一职的申请。

"我认为事态已告一段落。希望能回到我的本职岗位上去……核安委的委员们似乎对我也毫不信任……那里连张我的办公桌都没有。"

对此细野表示了理解。

核安委的事务局甚至没有专门为广濑准备办公室。因此，经产省为广濑准备了一个房间，广濑每天是从那儿往来于官邸和核安委之间的。

"20 是什么！"

3 月 24 日开始，福岛县内的学校都进入了春假，但几乎所有学校都将于 4 月 6 日开始新学期。如果下达 20 千米半径内的避难命令的话，随之而来的是所有的学校都将被关闭。

一般来说，遭受到低剂量辐射数年到数十年后，有可能出现癌症、白血病、遗传性疾病等晚发性病症。

如何解决 20～30 千米半径内的室内躲避地区的学校开学这个问题呢？要在怎样的条件下学校才能复课呢？

3 月 30 日，福岛县教委向搬迁至福岛县政府的核能灾害当地对策本部申请说：希望针对距离核电站 20～30 千米半径内学校的复课问题，能够尽快拿出可作复课参照的辐射量标准。当地对策本部将该要求传达给了文部科学省和核安委。

4 月 4 日，就是否该让室内躲避地区内的学校复课一事，官邸的应急团队进行了讨论。

同一天，当地对策本部部长松下忠洋接到了福岛县知事佐藤雄平打来的电话。

"4 月 6 日是学校的开学典礼。我们决定开学典礼还是要搞的。30 千米外的学校有开学典礼。但是，让室内避难地区的孩子们去学校究竟是否合适？校园里的辐射情况现在怎么样了？政府对此又是如何考虑的？请尽快予以明确。"

　　松下曾就这些问题打电话问过文部科学省的事务次官，得到的回答却含糊其辞："关于辐射值的问题，还必须听听安保院的意见。"

　　"请你们快一点儿！学校就快开学了！"松下说完这句就把电话挂了。

　　从 4 月 6 日至 7 日，文部科学省要求核安委在公开福岛县实施避难的县境内（除去 20 千米半径内的避难区域）的中小学、幼儿园以及托儿所的校园辐射量测定结果的基础上再讨论学校的复课标准。

　　班目将 ICRP 的出版物 111 读了 3 遍之多。

　　"111 出版物"上记载有如下内容：

　　"应当从 1～20 毫希的范围中选择恰当的参考标准。我们建议：最利于保护居住在受污染区域居民的参考标准是……应该从 1～20 毫希范围的偏低部分中选择"。

　　如前所述，政府是参考了 ICRP 的建议，并以"累积辐射量一年 20 毫希"为标准来设定的"计划避难区域"。但问题是：这个标准是否也适用于孩子呢？

　　核安委内部也出现了意见分歧。

　　在 4 月 10 日召开的核安委内部会议上，久住说："就算一年受到 100 毫希的辐射，也不会对诱发癌症等产生明确的影响。"

　　1990 年，久住在位于广岛的放射线影响研究所从事研究时，曾作为国际核能机构调查团的成员之一参与过切尔诺贝利事故对白血病影响的调查。

距事故发生已经过去 4 年了，并未发现事故对白血病有何影响。然而许多人却患上了"辐射恐惧症"，久住诊治过许多出于对辐射的恐惧而拒绝上学和不能行走的孩子的病例。由此她还知道：大多数因"辐射恐惧症"而卧床不起的人听了"100 毫希以下的辐射并不会对身体造成严重影响"的说明后立即就康复了。

在遭受低辐射的情况下，辐射恐惧症才是最麻烦的——久住深切感受到了这一点。

由此久住得出了如下两个教训：

● 绝对不能制造辐射恐惧症。

● 应该明确地告诉大家：某个标准的辐射量以下是没问题的。

而专门委员兼 JAEA 安全研究中心的副中心长本间俊充则对以这样的方式导入"20 毫希"这个标准提出了批评。

本间不仅作为专家很有分量，而且因为他的实际业务能力也很强，所以颇具影响力。

本间说："在遭受到核辐射的情况下学校还开学这是怎么回事？所谓遭受紧急核辐射就是得马上跑才行啊！在这种情况下，学校还怎么可能若无其事地开什么学呢？"

在 ICRP 的 "109 出版物"上承认下述两个标准的并存：事故初期的紧急时刻的 20～100 毫希 / 年和事故结束

后的 1~20 毫希 / 年。

虽然 20 毫希是"紧急时刻 20~100 毫希"中的最低值，但它也是"紧急时刻"的数值这一点却是不变的。

核安委委员代谷诚治认为："将受污染的尘埃带进体育馆之类的密封空间的话，那里的浓度就有可能增高，这样就麻烦了。所以如果不是设定为 20 毫希而是 10 毫希的话，应该风险就能被大大降低吧。而且，受到的核辐射中外部核辐射和内部核辐射各占一半，这也不可能吧。"

也就是说，他要展开陈述的观点如下：

- 儿童更容易感受到放射线，所以对儿童的标准应该控制在成人的一半，也就是 10 毫希。

- 文部科学省主张的 20 毫希，是以儿童在室外一天待 8 个小时来计算的。也就是说这其实是出于安全考虑的一个很"保守"的估计，实际上孩子们并不会在室外玩这么长的时间。这样的话，一半也就是说 10 毫希应该是可以的。

- 从监测的结果来看，放射性碘所占比例非常高，是铯的 10 倍之多。因为碘的半衰期非常短，一个月就会减少。辐射值应该早晚会变成 10 毫希的。

核安委也倾向于将儿童一年的累积被辐射量控制在 10 毫希左右。

另一方面，之前内阁的官房参与小佐古敏庄于则认为应该让这个数值接近于平常的放射线防护标准（一年 1 毫希，特殊情况下一年 5 毫希）。

这是结合了"孩子比大人感觉更敏锐，应该考虑到这一点来采取对策"的实情的、符合 ICRP 的"60 出版物"的一个考虑。

但如果一开始就设定为 1 毫希的话有可能会引起混乱，所以小佐古建议应该采取最初 5 毫希，接下来辐射值更低的分阶段实施步骤。

1991 年，在因切尔诺贝利事故受到污染的乌克兰、白俄罗斯和俄罗斯，都以每年 5 毫希的标准对当地居民实施了强制性移居。正因为脑子里一直有这个印象，所以小佐古才提出"最初的标准为每年 5 毫希"的。

脑子里牵挂着这事的小佐古向福山恳求道："如果将计划避难区域的辐射值设定为 20 毫希的话，那就把对儿童的设定为 10 毫希吧。"

当时被小佐古作为例证引用的，就是记录了对公众长期受核辐射一事的思考的"81 号刊物"。

重建期的数值被定为了 1～10 毫希。

他的理由是："对孩子的标准是这个数值的一半——5 毫希，而且最好是 5 年当中每年都是 5 毫希。不过，如果最初是 10 毫希的话，以后逐渐减少就行了。"

结果这场争论变成了主要围绕着 ICRP 的"103 号刊物"、"109 号刊物"和"111 号刊物"，引用了哪份刊物的何处，又是如何加以组织的一场文字较量[1]。

按文部科学大臣高木义明的话来说，当时的实际状况是："当专家们都各执己见时，我们只能尊重 ICRP 的意见。我们目标是将球投往好球带[2]。"

4 月 6 日，核安委答复文部科学省说：

● 在 20~30 千米半径内的室内躲避区域里，即使学校复课，也不建议进行体育课等室外授课，以及在室外玩耍。

● 对于非室内避难区域的辐射量较高地区，应慎重考虑学校的复课问题。

● 因为现在事故并没有平息，继续进行监测和采取恰当的对策非常重要。

不过，这些只是过于泛泛的理论，大家并不知道该如何具体应对。

文部科学省就"具体的空间辐射量"征求核安委的意见，但核安委的态度却是："应该由你们文部科学省拿出判断标准才对，我们核委会只是对这个判断标准建言的一方。"

---

[1]　ICRP 和国际核能机构都是有着很深联系的自愿组织。关于 ICRP，有人批评它是为了推进核能的伪装。详情请参照中川保雄的《被辐射的历史：从美国原子弹开发到福岛核电事故》（明石书店，2012 年）。只不过，这篇发表物在全世界的专家中广受推崇。这也是一个建立在事实基础上的国际标准。

[2]　好球带：棒球术语。任何合法的投球在传过好球带的范围后，都会被判为好球。——译者注

核安委委员代谷诚治的一句"在辐射防护方面，你们文部科学省在日本不是处于主导地位的机构吗？"就把皮球又踢了回去。

两个部门就这样互相踢着皮球。只是，稍不注意它就会发生爆炸。这是个类似于手榴弹的球。

4月6日下午6点，在官邸首相办公室里举行了一个名为"关于划分避难区域的会谈"。

菅、枝野和广濑，放射线医学综合研究所（放医研）的放射线防护研究中心长酒井一夫，以及文部科学省的审议官森口泰孝等人都出席了。

森口就文部科学省正就"20毫希"的事征求核安委的意见，目前已进入最终调整期作了简单的陈述后，就将问题扔给了广濑。

广濑刚一开始就"20毫希"进行说明菅就发飙了："20是个什么标准？这是什么意思？！"

"不是有个1的标准吗？"广濑低着头说。

"去把法令集拿过来！"

"哪儿写着20呢？"

广濑低着头。最后由枝野说了几句，会谈就这么结束了。甚至，连一句"日后再重新讨论"的交代都没有。

但之后官邸却收到消息说：福岛县强烈反对1毫希的标准。其理由据说是：学校一旦被关闭，等于宣告福岛市是危险地区，作为一个县它将无以为继。

　　菅给文部科学大臣高木义明去了个电话。高木以"因为还有教委，学校的事无法由中央单方面来决定"为由不为所动。

　　这期间，文部科学省和核安委的事务局反复进行了磋商。

　　文部科学省是抱着下述想法在征求核安委的意见：

　　（1）在校园空间辐射量高于每小时 3.8 微希的学校，在学生在校园里的活动时间不超过每天 1 小时的条件下可以复课。

　　（2）在校园空间辐射量低于每小时 3.8 微希的学校，可以照常上课。

　　每小时 3.8 微希的辐射量，与一年 20 毫希的辐射量相当。

　　核安委的立场是：应该以"ALARA"的观点为依据。所谓"ALARA"，　是"as low as reasonably achievable"这句话的首字母的并列，是将核辐射量控制在"可能达到的合理的最低水平"。因此，必须在事故结束后达到"1年 1 毫希"的辐射值标准才行，而"1 年 20～100 毫希"的下限 20 毫希这个非常时期的数值显然是无法被接受的。

　　但最后，在"我们的目标是在 1～20 毫希这个范围内将辐射值尽量降低到最低"的保证下，核安委作出妥协，将标准降到了"10 毫希"。

　　广濑坚决抵制来自核安委内部的反对意见。

后来核安委的委员长代理久木田丰证实说："不是由核安委的委员们来达成一致意见，而是由广濑接受了来自官邸的要求后再交代给我们办理这点，让大家觉得心里很不舒服。"

针对 1 年 20 毫希（每小时 3.8 微希）的标准，孩子们的监护人发起了一场激烈的抗争。

国会议员们对政府施加的压力也越来越大。

其结果是：儿童的被辐射量上限被从"20 毫希"修正为了"以 1 毫希为目标、以 20 毫希为上限"。但是，尽管表明了要将辐射量从 20 毫希降到 1 毫希，却并未拿出明确的方案来。

每年 20 毫希的辐射标准定下来后，细野曾一度打算搞个"败者复活赛"。即把校园里的土壤表层剥离，使其辐射量降低后再让学校复课。至少，黄金周前进行突击施工后再让学校复课也还不迟。

细野把文部科学省的审议官森口泰孝叫来试图说服他，但森口却一味坚持说"这个标准其实是没问题的"。

在学校复课这个问题上，细野那边的原文部科学省干部们都不表态，看起来似乎所有的问题都被抛给了原科技厅的干部们。

"把文部科学省这个名字换一换如何？"细野甚至曾对森口这样说道。

森口并没有听明白。

"因为文部科学省的人一次都没有来解决这个问题，只有科技厅的人在过问。文部科学省的人压根儿就不存在嘛！"

对此应该说是率真呢？还是感情过剩呢？还是官员之间只有这种既构不成威吓，也不产生压力的交道呢？尽管这样一想顿觉无情，可这种话还是会忍不住冲口而出。

不多久后，细野的手机接到了文部科学省的三位政务之一打来的电话。

一场激烈的舌战后对方说道："总理辅佐官可是什么权限都没有的。"

细野的"败者复活赛"到此为止。

4 月 23 日，细野的手机接到了农林水产副大臣筱原孝打来的电话。

筱原于 21 日出席了在乌克兰首都基辅召开的纪念切尔诺贝利 25 周年的国际科学会议后视察了切尔诺贝利核电站。

"必须尽快疏散学童们。"筱原对细野这么说。

细野只能支吾道："可你突然这么一说……"

在基辅逗留期间，筱原的随行翻译是一位名叫奥丽加·霍缅科的女性。她曾作为文部科学省支助的留学生在东大学习并获得博士学位。

25 年前的 5 月，她和其他中小学生一起被突然从基辅送到了克里米亚半岛上的某个疗养地。与父母的分离虽然让她非常不安，但在学会与班里的同学互相帮助后，他们彼此间的感情也日渐加深。暑假结束后，他们回到久违了3个月的基辅。当时从基辅过来避难的人多达100万人。

这次的学童疏散，是在乌克兰最高会议议长华伦蒂娜·舍甫琴科这位女干部的坚持下才得以实现的。

不管克里姆林宫还是从俄罗斯派来的科学家们，他们考虑的都只是如何让事故看起来不那么严重。人口300万的基辅如果发生混乱的话，将会对国家政治造成巨大打击。他们让乌克兰对继续进行5月1日的国际劳动节游行进行奖励，乌克兰照办了。

而舍甫琴科则揭竿而起表示反对。

她毫不让步地主张必须保护孩子不受到核辐射危害，因此这些学童们才被疏散的。

福岛核事故发生时，乌克兰国内纷纷给基辅的日本大使馆打来电话说："我们想接收前来避难的日本孩子。"因为他们始终相信：在发生核事故时首先让孩子们逃出来，这才是最重要的危机对策。

4月25日回国后，筱原把这些话给菅和细野两人都讲了。

他们两人都试图追求"心理上的1毫希"，对学校的复课问题也持慎重态度并和文部科学省进行过几次沟通，他们对筱原的话也深表关心。但终究因为"已经是定好的事了……"而没作任何改动[1]。

4月29日，小佐古向首相递交了辞呈，之后就他的辞职一事在国会举行了记者招待会。

小佐古就学校复课问题对政府提出了批评意见，说希望遵照"国际常识和人道主义"来解决该问题。

"如果将辐射标准设为上限的每年20毫希的话，对在核电站从事辐射工作的8万4000人来说是极少的。但若将这个数值用到婴幼儿和小学生身上的话，不仅仅是从科学的角度出发，即便从我的人道主义来说也是难以接受的。"

"在对将这个每年20毫希的辐射标准应用到小学等表示强烈抗议的同时，我请求政府能对此加以修正。"

"如果对此采取容忍态度的话，我的学者生命就将宣告终结。我不希望自己的孩子再遭遇到这一切。"

对此政府被迫做出应对。在第二天的众议院预算委员会上，菅以"专家们对此有不同意见，实在遗憾"为由，拒绝了小佐古的辞职请求。

就任内阁官房参与后，小佐古一直想让以核安委为首的政府内部的科学家们加入到讨论中来，可这个建议却没被采纳。

---

[1] 筱原此时满心遗憾，后来他出版了名为《以废止核电站来尽到世代责任。辐能污染是毒害，核能发电是耻辱》的书（创森社2012年）。

因为专家们的赞成或反对就放弃自己的意见的话，这不太奇怪了吗？小佐古想。

针对小佐古说政府的事故应对是"拍脑门决策"的批评，菅反驳说："政府是参考了包括核安委的意见在内的专家建议后做出的应对，绝不是一拍脑门想出来的对策。"

从3月中旬起，菅任命了好几位专家和学者担任内阁官房参谋，但这项人事任命却不是菅提出的，多少带有被细野和空本他们逼出来的成分。因此，小佐古脑子里有"将它推回去"的想法。他们从没一对一地听小佐古讲过。

高木严词拒绝说："（每年20毫希的）这个方针没什么好担心的。"

"因为这个数值是我们在ICRP的建议基础上、在事故持续时的参考水准中以最严格的每年20毫希为出发点来确立的。今后，尽量降低这个辐射量才是该做的。"他说明道。

在就任内阁官房参与后，小佐古抓住时机先后提出了一个个的务实提案并因此而得到了福山的高度评价。也正因为此，福山对他"因为1（毫希）就哭了起来感到难以置信"。

枝野的斗志更加昂扬了起来。

3月，小佐古披露了有人提议将每千克饮用水和牛奶中放射性碘的含量为300贝可的临时规定值提高到10倍即3000贝可一事。

因为出现了有人质疑小佐古的所谓"人道主义"到底是什么的反击的论调。

辞职前想跟菅道个别的小佐古通过空本数度表达过这一意愿，结果都石沉大海杳无音信。其间，官邸向他转达了"你的辞职会给我们带来困扰，因为政治上的反响太大了"的意见，但小佐古去意已定。

辞职后的几天，小佐古接到了内阁府打来的电话。打来电话的，是内阁总务官办公室的工作人员。

"小佐古先生，请容我啰唆一句，内阁官房参与是有保密义务的，还请您多多注意。"

"没办法"

核事故发生后，除政府外，好几组专家也在进行着各自的信息收集和分析工作，以期能将其研究成果运用在灾民的避难上。包括福岛大学副校长渡边明在内的福岛大学放射线测量组，就是这些研究队伍中的一支。

3 月 15 日，放在副校长室的辐射测量仪响了。渡边是位气象学学者。

"这可不得了！什么都可以暂时放一放，辐射监测却是必须做的。"

19 日，他和持相同想法的理工科的教师志愿者们开始一起测量起了校内和附属学校的辐射量。

23日，政府公布了SPEED I的估算结果，NHK的新闻里报道了美国能源部的国家核安全保障局（NNSA）用美国军机进行辐射调查的结果。据说，从福岛第一核电站往西北方向一直到饭馆村附近，核辐射的高浓度地带正在扩大。

想在地面上对从空中测到的这些数值进行验证，以看它们究竟是否正确——他们也正有此考虑。

为了这次涵盖整个福岛县的测量工作，他们成立了由13～14位朋友组成的"福岛大学辐射计量队"。

从25日开始，带了11台便携式辐射测量仪的他们分乘15辆出租车、历时4天去县内各地进行了测量。

最初大家商定的，是将测量结果紧急投稿给美国科学杂志。但正如渡边所说："这不是天气预报报出来的这样那样的气温数据"，对当地居民而言，监测结果应该是他们非常关心的。

首先向当地最高责任人汇报监测结果，这不正是地方大学应尽的职责吗？之后再向科研期刊投稿也不迟。

渡边第一时间联络了所测量地区的各个自治体负责人。这里面最让他在意的是饭馆村，公布数据前必须联络村长菅野典雄。菅野也是福岛大学经营协会的成员之一。

3月27日，渡边前往饭馆村，见到菅野并汇报了测量结果。

菅野面色凝重地听着，终于听不下去了似的说道："你们到底要让我们动摇多少次才肯罢休呢？辐射量很高，水不能喝，土壤被污染——这些我都非常清楚。数据我们需要，但公开发表就没必要了吧？"

坐在菅野旁边的福岛县工作人员对渡边说："请你们手下留情吧！"

回到学校的渡边对测量队的部分成员一五一十地详细讲了情况后说道："我们又不是在竞争一项研究成果，公开发表的事就再等等吧！"

渡边非常理解菅野对进行全村避难的强烈抵触情绪和其中的缘由，连他自己也正承受着来自大学内部的压力：为什么要把大学设置在辐射量如此高的地方？我们搬走吧！

情况已然发展到了：围绕辐射量问题，大家不信任政府、不信任文部科学省，不信任测量数据。

怎样才能把可信的数据告诉居民们呢？作为县立大学，就不能发挥一些作用吗？

让人感到自己多少起到了一点作用的，是给浪江镇的测量报告。

在浪江町办事处避难的浪江镇津岛上，渡边的监测团队测到的辐射值为每小时 70 微希。

渡边走访了作为浪江镇避难地的二本松市东和办事处，向副镇长上野晋平作了汇报 。"我们大学的研究团队正在车里进行辐射监测，在这里测到了非常高的数值。"

浪江镇是在发布 20 千米半径内的避难命令时迁移到 20 千米外的津岛来的，这个结果意味着这里已经成了高辐射地区。

之后，上野前往福岛大学副校长室拜访，再次就数据进行确认的同时，也就辐射的检查体制、污染状况以及健康手册的发放等征求了渡边的意见。

浪江镇镇政府和镇民于 12 日迁移至 20 千米半径外的津岛后，15 日再次从津岛来到二本松市避难。

但很多镇民拒绝去津岛避难，继续着在那里的生活。虽然镇政府后来曾多次劝他们避难，但他们都不愿意。

根据福岛大学监测队伍提供的辐射测量结果，有必要再次劝告留守的镇民们前往津岛避难。

"我去说服镇民们！"上野这么说着就又回镇上去了。

12 日，福岛县进行了自己的辐射监测，但数据却没能被转告给浪江镇。对此上野感到难以容忍。他的想法是："本来刚开始避难时就需要这些数据的。"

渡边等人的监测结果如果早点儿拿出来的话，大概就能在到 15 日为止的避难中派上用场了……他觉得这点实在令人遗憾。

但渡边他们的监测数据显示：两周过去了，津岛依然处于高辐射区域。

上野拿着这份结果前往津岛说服镇民们。

一言不发地听上野讲完后，一位镇民语气沉重地说道："既然是福岛大学的老师说的，那就没办法了。"

听他这么说的上野信心大增："这些数据虽然没在避难时发挥作用，却让镇民们重新意识到自己受到了核辐射的危害。"

上野给渡边打去电话说："'没办法'——就这么一句话，大家就都接受了避难。"

这让渡边胸中涌起了一股暖流。"能立足于本地做这些事真是太好了！"

前文的第 18 章（《SPEED Ｉ 还在工作吗》）中，曾提到过 15 日早野在推特上发表推文一事。文中他发问道："安保院的紧急时迅速预测辐射影响的预测网络系统 SPEED Ｉ 没有 24 小时全天候运转吗？而且估算结果也没公布出来？"

早野在这篇推文中提出的问题里，也包括对为什么没有公布解析结果的追问。

那之后，东京大学的早野龙五的那一仗又怎样了呢？

第二天的 16 日，东京大学灾害对策本部部长（本部长、副校长前田正史）发出了针对"研究科科长·研究所所长各位"的题为"关于福岛核事故相关辐射信息等的处理"的第 2 号通知。

"我们成立了与标题相关的名为'灾害对策本部环境辐射对策'的项目组，将继续监测校园内的辐射值，并将在此基础上向学科内的相关人士征集来的具体对策通过门户网站通知给诸位。鉴于各媒体均在发布各种辐射相关信息，为避免给教职员工和学生带来无谓的混乱，请各部局注意：请勿在未与环境辐射对策项目组商议的情况下直接与媒体接触"。

在发布这项通知前，早野这里就已有几位对策本部的"使者"前来造访过了。他们是来委婉提醒他别发推文制造"无谓的混乱"的。

早野其实已经意识到自己大概成了最大的"靶子"。因为他已经收到了对策本部通过理学部部长山形俊男转发给他的如下通知："事先告知各位：与辐射相关的信息发布、尤其是与（包括报纸在内的）媒体的接触，将归口到宣传部门进行统一管理。"

"SPEED I 并没进行 24 小时全天候运转吧？而且也没公布估算结果？"这个问题，其实是山形对副研究科长相原博昭和他理学部的同事们提出的。

作为国际知名海洋气象学家的山形认为："这样SPEED I 不是就没有运转吗？果真如此的话，用天气预报的模式来紧急进行辐射的大气扩散模拟测试就很有必要了。"

自从 12 日被文部科学省的副大臣铃木宽叫去之后，早野几乎就常驻那里在给铃木帮忙。

17 日，早野和东京大学医学部附属医院辐射科的副教授中川惠一一起在副大臣室见了铃木。

"SPEED Ⅰ应该在运转。"

"是吗？真运转着的吗？我不知道。"他们这样交谈道。

据说此时早野在推特上的关注者已经有十几万人了。

"希望粉丝数能涨到100万人。"铃木说道。他对早野的活动持支持态度。

之后早野也和铃木就SPEED Ⅰ的问题用电子邮件进行过沟通。

20日，铃木发来邮件说"貌似SPEED Ⅰ从一开始就在运转"。

21日的邮件内容是："好像核安委最初就态度积极地用上了SPEED Ⅰ"。

然后24日又发来了一封以"我是铃宽"开头的如下内容的邮件：

"最近几天，政府内部的各路政治家们一而再再而三地不断在提议，要求核安委公布SPEED Ⅰ的结果，让我感到很疲惫。最后还是官房长官枝野在记者招待会上、在未跟核安委沟通的情况下，强硬地顶住了压力。"

"防灾大臣松本龙虽然是核安委的负责人，但他们却没有一个具体下达命令的负责人。这次它的独立性事与愿违。这不仅是在自然科学家间，而且在社会科学、政策科学和制度设计上，也是值得验证和改善的课题。"

早野在进行着一场守卫"科学家良心"的战斗。早野感到，文部科学省和日本的几个学会以"不要带来无谓的混乱"为由，在向科学家的独立性和良心施加着压力。

早野将这点告诉了铃木并向他寻求帮助。

铃木给自己的老朋友、东大副校长松本洋一去了个电话。他说，东大的灾害对策本部阻止早野在推特上发文，这是违背学界良心的，他要求保障早野的这些活动。

作为流体工学方面权威的松本和校长浜田纯一一直倡导的东大治学精神是："研究的多样性和卓越性两方面固然都很重要，但研究的多样性则更加重要。"因为他们都认为，单一声音和独特声音这种"单一真理"论并非通往真理的道路。

"学者、科学家有发言的权利。不能禁止他们在自己的推特上发文。"

松本的条理非常清晰。"这当然不能出现在东大的主页上，但如果是早野个人的博客的话，我认为是没问题的。"

17日早野和中川与铃木见面时，铃木就跟他们说到为了让国民尽快了解到大气中的核物质扩散信息而要敦促相关部门对SPEED Ⅰ的状况进行确认并提供信息的话，气象学会会长的声明和气象学界权威们的意见是必不可少的，并劝说他们要取得这些大腕级人物的支持。

于是早野和山形进行分工后开始了各自的活动。身为气象学会权威的东京大学名誉教授松野太郎通过电话给的答复却是："一方面我们不能对应该由国家做的事说长道短。此外，不准确的信息也会蛊惑民心。"

气象学会于 18 日以理事长新野宏的名义，给"日本气象学会的诸位会员"发送了如下通知：

"本学会的气象学、大气科学的相关学者提供含有不确切内容的信息，或不慎用不能向公众传达的方式来交换信息，都只可能造成国家防灾对策相关信息的混乱。关于辐射的影响预测，在国家的核能防灾对策中，文部科学省等部门拥有值得信赖的预测系统，而且还有建立在此预测基础上的确切的防灾信息来源。防灾对策的基本正在于：提供可信赖的单一信息，并在此信息的基础上行动。希望身为会员的诸位牢记这一点并妥善加以应对。"

这之前的 14 日，专业从事海洋方面基础研究开发的独立行政法人海洋研究开发机构（JAMSTEC）的地球模拟装置（ES）的电脑突然关机了。对气候变化和地震等进行模拟监测的这个地球模拟装置曾是世界排名第一的超级计算机。

后来获悉：关机的理由是，该机构接到了"值此电力危机关头，希望你方能采取更加节能节电的措施"的"国家通告"，东京大学灾害对策本部认为"在这种状况下，不能启动周边机器"。

节电优先就得关掉电脑——这到底算怎么回事？

山形义愤填膺地给铃木发去邮件说："希望文部科学省

的官僚们不要再出这种愚蠢的主意了！"

"难道我们这个国家连将模拟监测运用到危机应对上都做不到吗……"山形心想。

山形给他的同事们讲了不久前从书里读到的一段印象很深的趣事。那是作家猪濑直树在《昭和16年夏天的败战》中写的。

近卫文麿内阁于1941年（昭和16年）4月1日设立了内阁总体战[①]研究所。该研究所将从军队、政府和民众中选拔出来的36名青年精英组成了一个模拟内阁，来进行以跟美英作战为目的的模拟实验。经过各种模拟后他们于同年8月将结果报告给了当时的首相近卫文麿和陆军大臣东条英机。

"我们在12月中旬实行了一次奇袭作战，虽然成功了的话就能预见到首战的胜利，但在供给上处于劣势的日本却并无胜算。这场战争最终将变成持久战，其结果是迎来苏联的参战和日本的战败。所以无论如何都要避免日美开战。"

对此东条的回答是："诸位的研究实在太辛苦了。但这完全是纸上谈兵，实际的战争并不像你们想象的那样。我们从没想过会赢下日俄战争，但最后却胜出了……战争这种东西，是难以按照计划进行的，一些意外的因素是跟胜

---

① 意指国家或团体倾全力进行的战争。——译者注

利联系在一起的。你们考虑的这些情况虽说不完全是书房里的空想，却完全没把这些意外要素考虑进去。”

SPEED I 之后……

3 月 22 日的参议院预算委员会上。社民党主席福岛瑞穗在要求政府公开 SPEED I 数据的同时，也就为什么不公开这些信息对核安委委员长班目春树发起了质询。

福岛问：“ SPEED I 的结果没有被公布出来。这是为什么呢？”

班目回答：“SPEED I 这个软件是一个在知道有怎样的东西从核反应堆设施中泄漏出来时，利用当时的气象条件等对辐射量将会如何变化加以预测的一个系统。遗憾的是，因为现在不知道核物质将以怎样的形式从反应堆里泄漏出来，所以现阶段还无法用它……对于暂时无法用它来预测辐射量这点还望理解为盼。”

福岛说：“因为国家的各种数据都没有公布出来，所以才造成了现今民众的不安。请马上公布这些数据。”

看来是因为前些天在国会上福岛被追问到过这个问题，所以不得已要拿出一些数据来。

东京大学研究生院的小佐古敏庄教授于 16 日就任内阁官房参与后，就主张公布 SPEED I 的数据并将其结果运用于居民避难上。但安保院、文部科学省和核安委却纹丝不动。后来小佐古就这个问题严厉批评他们说："这是官邸指挥和核安委的无能。"

有人提出可以在 SPEED Ⅰ 的工作场所来活用 SPEED Ⅰ。

受文部科学省委托对 SPEED Ⅰ 进行分析的核能安全技术中心的工作人员中，对政府不打算将 SPEED Ⅰ 用于居民避难产生了强烈的不满。除开最初的 2 个小时，该中心在此期间一直在继续使用 SPEED Ⅰ，工作人员也是 24 小时地轮班在干。虽然中心里有人提议应该向官邸建议直接用上 SPEED Ⅰ，但领导层对此却很慎重。

按照合同，核能安全技术中心是向文部科学省"交货"的一方，如何对待这个问题取决于文部科学省。现场工作人员的心情固然可以理解，但直接去影响政治家们的决策却是不可能被认可的。就是这么一个道理。

从 16 日开始，不断有来自现场的信息被传递给 HP："SPEED Ⅰ 正在运行中（没有坏）。"这是一种最低限度的抵抗。

问题到底出在哪儿呢？

首先，是将 SPEED Ⅰ 用于居民避难上的意识淡薄和计划上的欠缺。要将 SPEED Ⅰ 的估算结果运用到居民避难上的话，就要在制订这一防灾计划的同时贯彻它。对此政府既缺乏想法，也没有制订过相应的计划。

根据防灾计划的要求，发生事故时的紧急避难必须在预测辐射量的基础上进行，而辐射量预测是根据辐射的监测结果和 SPEED Ⅰ 的估算结果等推定出来的。

SPEED Ⅰ 的估算方式有以下三个：

在掌握释放源信息的基础上，模拟核物质在大气中的扩散方式；

根据单位释放量或假定释放量来进行估算；

在监测（空间辐射率、飘尘取样）结果的逆推算基础上对释放源信息（释放量、释放时间等）进行推测。

如果应用 SPEED Ⅰ 的目的是用来保障居民安全的，尤其是用来制定居民避难措施的话，那么今后预测辐射量就应该作为一个最优先课题来考虑。但在无法获取辐射源信息的情况下，这点却无法实现。

据此才进行了"建立在逆推算基础上的释放源信息推测"，并以此为线索来对迄今为止核物质在大气中的扩散进行模拟的。这并非建立在实际的释放源基础上的预测，不过是对单位释放量等释放源信息进行假设后进行的一个估算。所以不能仅凭 SPEED Ⅰ 的估算结果来确定避难方式。

实际上，11 日晚开始发出的实际避难命令，是在参考了核电站内反应堆的压力和水温等状况以及监测结果后作出的一个综合判断。

就此，官房副长官福山哲郎证实说："我们其实是知道 SPEED Ⅰ 的。安保院、文部科学省和核安委事前也向我们报告过这事，并谈过能否将它用起来什么的……但对于这个SPEED Ⅰ的结果，我个人是持怀疑态度的……如果说到能否通过加入1个单位，而且还是假设的单位，来用SPEED Ⅰ得到一个估算结果，并以此来确定10千米、20千米范围居民的避难场所，那恐怕是做不到的。从政治层面而言，我们无法赋予一个预测软件如此高的正当性。"

因为无法获取释放源信息，势必会增加预测的不准确性。在颁布避难令这一政治上风险相当高的决定时，将还在不断增加不确定性的事物作为判断依据这种情况，在现实生活中应该很罕见吧。

在福岛核事故的处理中，可用的数据和工具都很有限。核物质的释放并非一次就完结了，而是一直持续着，而且，还有时而大量释放、其他时候又不怎么释放的不稳定性。不得不说，逆推算也是一项极为艰难的作业。

尽管如此，不，应该说正因为如此，为尽可能降低居民遭受核辐射的风险，并能采取更加安全的预防措施，难道不应该更加深入研究如何最大限度地发挥它们的作用吗？如果能尽早掌握"风向、风力并预测以后的风向"的话，SPEED Ⅰ就一定能更加确切地显示出核物质的扩散趋势。那时的问题的关键，就在于监测的实测结果了。应该可以在基于实测到的辐射值讨论避难方式的同时，也参考一下SPEED Ⅰ的估算结果吧。SPEED Ⅰ应该被视作在核事故初期的预防性运用，也就是说它其实是一个"警报"。

但是，不管是安保院、文部科学省还是核安委，都根本没有将 SPEED Ⅰ 的估算结果运用到避难中让它发挥些作用的想法。

文部科学省审议官森口泰孝证实说，虽然"为了决定非常时期的监测范围……我们将 SPEED Ⅰ 作为内部讨论的资料"在用着，但因为福岛核事故是商用反应堆引发的核灾害，考虑到涉及避难令等 SPEED Ⅰ 的预测数据的处理是归口到安保院管理的，所以就没进一步采取超越权限的行动。

包括官邸和核灾害对策本部在内，SPEED Ⅰ 的估算结果是为谁而作，又该以怎样的形式来公布，对此他们都没有明确的战略。

海江田说："在事故应对中，最该反省的是没能在居民避难中用上 SPEED Ⅰ。结果导致 20 千米乃至 30 千米以外的高辐射地区的居民没有及时避难。

"过后再来看，SPEED Ⅰ 的估算数据其实和成为问题的焦点区域相当一致。真是这样的话，发避难令时不就可以作为参考了吗？"他承认自己有这么一个"令人羞愧的想法"。

其次，是统治能力的欠缺。政治家和官员之间的分工模糊不清，没有确立起针对危机管理的决策过程和指挥体系。

当时，安保院曾委托核能安全技术中心负责制作居民避难区域方案的辐射小组进行过 SPEED Ⅰ 的估算。11 日晚 9 点 23 分,官邸做出距福岛第一核电站半径 3 千米地区的居民实施避难、3～10 千米区域实施室内避难的决定时,安保院 ERC 发出了质疑之声。

因为,官邸的避难令是按同心圆来划分区域的,而在安保院的 ERC 里对此是存在争议的。辐射组认为"风向上下午都在不断变化中,很难用 SPEED I 来估算,无法使用",因此大部分 ERC 人员都对用 SPEED I 持消极态度。但居民避难组却以 SPEED I 的预测结果为前提在准备居民避难计划。

从 3 月 11 日到 3 月 16 日的 6 天里,安保院、文部科学省、核安委各自拿出了共计 84 个 SPEED I 的预测数据,他们之间完全没有进行任何信息共享。

在国会质询中,针对安保院、文部科学省、核安委三方在用 SPEED I 的预测时被问到的"你们彼此知道各自在干什么吗?"安保院院长寺坂信昭的回答是:"不知道。"暴露出了官厅在核安全管理上二元、三元体制的弊端。

3 月 16 日的"枝野裁定",真实地暴露出了这种弊端。

危机当头,明明必须整合所有能用上的资源、发挥能动员起来的力量,而官邸却恰在此时针对辐射监测的调查、评价和公布分别进行了分配,即进行着分散性因式分解。于是,在二元、三元体制的深处,JCO 核事故时的原通产省(现经产省)和原科技厅(现文部科学省)之间暗藏着的错综复杂的官僚政治也被卷了进来。

16 日就任内阁官房参与后强烈主张启用 SPEED Ⅰ 的小佐古指出：文部科学省之所以对 SPEED Ⅰ 的应用撒手不管，是因为文部科学省中原科技厅的职员们对经产省的安保院心怀怨恨。

他曾这样说过："JCO 核事故发生时经产省不是整了我们吗？就因为他们，我们科技厅才被解散的。这次的事是你们经产省的责任对吧？本来这就是你们的工作不是吗？在把事情交给核能安全技术中心后，安保院的上上下下就都一副'那你们自己做呗！我们就放手让你们来做'的样子。主要问题其实并非谁隐瞒了 SPEED Ⅰ 的估算结果，而是谁该负起责任来运作 SPEED Ⅰ 的问题。正因为如此，才出现了相互推诿、把事情推到对此一无所知的核安委那里，最后谁都放任不管的局面。"

最后，是以避免恐慌为名的规避风险心理。在这点上虽然政治家和官僚的表现都并无二致，但官僚机构的表现却尤为明显。

SPEED Ⅰ 的估算结果中有些信息应该是非常不成熟的，也注定会有一些缺乏可信度的数据。这时该如何判断它的影响呢？会不会因为公布这个估算结果而导致混乱？还是不公布反倒会引发混乱呢？这时必须作出艰难的抉择。

虽然公布了通过逆推算得到的估算结果，但那之前的预测结果却仍没被上报到官邸来。究其原因，首相辅佐官细野豪志解释说："我们接到的说明是：因为核物质的释放源等不确定导致数据缺乏可信度，担心公布的话会引起国民恐慌。"

但在害怕引起国民恐慌这一点上，官邸的担心其实也是一样的。

"给人的印象是：官邸虽然知道 SPEED Ⅰ 这个系统的存在，但对公布它的估算结果并不那么感兴趣。"核安委的事务局局长岩桥理彦回忆说。

官邸的态度明确转为支持公布 SPEED Ⅰ 的数据，是从 3 月末开始的。政府从最初担心不成熟的信息会引发公众恐慌而对公布数据扭扭捏捏并被批，现在突然摇身一变成了一口气在网上公开了 5000～1 万张图的闪电应对态势。

在前一章的"饭馆村的异常情况"中我们曾提到过，被称作"SPEED Ⅰ 先生"的茅野政道每每听人说"SPEED Ⅰ 无法使用"时，就感到很疑惑。"应该没人会说'因为防灾预测不能有错，所以就不能用 SPEED Ⅰ'这种话吧？既然如此，那为什么这次又要追求 SPEED Ⅰ 的估算结果完美无瑕呢？"

可唯独在核灾害领域里，却盛行着这种完美主义。

在核安全上，无论多小的风险都是不被允许的。用概率来表达风险，这在日本是一种病态般的忌讳。"SPEED Ⅰ 无法使用"大概也反照着核能安全这个神话吧。

官僚机构极度恐惧因公布 SPEED Ⅰ数据引发的恐慌而被问责。因为被公布的这些数据，高辐射地区的居民争先恐后地涌来避难所致的无法控制局面的风险、引发次生灾害的风险、后来被证实估算结果有误的风险，以及尤为重要的被索赔和起诉的风险——这些，都是让他们感到害怕的。

所以，比起采取行动的风险，他们选择的是什么都不做的风险。

此外，是具有霞关官僚机构特色的纵向分割的行政方式和消极的权限之争。

所谓消极的权限之争，就是霞关的处世之道。具体表现为：对于政治上不能得分的、对提升该机构的权限无益的、可以减少空降领导的、被要求到的麻烦事、会妨碍某干部升官等的诸事，都采取不举手表态、不抛头露面、不引人注目的处事原则。

官房副长官福山回忆说：这些问题在文部科学省表现得尤其明显。

"文部科学省是以组织防卫的方式在运作的。最初是到处逃避。所以先把事情推给安保院，然后又推给核安委，自己最终却一味逃避……最初官邸让文部科学省来搞监测时，他们不也大惊失色吗？之后文部科学省的工作一直进展缓慢。"

在危机的紧要关头，文部科学省却将 SPEED Ⅰ的使用权单方面移交给核安委后，自己摆出一副"这得问核安委"的架势。这件事是有史以来霞关丑陋的消极权限之争中最令人生厌的一个例子，很有必要被记住。

经产省出身的众议院议员福岛伸享（民主党）在国会质询中提出"为什么文部科学省不早点儿公布 SPEED I 信息"的问题后，文部科学省出身的 JAEA 的某董事给他打去电话说："先生，请你别再嚷嚷了！"

1999 年发生 JCO 核事故时，福岛在通商产业省（现经产省）负责核能安全问题。

"虽然监测是文部科学省在搞，但对这些数据进行评价和模拟却不归他们管而是核安委的工作。这不是官邸定的吗？"该董事说道。

福岛反问道："那，到底文部科学省是从事什么研究的呢？"

董事回答说："我们从事的是常规状态下的研究，而不是非常事态下的研究。"

枝野回忆说："在文部科学省里，原来科技厅的那帮人就是个黑匣子。"不管是在文部科学省还是在核安委，核能的行政和安全规则都由原科技厅的人掌管着。

更不用说还有"核能村"这个眼前利益。

岩桥给我们解释了在"核能村"推行安全规则的难度。"想升官的人谁都不会来制定安全规则，因为这会与核能村的利益发生冲突。因此仕途有望的人都不会来插手此事。"

据说，核能安全规则就是霞关的"极端派"们的终点。

最终，SPEED Ⅰ是作为"超越实物、超越现实的存在"而被用在政治和行政上的。核安委委员长代理久木田丰说："如果用与SPEED Ⅰ相称的想法来理解它，并作为一个参考来使用它的话，我想或许是能产生些效果的。"

结果对它的宣传非但不相称，反倒将它作为"安全神话"的一个道具来大肆渲染，使它成为了一个为了推动核动力发展而让民众"安心"的诱饵。

既然国家为了研发它投入了超过120亿的税金，当然不可能无法使用。但是，根据避难资料来看，是有人不想用它。

岩桥曾对SPEED Ⅰ的权益结构和背景做过如下分析：

"包括我自己在内的原科技厅的职员们都成天忙于与原通产省围绕着核能项目争权夺利。而且，因为曾有过被原通产省步步紧逼地夺走权限的教训，所以无论如何都想保留一些与核能的关联性的我们的这个想法很强烈，而SPEED Ⅰ，就是体现这种关联性的一个载体。"

尽管SPEED Ⅰ对逆推算放射性物质的释放量和锁定重点监测地都发挥了一定的作用，但在核电站状况最危急的3月11日至16日期间却完全没有派上任何用场。因为安保院、文部科学省和核安委借口没有辐射的释放源信息，既不相信SPEED Ⅰ的估算数据，也不认可其价值。

但当媒体将SPEED Ⅰ没被用上之事曝光、使之成为一个政治问题后，他们甚至做出了试图隐瞒 SPEED Ⅰ 之前的工作数据的举动。

民间进行的事故调查得出的结论是："在事前的防灾计划中 SPEED Ⅰ 并未被充分运用，事故发生后的紧急应对中其价值也没有被认可。尽管如此，由于社会上对它的过度期待，其结果是越发加深了公众对政府在事故应对上的不信任感。"

*1 松下忠洋于 2012 年 9 月 10 日自杀。他当时担任内阁府特命担当大臣（负责金融）。

*2 当日，内阁官房参与松本健一将此话作为菅说过的话讲给记者听，菅当即否认自己讲过此话。3 小时后，以"10 年、20 年不能住这话是自己说的，首相并没说过这样的话"为由，松本收回了自己说过的话。（2011 年 4 月 15 日朝日新闻《菅政府的轻率之语。据传为首相发言的"核电站周围 10 年、20 年都不能住"在 3 小时后被收回》）。

第 21 章

失城一日

东电总经理清水曾说过："建城十年失城一日。"但是清水执意向官邸提出撤离的做法，不恰恰代表了当现场出现人员死亡时试图回避责任的东电文化吗？

"我们当敢死队要当到什么时候？"

3月13日上午7时刚过，福岛第一核电站的应急对策室里。

器材班请求开车上下班的员工们说："拜托各位了！现在需要电池来确保2号机的电源，希望大家把自己车上的电池借出来！"

说话人的话音外传来了"10台！10台！"的喊声。

"目前还需要10台。"

过了一会儿，一个很肯定的声音插话说："抱歉，还要再加4台！2号机的SR阀电池还缺4台。如果哪位能把电池借出来的话就可以解决了。不过……需要大家尽量自己把电池卸下来……"

即使把员工们的车用电池全部借过来，也只能应付一时之需。

"这里是器材班。实在抱歉，现在我们要去采购电池，但是现金不够，希望拿得出现金的人一定借给我们。实在是抱歉，哪位身上带钱了的可以借给我们吗？"

办公主楼的保险柜里有现金。但因为那里的天花板被地震震落了，当时禁止出入。

在电视会议上听到这话的总部的小森明生常务问道：
"今天有人坐直升机去福岛吧？得带些现金过去才行。"如
果今天真有直升机要飞过去的话，应该让人带去的难道不
该是电池而不是现金吗？

难道这里就没有一个可以统筹全局、制订行动计划的
参谋吗？

筹集电池的问题已经拜托给了东芝公司。他们跑到关
东一带的汽车用品店 AUTOBACS 里批量采购。东芝公司
的人问东电 "你们需要多少电池呢？" 东电的回答是："有
多少要多少。"

最后，东芝筹集到了 1200 组电池。

13 日深夜，他们把这些电池交到了小名滨客户服务
中心。等这些电池被送到福岛第一核电站时，一整天又过
去了。

"对不起，我们已经没有一点儿生活用水了。"福岛
第二核电站的增田尚宏站长（53 岁）直接向总部反映道。
这是发生在 14 日深夜的事。

听增田这么一说，第一核电站方面也怨声四起。"我
们这儿也够呛啊！"

第一核电站的吉田昌郎站长也不得不插上一句似的说
道："就是啊！如果我们这儿有水的话就可以冲进核反应
堆里去了。"

甚至连瓶装的饮用水都成了奢侈品。

3月19日，在连接东电总部和现场的电视会议上，总部员工提醒在总部非常灾害对策室里工作的东电员工说："大家的桌子上还有饮料瓶，这是不是太打眼了？现场连水都没有……你们是不是应该把水喝光扔掉瓶子呢？"

福岛第一核电站抗震重要楼里的现场员工们都盯着总部对策室，包括每人面前瓶子里的水位高低……

吉田已多次和总部发生冲突。冲突的原因大多是事故对策、器材和人员的供给及补充，以及避免工作人员遭受辐射的管理和改善其生活环境等方面的问题。

因为连续36小时不眠不休地忙于应对事故，有人甚至坐在椅子上就睡了过去。

3月14日下午1点半左右，因为辐射量持续上升，吉田向总部请求说："由于1号和3号机组的两次爆炸，辐射量现在非常高，请考虑一下这个问题！"

对此总经理清水正孝的回应却只是一句："请你们想方设法坚持下去。"

大部分的个人辐射报警仪（APD）和防护器具都被海啸冲走了。防辐射器材和人员的不足，成为了事故应对初期的最大障碍。

福岛第一核电站事先准备了最低限度的供紧急应对小组的50人工作所需的防辐射器材。但事故伊始，被动员起来的应急人员就超过了500人。

事故前规定的全体工作人员的被辐射量是不能超过100毫希，政府应东电请求将该限度从每年100毫希提高到了250毫希。但是当时因为这个规定，操作人员未能接近安全壳的排气阀；而标准被提高后，该情况却未被充分传达给现场工作人员。

从13日开始，福岛第一核电站就在抗震重要大楼里放置了安定碘剂并发放给了工作人员。按规定是每天发放一到两粒，有人每天都在服用。据说服用得最多的一名工作人员吃了87粒。

14日下午，声援者们终于赶到了。他们是来自柏崎刘羽核电站现场的49人、工程部的8人和总部的5人，共计62人。工程部是维护输电线的部门，而非处理核问题的部门。

面对如此严重的危机，却没有果断提供相应的补充力量，而只是在"逐步投入兵力"——不，甚至连兵力都说不上。因为，正如合作企业的某位干部所说的那样："根本就没有军队。"

"在核电站设备中能够用上的人手，也就是在现场有动手能力的工作人员肯定是不够的，也没有军队。即便总部核能部门的人去了也只会成为现场的累赘。明明是周围一圈一下都掉了下来，总部派去的人不去填补周围出现缺口的地方，却光填补上面，当然就会形成一个倒三角形。"

同一天的14日夜里，2号机组的情况急剧恶化。反应堆内压力过高，水进不到炉内。

关于吉田在这天夜里第一次主动致电首相辅佐官细野豪志的事，前文的第 7 章（《3 号机组的氢爆炸》）中已有过记述。

当时吉田诉苦说"装备不足……如果有即使反应堆内是高压也能注水的泵的话……我们再想想办法吧"。

虽然后来确定了要设立对策统一总部，但当听着总部和福岛第一核电站的电视会议时细野强烈感到：吉田当时一定对总部已经近乎绝望了。

对于总部的部长们面对吉田的请求总是重复着的"做不到""很困难"之类的借口，吉田已经不是一次两次发火了。"请总部不要太过分了！我们可是把命都豁出去了！""让我们现场做这做那，但是我们这里人手根本不够，不可能都做得到。总部也得派人过来才行！"

眼见这种情形，细野曾在总部的非常时期灾害对策室当着所有在座的东电干部声泪俱下地问道："你们这算什么？这算得上什么事故应对？在那里拼死工作着的，可都是你们的伙伴们啊！你们也都认识他们吧？"

吉田昌郎站长问"能不能派人来换我们的班呢？"

武藤荣副总经理的回答是："现在有点儿困难，你们再坚持一下吧！"

这样的对话在吉田和武藤之间出现过好几次了。

听了此番对话后，从外务省派驻到对策统一总部来工作的某干部的感觉是："这分明就是又一个瓜达尔卡纳尔啊![①]"

3 月 18 日，围绕着为了冷却燃料池而进行的电池修复作业中的人员问题，吉田和总部再次发生了争执。

"这 8 天来我手下的人都是通宵达旦地在干。不断地跑现场，去注水、检查，去察看火灾，还要定期去察看油的情况。已经到这种地步了，不能再让他们继续遭受更多的辐射。"

"他们所遭受的辐射量已接近 200（毫希），有些人的可能已经超过了值。这种情况下，再让他们'到现场去、去那些高辐射的地方安装电线'这种话，我可说不出口。"

武藤答道："我们正在广招包括 OB 在内的人员。准备现在就把你那边所需人数统计好，争取明天中午把招到的人火速给你们送过去。"

吉田再三向总部发出了作业人员有遭受大剂量辐射危险的警告。

让他意识到这个问题的，是和超级救援部队同期抵达的杏林大学医学部急救医学研究室的山口芳裕医生。

第一核电站的医务班长对山口说："手册和领导我们都不需要。当员工倒下时，希望有医生可以马上诊断出：是在这里打点滴就行？还是必须送去外面的医院？我们需要

---

① 瓜达尔卡纳尔是南太平洋的一个孤岛。"二战"时以美国为主的盟军针对守卫该岛的日军发起了长达半年的攻击后，该役以日本的撤军而告终。——译者注。

的，就只有这个。"

这让山口痛感到：这真是一个真枪实弹的现场。

活跃在第一核电站的，除了一名产业医师①外，其余全都是从原燃、三菱重工、关西电力等处动员过来的外援人员。他们没有自己可以待的地方，也不能躺下休息一会儿——来这里的几天就都是这样度过的。

他们多次向东电总部请求增派人员，但是受雇于东电医院的产业医师和东电医院的当班医生都以自己的工作是"负责东电员工的日常医疗安全（健康管理）工作"为由没有同意。

山口在邮件里向日本急救医学会的前辈讲了这些问题。

3月27日星期日，吉田在事故发生后首次访问了东电总部。当时海江田和吉田单独进行了会晤。

海江田试探吉田道："如果有什么想对政府和东电总部说的话，你尽可以直言。"

吉田坦率回答说："抗震重要大楼虽然有防震措施，但却没有任何防辐射措施。请马上开始施工以提高该楼的屏蔽性和密封性。另外，还希望能给这栋大楼加上除碘功能。"

3月30日，他呼吁道："现场人员中遭受辐射超过100毫希的有19人，预备军里这种情况的人也很多。这些人员

---

① 产业医师：根据日本《劳动安全卫生法》的规定，工作现场配备的对从业人员实行健康管理、卫生教育、健康障碍的原因调查和防止复发等医学措施的医生。——译者注

以后该怎么办？必须对这个问题作出长远的考虑才行。"

之后吉田也在不断对总部提出种种要求。

进入 3 号机组的核反应堆建筑里进行调查的工作人员中，有 9 人遭受的辐射量超过了事先计划的每年 5 毫希。

"虽然我们提醒过说辐射值很高别超过 5 毫希，结果还是超了。总体说来总部在辐射量上疏于管理，希望能认真对待。"

对此总部是这样回答的："计划过于乐观，管理上也有所松懈，今后我们会认真对待的。"（2011 年 6 月 10 日）

根据国产机器人"Quince"对 2 号机组核反应堆建筑内部的辐射量进行的调查显示，有些地方的辐射量仅为每小时 11 毫希。据此，报告认为工作人员应该可以进去作业。而出席人员则反驳说："认为 11 毫希这个辐射值很低绝对是不正确的。感觉把工作人员从抗震重要大楼派到现场去就是在派敢死队，零战①也几乎没有。让大家这样去当敢死队究竟要到什么时候？希望重新慎重考虑。"

由于信号中途中断，"Quince"最后就被那样扔在了核反应堆厂房的 3 楼。

"今天飞行的零战已经没有燃料了，其他的零战也是。高辐射环境下的作业今后仍将继续。另外就是关于所受辐射量的规定的问题，必须就相关人员的补贴问题制定长期

---

① 零战：零式舰载战斗机的简称，堪称日本海军在"二战"时最知名的战斗机。——译者注

战略才行。"（2011 年 10 月 20 日）

东电宣布说在 2 号机组里检出了可放射性气体氙，可能是溶解的燃料暂时性地达到了小规模临界状态，最后确定并非临界状态。

吉田站长对总部这些混乱的事故应对提出批评说："事先不进行评估这点太不正常了，完全称不上是在对核反应堆进行分析和安全评估。这让在这里工作的 3000 名工作人员都深感不安。把未经确认的东西拿给媒体写成临界状态公布出来，才导致了如今这种措手不及的局面出现。这种做法毫无战略性可言。如果不能对我们提出的问题给出清楚的答案，明天我们将停止所有工作。"（2011 年 11 月 2 日）

"人手不足"，是东电福岛第一核电站事故应对中的最大问题，这点美国政府从一开始就深刻认识到了。

这也是美国核能管理委员会日本现场援助部长查尔斯·卡斯特抵达日本后首先向总部提出的问题。当听说福岛第一核电站仅靠 200～300 人在应对事故时，卡斯特简直怀疑自己的耳朵听错了。

"人手不足。燃眉之急是设法解决这个问题。4 个反应堆和 6 个燃料池，就靠一个站长照看着，这明显超出了他的能力范围，也完全超出了东电的能力范围。"

美国核能管理委员会的职员说："东电被压垮了。人们都在赶着离开这里。虽然人员得到了一些补充，但是工作人员一度降到只有 50 人。估计现在有 100 人左右。"

迷彩服和太阳镜

吉田对于现场的呼声未被充分传达到总部这一点感到非常焦虑。

工程表公布后的 2011 年 4 月中旬，福岛县选出的民主党参议院议员增子辉彦访问了福岛第一核电站并会见了吉田。

增子问："总部有没有和你们商议过工程表的事？"吉田回答说："没有。"

4 月 17 日，东电公布了一个《事故收尾过程和目前对策的规划图》。所谓工程表，指的就是这个规划图。

似乎有些不吐不快的吉田接着又说了一句："我们总部向来如此。"

在事故后公布的事故调查报告书中，东电总部记录了吉田对官邸介入现场指挥的强烈的愤慨情绪。

的确，吉田对很多做法都持批判态度，但是真正让他内心感到愤怒的，是总部回避风险和不负责任的管理体制。

吉田曾以"我眼睛不好"为由，戴着太阳镜出席过与总部进行的电视会议。

对于吉田拼命要求的给 2 号机组注水所需的泵车，总部完全无人回应。一直不做任何回应。

吉田爆发了。

这种情况下他戴上太阳镜、穿上了迷彩服。

见此情形，紧急对策办公室的人知道他这是要向东京宣战了。

据说当时吉田跟一个诧异于他座椅上的迷彩服的人说："这也有点儿宣告进入战斗模式的意思。"

总部也有人窃窃私语，说吉田是个与总部作对的危险人物。

在东电对策统合总部工作的细野的一位手下证实说："总部里甚至有人说遭到辐射的吉田发疯了。"

总部和官邸的关系调整中的棘手问题，也加大了现场应对危机的难度。

总部、现场以及官邸之间的指挥命令系统错综复杂。围绕 12 日晚上给 1 号机组注入海水的问题，总部和官邸之间（实际上是作为东电的联络员被派驻官邸的武黑一郎研究员）的冲突就是一个典型的例子。

这种情况下，吉田根据官邸的旨意，不得不假装让手下停止注入海水，但是暗中却在让他们继续注水，也就是在"演戏"（参照第 4 章《发生氢爆炸的一号机组》）。

14 日凌晨 3 点刚过总部和现场之间围绕消防车问题的对话，也真实反映出了总部在危机应对上的欠缺。

高桥明男研究员说："官邸准备的 4 辆消防车应该已经运到了 1F，却不能用。能告诉我原因吗？因为我必须答复他们。"

1F：昨天先来了两辆。

高桥：那另外两辆呢？

1F：跟您说这些实在是抱歉……其实只是官邸为了表示他们在应对危机，让我们赶紧把这两辆弄到现场去让你们用而已……

吉田：基本上没有人手。就算领了东西但也没有人啊。南明（合作企业南明兴产[1]）他们的人都不在。辐射量相当高。

这里反映出了由武黑来解读"上面（官邸）的意图"，然后强迫现场接受这一总部的态度。

在后来的国会事故调查听证会上，吉田毫不掩饰地谈到了围绕给1号机组注入海水的问题，上级的"乱七八糟的指挥系统"给现场带来的进退两难处境。

"说到这个指挥系统，例如，本来如果总部说让停下来的话，这种情况下我们其实是可以讨论的。但是，甚至连毫不相干的首相官邸也打电话来让我们停下来，这算什么呢？因为是打电话来要求的，所以也根本无法进行充分讨论，不管三七二十一就只让停下来。"

"我说了不停，但最后还是因为'官邸都说了要那样所以没办法'还是停了。所以，简言之就是：当时的指挥系统处于一个非常分散的状态，最后我觉得只有靠我自己来进行判断了。"

就这样，东电总部不顾"乱七八糟的指挥系统"，继续让现场在承担着责任。其结果，就是让吉田不光要应对现场的事故处理，还要为判断经营和政治上的问题而分心，疲于应对。

官邸政务和东电总部之间基本上从一开始就没有信任关系。

对此，经产大臣海江田万里是这样说的："我们和东京电力之间并不信任。"

"排气时也好，注水时也罢，甚至在淡水用完后就能否用海水来替代一事东电马上前来汇报时我都在怀疑：'东电是不是对报废核反应堆一事还在犹豫呢？'事实上虽然现场并非如此，但是我们仍然怀疑'他们是不是想什么都不做就此作罢呢？'我们有过这些怀疑，这是事实。另外我们还怀疑东电是不是想大事化小小事化了。因为我们之前一次都没见过胜俣恒久董事长和清水总经理等东电高层，对他们的人品如何想法又是怎样的都一无所知……而且，当听说胜俣董事长和清水总经理都分别去了中国和关西地区出差不在总部时，我确实想过他们这是在做什么啊？"

"放在以前，经产大臣和东电总经理、董事长之间应该是心意相通的关系，但是我们之间并非如此……我觉得如果不是很强硬地下达命令的话，他们根本不会听。"

东电总部和官邸之间，并非是东电单方面听从于官邸的关系。

在发生事故前，东电一直都是日本最强的企业，在信息及技术上都比安全管理部门的地位优越得多。这一点在事故前后都未曾改变过。

第21章 失城一日

3月13日上午11时许，东电总部的宣传部在电视会议上宣布说："似乎外面有些说法，说我们东电没有采取任何措施应对事故，对此我们现在通过销售渠道提出抗议。我们得到消息，说周日清晨的电视台的报道口吻对我司很不利，特别是关口宏的'早安周日'节目。今后如果有其他难以容忍的报道内容，我们将严正以对。"

14日清晨，3号机组容器的压力升高。

东电和政府都对该信息的处理持慎重态度，但是次日早上，福岛县要求公布该信息，这让东电陷入了困境。在和总部的内部协商过程中有人发言说："那就先告到官邸那儿去，就说福岛县的这个要求让我们很为难。"意思是利用官邸来向福岛县施加压力。

回顾当时的情形，核安委的事务局局长岩桥理彦认为，东电从一开始就想把事故应对这个难题扔给政府。

岩桥说：11日晚清水从名古屋回东京时请求搭乘自卫队的运输机，这个举动不就是在表明他的"这次事故非常棘手，想请政府来处理"的想法吗？……

另外，官邸也醒悟过来并开始想从东电抽身了。

岩桥仍记得事故伊始，海江田在官邸5楼的首相接待室里自言自语的那句："需要如此支持一个私营企业吗？"

随着危机的不断深化，开始出现这样的动向：东电拼命想把事故的最终解决扔给政府，而官邸政务们则竭力想和对东电的"绑定式援助"保持距离。

"海王"号

当天上午 11 时 1 分，3 号机组的原子反应堆厂房发生了爆炸。

辐射量不断上升。作业环境越发恶化。

现场人员吃的都是应急食品，没有床每天只能睡地上。不能洗澡不说，还要随时和对核辐射的恐怖做斗争。尽管如此，如果以每年 250 毫希的辐射量为基准的话将连作业都无法继续下去。细野和菅商量说："总理，我有一个请求。"

"什么？"

"必须设法改善东电福岛第一核电站工作人员的工作环境，否则这项工作将无法继续。但是当地附近的民宿、旅馆和饭店都关门了无法使用，我考虑是不是可以派艘船过去。"

菅一口答应。

在 16 日写给吉田昌郎站长的信里，福岛劳动局局长就承担福岛第一核电站事故扫尾工作的工作人员的劳动环境做了如下指示：将以实际承受的辐射量超过每年 100 毫希的人为对象，对福岛第一发电站工作人员中"从事过紧急作业的劳动者进行临时体检"。

体检项目包括：

①调查其受辐射经历

②检查有无自觉和客观症状（外伤、消化器官症状等）

③检查白血球数量及白血球百分比

④检查红血球数量及血色素

⑤检查皮肤（有无红斑等）

细野致电吉田，告诉他会派艘船过去用作工作人员的宿舍。

吉田对细野表达了谢意，却拒绝了他的提议。

"核事故使很多民众受灾。在他们都还在避难时，不能只改善我们现场的待遇，还是先改善灾民们的待遇吧！"

这让细野很意外，但吉田很固执。

吉田又说了自己的另一个担心。"如果菅首相坐在船上的话电视上会播出来吧？希望千万别那样做。如果这个镜头公开出来了的话，没有工作人员会再上那艘船的。"

看来吉田是在担心之前的 12 日早上，菅直人到 1 号机组排气现场进行的视察后来演变成了一个政治问题的事再次发生才说此番话的。

细野答应吉田说"不会出现那样的情况"后，吉田也作了让步。

3 月 19 日，细野联系菅的秘书山崎史郎开始寻找船只。

最后决定以帮助避难群众和东电员工为目的，火速派国土交通省所辖的独立行政法人航海训练所的船员练习船——帆船"海王"号到小名滨港。

小名滨港距离福岛第一核电站大约 60 千米。

3月21日上午9点左右，"海王"号抵达小名滨港的大剑码头，船上除船长甲斐繁利外，还有乘务员51人，船的总吨位为2500吨。

这艘船可以双管齐下地既为在小名滨市中小学避难的人提供饭食和淋浴，同时也为福岛第一核电站的工作人员提供住宿服务。

光是在同时对避难群众和东电工作人员施以援手这点上就煞费苦心，因为这其实"是在同时同地援助受害者和加害者"。

为了不让他们发生冲突，他们想方设法把双方的时间错开了。

东电的工作人员筋疲力尽，甚至有人已经虚弱到连登船的舷梯都爬不动了。还有人"边打点滴边在工作"。

10天来第一次吃到了热饭的大家吃到沙拉和水果时都说"太好了！""真好吃！。

特别是洗过澡后，大家都像活过来了一样又精神了起来。

他们每人都领到了一套洗发水、牙刷、剃须刀和毛巾。

手机充电、可以给家人写上几句话的"海王号"明信片等服务项目都大受欢迎。

"海王"号船舱内有供百来个人住宿的空间。

每个房间里的上下铺可以睡6到8人。大家基本上都是晚上8点前来，休息一晚上后次日早上6点离开。

清晨，船员们鼓掌送现场人员下船返回福岛第一核电站。他们下船后又回头看了看挂在船上的白帆后才上车离去。

甲斐后来回想说："可能船上的帆能让人心情平静下来吧。"

工作人员们来码头前先在 J-VALLIGE 进行了除染处理后，又在小名滨客户服务中心经过第二次除染处理，之后才每六七人乘坐一辆厢式车过来。

登船时又测量了全体人员的辐射值，其中仅有一人因头发污染严重未能获准登船。

"海王"号于3月28日离开小名滨港驶往东京湾。在此期间它先后为180名核电站工作人员提供过住宿。

4月，装载着实习生的"海王"号开始了前往夏威夷的远洋航行。

据说美国港务局对前来靠岸的日本船只极为敏感。

船停靠在东京湾的有明栈桥后，港务局就立即让东电负责辐射处理的人来对包括客舱在内的全船各处的辐射量进行了检测，并请他们签发了"核辐射污染值为零"的英文证明书。

但是仅凭东电的这份"证明书"恐怕无法取得美国港务局的信任。

所以他们又请日本海事检定协会进行了辐射值检测并出具了一份《调查报告书》。

"海王"号于日本时间5月10日抵达了夏威夷。虽然被查得很彻底，但全员顺利登了陆。

之后的周刊上登出了福岛第一核电站的现场工作人员挤着睡在一起的照片和对此进行批评的报道，美国政府开始关注起这个问题来。

卡斯特联络了细野，说自己对此"非常担心"。

"你们应该更好地解决现场人员的住宿问题。为什么却这样对他们不管不顾？对此我很难理解。我认为你们对现场的关心根本不够。如果是在美国的话，我们会更重视现场的。"

必须长期动员数千人，这是一场持久战。可卡斯特觉得，日方缺乏这种长期性的思想准备。

第一次见到吉田时，卡斯特首先提出的问题就是："大家能够好好休息吗？"

虽然认为卡斯特的担忧是正确的，但细野也照搬了吉田的话对卡斯特说：

"这场核事故产生了很多避难的灾民。想到他们每天都吃了上顿没下顿，我们不能光顾自己吃得饱饱的。不能只改善现场的待遇，还是先改善灾民们的待遇吧。"停了一下，细野又说道：

"吉田是这样和我说的。"

这番话让卡斯特无语了。

沉默了一会儿后，他嘟囔了一句："难道这就是文化的差异吗……"

在 3 月 22 日开始的日美协调会上，美方多次质询日方福岛第一核电站的"工作条件"。

针对日方人员的"考虑到灾民的情绪，不能让东电的工作人员生活得过于舒适了"的说明，美方劝说道："三里岛事故的教训，说明了在核电产业中'核能安全文化'的重要性，其中核电站现场工作人员的安全也是一个非常重要的条件。"

4 月中旬，细野再次致电吉田说："无论如何，请一定改善工作人员的待遇问题！"

吉田也同意了。

他们采取了设置床铺、空出 J-VILLAGE 让工作人员入住等改善措施。

在 4 月 25 日的记者招待会上，提及东电现场的工作人员时，细野第一次评价说："他们非常努力。"

照之前的氛围，这话可是说不出来的。

"居然连安全都转包"

东电核电站现场虽然不再有敢死队了，但是被称为"合作企业"的工作人员的境遇也很糟糕。

3 月 24 日，福岛第一核电站现场有 3 人受到辐射，其中两人被送往了医院。

被送走的两人隶属于和东电直接签约的公司，另外一人是该公司分包公司的工作人员。

东电以"隐私"为由拒绝透露各合作公司的名字。

有人质疑，就算形式上是有承包合同的，但是实际上相当于按照东电的命令工作的"假承包"，而东电方面对此始终含糊其词。

东电核能的从业人员也就是操作人员的实际工作形态是：设备内部的问题均由东电员工执掌，可只要离开这个范围一步，就都由合作企业来分包——就是这样一种结构。

在12日1号机组的排气作业中，因为手动操作不顺利需要找一台借助空气力量使其转动的压缩机，可东电却没有。最后用合作企业办公室里的压缩机总算打开了。

在交替注水作业中，东电的紧急对策室成立了消防队。但是因为需要到处跑来跑去，所以他们求助于与之合作的南明兴产。

南明兴产本来是负责设备内起火时的灭火工作的，但是突然又被要求来负责交替注水的工作。

对此南明员工的不满日盛：本来应该由东电消防队做的事，为什么非要我们来做呢？最后东电只好让自己的消防队来注水。

14日上午11时1分，3号机组的厂房发生爆炸后，负责抢救伤员的自卫队暂停了注水作业，东电只好又去向南明求助。

14日下午两点半刚过，吉田通过电视会议向总部抱怨说："南明的员工从上周开始就已经在满负荷运转，他们承受的辐射量已经相当高了。在这样极度危险的情况下让他们两次受伤，对大家太说不过去了。"

在 1 号机组的爆炸中，南明兴产的工作人员有 2 人受伤，3 号机组爆炸中又有 3 人受伤。"两次受伤"指的就是这件事。吉田说："如果没有南明的人操作消防泵，那里就会成为一个障碍。"可东电却将美军提供的消防车弃之不用。

被调派到紧急集合队工作的某干部后来这样回忆道："东京电力有很多供水车，美军还支援了他们消防车的，却没有拉回来，因为他们不想去操作它。消防队员花了半天时间教东电如何操作，但他们那段时间却在到处寻找操作人员——我想大概是找合作企业吧——而把美军特意提供的车辆就那么扔在那儿。我问他们：'你们为什么不用它呢'，他们的回答是：'这不是美军在开吗？'我们也很生气，责备他们说：'你们莫非还想让美军来放水吗？得你们自己做啊！'他们也只是说'知道了'，就再也没了下文"。

相对于核能安全安保院以及核安委来说，在信息和技术上都占据优势这点反倒让东电的安全规定成了一纸空文。

但是，这并不意味着东电把这些信息和技术"融为了自己的东西"。

东电人事管理的力量源泉在于可以随时调动转包企业群来进行操作。

例如，东电在危机期间经常对反应堆和燃料池进行模拟分析。

进行这项分析的，是一家名为 TEPSYS 的合作企业。它由原东电技术人员创立，是东电家族企业中的骨干力量。

核安委的代理委员长久木田丰把东电的这种操作方式称为"电话操作"。

"因为他们没有购买美国电力公司所用的 MAAP，所以他们的做法是让 TEPSYS 把结果算出来再拿过来用。结果，所谓的东电操作就变成了电话操作……也就是付钱后打电话指挥对方做事。"

"要实现这种控制当然得以厂家的技术力量为前提，但是规定上写得很清楚，这些技术名义上都属于东电所有。但这也只是作为财产清单上的所有权，其实这些技术和信息都不是他们自己创造出来的。"

到日本来的美国核能管理委员会职员们对东电依赖于转包的这种结构和体制都无不愕然。

当得知东电采取的是几乎将所有的工作都转包出去的这种"依赖于转包的结构"时，美国核能管理委员会的一名职员说"我们只能认为：他们甚至将安全都转包给了别人"。

东电合作企业的某技术人员指出，对于 3000 名东电"核能村"的"村民"来说，安全不过是个非主流。

"以川俣为例来说明就很容易明白了。"

"川俣所担任的核能品质安全部部长这个职务在东电是个彻头彻尾的非主流。在东电，安全神话稳居正中之位，轮到谈品质保证时，已经只有差不多扫尾之席可供其定位了——品质保证就是如此无关紧要。但当发生事故时，作为权宜之计，就会暂时性地提高品质保证部门的地位，说今后我们会强化品质保证等等。这不过是一个发生事故等出麻烦时方便用作借口的部门。"

核安委的环境管理课课长都筑秀明曾经在核能安全·安保院担任过福岛第一核电站的检查事务所所长。

都筑认为东电把所有工作都交给转包企业来做的体制存在问题，曾经只和转包企业单独交谈不让东电员工参与，结果遭到了东电的抵制。他感觉东电的企业风气主要体现在：

- 无可奈何地做上面交代的事的组织文化；
- 眼睛只往上和往内看的特征明显。

都筑认为，在注入海水时，解读官邸的意图后命令现场中断注入海水的武黑一郎研究员的做法，就是这种风气的典型体现。

"总而言之，他们关注的只有上面的意图。其结果，就是让吉田昌郎去说谎。"

但是，据说所谓的东电研究员制度，是东电员工中有一技之长的、专业人士中的专业人士才会被授予的头衔。东电希望他们是"天空中闪闪发光的星星"一样的存在——据说这个制度就是在这样的愿望下被制定出来的。

在合作企业中，与东电形成了最强援助体系的是东芝公司。

东芝是将美国的西屋电气（Westinghouse Electric）纳入旗下的一家综合性电机厂家，是世界上屈指可数的核设备厂家。

地震发生时，东芝电力系统福岛第一核电站工作站的站长青木和夫正在福岛第一核电站5号机组厂房的地下对4、5、6号机组进行定期检查。

他听到了金属的摩擦声和可怕的大地轰鸣声。

他靠在扶手上，待地震稍稍平息后跑到一楼从紧急出口离开。走了20分钟左右，他回到了办公室。

隶属于东芝公司的1000名左右员工都在这里工作。

经过确认，只有两名工作人员轻伤，其余都平安无事。下午4点多，青木让他们回家了。之后他去了抗震重要大楼2楼，大家都不知所措。他开车驶向自己位于富冈町的家。路上没有一盏灯亮着，漆黑一片。虽然堵车很严重，但下午六点半左右他还是到家了。

没有来自东电的任何消息。

晚上8点，他刚返回发电厂就接到十万火急的催促说：由于断电，中央控制室的测量仪无法使用。为了驱动它，得赶紧装上电池并安上电缆。

与此同时，东芝总公司也收到了来自东电总部的急迫要求：我们需要电池、把所有的电池都送过来、马上。

在一片黑暗中，青木等人戴着头灯工作着。

12日下午2号机组发生氢爆炸后，他们就相继在抗震重要大楼待命，并按要求进入了厂房。

5号机组的临时泵铺设作业由敢死队在实施。水下泵每小时可以抽300吨水，泵的重量是2吨。马达是用自卫队的直升机从东芝的三重工厂运到小牧机场，然后从那里再运到福岛机场来的。

5号、6号机组终于保住了！

能做到这点，全靠关键时刻马达的供应得到了保证。

东芝给所有的高级职员都配备了铱卫星电话。他们把包括总经理在内的6部卫星电话集中起来带到了现场。

3月15日上午9点，在福岛第一核电站正门附近测出了每小时11930微希的辐射量。这数值高得令人恐怖。可青木却仍在冒着辐射危险工作着。他所承受的累积辐射量已经超过了100微希。之后青木他们仍然继续进行着电源和照明的修复作业。

3月20日，有人提出把海水作业改为淡水作业，并为之铺设了1万平方米的蛇纹管。刚做到再用一周时间就可以注水的状态时，总部的援军赶到了。

青木去磐梯温泉洗去了身上的污垢。后来他是这样回忆福岛第一核电站的。

"明明都是别人的设备，但总觉得是我们东芝自己的，是自己亲力亲为、花了一两百天将它从原来的样子改装成福岛核电站所需样式的。所以当看到3号机组的厂房化为乌有时，茫然到几乎哑口无言。所以我们拼死也要让5号、6号机组稳定下来。"

美国《纽约时报》最早以"FUKUSHIMA50"为题所写的报道中提到的东电50名操作人员，其中13名都是东芝的员工。

3号机组发生氢爆炸后，东芝公司现场人员马上向其总部报告说：我们的13名操作员全都平安无事。

但是，即便是这样的东芝，对东电来说也不过是其合作企业之一而已。正如我们在第7章（《3号机组的氢爆炸》）中写到的那样，为了5号、6号机组的修复作业，东芝组建了一支25人的队伍派往福岛第一核电站，结果在正门处被拒只好返回了。被拒的理由是：除了事先登记过并持有徽章的人外，其余人等一律不得入内。

还是经产省的干部传达了情况，甚至将报告打到了胜俣恒久会长那里，他们才得到了进门许可。但仍被告知说"因为要应对恐怖活动，所以我们的手册要求得非常严格"。

从中进行协调的经产省这位干部后来证实说："我切身感到：东电是一家即使身处危机也只会按照日常手册和操作方式来应对的企业。"

失城一日

2011年3月26日，这天恰逢东电核电站1号机组运行40周年。

在记者招待会上，被问到这个问题的武藤荣副总经理致歉说："在40周年却出现了这样的情况，对此我们深感遗憾和歉意。"

3月29日，清水正孝总经理住院了。

几天前，胜俣曾试探海江田万里经产大臣说："不行了，我已经到极限，无法胜任对策统一总部的副总部长了。请你们换人吧！"

"那你找个人来当事务局长吧。"

"很难找到这个人选啊！"

"这事你负责。"

之后，东电向海江田提交了事务局长的候选人名单。

海江田刚看了一眼就马上觉得"这不行"，于是给胜俣打电话说："报一个接替清水的人选来。接下来负责东电的这个人，必须要亲历这个战场才行。"

胜俣于是提出了企划担当常务西则胜夫这个人选。

东电的一把手是胜俣。他是1963年从东京大学经济学专业毕业后进入东电，并从作为东电高升之路的企划领域成长起来的。

2002年，由于东电常年对运行中核电站所发生的故障数据进行篡改、隐瞒的事件被曝光，导致当时的总经理南直哉引咎辞职。其后继任该职的，就是胜俣。

胜俣上任后着手进行的第一项工作，就是改革东电的经营风气。他提出了"不允许做的机制和不做的风气"的口号，发起了一场意识改革运动。

就任总经理后一年左右时，胜俣曾这样说过：

"如果只进行'战败处理'的话，对精神方面肯定无益。也许这是我的梦想，希望大家可以向前看。"

2008 年，胜俣将总经理一职交给了清水，自己转任董事长。

此前东电的经营高层注定都来自企划部或总务部。而跟霞关及永田町①保持着良好关系，则是担任高层的必要条件。

清水是从器材部成长起来的，这在东电高层中很少见。

东电的器材部负责分派大额公共事业项目的订货者，每年从相关企业采购的金额高达几千亿日元。仅仅这一点就是个非常大的诱惑。

清水经常跟下属讲"企业伦理和器材部伦理"，还劝诫他们"不要越过黄线"。

从位于内幸町的东电总部出来隔着 JR 京滨北线的对面，是连成了一片的银座酒吧街。就算是花自己的钱去酒

---

① 霞关是日本政府机构集中的地区，而与此相邻的永田町则是日本的政治中心。——译者注

吧街玩的，社会上的人却并不见得会这么认为。

他很喜欢引用"李下不正冠"这句成语。

战后的煤炭倒卖事件带给他们的痛苦回忆一直让器材部的人难以忘怀。

器材部设置了专人负责退回贿赂。负责器材的干事把美国产的自动铅笔递给他，说是从美国带回来的礼物，结果铅笔当场就被他折断了。理由是"因为我们不允许有任何的例外"。

器材部的人一直很自豪地跟别人讲着关于他的这些很牛的传说。

登记造册的与器材部有业务往来的企业共有上万家。作为内部规定，和企业人员"吃吃喝喝、打高尔夫都是绝对禁止的"。在人员任用上，器材部也以"只要出了问题就换人"为宗旨。

清水将他尊敬的东电经营者平岩外四的《平岩语录》作为自己的座右铭。

如果是在平时，清水一定会继续四平八稳地担任东电的经营者，但是在国家存亡之际，清水真的是个不合适的经营者。

后来谈到对清水的印象时，曾经作为同行人员跟随菅直人手下的官邸要员去过东电总部的某位官邸工作人员这样说：

"当时有个人在隔着操作室和走廊对面的会议室里不

断地走来走去，还一个劲儿地看手机，让人觉得他完全无所事事。当时我以为此人是东电的宣传科科长，后来才知道那人就是清水。"

而且清水的语言表达能力不强。

14日上午8点前，清水曾和安保院院长寺坂信昭进行过电话沟通。据寺坂说："印象中我对他究竟想表达什么内容完全不得要领。"15日黎明，围绕东电的"撤离"问题，清水也给海江田和枝野去过电话，两人都证实说清水的确表达能力欠佳，"让人不得要领"。

"东电器材部的人都是一辈子位居上席的人。所以即使他们说话晦涩难懂，对方也会努力去理解。"认识清水的安保院某干部曾这样说过。

但是危机当头时，统管着东电的却并非清水而是胜俣。对策统合总部也都以胜俣和武藤为中心，而不是清水。

清水住院后，对策统合总部的事务局长变成了西泽。大家都在想："莫非他将是以后的社长吗？"

菅也认为"吉田或者胜俣才是靠得住的人"，所以直接给胜俣打过好几次电话，并就将注入的水由海水改为淡水的问题直接做过胜俣的工作。

菅认为，如果继续注入海水，盐分会沉积在压力容器中引起回路堵塞。说到底，注入海水只能是应急措施，有必要尽快改为注入淡水。

于是他直接打电话给胜俣，刚一说完这句"必须认真考虑改为注入淡水这个问题"，对方马上回答说："正努力从坂下引来淡水对滤水罐进行修复。"

菅又问："只用坂下水库的淡水就够了吗?"

胜俣很乐观。

结果正如胜俣所言。因为可以持续从坂下的水库取得淡水，所以不需要用驳船往返运送了。

3 月 30 日，胜俣举行了事故后的首次记者招待会。因为清水前一天住院了。

记者招待会上有一段这样的对话。

"对于本次事故的发生和解决工作中出现的拖延，有人批评说其中也有政府和东电指挥和应对不力所致的人祸的原因，对此您怎么看?"

"我自身并没感觉到你们所谓的‘不力’。但是紧急情况下现场断电、通信也中断了，这种情况下必须要进行很多作业，这些作业就都比预定时间拖长了。之前只要说一句话或者按一个按钮就可以完成的作业，现在则必须到现场手动操作才行。在此情况下，出现了非主观意图所致的延误，我认为情况是这样的。"

"大家都在想为什么不早点儿作出注入海水的决定呢? 为什么不早点儿向自卫队和美军求援呢? 是不是决策晚了? 对此您又怎么看呢?"

"我个人基本上没有感觉到晚，不过我想以后会客观地对此进行调查的。错就是错，我们会认真调查的。"

"在对 1 号机组注入海水时，如果对 2 号、3 号机组也采取同样的措施，是不是就可以避免之后相继发生的爆炸呢？"

"大概有人会那样想，但是我认为我们已经全力以赴了。"

胜俣的态度像铅笔芯一样既冷又硬毫不动摇。冷静地捍卫着自己所在组织的利益。

3 月 31 日，海江田在第 12 次核能灾害对策总部会议上发言说。

"对策统一总部的副总部长原来是经产大臣和东电的清水总经理，现东电方面的人员更换为了胜俣董事长。另外，细野辅佐官任事务长，东电方面的事务长则由西泽常务担任。"

但和清水一样，胜俣也被东电森严的上下级关系和风险规避机制束缚着。这是由核能、火力、系统运用、企划、总务、资材等诸多组织构成的一道屏障。

经产省的干部今井尚哉至今无法忘记在对策统合总部工作时感受到的震惊。

海江田、细野、胜俣、武黑和武藤等被安排在前排就座，东电的部长们紧随其后。

通过和福岛第一核电站的电视会议可以听到和现场的对话。

"水管呢？"

"正在确认。"

"经过大门了，请确认。"

部长们都抱着胳膊，边听着这些对话边盯着屏幕。

这时，看起来应该是火力部和器材部课长的中层们居然交换起了名片。

今井想："难道这就是东电这个公司的真实面目吗？"

4 月 22 日，清水在核事故后首次在福岛县政府和佐藤雄平知事见了面。

清水谢罪道："对于这次事故造成的重大灾害我深表歉意。"

"我们一直铭记着'建城十年失城一日'这句话，并一直为此在努力着。现在实在是追悔莫及。"

佐藤说："本县居民现在极度不安，希望你们能努力处理好赔偿问题。"

佐藤又交代清水："不能再让福岛第一、第二核电站重新运行了。"

2011 年 3 月 11 日，按照 1 号机组、3 号机组、2 号机组的顺序，东京电力福岛第一核电站开始了反应堆的堆芯熔融。

这一天，成为了东电的陷落之日。

"撤离"问题，之后……

菅直人手下的官邸政治家和内阁危机管理监伊藤哲

朗，都把从 14 日深夜到 15 日黎明期间、以清水正孝总经理为代表的东电方面的报告和暗示理解为"全面撤离"。

对此，东京电力的解释却是"是要把一部分人疏散到福岛第二核电站去"。关于"全面撤离"的问题，他们的说法是"既没想过也没说过"。

东电对该立场一以贯之，并和认为他们将"全面撤离"的菅首相手下的官邸政务和伊藤哲朗内阁危机管理监展开了无休止的争论。

东电总部和现场之间的电视会议上究竟谈了些什么呢？

在第 8 章（《命运之日》）中我们曾有所提及，这里再摘录一下 14 日夜里的对话吧。

14 日晚 7 点 28 分左右，非现场中心的东电常务小森明生向总部请求说："需要对能否继续留在中操（中央控制室）拿出个结论来，否则后果将会很严重。请加紧讨论疏散基准的问题。"

当晚 7 点 28 分左右，总部的高桥明男研究员业已向同样身在总部的武藤荣副总经理问了这个类似的问题："武藤先生，全员撤离现场的避难是几点钟开始呢？"

20 分钟后，高桥叮嘱武藤道："现在，1 楼的人都去 2 楼的会客大厅避难。"

当天 8 时 20 分左右清水发话说："首先请大家明确一点：目前还没有到决定进行最终避难的时候。"

此时东电正在加紧讨论"避难基准"的问题。

东电的一位中层说："避难方针好像是由极少数人定下来的。"并回忆说"我对清水总经理的做法无法理解"。

至于为何要以胜俣董事长为主，其中的隐情则至今都还没搞清楚。

但是可以肯定的一点是：清水是想在直接确认官邸想法的同时来讨论避难基准。

据收到的消息称，从深夜开始，2 号机组的情况略有改善。到晚上 9 点左右，笼罩在东电总部的恐慌情绪稍稍有所平息。

清水又急于用电话把海江田抓住，他甚至直接给枝野打去了电话。

海江田和枝野的反应都是否定的。"东电如果撤离了的话事情就麻烦了"。因此讨论"避难基准"时也必须考虑到他们的这层意思。

而且统领现场的吉田已经做好了心理准备：要一直留在现场处理事故。

后来吉田作证说："根据当时的情况，考虑让事务部门和合作企业的员工暂时撤离，但是修复班、发电班和自卫消防队等人员留下。"

在 2012 年 8 月的录像发言中，他竭力强调着这一点：

"我认为负责冷却核反应堆等的人员是不能撤离的，而且也从未跟总部说过要撤离，我根本就没这么想过。在现场时我绝对一句这样的话都没说过，这是事实。"

吉田应该没有说谎。只是，他完全没有提及总部对此又是作何考虑的，对这点他讳莫如深。而问题的关键却正在于此。

最关键的问题是：当时东电总部是针对怎样的预案在讨论和准备应急计划的。

的确，有几个征兆能让人感觉到，当天夜里官邸陷入了近乎极度恐慌的状态。要确认东电是否要"全面撤离"除了给吉田打电话外应该还有其他办法，但官邸似乎并未穷尽一切努力。

对于海江田和枝野的应对，班目说"我认为他们完全误解为了东电将全面撤离"，批评他们是反应过度（话虽如此，班目其实也没接到过清水的电话）。* 2

尽管如此，从14日深夜至15日黎明，他们正面理解了东电将"全面撤离"这个风险，并从安全的角度进行了"保守的"应对，以及对"全面撤离"这个危机管理上的"最坏预案"做了未雨绸缪的应对，这些作为危机管理的对策来说都是正确的。

实际上，东电虽然在15日清晨4号机组厂房发生爆炸和2号机组安全壳受损时疏散了工作人员，但现场还是留下了70人。

福岛50死士之说绝没有夸大其词。

从交手的对手是5个核反应堆和6个燃料池这点来

看，这个人数实在少得令人绝望，其规模只能是要么被迫全面撤离要么全军覆没。

据说 14 日深夜到 15 日黎明，东电总部高层和吉田通过电视会议直接进行了数次协商。

这个过程中的一个环节是：吉田向总部表达了一个意见，说由于他们"倾尽全力在应对事故，无暇制订计划"，所以应该由总部来考虑最坏情况下的计划。

可总部并没有能够制订包含撤离计划在内的应急计划的策划能力和思想准备。

实际情况是：除了依靠身在现场的吉田昌郎站长等人超乎寻常且勇于牺牲的努力外，东电总部没有拿出任何其他方案来。也就是说，只能依靠 15 日早上留下来的那"70 人"。

无论是 50 人还是 70 人，这"一部分"的人，对于东电高层来说却是否定他们要"全面撤离"的不二证据。因为，据此他们就可以否定"全面撤离"一说。

但是实际说来，这种程度上的"一部分"是否留到最后却并非最本质的问题。

而且就算是这 70 个人，也许最后的最后也只是吉田嘴里突然冒出来的"10 个人"。

吉田说自己在危机时已数次做好赴死的准备。

当 3 号机组发生爆炸时，"包括我自己在内死了也很正常，这次可能会死 10 来个人"。

"最后的最后，大概我们这 10 来个认识的人会死在一起吧。"

这些想法都曾在他的脑海中闪现过。

考虑到留下来的员工可能都将死亡，他们在白板上列出了大家的名字以代替墓碑。当时他们的想法是"留下点儿信息，让人们知道留下来坚持到最后的就是这些人"。

他还坦率地说："当我们正身处可怕的地狱中时，似乎感觉到了法华经里从地下冒出来的菩萨的形象。"

这可不是用来应对"最坏预案"的应急计划，而是精神范畴的话了。

东电总部没有针对重大事故的紧急计划，政府也没有核反应堆失控状态下的应急方案和居民避难措施，更没有配备紧急应对部队。其结果就是东电高层束手无策，政府也只是吩咐东电"不能撤离"。如此一来，福岛第一核电站的"敢死队"就被逼到了"以死相拼"的境地。

这对他们的自我形象构成了一种暗示，就是说自己这个角色的终极形象就是要"去牺牲"的。

危机期间一直留在福岛第一核电站的一位东芝公司的技术人员后来这样回忆说："如果打仗的话，我们日本人应该没有人会回去——这样的风气原封不动地保留了下来并将自己逼入绝境，可能都会很忠诚地去牺牲自己。"

后来他又补充道："可怕的是，虽然不知道是 50、70 还是 100 人，美国还是捕捉到了牺牲这个问题。"

实际上，对于这时东电的现场应对特别是人员数量，美国认为"规模少得简直像在开玩笑"（国务院某负责官员说），并认为从这个人数来看东电的撤离是不可避免的。

"如果是美国的话，对这种程度的核事故会用几千人去应对，必须像对待战争一样去应对才行。"该官员后来这样说。

实际上，哪怕以那天夜里在福岛第一核电站参与作业的约 700 人的规模，要阻止"最坏预案"的不断恶化也是绝对不够的。

看来，在无法制订出应对这种"最坏预案"的应急计划的情况下，东电总部暗示将"全员撤离"，以此让政府以设立对策统一总部的方式介入进来。

首相秘书山崎史郎记得，当东电将"撤离"的消息深夜传到官邸里来时，从经产省临时调来的一个官邸工作人员嘟囔了一句："东电这不是举手投降、设法把问题扔给政府来解决了吗？"

如果可以"把问题扔给政府解决"，对于总部的高层领导来说是不需要承担责任的一个选择。而如果做出全员撤离的决定的话，东电高层则必须对此负责。即便是为了避免全员撤离而"牺牲"掉了吉田率领的"敢死队"，东电领导层也必须对此结果负责。

东电的领导层不就是在这两个选项中，选择了"全面撤离并放弃事实上的控制"吗？"结果清水总经理就启动了某个程序来告诉国家：就这个问题以及对东电员工的性命我都不负责，这就是在东电中幸存下来的职员回避责任的最终形式。"这期间和东电一起参与危机应对的相关企业的中层这样说。

　*1 南明兴产（现东电 Fuel）是受东电委托在福岛第一核电站内进行消防作业的合作企业。虽然其受托内容并不包括对核反应堆进行替代注水等的作业，但在东电的强烈要求下他们还是做了此项工作。1 号机组发生氢爆炸时，有两名南明员工受伤。后来因现场的辐射量升高，南明也撤离了现场。政府事故调查《中间报告》P123、131、134、139。

　*2 当天夜里在官邸 5 楼值班的核安委委员长班目春树对此的理解稍有不同。班目是这样说的:（但他并没有直接接到过清水的电话）

　"我觉得是海江田大臣和枝野长官都认定东电要全员撤离，而我则认为这完全是个误解。……万一在撤离未得到许可的情况下这样做，可能现场人员全都会死。尽管如此，就政治家究竟能否下命令这个问题，或许我们不得不多少发挥一点儿安全阀的作用才行"。

终章

神的保佑

切尔诺贝利核电站事故凸显了苏联社会的病灶，而福岛第一核电站事故也显现出了日本组织社会的问题点。所谓危机中的领导能力到底是什么呢？

换装

2011年4月1日，菅直人首相脱下了自3月11日起就一直穿在身上的防灾服，恢复了便服打扮。

11日下午2：46分地震发生后，从国会返回官邸后的他做的第一件事就是换上防灾服。之后菅没有再回官邸，而是住在首相办公室里，并一直穿着防灾服。

但是到了3月末即将迎来新年度，官邸职员们开始考虑是不是有必要将"有事模式"转换为"日常模式"了。

到目前为止，坊间对首相的防灾服形象也是毁誉参半。

乘直升飞机去福岛时穿成这样还很像那么回事，但是穿着防灾服出现在官邸的记者招待会上，这是不是会让国外看起来觉得很奇怪呢？很容易让人觉得"明明是在官邸里召开的记者招待会，首相却穿着防灾服，东京和日本大概仍然很危险吧"。穿防灾服或许会释放出这里仍处于紧急状态下、这里很危险的信息。

而实际情况确实也是这样。3月11日之后的日本仍处于紧急状态，核泄漏的危险也依然存在。

从政府和国民团结一心应对危机这个角度来看，作为危机管理最高负责人的首相的防灾服形象并无不妥，防灾计划中对此也有规定，所以肯定能被大部分国民接受。

但总不能一直穿着它。

如何把握脱下的时机呢？

以首相辅佐官寺田学为主，大家对此展开了讨论。如果一直穿着防灾服的话，克制、沉闷的气氛就会在国民中蔓延，也有给经济带来负面影响的风险。另外，地震、海啸灾区的人们都还在经历着痛苦，福岛县有 10 多万人不得不过着灾民的生活。防灾服也是表明和灾民之间有连带感的一种象征。如果换下来的话，可能会被批评说这么快就忘了灾区。

经过对这些观点进行整理和讨论后，最后还是决定换下来。

因为大家的考虑是：在政府这段时期拼全力进行事故应对和危机管理的努力下，终于让反应堆稳定下来并走出了危机——既然可以把这个信息涵盖进去，所以还是应该换下来。

从防灾服换回便服的日子被定在了新年度、新学期开始的 4 月 1 日，同时还决定让地震后一直降着半旗的官邸太阳旗也恢复原样。寺田他们这么定了下来。

3 月 31 日，官房长官枝野幸男在接受英国《金融时报》总编莱昂内尔·巴贝尔的采访时说："我们正在考虑让首相将防灾服换成便服的问题。"

按核安委委员长班目春树的话来说：危机期间，菅比官邸政务的任何一个人都更"焦头烂额"。他12日去视察了福岛第一核电站、15日进驻东电并在那儿设立了对策统一总部、16—17日给燃料池注水，这些都是菅处于"焦头烂额"状态下对"有事模式"作出的应对。

进入3月下旬后情况开始出现了变化。最重要的就是很多人开始感觉到现场已经摆脱了最坏局面的放心感。

3月下旬开始，随着"长颈鹿"的投入使用，实现了对燃料池的精准注水。而且因为日美联合调整会议的召开，使得日美之间以及日本和美国的各省厅之间的信息共享和应对协商也变得顺畅了起来。

设在东电总部的对策统合总部开始运转。3月末，连接东电总部和现场的电视会议也与安保院实现了实时对接。

枝野劝说神经紧绷的菅多少放松一下回首相公馆去休息。枝野虽然这样说，但他自己也还住在官邸里。

"我也要回家的，只是谁先回去的问题。"

菅固执己见地说："我不回去。"菅只在18日才时隔一周回过一次公馆。

看来菅仍不想让自己脱离这种"有事模式"。

但是首相辅佐官细野豪志能感觉到，菅那过度的紧张感中的执拗和执着成分正在逐渐消退。

终章　神的保佑

从此时开始，官邸的会议变得日渐冗长，细野中途离席的情况也多了起来。而且官员们也不像之前那样向他报告信息了。

细野向菅反映了这个问题，让菅把自己的头衔从"首相辅佐官·社会保障负责人"变更为了"首相辅佐官·核电站事故负责人"。[1]

在菅政府班子里，以 24 小时连轴转的方式直接参与了核电站危机应对的政治家，除了菅（64 岁）外还有枝野（46 岁）、福山（49 岁）、细野（39 岁）、寺田（34 岁）以及稍后加入进来的马渊澄夫（50 岁）。大家都还正当年，体力脑力都很充沛。大家都维持着身着防灾服、稍微打个小盹就又出现在下一个会上的临战状态。

菅回忆说："11 日之后的几天里完全没有周几周几的概念，也没有今天昨天的感觉，一直持续着这种完全没有节点的时间状态。"

在毫无倦色这一点上，或许福山是条最硬的硬汉。尽管如此，他那标志性的分得整整齐齐的头发也开始乱了起来。

危机期间还能保持笑容和幽默感的，恐怕就只有最年轻的寺田了。

比起他们来说，24 小时连轴转对于年龄大的人来说就很吃力了。

在最初的 3 天里，内阁危机管理监伊藤哲朗（62 岁）

唯一的一次睡眠时间就是有一次回家休息的那两个小时。

因为过于憔悴，他一回家就被夫人开玩笑说："拍张照片留作纪念吧！"给他拍了照。

一旦睡眠不足人说话时就会口齿不清，而且随时都想马上坐下来。

而核安委委员长班目春树（62 岁）在事故发生后的第5 天、也就是 16 日傍晚，忽然因意识模糊晕倒了。

当时他晕倒在了官邸 5 楼，马上在位于官邸地下一楼的危机管理中心旁边的房间里请医务人员为他诊断并打了点滴。

躺了一个小时后，班目又回到了官邸 5 楼。

班目后来回忆说，到 17 日为止，他一共只睡了 10 来个小时。

"刚要打个盹儿就又被叫醒，一直是这样的。通过这些很好的实验，我已经搞清楚了：要将短期记忆转化为长期记忆，睡眠是必需的。"

菅直人

进入 4 月，虽然没人这么说过，却出现了一些微妙的变化。不仅是摆脱了最艰难的处境从谷底爬了起来，有时甚至还能感叹一句"运气真好"。

当然，官邸的政治家和行政官们是不能公开发表这样的感慨的。

仅仅是福岛县，就有 1800 平方千米范围的辐射量达到了每年 5 毫希，仍然有 15 万人无家可归，过着灾民生活。

所以无论如何都不能把"运气真好"这句话说出去。再说，也还远没到能用过去式来表达对未来的展望的时候。

需要提高注水的持续力，需要屏蔽核辐射和被污染的水，另外为防万一还要准备投入泥浆——这些中长期的强化对策都要抓紧时间进行。更重要的是，还有来自余震的威胁。

尽管如此，回顾 11 日以后的情形，"得救了！太好了！"这种感慨仍然是实实在在有的。

真要想来，也可以说福岛第一核电站事故的"运气很不好"。

（1）这次是地震、海啸和核事故的复合性连锁灾害。

（2）海啸导致电源盘沉没而无法使用。

（3）4 个反应堆堆基同时失去了所有电源。

（4）堆基沿同一方向排列，而且相互间的间隔很小，会引起并发性堆芯熔融的连锁危机。

（5）核事故发生时，两名东电高管都因正在旅行而缺阵总部。

（6）福岛第一核电站的风向只有 15 日是西北风，之

431

后由于降雨和降雪，导致泄漏出来的核辐射落到地面粘在了地上。

其他还有很多很多。

但是，除了复合灾害和风向外，其他问题全都成功避免了。这可不是用"运气"就可以概括的。

另外，他们也切身感受到了下面这些"运气好"的方面。

（1）地震发生在白天。如果是夜里发生的话，初期的救援行动应该还要困难得多。

（2）地震发生在周五而不是周末，因此很多员工都正在现场工作。

（3）从 11 日到 14 日，风都是吹往太平洋的。如果这期间的风是吹向内陆的话，核污染还会严重得多。

（4）14 日 3 号机组发生氢爆炸时，自卫队中有人受伤，但是奇迹般地没有人死亡。如果有人死亡的话后面的工作将会更加困难。

（5）因为某些偶然原因（3 号机组的氢爆炸？），4 号机组反应堆里的水流入了燃料池内，使得水量得以维持。

（6）很不幸，在 4 号机组发生爆炸的同时，2 号机组压力控制室的压力骤降，某个位置出现了一个洞，释放出了大量放射性物质。但也正因为如此，安全壳本身的爆炸也得以避免。如果 2 号机组也爆炸了的话，就没有任何人能够接近了。

（7）地震发生30分钟后政府关闭了股市。此举为紧急应对争取到了时间，并使14日星期一政府和日银（日本银行）的紧急措施得以有效实施。

（8）辐射风险未波及美洲大陆。如果波及的话，同盟作战的性质将会全然不同。

就福岛第一核电站事故，危机期间作为菅直人的支撑之一的某位首相秘书后来这样回忆说："我发自内心地认为有神灵在保佑着我们这个国家。"

以"4号机组的核反应堆被水充满，因为冲击等原因这些水流进了燃料池"这件事为例，菅直人自己也说"如果池内的水不沸腾，最坏预案的发生就将无法避免"，并说"确实有神在佑护着我们"。

不只是政治家这么认为，在从业人员和技术人员中也能听到类似的感慨。

例如，最早提醒水位计异常的一位专家、JNES的阿部清治回忆说："神灵在某处掌控着这场事故。"

甚至还有这样的说法：11日以后的4天时间里都吹往海洋方向的风是"神风"。

但对菅直人这个政治领袖的"运"又该作何考虑呢？是"幸运"还是"不幸"呢？

在3月13日的第6次核能灾害对策总部会议上，菅发言称"此次的地震、海啸及核电站问题，是战后我国遭遇的最大危机"。

就福岛第一核电站事故，美国核能管理委员会的日本现场援助部部长查尔斯·卡斯特是这样说的："在人类历史上，福岛是在和'自然和物理学'的斗争中被逼到绝境的一个战场。它距战争仅一步之遥，但从某种意义上来说，这却是场远比战争更残酷的考验。因为战争中还可以选择投降，但是对于福岛来说投降却是不被允许的奢侈之举。它只能和自然、和物理学斗争到底。仅仅7天时间里，福岛经历了从旧金山大地震到三里岛或者切尔诺贝利的70年间的考验。"

　　为了克服这场巨大的危机，菅直人坐镇首相官邸进行着前线指挥。

　　但这场危机管理的形态却不太正常。

　　政府、国会和民间三方的事故调查机构都指出了这个问题。

　　政府事故调查小组认为："首相自己作为当事者介入现场的举动，在引起现场混乱的同时，还失去了作出重要判断的机会，甚至可能导致作出错误判断的结果，应该说这样做是弊大于利的。"

　　国会事故调查小组也认为："我们认为：除菅总理外的官邸政治家们，缺乏危机管理中不可或缺的沉着冷静的思考和作重大判断的心理准备。另外，菅首相的注意力只集中在了核反应堆的状态等方面，对作为政府而言需要迅速加以应对的事项却没有进行充分考虑。"

终章　神的保佑

民间事故调查小组得出的结论是："不可否认，菅首相被引入到了个别事故管理的歧途，未能把注意力充分放在对危机进行整体管理上。"

缺少大局观的菅不擅长在看到树的同时也看到森林。他过度偏向微观管理，没能用好麾下官员。

菅经常会在听取官员的报告后询问他的秘书山崎史朗："喂，这个没问题吧？！"他对官员们有着根深蒂固的不信任。

而且他不光言语粗暴，还爱说些试探别人的话。缺乏耐心和易怒的他还爱大声斥责人。所以他无法从下面得到信息，与周围人的相处也不够融洽。当面临全国性的危机时，他从未说过任何让国民感动的话。

可以说，在应对这场名为"官邸主导"或者"菅主导"的危机时，虽然他们一直在强调不能引发国民的恐慌情绪，可实际上表现出来的，却是他们自己陷入了恐慌。

围绕"堆芯熔融"的发言引发的更换安保院审议官中村幸一郎事件，就是最初的征兆。

关于此事件，熟悉核行政事务的经产省OB是这样描述的。

"那件事之后，本该进行政治判断的官邸就开始参与到了公布事件相关内容的事情上来，所以官员们向官邸上报信息越发费劲了。这样一来，几乎所有的行政组织都开始采取逃避态度了。"

如果从一个领袖应该具备的能力来说，恐怕菅只能被评为不及格吧。

尽管如此，但如果没有菅，可能就无法果断地从"日常模式"切换为"有事模式"。

就居民避难的应对问题，一位官邸官员是这样说的。

"让居民全部撤离这种力气活儿自民党政权应该干不下来吧？官员们也做不到，因为他们会考虑以后将由谁来承担责任的问题。这种情况下民主党的做法很合逻辑。但是怎么让居民们回去呢？我想他们也是清楚这个政策的分量的。这个决定他们是沉着镇定地做的，还是不明就里地做的呢？既然已经让堆芯熔融了，那这就是一个正确的判断。所以菅和枝野是有判断力的。"

危机当前，霞关却仍在进行着"消极的权限之争"。不，应该说这种纷争愈演愈烈。

实施居民避难时，核灾害对策总部、危机管理中心、自卫队、警察、消防以及各行政县之间的协作远远不够，双叶医院的悲剧就是其结果之一。

SPEED Ⅰ的"任务分配"事件显示了对责任的极度回避和消极的权限之争。

在注水作业时自卫队、警察厅及消防厅围绕"顺序、手续和面子"的争吵也妨碍了一体化作战。

在这种垂直结构的领导和风险回避的障碍面前，菅断然将"日常模式"切换为了"有事模式"。他最早察觉到了危机的本质及规模，并将应对方式提升到了紧急。尽管如此，从"日常模式"切换为"有事模式"却绝非易事。

例如，经产大臣根据《炉规法》的第 64 条所下达的命令能有多大的强制力呢？奋战在东电福岛第一核电站现场的员工一定要一直坚持到最后——菅的这个呼吁又有多大的强制力呢？

在国会的事故调查听证会上，律师野村修也和海江田之间有过下面一段对话。

野村修也问："我想弄清楚一点。是否可以理解为：政府根据《炉规法》下达命令的权限，是否是一种即便普通市民会因此送死，也要命令他们这样去做的权限呢？"

海江田万里答："因为这个选择非常重大，所以当时毕竟还是需要通过某些形式来支持，而并非你所说的什么死了也无所谓。"

野村修也："不，当然是您所说的那样。但是能解释为反应堆规定法中也包含了这个意义的权限吗？"

海江田万里："我认为没有包含。"

野村修也："那么在现在这个避难问题上，如果出现了大家都想申请避难的情况，政府有权命令不许去避难吗？"

海江田万里："我认为不会下达那样的命令。所以我们其实是在拜托大家：能请你们再坚持一下吗？我也一直保持着这样的表达方式。"

和菅一起昼夜忙于事故应对的官邸政治家们都发自内

心地相信：多亏危机时的领导人是菅。

政府既没有这个权限、也没有这种强制力下令东电的员工们拼死都得一直留在那里。

用细野的话来说，15日黎明在官邸5楼进行的政务讨论，其实围绕着的就是"能否要求员工们去送死"这个主题。

细野证实，以细野自己为首，海江田、枝野以及福山等官邸政务都没能说出这种话来。

"东电的工作人员确实有可能会死，只是，我们说不出'你们去死吧'这样的话来。在这点上我们都不如菅。虽然是间接地，但是菅却说过'那就让东电的人去送死吧、死了也行'之类的话的。我想他是说过的：就算是死了也没关系，比起个人的性命来，国家更有分量——虽然他原话不是这样表达的。而我则做不到用天平来清楚地权衡国家的分量和操作员的性命孰重孰轻。每个人都有他自己的人生和家庭——我的弱点就是总免不了会在心里想到这些。菅直人他完全不是个人道主义者，而是现实主义者。他脑子里只有微观和宏观，没有中间地带。所以他虽然对细节用心，但是没有折中，心中只有国家。"

细野说："菅直人这个政治家身上，有某种政治家的生存本能或者叫作生命力的可怕的东西。"

"他在这种局势下做出了我们这个国家要存活下来必须要采取行动的判断，我认为这确实得有惊人的直觉才行。不能撤离、进驻东电……我现在仍然认为：是必须在那种情况下采取行动的他的这个判断拯救了我们日本。"

官邸政务对于菅的评价一定会有所偏袒。

但是仅限于在这点上，不管是对菅持批评态度的官员们，还是直接参与危机应对的人，都做出了类似的评价。

在 15 日上午 5 点 30 分刚过进驻东电总部后进行的接近 10 分钟的"总理训示"中，菅表达了如果东电从福岛第一核电站撤离，日本可能会被美国或者俄罗斯等国"占领"这种锋芒在背的危机感。

我们的国家将会变成不能保护国民的生命和安全、不能守护自己的一个失败之国——菅一直在和这种恐惧感斗争。

对当时的这种恐惧感菅自己曾这样回顾说："如果是苏联的话只能用苏联军队，而日本必须要用的话则也只能用自卫队。如果不那么做的话，就会被人强行闯入。若是那样的话，日本这个国家本身的意义就不复存在了。"

菅直人其实是为日本这个国家的存亡而在战斗着。这种危机感绝非无的放矢。

福岛第一核电站事故无疑是日本战后最大的危机。面临这样的危机时，性命攸关的领导能力的核心就是其"生存本能和生命力"。而菅直人是非常充分地具备了这方面的能力的。

"菅的不幸"和"菅的侥幸"，就这样像闪光灯一样忽明忽暗地迅速切换着。

套用查尔斯·狄更斯曾在《双城记》开篇写过的那句"那是最美好的时代，那是最糟糕的时代"，菅直人这种危机关头的领导能力或许也只能用"那是最大的不幸，也是最大的幸运"来表达了。

8月26日的第19次核灾害对策总部会上。在官邸召开的这次会议，成了菅作为首相参加的最后一次会议。

菅发言道："在去访问福岛避难所时我听灾民说过这样的话：我们的家现在比美国都遥远，想去自己的家比去美国还难。这话至今在我脑子里萦绕着。在这种情况下，今天基本确定了与清除核污染相关的紧急实施的基本方针。对于居民们的返乡来说，这是重要的第一步。"

吉田昌郎

在福岛第一核电站指挥现场的，是核电站站长吉田昌郎。

吉田有4次到福岛第一核电站工作的经历。这里员工的名字他基本都知道，连转包企业员工的名字也刻在他脑子里。

吉田觉得这是自己的一个"强项"。

无论新婚还是养育三个孩子，都是吉田在这里工作时的事。

终章　神的保佑

和吉田相处了近 30 年的一名技术人员这样回忆道。

"吉田在福岛核电站工作的时候，我们两人经常一起喝酒。喝了很多之后已经是凌晨两点了，两人一起回到了吉田家，他夫人不让我们进门。过了一会儿她出来了，很凶地训斥吉田道：'你要喝到什么时候？'吉田只是一个劲地道歉：'是我不好，是我不好。'之后有一次又喝到很晚，酩酊大醉地回的家。同样让我们在外面等了一阵之后，他夫人又很厉害地训斥说：'你们要喝到什么时候？'这次说的是'你们'。当时吉田家里有三个小孩。"

绝对不会背叛朋友；遵守约定；不会强令下属向他汇报，所以就算他不要求下属也会主动向他报告。勇敢、值得信赖；性格爽朗——很多人都这样形容过吉田的工作状态和性格。

大家都不约而同地说：如果不是吉田当站长的话，要统领危机当头的福岛第一核电站几乎是不可能的。

的确，在事故应对方式上，吉田可能存在一些问题。

1 号机组：在停止非常用复水器（IC)的问题上吉田没有把握好。因为操作人员没搞清楚 IC 一开始工作就会喷出蒸汽，所以以为 IC 内可能没有冷却水了，于是为了避免干烧所致的管道断裂，他们从 11 日下午 6 点 30 分左右开始的大约 3 个小时里中止了 IC 的运行。这个决定使反应堆的状况急剧恶化。据事后东电的测算结果显示，在随后的下午 6 点 40 分左右燃料的损伤就开始了。

后来在美国核能发电协会（INPO）的听证会上，当时的一位值班长说："我意识到为确认 IC 的状态必须火速派操作人员到反应堆厂房去才行。"

他承认："因为失去了电源和余震不断，这是个性命攸关的决定。我确实没有做好必要的心理准备。"

这样一来问题就更复杂了。

在控制室的操作人员决定停止 1 号机组的 IC 和 3 号机组的高压注水系统（HPCI）前，发电站对策总部并未提供独立的评估或反馈。而总部的非常时期灾害对策室也没有考虑到自己的职责是独立监督现场的决策和应对。

本来此前几乎就没有操作员看到过 IC 的工作情况。有 25 年从业经验的值班长后来证实说："之前我从没见过 IC 是如何工作的，更没有亲手操作过。"

而 2 号机组的情况则是：如果可以在堆芯隔离冷却系统（RCIC）工作期间切换为低压注水的话，就可以通过消防车的注水来降低核反应堆的压力从而保住 2 号机组。

在福岛第二核电站的 1 号机组及 2 号机组的事故应对中，各机组在通过 RCIC 持续向核反应堆注水期间就开始进行低压注水，这个注水过程一直没有中断过。

在政府事故调查的《最终报告》中，这个问题被拿来和福岛第二核电站进行了仔细的比对并遭到了批评。

而 3 号机组，可以说从 13 日早上停止对其注水是个完全错误的应对方式。

由于现场对派驻官邸的东电相关人士的一句"用海水是不是太早了"的评论反应过激，中止了早已准备好的海水注入，又从头开始为注入淡水做准备，因此浪费了宝贵的时间和人力。

根本原因是东电总部的错误判断，但是吉田本人也有很大责任。

但是对于12日夜里武黑和总部提出的停止注入海水的要求，吉田虽然假装接受了，暗中却指示现场继续注水。

根据后来对东京电力核反应堆状况进行解析的结果，推算出1号机组核反应堆安全壳的钢板和熔融燃料的侵蚀范围之间的距离仅有37厘米了。

东京工业大学从事原子核工学专业研究的特聘教授二见常夫指出：如果12日夜里停止注入海水的话，熔融燃料就会流出，所谓的混凝土烧熔反应必定还会加剧。

还有一点，吉田在事故前的严重事故对策、辐射防护以及事故应对训练方面存在疏漏之处。

如果东电和政府对于如何应对地震和海啸更认真地去做准备的话，就可以避免所有电源不能使用的情况发生，这样大概也就不必让十几万人去避难，现场人员应该也就不会遭遇这样的不幸。

吉田作为总部的设备管理部长，也曾担任过制定事故应对策略的负责人。

吉田自己在总部工作时，尽管有人指出过有必要制定更严格的海啸对策，但他还是和武黑、武藤等人一样将这些意见瞒下来了。对此他是负有责任的。正因为如此，后来在事故现场才会出现操作员在完全没接受过任何训练的情况下却必须去排气的情况，而且针对严重事故也没有任何准备。

　　14日下午2点30分，现场的保安班向总部请求说："活性炭口罩现在只有从柏崎那儿借来的100个了，请一定为我们补充过来。"活性炭口罩是一次性的，会不断消耗掉。

　　但是事故发生了。

　　事故发生后，吉田在极限状态下拼尽全力应对着危机。

　　安井正也是这样说的："当飞机状态不佳必须进行迫降时，无论如何，机长首先必须做的都应该是平安着陆让乘客们安全下机。比起追究为什么造出这种害人的飞机来，首先要解决的应该是安全迫降的问题。战争是一个没有指南的世界，能否提出假设和拿出办法，决定了最终的胜负。"

　　他的此番话意在说明：在极限状况下，吉田已经倾尽全力了。

　　作为处于危机中的一个组织的领导，吉田是个强有力的存在。

　　12日清晨，在福岛第一核电站和吉田初次见面时的菅对他的第一印象，也是如此。结束这次访问回去后，菅逢人便说他对吉田的期待。

防卫大臣北泽俊美记得菅在视察后曾说过："我之前认为东电的人都没用，去了现场才知道，还有个这么靠谱的人。"

菅和吉田见面后觉得"终于可以和一个不匿名跟我交流的人交谈了"。因为之前东电这个公司"谁在作判断、谁是负责人，问谁都说不知道，全都是匿名进行着的"。

回顾当初见面的情形时，查尔斯·卡斯特也说吉田给他留下了深刻的印象。

"我不知道是不是应该把吉田称为有着超凡魅力的领袖。但是他信任下属，下属也愿意为他豁出性命，我觉得吉田具有让下属信服的某些特质。"

"要么喝瓶装水，要么用它做饭，每天都这样过下来的。"当时吉田笑着说。从中卡斯特仿佛看到了"斯巴达武士"（斯巴达武士：世嘉公司开发的一款名为"斯巴达：最强武士"的游戏）的形象。

但这位武士也流过泪。

那是在 4 月 21 日中央即应集团^①的副司令官、现场调整所所长田浦正人来抗震重要大楼拜访吉田的时候。

4 月 11 日，距离大地震 1 个月后的这一天再次发生了

---

① 中央即应集团：日本陆上自卫队中央快速反应部队，是一支具有战略预备队性质的快速反应部队。——译者注

地震。当时田浦正在 J-VILLAGE 坐镇指挥，但是那里也停电了。

一个小时过去了，却没有来自福岛第一核电站的任何消息。这种情况让人很困惑，不知道东电到底在想什么。于是田浦要求见吉田。

这一天到了。他和吉田在抗震重要大楼见了面。

最初在紧急应对室和员工们打过招呼并鼓励了他们一番后，他们换到了小房间，双方各两人谈了起来。

吉田稍有点儿紧张，开口就说："当时的事我真的很抱歉。"

"什么事？"

吉田提到了 3 月 14 日上午 3 号机组厂房眼看就要发生爆炸时他要求自卫队进行注水作业的事。

"当时 3 号机组附近的辐射量仍在持续上升，稍稍稳定了一点儿我就让他们过来了，而没有说很危险别去……对此我深感抱歉。"

"不，我今天并不是为那件事来的。当时也是不幸中的万幸，既没有出事，队员们事后也依旧工作得热火朝天。"

田浦对吉田说："如果有什么情况发生，我们自卫队必须为东电员工和在这里工作的各位提供救助。开来飞机、驶来战车、还准备了 8 辆改装过的装甲车……我们正想方设法为大家设计出最快的逃生路线，一旦有情况我们就会采取行动。但我们有一个要求。请提供信息给我们！我们只有这么一个要求。"

吉田默默地听着，眼里流出了大颗的泪珠。

他紧紧握住田浦的手说："我不知道自卫队的各位连这样的疏散计划都为我们考虑到了！真不知道。"

田浦换了个话题。他问道："话说回来。吉田，现在什么事会让你最生气？最头痛？"

这个突如其来的问题好像让吉田有点儿不知所措。

"呃……每天的电视综合节目里都不断有人在提各种建议对吧？有很多学者出来喋喋不休地说反应堆要怎样怎样，水又应当怎样怎样……节目一结束，我们这儿的传真机就会嘎达嘎达地响个不停，都是总部发来的问题：'试试这样做怎么样'……这会让我很生气。"

在抗震重要大楼 2 楼的紧急对策室里，吉田总是坐在圆桌正中偏左的座位上。

他既不从正对面看电视画面，也不让自己出现在镜头的正对面；不看总部的人，而是总盯着一起在现场工作的同伴们看。

认识吉田的人觉得，这些做法，其实表明了吉田的立场和态度。

每天下午 5 点开始，都要在核电站抗震重要大楼 2 楼的紧急对策室里召开一个为时 20 分钟、由各班班长轮流主持的会议。发电班、修复班、建设班、土木班和保安班等各班班长会就当天的事故应对和恢复作业的进展以及接下来的工作计划进行简单的汇报。每次有100多人出席。

作为协作企业的福岛第一事务所所长也要出席这个会议。

一旦说到哪里修复了或者谈到哪个系统连接上了之类的积极的话题，吉田就会率先鼓掌。大家这样相互打着气。

最后一位班长会说"今天这一天实在是辛苦大家了"这类慰问的话。

然后吉田则会说"辛苦各位了！那我们拍一下手就结束吧。"

"散会！"打完拍子后吉田还会叮嘱说："大家注意安全！"

事故发生后，吉田就是这样鼓励大家的。

整个危机期间吉田几乎都待在抗震重要大楼里，偶尔会在1楼值班室后面的站长室里抽支烟或小睡一会儿。

除吉田外大家都排了轮班表，只有他不在其中。事故发生后没有一天安稳之日，前景暗淡。甚至连什么是前进什么是后退都会发生改变，经常搞得人一头雾水。

尽管如此，哪怕再小的事情，只要有一点点进步，吉田就会要求大声汇报并率先鼓掌。大家就这样相互鼓励着自己。

不管是排气还是注水，从事着最危险工作的，还是

"敢死队"的成员们。

在听到个人辐射测量仪发出的叫声时，他们虽然也会犹豫是无视这个叫声继续前进呢？还是就此作罢撤回去呢？但最终他们还是选择了在黑暗中继续前行。他们都是在现场锻炼起来的。

卸任站长后的吉田曾感慨说："是协作单位的人救了我们的命。"

吉田对协作单位员工们的这番敬意和深情，是源自正是协作单位的人工作在最危险的地方这一残酷的事实。

吉田抱着这样一个信念："如果不能保护在最危险的地方工作的人，就不可能保护居民。"

"在反应堆最危险处工作着的，都是协作单位的人。如果连这些人的生命都不能保护的话，当然更不能对老百姓说'你们是安全的'。轻视他们生命的人，不可能守护得了民众的生命安全"，吉田近乎唠叨地对下属重复着这一点。

就实际的事故处理和危机管理这点而言，卡斯特曾称赞福岛第二核电站的增田尚宏站长是位"真正的英雄"。

从一开始，福岛第二核电站就坚定地在用 SR 阀为核反应堆减压。在高压注水手段发挥作用的同时，还利用被称为凝结水补水系统（MUWC）的低压实现了对核反应堆的注水，从而保证了反应堆的稳定。

据说"福岛第二核电站实际上也曾处于极限状态，增田的功绩就是拯救了它"。

在第一次海啸发生后的 2 个小时里第二核电站都处于危险状态，操作人员无法进入现场。在长达 6 个小时的时间里，几个设备的损伤区域一直无法靠近。

正如技术员们说的那样："核电站是以电来决定生死的。"增田是名电工，电工的世界里"少一个接头都不行"。接通电源后只有亮或者不亮的唯一可能性。

而吉田则是机械师，机械师都是粗枝大叶的，有问题时先会"梆梆梆"地到处敲敲看。在电工看来这是野蛮和不科学的，而对于机械师来说，这则是一个手艺人的技术领域。

让第一和第二核电站一分高下的，是在通过 RCIC 持续对核反应堆注水期间能否进行低压注水。

在福岛第二核电站的 1 号及 2 号机组的事故应对处理中都完成了这项工作，所以注水一直没有间断过，而第一核电站的此项努力则失败了。

重复一下，这正是在政府事故调查小组的《最终报告》里被拿来和第二核电站的事故应对进行详细比对并被批评之处。

事故发生后，增田首先做的一件事就是去筹措电源车。一心考虑着电源问题的他准备了 20 辆电源车。

福岛第一核电站央求说："转给我们吧！"但增田丝毫不为所动。他的态度很鲜明：就算要帮助别人，也得等到自己的责任，也就是福岛第二核电站的电源修复完成之后才行。

实际上，福岛第二核电站的位于海岸附近、用来冷却核反应堆的海水泵也失灵了，4 个核反应堆中有 3 个暂时处于危险状态。正如增田后来在记者招待会上所说的那样："我们的状况和福岛第一核电站几乎相差无几。"

12 日上午 7 点 47 分，福岛第二核电站也被迫发出了第 15 条紧急事态宣言。

当天上午 8 点前，核安委收到了来自福岛第二核电站的"为了打开通风口，决定组成敢死队"的报告。和福岛第一核电站一样，福岛第二核电站也准备投入"排气敢死队"来排掉安全壳内的压力。

等到福岛第二核电站把电源车转给福岛第一核电站，已经是 15 日晚上了。

当天下午 6 点前，为了修复福岛第一核电站的 5 号和 6 号机组，把福岛第二核电站的 53 台电源车中的 20 台调拨给了第一核电站。

因为东芝公司的人指出"5、6 号机组也很危险"，于是由东电总部出面，将第二核电站的电源车调拨给了第一核电站。

事故发生前不久，合作单位的技术员见到了久未谋面的增田。

增田问他："你这次是为什么工作过来的？""1F"。

增田："那儿很脏的啊！别过来了！"

增田满心满眼都是福岛第二核电站。和他相比，吉田则对福岛第一核电站一心一意。

借用安井正也的话来说，"福岛第一核电站和第二核电站分别有吉田这个领导和增田的这个团队。而在事故应对方面，可以说增田的团队是最好的榜样。比起工程师的身份来说，增田作为风险管理者的能力相当突出。"

与吉田和增田都有多年交道的一位东芝的技术人员这样总结说："如果没有吉田的话，福岛核事故不会就此平息；如果没有增田的话，福岛核事故也不会这样了结。"

卡斯特说，如果要说"福岛50死士"的话，也不能忘记"第二核电站的200个人"。

"（福岛第二核电站的）增田也应该和（第一核电站的）吉田一样受到称赞。我们去访问时才得知，实际上福岛第二核电站遭到的破坏比想象中严重得多。长达9千米的电缆由200个人和直升飞机仅用了两三个小时就铺设完成了，他们出色地完成了让人难以置信的力气活儿。"

如果让卡斯特来说的话，吉田和增田都发挥了令人称道的指挥能力。

"在现场做这些工作的那些质朴的人才是英雄。"卡斯特接着说道，"我用了英雄这个词，但更重要的问题却是：核产业这个特殊行业是不需要英雄的。如果吉田、增田或者值班长是英雄的话，那就必须让他们做英雄做到底。"

吉田于2011年12月1日卸任东京电力福岛第一核电站站长一职。他那曾经强健的身体遭到了癌症侵袭。

终章　神的保佑

12月9日，吉田前往福岛第一核电站访问并发表了辞职演讲。

在抗震重要大楼的紧急对策室里，在身着防辐射服的几百人面前，手拿麦克风的吉田发表了卸任致辞。

"我一直在这里和大家一起工作到现在，非常遗憾要这样离开这里。大家都要注意身体，吸烟的人不要吸得太多。"

堆芯熔毁

2011年11月12日。

东京电力福岛第一核电站的吉田昌郎站长2011年11月上旬首次在核电站里与记者们见了面。

席间吉田回顾道："说得极端一些，3月11日之后的一周里，有好几次我都想过会死。"

"我想最坏的情况就是堆芯不断熔融并且失控，那样的话就全完了。"

2号机组发生危机时，吉田想到了"堆芯不断熔毁"的事态，也就是电影"中国综合征"[①]中描述的核反应堆贯穿的情形。

对于吉田来说，"最坏预案"并非剧本而恰恰就是眼

---

① 拍摄于1979年的一部美国剧情片，曾获当年多项奥斯卡提名。

——译者注

前的现实。

但从 12 日到 13 日，安保院不再使用"堆芯熔毁"这个词，关于这个可能性的说明也从肯定变成了不确定。

实际上，1 号、2 号和 3 号机组，都被认为在 11 日到 14 日之间发生了堆芯熔融。

2011 年 6 月，东京电力在《福岛核电站事故调查报告书》中公布了"堆芯损坏"的时间为：

- 1 号机组 11 日下午 6 点 50 分左右
- 3 号机组 13 日上午 10 点 40 分左右
- 2 号机组 14 日下午 7 点 20 分左右

这组数据比东电最开始分析的 1 号机组的 12 日上午 6 时左右和 2 号机组的 16 日上午 4 时左右，分别提前了约 11 小时、33 小时。

本来政府事故调查最终报告就曾批评说该解析结果"不充分"，要求进行"再次分析"。但是这样的堆芯熔毁不是本来可以避免的吗？当事者们是否也曾这样几度扪心自问过呢？

即便 1 号机组的堆芯熔毁是在 11 日下午 6 点 50 分开始的，之后需要注水这一点是不变的，因此需要动力。

因为海啸的缘故配电盘沉了，所以有人说筹备电源车的工作并没起到作用。既然还有剩下没沉掉的配电盘（电源中心），就可以给它们供电，也可以将电源车直接连接到单个的机器上。

从 12 日黎明开始的排气作战或许有延误，但可能正因为 1 号机组的湿式排气进展顺利，才避免了像 2 号机组一样释放出大量放射性物质。

12 日夜里围绕注入海水问题展开的讨论完完全全是错误的。此时不光堆芯熔毁了，甚至发生了反应堆内部的燃料也都全部溶解掉下来，并穿透压力容器底部到达存储容器的熔穿现象。正因为即使这种情况也需要注水，而且不清楚燃料的形状，所以才被认为有可能发生再临界的。

但是这些情况都是后来才知道的。

在 5 月 16 日的记者招待会上，核安委委员长班目春树曾就 3 月末 2 号机组的情况这样说道：

"的确，当 3 月 28 日或 29 日在 2 号机组涡轮机房地下发现高浓度污染水时，我们意识到至少 2 号机组正在熔毁。因为如果不是燃料溶解了的话，是不可能出现浓度这么高的污染水的。当时我对菅首相说过，一定是高浓度的放射性物质溶解在了与熔毁的燃料接触过的水里。"

在被问到是否觉得安保院把问题想简单了时，班目又说道："不得不说确实如此。为什么只有控制棒没有熔掉而留了下来？他们还拿来了从物理学的常识来考虑绝不可能出现的情况的图纸，所以当时我就说过让他们要重新考虑这个问题。"

根据东京电力 2011 年 11 月公布的事故模拟分析可以推定：因高温熔化的大部分核燃料冲破反应堆的压力容器

沉积到了存储容器的混凝土层，很有可能已经相当接近"最坏预案"的设定状态了。

危机期间，东京电力却拒不承认堆芯熔毁的事实。

就3月14日发生了氢爆炸的3号机组，东电给出的看法是"核燃料芯块出现了局部损伤"。

16日，福岛第一核电站现场向总部报告说："从数据上来看，可以对3号机组存储容器的稳固性抱希望。"但据东电后来进行的分析显示，一半的燃料已经溶解并掉落下来了。现场的辐射量之高，以至于傍晚试图从厂房上空接近并给3号机注水的直升飞机也准备放弃了。

无论东电、安保院还是政治家们，都好像觉得堆芯熔毁这个词里有言灵①一样很忌讳用它。

据说，东芝的技术员们通过模拟，很早就得到了堆芯已发生熔融的结果。可在向东电提供此分析结果时，总公司却对是否使用"堆芯熔毁"这个表达很犹豫。因为他们感觉到了东电对这个词的极度敏感。

可能是安保院审议官中村幸一郎的关于"堆芯熔毁"的发言成了安保院的一块心病，并传染给了东电。

发生堆芯熔毁的，并非只有福岛第一核电站的反应堆。

东电的经营管理、核能安全安保院组织、核电站安全管理体制、推进核能的核能行政，和作为这些知识上、商

---

① 古代日本人所相信的存在于语言中的某种不可思议的力量。

——译者注

业上和职业上的结合体的核能村，以及将剩下的风险作为"意料之外"剥离掉的核能的"安心·安全共同体"，所有的这一切也都一并被熔毁掉了。

在 2012 年 5 月 28 日的"国会事故调查"听证会上，就福岛核电站的教训菅直人这样说道："曾担任前苏联总书记的戈尔巴乔夫在他的回忆录中说：切尔诺贝利事故反映出了我国体制上的整体的弊病。就这次的福岛核电站事故，我也可以这样说：我认识到，从某种意义上，这次事故反映出了我国整体的病根。"

"战前，一直是军部在掌握着政治实权。在这次事故中，我不断看到以东电和电事联（电气事业联合会）为中心、即被称作'核能村'的所谓的组织的身影。也就是说，我认为这 40 年里，以东电和电事联为中心的这个组织逐渐掌握了核能行政的实权，而对他们持批评态度的专家、政治家以及官员们则被这个核能村的规则排挤于主流之外。而关注这些问题的众多相关人士，也都因明哲保身和但求无过的想法只是远远地看着。这里也包含了我对自己的反省。"

*1 细野于 2011 年 4 月 15 日就任负责核电站事故整体应对及宣传的首相辅佐官。并在同年 6 月 27 日就任核能发电站事故扫尾及防止再发生的担当大臣。

参考资料（公开报告书）

東京電力福島原子力発電所における事故調査・検証委員会「中間報告」（政府事故調）	東京電力福島原子力発電所における事故調査・検証委員会（政府事故調）		2011
東京電力福島原子力発電所における事故調査・検証委員会「最終報告」（政府事故調）	東京電力福島原子力発電所における事故調査・検証委員会（政府事故調）		2012
東京電力福島原子力発電所事故調査委員会「報告書」（国会事故調）	東京電力福島原子力発電所事故調査委員会（国会事故調）		2012
福島原発事故独立検証委員会「調査・検証報告書」（民間事故調）	一般財団法人日本再建イニシアティブ	ディス	2012/3
福島原子力事故調査報告者（東電報告書）	東京電力		2012
福島第一発電所における対応状況について	東京電力		2011
東日本大震災からの復旧・復興に関する文部科学省の取組についての検証結果のまとめについて	文部科学省		2012
原子力安全に関する IAEA 官僚会議に対する日本国政府の報告書—東京電力福島原子力発電所の事故について	原子力災害対策本部		2011/6
「地震発生からの時について（暫定）」	保安院		2011/6/30
東日本大震災への対応に関する教訓事項について（中間とりまとめ）	防衛省		2011/8
「東京電力株式会社福島第一原子力発電所の事故に係る1号機、2号機及び3号機の炉心の状態に関する評価　報告書」	JNES（独立行政法人原子力安全基盤機構）		2011/9
「東京電力（株）福島第一原子力発電所の事故の検討と対策の提言	日本原子力技術協会福島第一原子力発電所事故事故調査検討会		2011/10

458

福島第一原子力発電所事故から何を学ぶか　中間報告	チーム H2O		2011/10/28
安全研究年報（平成 23 年度）	JNES（独立行政法人原子力安全基盤機構）		2012/8
初動時の現地対策本部の活動状況（ならびに同　修正版）	JNES（独立行政法人原子力安全基盤機構）		2012/6
福島第一原子力発電所による原子力災害被災自治体等調査結果	全国原子力発電所所在災害検討ワーキンググループ		2012/3
Japan's Fukushima Daiichi ET Audio File/Official Transcript of Proceedings Nuclear Regulatory Commission	NRC(The Nuclear Regulatory Commission)		2011/3
Special Report on the Nuclear Accident at the Fukushima Daiichi Nuclear Power Station	INPO(The Institute of Nuclear Power Operations)		2011/11

参考资料（根据震灾对应当事人所提及的著述）

美しい村に放射能が降った　飯舘村村長・決断と覚悟の 120 日	菅野典雄	ワニブックス（PLUS新書）	2011/8/8
決断できない日本	ケビン・メア	文春新書	2011/8/20
官邸から見た原発事故の真実　これから始まる真の危機	田坂広志	光文社新書	2012/1/17
3.11 大震災と厚生省―放射性物質の影響と暫定規制	大塚耕平	丸善出版	2013/3/11
原発廃止で世代責任を果たす	篠原孝	創森社	2012/4/25
日本に自衛隊が必要な理由	北沢俊美	角川 one テーマ 21	2012/6/10
原発危機　官邸からの証言	福山哲郎	ちくま新書	2012/8/10
証言　細野豪志「原発危機 500 日」の真実に鳥越俊太郎が迫る	細野豪志　鳥越俊太郎	講談社	2012/8/27

東電福島原発事故　総理大臣として考えたこと	菅直人	幻冬舎新書	2012/10/26
叩かれても言わねばならないこと	枝野幸男	東洋経済新報社	2012/10/27
証言　班目春樹　原子力安全委員会は何を間違えたのか?	班目春樹（聞き手　岡本孝司）	新潮社	2012/11/15
「3月11日の事故発生から五日間を記した覚書」	池田元久		
福島第一原子力発電所事故に対する対策について （参与提言を中心に）報告書	小佐古敏荘		2011/4/27
東日本大震災の一週間（平成23年3月11日　19日の記録）	渡辺真樹男		
双葉病院とドー？イル双葉における福島第一原発事故からの避難の経緯	医療法人博文会双葉病院弁護士山崎祥光他		2012/9/30

参考文献（其他）

ルポ　東京電力原発危機1カ月	奥山俊宏	朝日新書	2011/6/30
福島原発の真実	佐藤栄佐久	平凡社新書	2011/6/23
想定外シナリオと危機管理―東電会見の失敗を教訓	久保利英明	商事法務	2011/6/30
放射能汚染ほんとうの影響を考える　福島とチェルノブイリから何を学ぶか	浦島充佳	化学同人	2011/7/31
福島原発事故をなぜ防げなかったか	（『日本大震災の教訓』　竹中平蔵船橋洋一編著、第6章）	東洋経済新報社	2011/12/15
亡国の宰相　官邸機能停止の180日	読売新聞政治部	新潮社	2011/9/15
〈志力〉の政治　日本再生への道	遠山清彦	論創社	2011/11
「国会原発事故調査委員会」立法府からの挑戦状	塩崎恭久	東京プレスクラブ新書	2011/12/20

日本の国防―米軍化する自衛隊　迷走する政治	久江雅彦	講談社現代新書	2012/1/18
検証　福島原発事故　記者会見―東電　政府は何を隠したのか	日隅一雄　木野龍逸	岩波書店	2012/1/20
メルトダウン　ドキュメント福島第一原発事故	大鹿靖明	講談社	2012/1/27
プロメテウスの罠　明かされなかった福島原発事故の真実	朝日新聞特別報道部	学研	2012/3/2
飯？村6000人が美しい村を追われた	小澤祥司	七つ森書館	2012/3
メディアは大震災　原発事故をどう語ったか　報道　ネット　ドキュメンタリーを検証する	遠藤薫	東京電機大学出版局	2012/3/10
なぜ院長は「逃亡犯」にされたのか　見捨てられた原発直下「双葉病院」恐怖の7日間	森功	講談社	2012/3/11
ドキュメント　テレビは原発事故をどう伝えたのか	伊藤守	平凡社新書	2012/3/15
闘う市長　被災地から見えたこの国の真実	桜井勝延　（聞き手　開沼博）	徳間書店	2012/3/30
放射能を背負って　南相馬市長　桜井勝延と市民の選択	山岡淳一郎	朝日新聞出版	2012/4/6
ニュースキャスター	大越健介	文春新書	2012/4/19
原発立地　大熊町民は訴える	木幡仁　木幡ますみ	柘植書房新社	2012/5
NHK放送文化研究年報2012　東日本大震災発生時　テレビは何を伝えたのか	NHKメディア研究部番組研究グループ	NHK出版	2012/5
原子力発電所の事故・トラブル　分析と教訓	二見常夫	丸善出版	2012/5/31
ドキュメント　自衛隊と東日本大震災	瀧野隆浩	ポプラ社	2012/5/7
脱原子力国家への道	吉岡斉	岩波書店	2012/6/27
「福島原発事故報道と批判を検証する」取材記者による特別リポート下	奥山俊宏	朝日新聞社『ジャーナリズム』	2012/7

プロメテウスの罠 2	朝日新聞特別報道部	学研	2012/7/3
原発再稼働最後の条件:「福島第一」事故検証プロジェクト　最終報告書	大前研一	小学館	2012/7/25
検証福島原発事故　官邸の 100 時間	木村英昭	岩波書店	2012/8/8
原発とメディア　新聞ジャーナリズム 2 度目の敗北	上丸洋一	朝日新聞出版	2012/9/20
死の淵を見た男　吉田昌郎と福島第一原発の五〇〇日	門田隆将	PHP 研究所	2012/12/4
検証　東電テレビ会議	朝日新聞社	朝日新聞出版	2012/12/30

采访人员

本书采访人员如下（按日本五十音图顺序，政务按各省厅记载。隶属机构为当时所在机构）。

另有很多接受采访人员要求匿名。

对每位接受采访人员均致以深深的谢意。

【官邸】

枝野幸男、加藤公一、菅直人、仙谷由人、寺田学、福山哲郎、藤井裕久、细野豪志、馬淵澄夫（以上为政务）

生川浩史、市川恵一、伊藤哲朗、井上宏司、岡素彦、奥村徹、小澤典明、貞森恵祐、四方敬之、渋谷尚久、下村健一、高橋清孝、立崎正夫、内藤景一郎、中村格、西川徹矢、畠山陽二郎、羽深成樹、前田哲、三谷秀史、山崎史郎、横島直彦、米村敏朗

【内阁府】

玄葉光一郎、平野達男、松本龍（以上为政务）

松本太、柳孝

【内阁官房参与·内阁府参与】

小佐古敏荘、田坂広志、平田オリザ、広瀬研吉、望月晴文、山口昇

【核能安全委员会】

久木田豊、久住静代、代谷誠治、班目春樹（以上为委员）

岩橋理彦、小原薫、栗原潔、坂本千明、都筑秀明、橋本周、水間英城

【核能委员会】

尾本彰、近藤駿介、鈴木達治郎

【经济产业省】

池田元久、海江田万里、田嶋要、中山義活、松下忠洋、柳澤光美（以上为政务）

今井尚哉、香山弘文、佐脇紀代志、嶋田隆、濱野幸一、松永和夫、三

浦章豪、安井正也、柳瀬唯夫、山野芳久

【核能安全保安院】

生越晴茂、片山啓、金子修一、黑木慎一、小林勝、寺坂信昭、中村幸一郎、根井寿規、平岡英治、深野弘行、宮下明男、山下隆一、山田知穂、山本哲也、横田一磨、吉澤雅

【JNES】

阿部清治、荻野正男、梶本光廣、佐藤昇平、佐藤均、中川政樹、中込良廣、平野光将、福島章

【文部科学省】

鈴木寛、高木義明（以上为政务）

明野吉成、雨夜隆之、犬塚隆志、加藤重治、木村直人、後藤和子、篠崎資志、田中敏、田村厚雄、永山賀久、藤木完治、森口泰孝、山口知輝、渡辺格、渡辺真樹男

【JAEA】

茅野政道、直井洋介、本間俊充、横溝英明

【核能安全技术中心】

石田寬人、鈴木富則、吉田昌弘

【放射线医学综合研究所（放医研）】

明石真言、酒井一夫、富永隆子

【防卫省】

小川勝也、北澤俊美（以上为政务）

秋山義孝、伊藤茂樹、井上一徳、及川耕造、加野幸司、久野敬一、櫻井修一、佐々木達郎、鈴木敦夫、鈴木英夫、高見澤将林、中江公人、西正典、吉田孝弘

【自卫队】

磯部晃一、今浦勇紀、岩熊真司、尾上定正、折木良一、片岡晃一、唐木誠司、河野克俊、君塚栄治、小林茂、田浦正人、高嶋博視、中村勝美、納冨中、林秀樹、番匠幸一郎、火箱芳文、廣中雅之、深谷克郎、堀口英

利、宫岛俊信、山冈健男、山冈義幸、吉田圭秀、吉田正紀、吉野俊二

【国家公安委员会·警察厅】

中野寛成（政务）

【外务省】

松本剛明（政务）

秋葉剛男、小笠原一郎、五嶋賢二、佐々江賢一郎、鯰博行、藤崎一郎、宫川眞喜雄

【总务省】

片山善博（政务）

冈本全勝

【消防厅】

株丹達也、久保信保

【东京都·东京消防厅】

新井雄治、鈴木成稔、山崎純一

【农林水产厅】

篠原孝（政务）

梅津庸成

【厚生劳动省】

大塚耕平（政务）

唐津剛、柴辻正喜、西川隆久

【国土交通省】

大畠章宏

甲斐繁利、阪根靖彦

【大熊町】

石田仁、鈴木市郎

【南马相市】

桜井勝延

阿部貞康、村田崇

【浪江町】

馬場有

上野晋平

【饭馆村】

菅野典雄

鴫原良友、多田宏

【三春町】

鈴木義孝

工藤浩之、橋本國春、竹之内千智

【郡山市】

原正夫

佐藤和雄

【新潟县】

泉田裕彦

【横须贺市】

吉田雄人

小貫和昭、中野愛一郎

上原直樹、富岡浩司、中田孝則、野田隆嗣

【政治家】

荒井広幸、大島敦、川内博史、空本誠喜、田中眞紀子、遠山清彦、長島昭久、浜田靖一、福島伸享、前原誠司、増子輝彦

【东京电力】

武井一浩、武黒一郎、福田俊彦

【东芝】

青木和夫、金井祐和、佐々木則夫、角家哲雄、田窪昭寛、西田厚聡、畠澤守、前川治

【其他合作企业・产业界】

齋藤圭介、塩崎誠、鈴木浩亮、鈴木浩、芳賀達雄、南弘、山口一郎

采访人员

【专家、研究人员等】

阿部信泰、岩場進司、越前正浩、大越健介、岡村行信、高橋桂子、田中三彦、谷口武俊、土屋智子、中島健、野口和彦、野田健、早野龍五、広瀬茂男、二見常夫、松本洋一

【国际核能组织（IAEA）】

天野之弥、谷口富裕、室谷展寛

【美国政府】

Bader，Jeffrey/Basalla，Suzanne/Campbell，Kurt/Casto，Charles/Donovan，Joseph R.Jr./Gregson，Wallace C./Johnstone，Christopher B./Kimura，Ayako/King，Karl/Kumamaru，Yufuji/Niemeyer，John P./Reed，Richard/Roos，John V./Russel，Daniel/Schiffer，Micheael/Steinberg，James B./Zumwalt，JamesP.

【海外（民间）】

Barrett，Lake H./Bestor，Theodore C./Carlson，David/Danzig，Richard/Osnos，Evan/Rondoe，Roy

后记

抓住真相要趁热打铁！

福岛第一核电站事故发生后，我怀着祈祷一样的心情收听了电视新闻。

"希望会逆转，"一条临时新闻插播进来，"据闻刚才已接通电源，反应堆逐渐冷却。"

日本克服了核电危机，一下子恢复了……不久又幻想日本会像凤凰一样涅槃重生。

我觉得只有逆转才是日本的重生战略。在"迷失的时代"最后，如果想要重建日本，只有逆转这项战略吧。

但是没有发生逆转。

结局毫无悬念。

3月14日我明白了这一点。

不可能会发生逆转。这次核电事故是不可避免的。

东京电力福岛第一核电站、东电和政府的应对，其危机的本质不正是处于"迷失的时代"的日本的危机本质吗？

应该这样考虑。

我自愧无能，又无法摆脱必须要调查、查证事故原因和背景这一想法。

3月末，我得知政府设立了事故调查委员会。

政府当然要查明本次事故的原因。但是政府的报告书归根结底是站在政府角度的报告书。

只有这个报告并不够，而且危险。

在这个报告中，国民和市民必须作为客体从政府学到教训。必须自己作为主体查证事故原因和事故应对，从中找出教训，摆到政府面前，监督政府。我认为应该建立独立于政府、电力行业、政治及核能组织的民间调查委员会，以自由的立场进行调查、查证。因此和朋友们一起建立了一般财团法人"日本重建首倡"智囊团，成立了"福岛核电事故独立查证委员会"（北泽宏一任委员长）。我策划了这个名为民间事故调查组的委员会，并担任委员会的方案指导。

民间事故调查组采访了包括事故发生时官邸官员在内的 300 多人，进行了调查和查证。事故和受灾经过、东电和政府对于核能事故的应对、历史性结构性的主要原因分析，以全球化背景的视角为中心，彻底审视了核能发电的安全神话和核能组织的结构。

委员会 2012 年 2 月 28 日发表了《调查·查证报告书》，宣布解散。报告书后来以《福岛核电站事故独立查证委员会 调查·查证报告书》的形式在市场上销售。

报告书当然要把重点放在事故的原因查明及其历史性、结构性的背景分析上，但在开展这些工作的过程中，我对每一个置身危机之中仍在努力的人的故事产生了兴趣。

想找出危机中的日本社会乃至人类社会的真相。

当物理的绝对法则和大规模技术所包藏的不合道理的东西要破坏人性和人类社会时，我们是如何面对和战斗的？

瞄准了2011年那个残酷的3月，再次追踪福岛核电站危机。

对炉心熔融的轨迹进行倒计时。

报告书公开发表后，我又做回了一个记者开始采访。

政治家和官僚、霞关和官僚政治、自卫队、警察、消防和国民生命、政治（家）和科学技术（人员）、组织和管理、管理方和被管理方、安全和放心、平时和发生事故时、核与日美同盟、日本和世界……围绕着这些形形色色的主题，故事像万花筒一样展现出来。

风险是什么？领导能力是什么？国家是什么？

突出这些主题也是反映出了核能"安全神话"的构造和创造了这个神话的独立的缺失。

这一点不仅是在核能方面。

缺乏精神独立的安全和安全保障在战后产生了畸形的日本形态。

我们知道了它的历史遗留和局限。

说到底，福岛第一核电站危机拷问了日本的"国家形态"和日本的"战后形态"。

倒计时追踪也是完成大事记的工作。

当时核能安全保安院和核能安全委员会内部制作的大事记发挥了作用。

用到了保安院内部 3 月 17 日前的记录，核能安全委员会 3 月 31 日前的白板记录。

也参考了其他有关人员秘密制作的大事记。

有些内容受访者害怕会在诉讼时要求作为证物提交，和我约好不对此着意渲染才告诉我。

采访时我会问对方是否有做记录，但是留下记录的人很少。

只能唤醒当事者的记忆。

我们进行情况再现，以此为线索让他们记忆复苏。有时也会像《罗生门》一样，将各个错综复杂的记忆通过交叉检验的三角测量进行归纳，认定事实。

文中既有当事者当时的发言，又有当事者的内心想法。

当然，当事者的内心想法也都是基于我对当事者的采访和当事者的证言。

这次我知道了在很多情况下，比起当事者发言，人们对其内心想法会记得更清楚。

我还明白了一件事。

在这本书开始采访的 2012 年 3 月起 8 个月时间里，对象的记忆也在发生微妙的变化。

各省厅的调查报告书发表，与此矛盾的不相宜的真相也在消失。

应对审判和诉讼所需的脚本出来了，之后就作为真相传述。

有句话叫"趁热打铁"，我痛感抓住真相也要趁热！

对接受我采访的各位表达深深的谢意！

他们的名字列在"接受采访人员"名单上。

本书收录了民间事故调查组《调查·检证报告书》的成果。

从一起调查、查证、讨论、互相提出质疑的工作组成员和委员会的各位那里得到的东西也不可胜数。

如果没有这些珍贵经验，就不会有这本书。

再次对各位致以谢意。

在此期间，政府事故调查的《中间报告》、国会事故调查的《报告书》、政府事故调查的《最终报告》都公开发表。

我对这些熟读玩味，做了参考。

对于日本的国家性危机及其应对，从来不曾有过政府、国会、民间调查·查证委员会这样争相查明真相并从中找出教训的情况。我为民间事故调查组担负的这项工作感到自豪。

但是查明真相的尝试还刚刚开始。

东京电力拒绝了我们民间事故调查组向高层领导、责任人提出的听证会要求。

东电拒绝全面公开总店和当地的电视会议。

东电应该将这些信息全部公示。

作为福岛核电站事故的最大责任方，东电的真相仍然被巨大的阴影所笼罩。

除了自己进行采访，我还借鉴了很多报纸、期刊、书籍、电视、网络及其他媒体的先期报道、调查及研究。浏览过的内容另外列出。

日本重建首倡的雷切尔·纲谷、竹泽理惠、种村佳子为采访做了后方支援。给了我很大帮助。另外，我执教的庆应义塾大学（湘南藤泽校区）的藤田夏辉、平勇辉两位和宗像阳也火速赶来，以实习生身份为我提供帮助，在此对他们表示感谢。

2012 年 10 月 31 日

写于一般财团法人日本重建首倡办公室

船桥洋一

危机倒计时（下）

感谢以下几位译者对本书的翻译工作付出的辛苦努力！

郝东旭先生：12–18 章

李江英女士：19–20 章

蔡晓智女士：21 章、终章、后记、采访人员、参考资料、参考文献

彭轶超：校译